E. M. Powell

DAS BLUT DES FÜNFTEN RITTERS

Roman

Aus dem

Oliver Hoffmann

TINTE & FEDER

Die Originalausgabe erschien 2015 unter dem Titel
»The Blood of the Fifth Knight« bei Thomas & Mercer, Seattle.

Deutsche Erstveröffentlichung bei
Tinte & Feder, Amazon Media EU S.à r.l.
5 Rue Plaetis, L-2338, Luxembourg
November 2016

Die Übersetzung dieses Buches wurde durch AmazonCrossing ermöglicht.

Umschlaggestaltung: bürosüd° München, www.buerosued.de
Umschlagmotiv: © Aaron Ansarov / Getty; © Sytilin Pavel / Shutterstock; © NEstudio / Shutterstock; © Nejron Photo / Shutterstock
Lektorat: Birte Lilienthal, Ute-Christine Geiler, Agentur Libelli GmbH
Printed in Germany
By Amazon Distribution GmbH
Amazonstraße 1
04347 Leipzig, Germany

ISBN: 978-1-503-94308-7

www.tinte-feder.de

Für meine Mutter Marie, die nie um ein Wort verlegen war

»Das Feuer soll dich verzehren. Mitten im Land soll dein Blut fließen.«

– Hesekiel 21,37

Kapitel 1

Canterbury, Kent, England, 12. Juli 1174

Der Körper eines Königs war verletzlich wie der jedes anderen Mannes auch. Sir Benedict Palmer hatte das gewusst, doch es mit eigenen Augen zu sehen schockierte ihn dennoch.

Er stand inmitten der vielen Hundert Pilger und Gaffer, die sich in den gewundenen Straßen Canterburys drängten, und beobachtete, wie der büßende König Heinrich seinen qualvollen Gang zur Kathedrale unternahm. Die brüllende Menge stand in Zehnerreihen, an manchen Orten waren es auch zwanzig, und drängelte unablässig, um auch ja nichts zu verpassen.

»Kannst du was erkennen?«, flüsterte unmittelbar neben Palmer seine Frau Theodosia.

Er blickte ihr in die angsterfüllten grauen Augen. »Er ist fast da.« Palmer konnte problemlos über die Köpfe der Menge hinwegschauen, seine zierliche Theodosia dagegen nicht. Noch nicht, aber sehr bald würde sie ihn entdecken, und der Anblick würde sie hart treffen.

Die sengende Sonne am Himmel schimmerte auf dem verbleibenden Rot in Heinrichs ergrauendem Haar, und er trug die schwarze Aschemaske des Sünders. Der Schweiß, der ihm übers

Gesicht lief, hinterließ schwarze und rötliche Spuren auf seinem nackten Oberkörper.

Die königliche Haut, weiß und empfindlich, war blutbefleckt. Eine Prozession schwitzender Mönche in schwarzen Roben mit Geißeln in den Händen folgte ihm und verabreichte ihm diese brutale öffentliche Buße für den Mord am Erzbischof der Kathedrale, Thomas Becket.

Theodosias Hand legte sich fester um Palmers Arm. Er wusste, sie hatte sich sehr nach diesem Tag gesehnt. Ebenso sehr, wie sie ihn gefürchtet hatte.

Ein weiterer Peitschenknall hallte über die Köpfe des lärmenden Mobs, und die schwarzen Schnüre einer Geißel zeichneten weitere Streifen auf Heinrichs nackte Brust und seine Schultern. Männer keuchten, Frauen schrien. Eine Gruppe Mönche in weißen Roben erhob die Stimme zu einem lauten Lobgesang.

Theodosia umklammerte Palmers Arm fester.

»Confiteor Deo omnipotenti, istis Sanctis et omnibus Sanctis.« Heinrich rezitierte weiter sein Bußgebet. Seine dünne Stimme übertönte das Stimmengewirr des Mobs.

»Bitte um Vergebung!«, brüllte ein Mann aus dem Schutz der Menge. »Der heilige Thomas Becket vergibt alles!«

Erneut schwollen die Rufe, Pfiffe und Schreie an.

»Bei der glorreichen Himmelskönigin und allen Engeln, tue Buße!« Ein Mann mit kantigem Gesicht hob die Hände zum Himmel.

»Bitte den Allmächtigen um Gnade!«, heulte ein pockennarbiger Priester.

»Tue Buße!« Eine Frau klammerte sich an den Umhang ihres schwachsinnigen, sabbernden Sohnes, dem sie ein Kreuz ins Haar geschoren hatte. »Tue endlich Buße!«

Der gesamte Mob gab Heinrich die Schuld – so felsenfest überzeugt, als habe er das Schwert geführt, das in jener eisigen

Dezembernacht vor dreieinhalb Jahren Erzbischof Thomas Beckets Schädel zertrümmert hatte. In der Nacht, deren Zeugen sowohl Palmer als auch Theodosia gewesen waren und die auch sie beinahe das Leben gekostet hätte. Der Nacht, in der die Kathedrale zu Beckets Grabmal geworden war, auf dessen Steinboden die Mörder sein Herzblut vergossen hatten.

Doch an diesem Tag hoben sich die großen grauen Türme der Kathedrale gegen die sengende Sonne an einem blauen Himmel ab wie Sinnbilder für Beckets triumphale Wandlung: vom Märtyrer zum Heiligen. An diesem Tag stolperte der Sünder Heinrich gebeugt über die heißen, erbarmungslosen Straßen Canterburys und erflehte, während man ihm die Haut in Fetzen geißelte, Vergebung von dem Mann, den er niedergestreckt hatte. Er sah schon aus, als würde er jeden Augenblick zusammenbrechen.

»Ein gottesfürchtiger Toter ist mehr wert als ein lebender Schurke!«

Ein weiterer zorniger Schrei.

Palmer leckte sich den salzigen Schweiß von der Oberlippe und beherrschte sich. Der König war kein Schurke, doch die Welt musste dies glauben.

Palmer sah hinunter auf seine schweigende Frau, deren Zusammenbruch er mehr fürchtete als den des Königs. Die hohen Gebäude hielten den Gestank aus den fast vollkommen verstopften Abflüssen der Aborte ebenso in den Gassen wie den Lärm und die Hitze. Er hatte nicht herkommen wollen, um Zeuge dieses hässlichen Schauspiels zu werden, aber sie hatte darauf bestanden.

Wochenlang waren sie aus ihrer Heimat, dem abgelegenen Dorf Cloughbrook in Staffordshire, angereist. Wochen ohne ausreichende Nahrung, in denen sie in einer betenden, singenden Gruppe von Pilgern aller Art marschiert waren, die mit jedem Tag, den sie sich Canterbury genähert hatten, angewachsen war. Nun standen sie hier, ohne das Labsal von Schatten oder Wasser, während die Sonne am Himmel emporstieg und mit jeder Stunde erbarmungsloser brannte. Noch erbarmungsloser war die Stimmung derer, die sich an Heinrichs Qual ergötzten. Gerechter Zorn. Palmer kannte ihn nur allzu gut.

Theodosia stand mit gerundetem Leib neben ihm, sie erwartete im Herbst ihr zweites Kind. Doch er hätte sich keine Sorgen machen müssen, dass sie ohnmächtig werden könnte. Trotz der von der Hitze aufgesprungenen Lippen und der Sommersprossen waren das hochgereckte Kinn, der entschlossene Ausdruck in ihren Augen unübersehbar. Sie würde nicht schwach werden: Sie wartete auf ihren König. Trotzdem schaute sie immer wieder zu ihrem kleinen rothaarigen Sohn, der sich durch das Gewirr von Beinen und Rücken nach vorn schob, auch neugierig darauf, einen Blick zu erhaschen.

»Tom.« Ihr knapper Befehl brachte ihn wieder an Palmers Seite.

Palmer legte dem schlanken Knaben eine Hand auf die Schulter. »Bleib bei uns, ja? Nicht, dass du uns verloren gehst.« Diese Gefahr bestand allerdings praktisch nicht. Becket selbst hätte aus den Wolken herabsteigen können, und Theodosia hätte trotzdem den Jungen im Auge behalten.

Mit einem lauten Klatschen traf eine weitere Geißel die königliche Haut. Im erneuten Aufbrüllen der Menge ging Heinrichs Schmerzensschrei unter.

Hände, Fäuste und Stöcke drückten sich in Palmers Rücken, als Menschen versuchten, sich an ihm vorbeizudrängen, um aus größerer Nähe gaffen zu können. Er hob seinen Sohn hoch und setzte ihn sich auf die Schultern, während er den anderen Arm um Theodosia legte.

Dann wandte er sich an die Menschen hinter ihm. »Hört auf zu schubsen, verstanden?«

Ein fetter Pilger mit einer noch fetteren Frau funkelte ihn an. »Du dummer Bauer.« Das Gesicht des Mannes leuchtete vor Wut und Hitze, sein Atem war eine faulige Wolke. »Ich kann an dir und deiner …«

Palmers Blick traf ihn mit voller Wucht, und er verstummte.

»Benedict.« Theodosia zog an seinem Arm. »Nicht hier. Wir sind auf einer Wallfahrt.«

Palmer funkelte den Verstummten ein letztes Mal an und wandte sich wieder ab, um zu sehen, wie der König auf der Straße näher kam.

»Du dummer Bauer.« Ja, einem solchen ähnelte er in seiner abgetragenen, geflickten Gewandung. Das musste er auch. Hätten die Pilger gewusst, wer er wirklich war, was er, Sir Benedict Palmer, getan hatte, wäre die Hälfte von ihnen schreiend davongerannt, und die andere hätte ihn in Stücke gerissen. Auch wenn König Heinrich die Wahrheit kannte, auch wenn Heinrich gesagt hätte, dass Palmer Gründe für sein Handeln gehabt hatte.

Heinrich selbst stand kurz davor, sein Königreich, seine Krone zu verlieren. Viele sagten, der König tue Buße, um sich mit Gott zu versöhnen, ehe er die Macht an Königin Eleonore und ihre ungebärdigen Söhne verlor, die sich gegen ihn erhoben hatten. Dann wäre alles, was Palmer und Theodosia durchgemacht hatten, umsonst gewesen.

»Platz für Seine Gnaden. Platz da!« Die Wachen von Canterbury drängten die Zuschauer mit gezogenen Schwertern zurück.

Auch Palmer wurde zur Seite geschoben und machte einen halben Schritt, um wieder festen Stand zu finden.

Toms kleine Hände krallten sich in die Haare seines Vaters.

»Alles in Ordnung, mein Sohn?«

»Ja.«

Die Stimme seines Sohns stärkte seine Entschlossenheit. Vergessen waren Rittertum, Königreiche, Schlachten. Vergessen war der Mord an Erzbischof Thomas Becket in der Kathedrale von Canterbury, für den Heinrich jetzt Buße tat. Der Mord, bei dem er, Sir Benedict Palmer, zugegen gewesen war. Doch nun zählte nur die Sicherheit seiner Familie.

Aber wenn ein König fallen, wenn ein König gestürzt werden konnte, was bedeutete das dann für ihn?

* * *

Theodosia Palmer klammerte sich an den Arm ihres Mannes. Ihr Kopf schmerzte, und ihr drohten die Beine nachzugeben. Die dicht an dicht stehenden, ärmlich gekleideten Fremden ringsum nahmen ihr die Luft zum Atmen, während ihr ihre hasserfüllten Schreie in den Ohren gellten.

Hass auf Heinrich, ihren König. Heinrich, ihren Vater. Den Vater, der ihr und Benedict gestattet hatte, zusammen zu sein. Den Vater, der ihr Geheimnis gewahrt und sie allzeit beschützt hatte. Sie schüttelte den Kopf, um das Schwindelgefühl loszuwerden. Sie musste durchhalten. Sie war so weit gekommen.

Die Soldaten hatten für den König die Menge geteilt. Auf der anderen Straßenseite sah sie verschwommen anklagende Gesichter, feindselig verzerrt, brüllend und bösartig.

»Da ist der Sünder!«, schrie der Pilger hinter ihr.

Dann war Heinrich ein halbes Dutzend Schritte entfernt auf gleicher Höhe mit ihr.

O Vater. Theodosia schlug sich die freie Hand vor den Mund. *Herr Jesus, sei ihm gnädig.*

Mit schmerzgetrübtem Blick ließ Heinrich den Kopf hängen, sein Unterkiefer war erschlafft, als sei dem König der eigene Kopf zu schwer. Die Haut seiner nackten Schultern war schrecklich zerfetzt. Er könnte Jesus sein, der durch die Straßen

Jerusalems zur Kreuzigung taumelte, dabei die Sünden der Welt trug.

Wie Christus sich die Sünden der Welt aufgeladen hatte, nahm Heinrich die Schuld an einem Mord auf sich, für den er nicht verantwortlich war.

Sie war es. Ihretwegen hatte das Böse ihren Herrn Becket heimgesucht und niedergestreckt. Nun sammelte Satan seine Armeen aufs Neue und stärkte die, deren größter Wunsch es war, auch ihren Vater zu Fall gebracht und verscharrt zu sehen, auf dass er in der Erde verfaulte.

Ein Mönch zog seine Geißel über Heinrichs rohes Fleisch und zerfetzte es noch weiter.

Die Zuschauer keuchten entsetzt auf, ihre Schreie verstummten.

»Gnade!«, ertönte Heinrichs Schrei.

»Keine Gnade für Sünder!«, erklang der Ruf eines Mannes, der in der Menge unsichtbar blieb.

Ein paar wenige andere fielen ein, doch die fürchterlichen Schreie waren nun angewidertem Murmeln gewichen.

So konnte das nicht weitergehen. Sie musste für ihre Sünden in dieser Schlacht büßen. Die Ermordung eines Mannes lastete auf ihrer Seele, und der Makel sickerte immer tiefer ein. Sie musste vortreten und die Buße des Königs teilen. Sie würde allen, die hier standen, lauthals ihre Untaten gestehen und ihm einen Teil der Last abnehmen.

Heinrich machte noch ein paar qualvolle Schritte.

Sie musste es jetzt tun, ehe es zu spät war. Sie schob sich nach vorn, am erhobenen Schwert eines Wachmannes vorbei, um vorzutreten und wie ihr Vater die Peitschenhiebe zu erdulden.

Das Kind in ihr trat heftig. So heftig, dass es ihr den Atem verschlug. Sie presste die Hände auf ihren runden Leib, konnte sich nicht bewegen. Mit Müh und Not gelang es ihr, ihre Lunge mit der abgestandenen Luft zu füllen. Langsam. Vorsichtig. Sonst nichts.

Als ihre Brust sich wieder entspannte, kam sie zu Sinnen. Ihr ungeborenes Kind hatte ihr etwas zugerufen und verhindert, dass sie einen Schritt machte, den sie nicht machen durfte. Ihre Sünden hier zu gestehen wäre viel schlimmer, als sie für sich zu behalten. Ihr Kind, dieses kostbare ungeborene Leben, könnte Schaden nehmen. Ebenso ihr Sohn. Das durfte sie niemals, niemals zulassen.

Dann konnte sie nichts tun. Frustriert ballte sie die Fäuste. Nichts? Doch, eine Handlungsmöglichkeit hatte sie.

Sie schluckte schwer, um ihre ausgetrocknete Kehle zu befeuchten, und rief: »Gott segne Euch, Sire. Ihr wisst, das wird er!«

Bei ihren Worten atmete Benedict scharf ein, und die Zuschauer murmelten überrascht vor sich hin. Heinrich wandte ihr den Kopf zu, und Dutzende anderer neugieriger Augenpaare folgten seinem Blick. Dann lächelte er.

Der Kummer in Theodosias Herz schwand. Zumindest ein wenig.

Weitere Blicke, mehr Getuschel.

Heinrichs Blick huschte von ihr zu Benedict, dann zu Tom auf den Schultern seines Vaters.

Benedict hob eine Hand. »Der heilige Thomas Becket segne Euch, Sire.«

Seine Stimme klang klar und deutlich. Seine Worte lenkten die Menge von dem Ausruf ab. Einige der Anwesenden nickten, um ihre Zustimmung kundzutun, denn auch sie waren der Auffassung, der Heilige habe in der Tat die Macht, dem gedemütigten Heinrich zu vergeben.

Heinrich lächelte erneut, dann straffte er die gemarterten Schultern und ging mit neuer Entschlossenheit auf die Kathedrale zu.

Ein Mönch in schwarzer Robe landete einen weiteren schmerzhaften Treffer auf des Königs blutigem Oberkörper, und die Menge brüllte wieder auf, richtete ihre Aufmerksamkeit wieder ganz auf ihn.

Dann war er fort.

Noch immer ruhten Blicke auf ihnen.

»Es ist Zeit, zu gehen.« Benedict zog Theodosia durch die Menschenmenge und achtete dabei darauf, Tom gut festzuhalten. Er sprach leise, doch der Ausdruck in seinen dunklen Augen war tadelnd. »Was hast du dir dabei gedacht? So etwas hättest du nicht rufen sollen.«

»Du auch nicht.«

»Ich habe es nur getan, um die Leute von dir abzulenken.«

»Ich musste etwas tun. Er leidet so sehr, und es ist unsere …«

Benedict schnitt ihr das Wort ab. »Nicht hier.« Er schüttelte den Kopf. »Zu riskant.«

Ein weiterer Schrei des nicht mehr zu sehenden Heinrich erklang, gefolgt von einem Aufbrüllen der Zuschauer.

Theodosia bekreuzigte sich. »Die heilige Veronica trat aus der Menge der Zuschauer am Weg zum Kalvarienberg und trocknete das Gesicht Christi. Ich habe nichts getan, nur ein paar Worte gesagt.«

Benedict blickte noch immer finster drein. »Wir brauchen keine Worte. Wir haben uns dem Bösen entgegengestellt. Wir haben es besiegt. Wenn nötig, werden wir das wieder tun.«

»Aber um den Preis unserer Seelen. Wir haben nie wirklich Buße getan, weil wir alles geheim halten mussten. Wie kann das …« Das Kind in ihr trat wieder heftig und ließ sie verstummen und abrupt stehen bleiben.

Benedict hielt ebenfalls inne, sein Gesichtsausdruck wandelte sich von Verärgerung zu Besorgnis. »Geht's dir gut?«

Theodosia legte sich eine Hand auf ihren gerundeten Leib. *Ruhig, Kleines. Mama muss doch atmen.* »Ja.« Sie sah ihrem

Mann ins Gesicht. »Wie kann das ein Sieg sein? Haben wir nicht verloren, was uns am teuersten sein sollte?«

»Wir haben noch immer unser Leben und unsere Freiheit. Viele, die mit uns gekämpft haben, hatten weniger Glück. Mir reicht das.« Benedict legte ihr den Arm um die Schultern. »Wir müssen raus aus Canterbury, damit du rasten und etwas trinken kannst. Ansonsten wirst du wieder die Aufmerksamkeit der gesamten Menge auf dich ziehen, und zwar diesmal, indem du mein zweites Kind mitten auf der Straße gebierst.«

Der Aussicht, der sengenden Hitze zu entkommen, konnte Theodosia nicht widerstehen. Sie ließ sich von ihm wegführen.

Als sie die Kathedrale umrundeten, stieß Tom einen Schrei aus und deutete von seiner Warte auf Benedicts Schultern aus zum Himmel. »Vögel!«

Theodosia blickte auf. Hoch über der Kathedrale kreisten schwarze Krähen, dunkle Flecken vor perfektem Blau. Das große Gebäude verfinsterte die Sonne und warf einen langen, tiefen Schatten, in dem sie jetzt standen.

Plötzlich fröstelte sie trotz der sommerlichen Gluthitze. Sie entsann sich der Worte ihres Herrn. *»Und ob ich auch wandelte im finsteren Tal, fürchte ich kein Unheil.«*

Doch sie fürchtete Unheil. Es hatte sie als Klausnerin innerhalb der Mauern dieser Kathedrale einmal heimgesucht, und es konnte sie wieder heimsuchen. Schlimmer noch, es konnte die heimsuchen, die sie aus tiefster Seele liebte.

Kapitel 2

»Steckt schon das verdammte Messer in mich, Mann!«, brüllte Heinrich seinen Arzt Meadfeld an, und die Worte hallten von der Kuppeldecke seiner von Kerzen erleuchteten Gemächer im Palast von Westminster wider. »Ich habe lange genug gewartet!«

Jede Meile der Reise nach London war wegen seiner Wunden eine Qual gewesen. Er hatte gute Miene zum bösen Spiel gemacht und den Massen, die sich versammelt hatten, um seinen Rückweg zu beobachten, gezeigt, dass ihr König sein Leid mit der gebotenen Noblesse erduldete.

»Ich bitte tausendmal um Entschuldigung, Euer Gnaden. Ich bin fast so weit.« Meadfeld machte sich an den chirurgischen Instrumenten auf einem Tisch zu schaffen. »Ich muss mich noch zu Ende vorbereiten.«

Heinrich versuchte, sich in seinem hochlehnigen Polsterstuhl umzudrehen, um zu sehen, was den Mann aufhielt. Es gelang ihm nicht. Er konnte weder den Kopf wenden noch die Arme heben oder senken. Zwar hatte sein Arzt ihn in Canterbury verbunden, doch seine Schultern und sein Rücken brannten, als hätten die Mönche ihn nicht nur mit Peitschen, sondern auch mit glühenden Eisen malträtiert. »Bei den Augen des

Herrn, Meadfeld! Die einzige Vorbereitung, die Ihr jetzt vornehmen müsst, ist mein Aderlass. Auf der Stelle!«

Meadfeld eilte an Heinrichs Seite, einen aufgeschlagenen Kalender in der Hand. »Ich musste Eure Einträge noch zu Ende überprüfen, Euer Gnaden.« Er hielt ein Bild von Menschen, Kreaturen und Symbolen hoch, die in zahlreichen Kreisen rings umeinander angeordnet waren. »Die Sterne am Himmel …«

»Könnten meinethalben auf die Erde herabfallen! Ans Werk jetzt. Meine Haut brennt wie Feuer.«

Sein Arzt verneigte sich tief. »Wie Euer Gnaden befehlen.« Er legte den Kalender auf den überladenen, breiten Tisch vor dem Kamin. Ein Mahl aus Obst, Fleisch und Brot wartete auf Heinrich, aber er hatte auf nichts davon Appetit.

Meadfeld goss aus einem polierten Krug einen großen Kelch starken Weins ein. Dann griff er in seine Gürteltasche und gab eine Handvoll stechend riechender Heilkräuter hinein. Er reichte Heinrich den Kelch.

»Bitte, trinkt das. Es wird die Schmerzen lindern und auch das Blut reinigen.«

Heinrich hob das Gefäß mit zitternder Hand an die Lippen. »Hölle und Verdammnis.« Er hielt inne und keuchte, denn er hatte Angst vor jeder weiteren Bewegung. »Ich vermag es nicht.«

Meadfeld runzelte besorgt die Stirn. »Wenn Ihr gestattet, Euer Gnaden.« Er legte eine seiner weichen Hände auf Heinrichs rechten Arm und nahm ihm mit der anderen sanft den Kelch aus der Hand. Dann führte er ihn an Heinrichs Lippen.

Der König sah seinen Arzt an. »Ich bin wie ein hilfloser Säugling oder ein Tattergreis.«

»Ihr seid keines von beiden, Euer Gnaden. In Canterbury hat die Welt Euren Mut und Eure Demut gesehen.«

»Ich bin froh, dass mich jetzt keiner sehen kann.«

Heinrich nickte und nahm einen tiefen Schluck von der bitteren Flüssigkeit. Erschöpft von der zurückliegenden schlaflosen Nacht und halb wahnsinnig vor Schmerz, ging ihm der mit Kräutern versetzte Wein sofort ins Blut.

Meadfeld stellte den Kelch neben den Kalender auf den Tisch. Dann hob er langsam und vorsichtig Heinrichs Arm, bis er auf dem Tischchen neben seinem Stuhl lag. Er nahm ein breites, stabiles Seidenband und knotete es um Heinrichs Oberarm.

Insgesamt drei kleine, verzierte Glasbehälter standen auf dem Tischchen bereit.

»Habt Ihr die richtige Anzahl?« Heinrich sah zu, wie seine Ader sich leuchtend violett auf der weißen Innenseite seines Arms abzeichnete, dessen Haut außen heiß war und durch die Sonneneinstrahlung eine tief scharlachrote Färbung angenommen hatte. Der Arzneiwein ließ die Klingen des Schmerzes, die seinen Rücken zerfleischten, stumpf werden und machte den König schwindlig.

»Gewiss, Euer Gnaden. Ich musste nur noch meine Berechnungen überprüfen. Deshalb die unverzeihliche Verzögerung.« Meadfeld ergriff sein Chirurgenmesser mit der kurzen Klinge.

»Dann fangt jetzt endlich an.« Heinrichs Herzschlag wurde ruhiger, und er kämpfte nicht mehr gegen den Schmerz an.

»Ja, Euer Gnaden.« Meadfeld legte die Spitze der Klinge an Heinrichs Ader.

Der Schnitt des Arztes verursachte einen kurzen, scharfen Stich, mehr nicht.

Dann fiel Tropfen um Tropfen des königlichen Blutes in das erste Glasbehältnis. Eine weitere Handbewegung Meadfelds, und es floss langsam, aber stetig. Im Kerzenlicht des Raums war die Flüssigkeit rot wie Rubine – kostbar, unbezahlbar.

Meadfeld nickte zufrieden, als er sich aufrichtete.

»So sah es gestern noch nicht aus.« Heinrichs Stimme war so schleppend wie der Fluss des Blutes aus seiner Ader.

»Wie meint Ihr das, Euer Gnaden?« Der Arzt wischte die Klinge seines Messers sauber und legte es zu seinen übrigen Chirurgeninstrumenten.

»Mein Blut. Canterbury. Es war hellrot wie das an der Wand eines Schlachthauses.«

»Eure Buße hat Euch an manchen Stellen das Fleisch bis fast auf die Knochen verwüstet, Euer Gnaden.«

»Was seid Ihr doch für ein Diplomat, Meadfeld. Euer König sagt, er habe etwas mit einem abgestochenen Schwein gemeinsam, doch Ihr windet Euch um meine Worte herum, nur um mich nicht durch Eure Zustimmung zu beleidigen.«

»Euer Gnaden.«

Das erste Gefäß war voll. Heinrich wurde immer schwindliger.

Es klopfte an der Tür. »Herein«, sagte Meadfeld.

Ein Diener trat ein und brachte eine Schüssel dampfenden Wassers und saubere Leintücher.

»Warum stört man mich?«, fragte Heinrich. »Ich hatte angeordnet, dass man mich in Ruhe lässt und mich nicht weiter behelligt.« Diesen Befehl hatte er gegeben, weil er einen beschämenden Zusammenbruch fürchtete. *Eine Niederlage.* »Lass mich allein. Meadfeld, mehr von diesem Wein.«

Meadfeld füllte den Kelch nach. »Euer Gnaden, es muss sich auch jemand um Eure Füße kümmern.«

Heinrich nahm noch einen Schluck aus dem Kelch, den ihm der Arzt an die Lippen hielt. »Noch einen.« Er trank einen weiteren Mundvoll.

Natürlich. Seine Füße. Das Kopfsteinpflaster hatte seine Zehen zerkratzt. Spitzere Steine hatten sich mit plötzlichen, brutalen Stichen in seine Sohlen gebohrt, eine Qual, die er mit jedem Schritt tiefer ins Fleisch getrieben hatte. Schritte, die am Ende nur noch ein Schlurfen gewesen waren, bis er sich ständig die Zehen an hochstehenden Pflastersteinen gestoßen hatte, bis die Nägel seiner großen Zehen aus dem Nagelbett gebrochen waren und seinen gequälten Schritt in den eines torkelnden Schwachkopfs verwandelt hatten.

»Meinen Füßen geht es dank Eurer Pflege wieder gut. Es tut nur noch so weh, als trüge ich zu enge Stiefel.«

»Dann ist dies ein guter Zeitpunkt, sie zu behandeln, Euer Gnaden«, sagte Meadfeld.

Heinrich holte Luft, um zu widersprechen, doch sein geplagter Körper verhinderte es. »Nun gut.«

Auf Meadfelds Nicken hin kniete der Diener vor Heinrich nieder, wagte es aber nicht, ihm in die Augen zu sehen, während er eine eiserne Pinzette aus der Tasche zog.

Der Mann ging an die Arbeit, befeuchtete das verletzte königliche Fleisch und entfernte mit sicherer Hand, die Heinrich keine zusätzlichen Schmerzen verursachte, Steinsplitter aus den offenen Wunden.

Meadfeld wandte seine Aufmerksamkeit wieder Heinrichs Aderlass zu.

Das zweite Gefäß füllte sich langsam. Heinrichs Schwindelgefühl nahm weiter zu. Der Schmerz in seinen Schultern blieb, schien aber weit entfernt. »Hellrot. Wie das Haar des Jungen.«

»Welches Jungen, Euer Gnaden?« Meadfeld betrachtete ihn aufmerksam und fürsorglich zugleich. »Euer Diener hat schwarzes Haar.«

Heinrich schloss für einen Moment die Augen. Er hatte das nicht laut sagen wollen. Die Worte waren nur in seinem Kopf gewesen. Er hatte an den Jungen auf Palmers Schultern gedacht. Doch weil die Müdigkeit über ihm zusammenschlug wie eine tosende Flut, hatten sich die Worte verselbstständigt.

»Egal.« Er öffnete die Augen wieder, während Meadfeld das zweite Gefäß ebenso entschlossen füllte wie das erste. Jetzt war nur noch eines leer.

Heinrich erinnerte sich daran, was er besaß. »Danach ist Schluss.«

Der Diener hob den Blick.

»Ich meine nicht dich, Mann«, sagte Heinrich. »Du sorgst dafür, dass meine Füße sich wieder anfühlen wie ein Teil von mir.«

Der Diener neigte erneut den Kopf. Heinrich fuhr fort: »Bei zweien ist Schluss, Meadfeld.« Der Arzt holte tief Luft.

»Ich befehle es.«

»Wie Euer Gnaden wünschen.«

Als das zweite Gefäß voll war, entfernte Meadfeld die Aderklemme und verband des Königs Arm rasch mit einem sauberen Tuch.

Heinrich tastete umständlich in der Tasche unter seinem Wams herum, denn ihm tat jede Bewegung weh. Seine tauben Finger schlossen sich um den Gegenstand, den er suchte. Er zog ihn hervor und hielt ihn Meadfeld hin.

»Seht Ihr das?«, fragte Heinrich. Die fest verschlossene Phiole trug das Siegel von Canterbury. Er schwenkte sie hin und her.

Meadfeld starrte sie wie hypnotisiert an. »Ist das …?«

Heinrich nickte. »Das Blut des heiligen Thomas Becket persönlich. Das Blut eines Märtyrers. Ich erhielt es gestern Abend, als ich in der Kathedrale von Canterbury Buße tat. Nehmt es. Nehmt es, und gießt etwas davon in dieses dritte Gefäß.«

Meadfeld nahm Heinrich die Phiole aus der Hand.

Der König sah, dass Meadfelds ruhige Hand plötzlich zitterte und er schneller atmete.

Meadfeld brach mit ein paar heftigen Drehbewegungen das Siegel der Phiole und entfernte den Korken. Dann goss er den Inhalt mit immer noch zitternden Händen in das Kristallglasgefäß.

Das Blut des heiligen Thomas Becket breitete sich in seinem neuen Gefäß aus. Die Flüssigkeit war hellrot, wo sie einen dünnen Film am Glas bildete, tiefer im Gefäß aber schimmerte sie fast schwarz.

Die Hände des Dieners, die Heinrichs Füße behandelten, wurden langsamer. Meadfeld konnte den Blick nicht von dem frisch gefüllten Kelch abwenden.

»Ihr könnt Euch bekreuzigen«, sagte Heinrich.

Seine Gefährten taten es.

»Verlasst mich jetzt, Meadfeld. Du, Mann … du kannst bleiben.«

Sein Arzt verneigte sich mit besorgtem Gesichtsausdruck. »Ich sollte Euch ebenfalls nicht verlassen, Euer Gnaden.«

»Schlaft in der Nähe. Der Diener kann Euch rufen, wenn etwas nicht stimmt.«

»Dann wünsche ich Euch angenehme Ruhe, Euer Gnaden.« Meadfeld verließ das Zimmer leise wie immer.

Heinrich sank schwer gegen die Rückenlehne. Seine Schultern schmerzten immer noch, doch größere Sorgen bereitete ihm, wie todmüde er war. Er konnte sich nicht mehr aufrecht halten. Es war, als stehe sein Ende unmittelbar bevor. Auf dem qualvollen Ritt zurück nach London hatte er mit dem Gedanken gespielt, sich in den Weißen Turm zurückzuziehen, seinen Palast, das höchste Gebäude in der ganzen, riesigen Stadt. Er war aus festem Stein errichtet, und es hieß, der Mörtel, der die Steinblöcke zusammenhielt, sei mit Blut von wilden Tieren versetzt.

Eleonores Streitkräfte hätten alles andere als leichtes Spiel damit gehabt, ihn dort herauszuholen. Aber das wäre die Vorgehensweise eines Feiglings, eines Schwächlings gewesen. Thomas Becket war nicht geflohen. Er war geblieben und hatte sich seinen Feinden gestellt. Heinrich wusste, er musste dasselbe tun.

Deshalb war er in Westminster, dem Amtssitz des rechtmäßigen Herrschers.

Der Diener kümmerte sich weiter um Heinrichs Füße.

Heinrich spürte den Lockruf des Schlafs, zumal die Berührungen des Mannes eine überaus beruhigende Wirkung auf ihn hatten. Die gesamte vergangene Nacht über hatte er in der Kathedrale von Canterbury gewacht und für seinen toten Freund gebetet. Beckets Schrein auf dem Altar, vor dem Heinrich im Gebet auf dem Boden gelegen hatte, stand genau da, wo die mörderischen Ritter zugeschlagen hatten. Das Blut, das sich jetzt in dem Kristallglas befand, war aus dem eingeschlagenen Schädel des Erzbischofs über den Altar gespritzt.

Tränen der Erschöpfung sammelten sich in Heinrichs Augen, und er ließ ihnen freien Lauf. Sanft. Warm. Warm wie Blut. Er berührte der Reihe nach die drei Glasgefäße. Sein eigenes Blut war noch warm, kühlte aber schnell aus.

Das Glas mit Beckets Blut fühlte sich so kalt und leblos an wie der Steinboden der Kathedrale.

Oh, Thomas, mein Freund – es tut mir so leid. So schrecklich, schrecklich leid. Wir haben um die Macht gerungen. Nun bist du meinetwegen tot. Meine Macht bedeutet nichts mehr. Bald wird meine Königin sie mir entreißen. Dann wird sie mir auch das Leben nehmen, so sicher, wie die Nacht dem Tag folgt. Bete für mich, heiliger Thomas Becket. Bete für mich, und ich bitte dich, halte mir einen Platz an deiner Seite im Paradies frei. Es tut mir so leid.

Aus der Wunde an Heinrichs Arm flossen ein paar letzte Tropfen in den Leinenverband, als weine auch sie.

Er winkelte den Arm an und legte die Wange in die Ellenbeuge. *So leid.*

Dann schloss König Heinrich von England mit gemartertem Körper, gebrochenem Herzen und vom Untergang bedrohtem Reich die Augen und gab sich dem erlösenden Vergessen hin.

* * *

Eleonore stand inmitten der Menge auf den Straßen von Canterbury und beobachtete ihn, den König. Seine Gemahlin, seine Königin. Seine vier Söhne traten an ihre Seite. Heinrich drehte den Kopf hin und her. Doch wohin er sich auch immer wandte, sah er sie. Ihre Gesichter vervielfältigten sich, bis die gesamte Menschenmenge zu seiner Familie wurde, zu seinem Fleisch und Blut.

Mit weit aufgerissenen, höhlenartigen Mündern verlangten sie seinen Kopf, brüllten danach, stampften so hart auf das Kopfsteinpflaster, dass der Boden bebte. Die Mauern der turmhohen Kathedrale erzitterten; dann fielen Steine, regneten zu Boden, und wilde, geflügelte Kreaturen brachen daraus hervor. Die Kreaturen stießen auf ihn herab, während Canterbury von den Siegesschreien seiner Feinde widerhallte.

Das Hämmern an der Tür weckte Heinrich. Der Raum war immer noch in Kerzenlicht getaucht.

»Ruhe, bitte Ruhe.« Der Diener zu seinen Füßen erhob sich, eilte zur Tür und sagte mit leiser Stimme: »Seine Gnaden schläft. Er hat viele schwere Wunden erlitten. Kommt morgen wieder.«

Es klopfte erneut. »Öffnet die Tür! Ich muss den König sehen! Ich bringe überaus dringende Kunde!«

Der Diener sah zu Heinrich hinüber und verbeugte sich, bis seine Stirn fast den Boden berührte, als er sah, dass sein Herrscher wach war.

»Euer Gnaden?«

Heinrich sammelte sich, denn nach einem so kurzen, unruhigen Schlaf war er verwirrt. »Finde heraus, was der Mann will.« Seine Stimme klang schwach, besiegt, als wisse er, was ihn erwartete. Der Diener machte sich am Schloss zu schaffen und öffnete die Tür einen Spalt, doch sie wurde aufgestoßen.

Ein Kurier trat ein, noch immer staubbedeckt von der Reise und mit Meadfeld im Schlepptau.

»Ihr dürft Seine Gnaden nicht stören«, sagte der Arzt. »Er ist zu krank und braucht Ruhe.«

Heinrich umklammerte die Armlehnen seines Stuhls. Plötzliches Entsetzen beraubte ihn seiner letzten verbliebenen Kraft. Der Kurier war der junge Hugo Stanton. Er hatte ihm nicht nur sein Leben, sondern auch das derer, die ihm am teuersten waren, anvertraut. Etwas Schreckliches war geschehen. »Lasst ihn reden, Meadfeld.«

Stanton eilte durch den Raum und fiel vor Eile keuchend vor Heinrich auf die Knie. »Euer Gnaden. Ich bringe eine höchst dringliche Botschaft.«

Heinrich blieb gefasst, auch wenn er fürchtete, das Herz werde ihm aus der Brust springen. »Erhebt Euch, Stanton. Sagt, was Ihr zu sagen habt.« Er spannte sich an und harrte des verheerenden Schlags.

Stanton stand nun vor ihm. Seine blauen Augen strahlten aus einem sonnengebräunten Gesicht. »Sieg, Euer Gnaden!«

»Sieg.« Das letzte Wort, das zu hören Heinrich erwartet hatte. Fantasierte er aufgrund des Weins und des Aderlasses immer noch? »Sieg?«

»Ja, Euer Gnaden! Geoffrey, Euer einziger getreuer Sohn, hat an der Seite des Sheriffs von Yorkshire bei Alnwick den Sieg errungen. Der König der Schotten sitzt in Richmond Castle in Haft. Die Rebellen fliehen!«

Meadfeld blieb der Mund offen stehen. »Der Herr sei gepriesen.«

Heinrich sprang auf, während sein Diener aufkeuchte und sich bekreuzigte. »Der heilige Thomas der Märtyrer hat sein größtes Wunder gewirkt!« Der Wundschmerz kümmerte den König nicht mehr. »Ich habe Vergebung erlangt! Gott hat mir verziehen!«

Stanton nickte eifrig. »Ja, Euer Gnaden.«

Heinrich packte ihn bei den Schultern und küsste ihn heftig auf beide staubbedeckten Wangen. »Ich weiß, Ihr seid müde von der Reise. Aber beeilt Euch. Lasst es meine Barone und den Bischof wissen. Ruft sie in meine Halle, und befehlt, dass alle Glocken Londons erklingen. Sie sollen von meinem Sieg künden!« Er schüttelte Stanton mit der Kraft der Begeisterung, ehe er ihn losließ.

»Das werden sie, Euer Gnaden.« Mit einer raschen Verneigung begab sich Stanton zur Tür, wie ihm Heinrich befohlen hatte.

»Meinen Mantel«, sagte Heinrich zu dem Diener. »Ich muss meine Adligen empfangen.«

Auch der Diener gehorchte.

»Ach ja, Stanton«, fuhr der König fort.

Der Bote hielt an der Tür inne. »Euer Gnaden?«

»Es gibt noch jemanden, dem Ihr diese großartige Nachricht überbringen müsst«, erklärte Heinrich.

»Palmer und seiner Gattin?«, fragte Stanton.

Heinrich nickte. »Ergreift alle üblichen Vorsichtsmaßnahmen, hört Ihr? Wir dürfen nicht vor lauter Freude achtlos werden.«

»Ich schwöre es bei meinem Leben, Euer Gnaden. Eure Nachrichten sind bei mir sicher.« Eine weitere Verbeugung, und Stanton war fort.

»Geh das Gesinde wecken«, befahl Heinrich dem Diener. »Sag ihnen, die Barone und Bischöfe werden Verköstigung brauchen.« Der Mann verneigte sich und eilte aus dem Raum.

Dann erklangen die ersten Glocken: der tiefe Schall der königlichen Abtei. Nicht der dringliche Lärm, der vor einer Invasion warnte, sondern das rasche Läuten des Feierns, des Sieges. Eine weitere fiel ein, kleiner, heller. Dann noch eine.

Heinrich begegnete Meadfelds erfreutem Blick, bevor er aus dem Fenster sah, vor dem sich die ersten Sonnenstrahlen zeigten.

Der helle Klang schallte über die dicht gedrängten Dächer und Türme der Stadt, und dieser Tag brach nicht mit Vogelgezwitscher an, sondern mit Glockengeläut.

»Der fröhliche Weckruf wird das Werk Eures Dieners erledigt haben«, sagte Meadfeld. »Die Leute werden Euren ruhmreichen Sieg schon feiern und Eure demütige Buße vor dem heiligen Thomas Becket preisen.« Der Leibarzt trat an Heinrichs Seite und verneigte sich tief und ehrerbietig. »Sie werden auch staunen. So bald schon ein so klares Zeichen göttlicher Vergebung. Man könnte es als Wunder bezeichnen.«

»Ich würde es so nennen.« Heinrich drehte sich zu dem Tisch um, auf dem die Gefäße mit dem Blut standen. Er hatte die Flüssigkeiten mischen wollen, auf dass ihm die Verbindung seines Blutes mit dem des Heiligen den Weg ins Paradies ebne. Doch der heilige Thomas Becket hatte ihm eine andere Antwort gegeben: Heinrich würde weiter als rechtmäßiger König herrschen. Noch war es für ihn nicht an der Zeit, sich seinem Freund im Himmel anzuschließen. »Ein großes Wunder durch das Blut des Märtyrers.«

Meadfeld fiel in stummem, ernsthaftem Gebet auf die Knie.

Heinrich nahm die leere Phiole und goss das Blut des Heiligen vorsichtig wieder hinein. Er würde es an einem geweihten Ort als Segen und Schutzzeichen aufbewahren. Mit einem solchen himmlischen Schutzherrn würden seine Feinde nie wieder die Möglichkeit erhalten, ihm etwas anzutun. Ihm konnte nichts geschehen, genauso wenig wie denen, die er liebte.

Er verschloss die Phiole wieder fest und hob sie mit beiden Händen empor. »Gepriesen seien Gott und der heilige Märtyrer.«

* * *

Kerkerhaft war nicht das Gleiche wie Tod.

Das und das allein war das letzte bisschen Hoffnung, das Raoul de Faye, dem Seneschall von Poitou, blieb, während er an den hohen Fenstern seines Privatgemachs im oberen Stockwerk von Faye-la-Vineuse stand. Im frühherbstlichen Abendlicht konnte er noch immer den Brief lesen, den ihm ein Bote am Mittag gebracht hatte.

Einen Brief, der das Ende seiner Pläne, seines Traums bedeutete. Seines Traums, in dem die Rebellion, die er ermutigt hatte, Heinrich zu Fall brachte. In dem er, Raoul de Faye, Eleonores Onkel, seiner geliebten Nichte das Königreich zu Füßen legte. Sie würde ihn als den heldenhaften Krieger erkennen, der er war, und seine achtundfünfzig Jahre auf Gottes Erde würden ihr egal sein. Sie würde wollen, dass er an ihrer Seite herrschte, ihm ihr Bett und ihren Körper anbieten.

De Faye las erneut die schicksalhaften Worte: »Aufgrund ihrer Beteiligung an der Rebellion gegen Heinrich hat der König befohlen, Königin Eleonore, Herzogin von Aquitanien, für den Rest ihres Lebens einzukerkern. Seine Gnaden wird ihr nie verzeihen, sie nie begnadigen und sie niemals in die Freiheit entlassen. Sie wird ihre Zeit auf Erden nutzen, um ihre Sünden gegen Seine Gnaden zu bedenken, dafür angemessen Buße tun und Gott um Verzeihung anflehen.«

De Faye wischte sich den Schweiß des Zorns von der Stirn, rieb sich den sorgfältig gestutzten Bart und holte durch die Nase tief Luft, um seine Wut über diese Farce von einem Brief besser in den Griff zu bekommen. Solche schmucklosen Sätze mochten dazu geeignet sein, ein weniger bedeutendes Ereignis zu beschreiben, etwa die Einsetzung eines neuen Abtes. Erhöhte Einkünfte aus einem abgelegenen Landgut. Aber doch nicht eine so fürchterliche Tragödie: ein Desaster, eine Katastrophe, die sie in nur drei kurzen Monaten getroffen hatte. Sie klangen nach einem gelassenen König, der weise Recht sprach.

Tatsächlich war das Urteil wohl kaum so zustande gekommen, nicht bei Heinrich. De Faye konnte sich die blutunterlaufenen Augen des Mannes vorstellen, sah regelrecht vor sich, wie sein Gesicht in einem seiner häufigen maßlosen Wutanfälle rot anlief, während er der Königin seine Rachepläne ins Gesicht brüllte.

Der Königin. *Seiner* Königin. *Seiner* Liebe.

Ein Reif verzehrender Sehnsucht schnürte de Faye die Brust ein. Der Hofstaat, über den er und Eleonore geherrscht hätten, wäre so prachtvoll gewesen. Troubadoure hätten sich versammelt, um sie mit den kunstvollen Liedern zu erfreuen, die sie so liebte und förderte. Sie hätten de Fayes Sieg in ihren Liedern gepriesen und ihn als den edlen Ritter gefeiert, der dies aus Leidenschaft, aus Verehrung für seine Dame vollbracht hatte. Sein Name hätte durch die Zeiten geklungen, genau wie der Arthurs, der Lancelots. Der Iweins.

De Faye wandte sich vom Fenster ab und hatte erneut Schmerzen in der Brust. Er hatte seine Gemächer so sorgsam für sie vorbereitet. Die hohen Steinwände, die in einer Kuppeldecke ausliefen, waren dunkel und feucht gewesen. Nun erstrahlten sie in frischem Putz und Tünche, auf die in Rot die Umrisse großer Steinblöcke gemalt waren. Auf jedem Block prangte eine Blume in sattem Gelb: die Bourbonenlilie, die Blüte seiner Eleonore. Im selben Gelb leuchtete auf den roten Fensterläden und Türen das Symbol, das de Faye für sich gewählt hatte: ein wilder Löwe.

Am anderen Ende des Privatgemachs, an der Wand ihm gegenüber, leuchtete im Licht Dutzender Kerzen auf einem verschnörkelten Metallgestell das Herzstück des Raums. De Faye schritt langsam über die glatten Eichenbodendielen, die Farce von einem Brief noch immer in den Händen.

Eleonore wäre überwältigt gewesen, hätte sie es sehen können: ihr Porträt als Wandgemälde, dreimal so hoch wie de Faye selbst, der sechs Fuß maß. Es zeigte sie als Iweins Dame, Laudine.

De Faye hatte die besten Künstler angeheuert, und sie hatten ihn nicht enttäuscht. Gegen den Schimmer ihrer hellen Locken wäre jedes Edelmetall verblasst. Sie trug ein strahlend blaues Kleid, dessen Farbe sich in einer sprudelnden Quelle widerspiegelte, und die Grün- und Brauntöne eines verwunschenen Waldes.

Doch das Beste waren ihre Augen. Ihre schönen, herrlichen Augen, Seelenteiche, ein wundervoller Farbton in einem perfekt geformten Gesicht. Sie schienen ihn anzusehen, wo auch immer im Raum er sich befand, ob hier zu ihren Füßen oder in seinem bequemen Bett, in dem er ihr Bild betrachtete, während er auf den Schlaf wartete.

Aber was war nur aus seiner Dame geworden?

Sie war auf immer für ihn verloren, ehe er diese Liebe ganz in die Tat umgesetzt hatte. Er hatte die Empfindungen für Eleonore in seinem Herzen genährt. Die ungestüme Minne der Jugend, die schnell emporloderte und wieder erlosch wie knisternd brennender Zunder, war ihre Sache nicht. Nein. Ihre Liebe war wie eine entflammte Tanne. Sie fing langsam Feuer, brauchte viele Anläufe, erforderte sorgsame Pflege und Hege. Doch wenn sie einmal in Flammen stand, würde sie lange lohend brennen.

De Faye zerknüllte den Brief in seinen Händen.

Nun blieb ihm nur noch kalte, tote Asche. Eleonore würde tausend Tränen weinen, ihre Hände würden sich in ihre prachtvollen Locken krallen. Sie würde beklagen, dass er sie so ganz und gar im Stich gelassen hatte. Er als höfischer Ritter hätte seine Dame niemals allein und schutzlos zurücklassen sollen.

»Genau wie Iwein, der nicht zu seiner Dame Laudine zurückgekehrt ist.«

Es war, als habe das Porträt zu ihm gesprochen.

Diese wahren Worte erfüllten sein Herz mit brennender, wütender Scham. Er hatte nichts von seinem ritterlichen Helden gelernt, sondern nur dessen Fehler wiederholt. »Aber dennoch werde ich groß sein wie er.« Er presste die Worte hervor. »Hörst du?«

Eleonores Schweigen tadelte ihn für seine Dummheit wirksamer, als es eine ausgesprochene Zurechtweisung vermocht hätte.

»Ich hätte nicht so grobe Worte wählen sollen, meine Liebste.« Er umklammerte die Fetzen des Briefs mit aller Kraft, um seinen Zorn zu überwinden. »Verzeih mir.«

»Ich kann dir alles vergeben. Denn du bist mein Mond zwischen den Sternen, meine Sonne über dem Mond.«

De Faye verneigte sich vor der großherzigen, eingebildeten Erwiderung seiner Dame, vor ihrer Anerkennung seines Edelmutes. Oh, er würde ihre Zweifel zum Schweigen bringen.

Heinrich hatte öffentlich erklärt, er verdanke seinen Sieg dem heiligen Thomas Becket, denn der Märtyrer habe von jenseits des Grabes entschieden, wer den Sieg davontragen solle. Die abergläubischen Narren des Reichs glaubten ihm, ergötzten sich an der Vorstellung, ein Geist könne einen Kampf entscheiden.

»Süße Dame, der Ritter Iwein musste sich ebenfalls der größten Herausforderung stellen, dem Kampf gegen anderweltliche Kreaturen. Doch er überwand sie, wie ich unsere Feinde überwinden werde. Ich werde dich befreien, meine Liebste. Wir werden gemeinsam den Thron besteigen. Das schwöre ich dir bei allem, was mir heilig ist.«

Die Antwort ihres turmhohen Abbilds war ein Blick schweigenden Vertrauens.

De Faye lächelte zurück, denn dass sie wieder Hoffnung gefasst hatte, besänftigte sein Herz.

Eine von Iweins größten Waffen war ein Ring gewesen, der seinen Träger unsichtbar machte. De Faye verfügte über seine eigene Form der Unsichtbarkeit: eine Armee ihm treu ergebener Spione überall in Heinrichs Reich, wie erstickende Ranken, die sich durch einen gesunden Baumbestand wanden.

Sie würden auch für sie streiten, und wie die Ranken würden sie sich als tödlich erweisen.

De Faye schickte sich an, das Pergament in eine seiner vielen kunstvoll bemalten und mit Schnitzereien verzierten Truhen zu legen. Er öffnete den Deckel. So viele andere Briefe mit so vielen Worten, die ihm den Sieg verheißen hatten. Leere Worte. Aber eines Tages würden sie wahr werden.

Er und Eleonore würden triumphieren. Sie würden den Sieg feiern, würden in seiner Kammer unter der gelben Bourbonenlilie das Lager teilen. Er legte den Brief dahin, wohin er gehörte, ein Teil seiner Vergangenheit, aber kein Hinweis auf die Zukunft.

Er schloss den Deckel und betrachtete erneut ihr wundervolles Abbild.

De Faye würde seine Herrin nicht enttäuschen. Egal, wie lang oder gefährlich die Schlacht sein würde.

Kapitel 3

Cloughbrook, Staffordshire, England, März 1176

Palmer, der auf einem Strohballen in ihrer engen, verräucherten Kate saß, blickte vom Schleifen seines Messers auf.

Sein Sohn stand vor ihm auf dem festgestampften Lehmboden und trat ungeduldig von einem Bein aufs andere. »Vater, kann ich dir heute auf den Feldern helfen?« Tom hustete lange und heftig. »Darf ich?«

»Erst, wenn du nicht mehr klingst wie eine Wachgans.«

Tom lachte, was einen neuerlichen Hustenanfall auslöste. »Bitte?«

»Heute ist es zu kalt und nass.« Theodosia saß auf einem Schemel am weit heruntergebrannten Feuer und stillte Matilde, die gerade die ersten Worte gesprochen hatte. »Du bist noch nicht wieder gesund. Vielleicht, wenn das Wetter besser wird.«

»Es ist doch schon besser«, widersprach Tom. »Es liegt kein Schnee mehr.«

»Erst seit Mariä Lichtmess.« Palmer legte Messer und Wetzstein auf den kalten Boden und zog seinen Sohn auf seinen Schoß. »Wir waren eingeschneit. Eingeschneit!« Er kippte ihn nach hinten.

Der Junge schrie nach seinem Lieblingsspiel. »Wie hoch? Wie hoch?«

Palmer zog ihn nach oben. »Bis zum Dach!« Er hob ihn über seinen Kopf in Richtung des durchhängenden Reetdachs und schwang ihn dann wieder herunter, was Tom mit begeistertem Johlen quittierte.

Matilde hörte bei dem Lärm auf zu trinken und wandte ihm ihr Gesichtchen zu.

»Benedict.« Theodosia versuchte, streng zu klingen, konnte jedoch ein Lächeln nicht unterdrücken.

Tom hustete erneut. »Noch mal, Vater.«

Palmer stellte ihn auf die Füße und rieb ihm den Rücken. »Hol mal Luft, hm? Du kannst nicht mitkommen. Heute nicht.« Er schob sich das Messer in den Gürtel. »Ich muss los. Die Felder roden sich nicht von allein.«

»Schaust du unterwegs nach?«

Palmer sah zu Theodosia hinüber, als die ihre zaghafte Frage stellte. Er wusste, was sie meinte: bei dem Baum tief im Wald nachsehen. Dem Baum, an dem der Mann des Königs einen Hinweis hinterlassen würde, dass eine Nachricht auf sie wartete. Er nickte. »Auf dem Rückweg auch.«

»Was nachschauen?«, fragte Tom.

Himmel, der Bursche hatte einen wachen Verstand. »Nichts.« Palmer packte den Wetzstein in seine Arbeitstasche.

»Wir haben zu lange nichts gehört«, sagte Theodosia.

»Diesen Winter konnte niemand reisen. Wir saßen alle in Schnee und Eis fest. Das ist alles.«

»Aber was, wenn …«

Palmer schüttelte warnend den Kopf. »Tom. Geh hinaus, und hol ein neues Holzscheit vom Stapel.«

Gehorsam eilte das Kind zur Tür, wie es Palmer erwartet hatte. »Braver Junge.« Er stand auf, um sie mit Gewalt hinter ihm zu schließen, denn das Holz war feucht und verzogen.

Theodosia fuhr leise fort: »Aber was, wenn es erneut eine Rebellion gegeben hat? Was, wenn Heinrich abgesetzt wurde?« Panisch flüsterte sie: »Was, wenn wir aufgeflogen sind? Königin Eleonore könnte frei sein. Aber selbst wenn nicht, stehen ihre Söhne hinter ihr.«

»Theodosia, denk nach.« Er trat von der Tür zurück. »Wenn der König nicht mehr auf dem Thron säße, hätten wir davon gehört. Selbst in einem eingefrorenen Land wäre das nicht geheim geblieben.«

Ihr tief getroffener Blick berührte ihn. Er ging vor ihr in die Hocke und zog sie sanft an sich, Matilde schmiegte sich stillvergnügt zwischen sie. »Alles wird gut. Wir haben diesen schrecklichen Winter überlebt. Der Frühling kommt. Ich rechne jeden Tag damit, den Hinweis am Baum zu sehen.«

»Darum bete ich.« Theodosia bettete den Kopf an seine Brust.

Er küsste ihr weiches Haar. »Deine Gebete werden erhört werden.«

Knarrend öffnete sich die Tür, und Tom kam hereingepoltert. Er zog ein flechtenüberwuchertes Holzscheit hinter sich her, das fast so groß war wie er, und keuchte vor Anstrengung.

Der Blick aus Theodosias grauen Augen fand den Palmers. »Aber was, wenn nicht?«

* * *

»Habe ich Euer Gnaden wieder Freude bereitet? Wieder einmal?«

Heinrichs rasender Puls verhinderte jede Antwort. Er lag in seinem breiten Bett in seiner Jagdhütte in Woodstock auf Rosamund Clifford, die Wange an ihre weiche, weiße Schulter geschmiegt.

Sie legte die Hand mit den zarten Fingern auf seinen Hinterkopf und streichelte ihn vorsichtig. »Euer Gnaden?«

Heinrich rollte sich auf den Rücken. Der Stapel weicher Daunenkissen hielt ihn halb aufrecht und ersparte ihm das würdelose Gefühl, wie ein auf den Rücken gedrehter Käfer nach Luft zu ringen. »Mir geht es blendend«, keuchte er.

»Noch Wein, Euer Gnaden?«, fragte das Mädchen leise und demütig.

Heinrich sah sie an, und sie senkte bescheiden den Blick.

Rosamunds üppiges goldenes Haar fiel auf die weißen, leinenen Kissenbezüge und ihre herrlichen Brüste. Lange dunkle Wimpern beschatteten ihre Wangen, und im schwachen Licht hatten ihre Lippen den Farbton vollreifer Beeren. Er legte ihr eine Hand unters Kinn und hob es an, bis sie ihn mit ihren strahlenden haselnussbraunen Augen ansah.

»Du musst mich Heinrich nennen.« Er wünschte, er hätte nicht geklungen wie ein Onkel, der sich einschmeicheln wollte. Also fügte er den wahren Grund hinzu. »Du bist jetzt seit über einem Jahr meine Mätresse.«

Rosamund schien tief bewegt. »Oh, Euer … Heinrich«, verbesserte sie sich und biss sich dabei neckisch auf die Lippe, »das wäre eine große Ehre.«

»Braves Mädchen. Jetzt hol mir meinen Wein.«

Sie erhob sich, um die fein gewobenen Wollvorhänge um ihr Lager zurückzuschieben, die ihre Leidenschaft viele Stunden lang von der Außenwelt abgeschirmt hatten. Nun fiel das Tageslicht herein.

Als sie aus dem Bett stieg und sich einen Pelzmantel überstreifte, stieg ihm ihr Geruch in die Nase. Rosen und Lavendelöl mit der Wärme von Sandelholz. Darunter roch er ihren weiblichen Duft, süß und dunkel.

Heinrich zog die schwere Seidendecke zu sich und sah ihr nach, als sie zum Beistelltisch ging. Obgleich sie einen bodenlangen Mantel trug, sandten ihm ihre schwingenden Hüften Signale, als wäre sie nackt.

»Du bist schön wie die heilige Agatha persönlich«, sagte er.

Rosamund drehte sich um, den polierten Zinnkrug in Händen, und sah ihn verständnislos an. Dann schenkte sie ihm ein strahlendes Lächeln, nur um ihm eine Freude zu machen.

Heinrich erwiderte das Lächeln großzügig. »Dann sagen wir, deine Schönheit gleicht der der Braut König Arthurs, Guinevere von Camelot.«

Diesmal errötete sie vor Stolz. »Danke, Euer Gnaden.« Sie beugte sich vor, um ihm Wein einzugießen.

Heinrich seufzte innerlich. Zwischen den Beinen war sie außerordentlich talentiert, zwischen den Ohren weniger. Egal. Sie sollte ihm Spaß bringen, es ging nicht um Liebe.

Während Rosamund ihm einschenkte, begannen die Glocken zur Mittagsmesse zu rufen.

Heinrich fuhr hoch. »Wie lange waren wir im Bett?«

Rosamund trat zu ihm und ließ den Mantel von den Schultern gleiten. »Viele Stunden, und jede davon war ein Vergnügen …«

»Zu viele, eher.« Er winkte ab, als sie ihm den Kelch reichen wollte. »Ich bin immer noch splitternackt. Bring mir meine Kleider.«

Schnell schloss sie ihren Mantel wieder und gehorchte rasch. Wie immer.

Als er hinreichend bekleidet war, um sich zu zeigen, schritt er zur Tür und riss sie auf. »Ruft mir Hugo Stanton.« Auf Heinrichs Befehl rannte ein Diener los. »Auf der Stelle!«

Heinrich zog sich gerade fertig an, als draußen auf dem Gang schwere Schritte ertönten.

»Lasst meinen Kurier herein!«, rief er von da, wo er stand, damit man es auch sicher durch die Tür hören konnte.

»Was soll ich tun, Euer … Heinrich?«, fragte Rosamund.

»Bleib«, sagte Heinrich, während der Diener Hugo Stanton einließ.

»Euer Gnaden.« Stanton verneigte sich tief.

»Ich will ungestört sein«, rief Heinrich dem Bediensteten zu. Als die Tür sich schloss, senkte er die Stimme.

»Stanton, Ihr müsst für mich eine Nachricht an das Nonnenkloster Godstow überbringen.«

Stanton warf der respektvoll schweigenden Rosamund einen Blick zu. Seine Augen verweilten einen Moment zu lange.

»Euer König hat einen Auftrag für Euch, Stanton«, erklärte Heinrich, »und er lautet nicht, seine Mätresse anzugaffen.«

Stanton wandte seine Aufmerksamkeit schlagartig wieder dem König zu, seine wettergegerbte Haut rötete sich. »Verzeihung, Euer Gnaden. Ich wollte nur vor der edlen Dame nicht zu offen sprechen.«

»Ihr könnt vor ihr sprechen, Stanton. Lady Rosamund versteht es, ihre Zunge im Zaum zu halten.« Heinrich zeigte auf sie. »Nicht wahr?«

»Natürlich, Heinrich.« Rosamund hielt den Blick gesenkt und hatte die Hände gefaltet.

»Ich hätte heute für meine übliche Freitagsbuße in Godstow sein sollen, ehe ich mich nach London begebe.« Heinrich warf sich auf eine Polsterbank mit geschwungener Sitzfläche. »Meine Stiefel.«

Stanton ergriff sie und kniete sich vor Heinrich.

»Aber …«, Heinrich beugte sich vor und schob vor Anstrengung keuchend einen Fuß in den dazugehörigen Stiefel, »Lady Rosamund hat mich viele Stunden im Bett festgehalten.«

»Ich bin sicher, das Festhalten geht von Euer Gnaden aus.« Stanton hielt ihm den anderen Stiefel hin.

»Tatsächlich glaube ich, sie hat mich mit ihrer Anmut verhext.« Ein rascher Blick zeigte ihm, dass sie die Augen keusch niedergeschlagen hatte. Kaum zu glauben, wozu sie zwischen den Laken imstande war. Er schlüpfte in den zweiten wartenden Stiefel. »Dank dieser Zeitverschwendung schaffe ich es heute nicht mehr nach Godstow.« Er erhob sich und prüfte den Sitz des Schuhwerks.

Auch Stanton stand auf und erwartete seinen nächsten Befehl.

Heinrich fuhr fort: »Ich werde hier Buße tun und direkt nach London reisen. Stanton, Ihr reitet nach Godstow. Ihr solltet es noch vor Einbruch der Nacht schaffen. Sagt der Äbtissin, ich sei aufgehalten worden und bäte um Verzeihung. Sagt ihr auch, ich werde nächste Woche doppelt Buße tun. Sagt ihr genau das. Verstanden?«

»Ja, Euer Gnaden«, antwortete Stanton.

»Geht jetzt«, trug ihm Heinrich auf. Er deutete auf Rosamund. »Du auch.«

Sie zögerte. »Ich könnte bleiben und mit Euch beten.«

»Ich will Buße tun, nicht mich mit weiteren Sünden belasten. Hinaus!«

Sie biss sich ein weiteres Mal auf die Lippe.

»Mylady.« Stanton winkte ihr von der offenen Tür aus zu, und Rosamund eilte hinaus und schloss sie hinter sich.

Heinrich ignorierte die Kapelle hinter dem Wandschirm am anderen Ende seines Gemachs. Stattdessen ging er mit lauten, schweren Schritten auf und ab – eins, zwei –, als könne er sich so selbst besser verzeihen. Die regelmäßigen Besuche in Godstow waren zu wichtig. Die Welt musste sehen, dass er auch weiterhin Buße für Becket tat. Doch er, Heinrich, hatte für so viel mehr Abbitte zu leisten. Wichtiger noch war, bei wem er Abbitte zu leisten hatte.

Bei Amélie. Seinem Weib, seinem treuen Weib. Der Frau, die er viele Jahre zuvor heimlich geheiratet hatte. Der Frau, die ihm Theodosia, ihr einziges Kind, geschenkt hatte. Heinrich holte tief und zitternd Luft, als er an die Gefahr dachte, in der sie sich befunden hatten. Er hatte sie einmal fast verloren, die Frau und das Kind, die ihm so teuer waren. Eleonore hatte herausgefunden, dass es die beiden gab. Diese Tatsache machte seine Königin bedeutungslos, nahm ihren vier nichtsnutzigen Söhnen jeden Anspruch auf den Thron. Sie hatte versucht, Amélie und Theodosia töten zu lassen, und dabei war Becket gestorben.

Einzig Sir Benedict Palmer hatte durch sein Handeln Heinrich vor dem schlimmsten Kummer bewahrt. Nun plante Heinrich, Amélie zu seiner legitimen Ehefrau zu machen, sie der Welt zu präsentieren. Bisher wäre das unmöglich gewesen. Doch Eleonores Rebellion hatte der Welt enthüllt, was für eine Verräterin sie war. Er hatte sie eingesperrt und erste Schritte unternommen, die Farce, die seine Ehe mit ihr darstellte, annullieren zu lassen. Er hatte ein Gesuch nach Rom gesandt und das Thema dem Papst vorgetragen, der sein Ansinnen jedoch missbilligte.

Heinrich erreichte sein Bett, das von seinen Stunden mit Rosamund zerwühlt und feucht war. Die Laken rochen streng und waren zerknüllt. Er schloss ruckartig die Vorhänge, um die Erinnerung zu verbannen. Rosamund Clifford war nur eine Ablenkung. Eleonore bedurfte viel dringender seiner Aufmerksamkeit.

* * *

Palmer war mit einer kleinen Gruppe anderer Bauern auf der Hauptstraße von Cloughbrook unterwegs. Angesichts des unablässigen Schneeregens hatten die meisten für diesen Tag schon aufgegeben. Dieses letzte Grüppchen war auf dem Heimweg und wurde jedes Mal kleiner, wenn einer der Männer die heimische Tür erreichte.

Nun ging Palmer allein auf die Brücke über den Hochwasser führenden Fluss zu. Seine abgetragenen Lederschuhe quietschten und waren mit feuchtem, klebrigem Schlamm verschmiert. Er zitterte heftig in der nassen Kleidung, die ihm am Leib klebte. Sein Wollwams und das Beinkleid wogen viermal so viel wie bei seinem Aufbruch im Morgengrauen. Die dicke Wollgugel auf seinem Kopf hatte sich in einen nassen Klumpen verwandelt.

Wie die anderen Männer hatte er, so lange es nur möglich war, getan, was er konnte. Sie hatten zu arbeiten oder hatten es zumindest versuchen müssen. Denn bald war Zahltag, und Lord Nicholas Ordell würde den Zehnten verlangen, der ihm zustand.

Zustand? Palmer schnaubte und wischte sich zum hundertsten Mal den Regen aus dem Gesicht. Ordell gehörte schon fast alles. Zur Rechten Palmers erhoben sich die Schieferdächer des großen Herrenhauses hoch über die umliegenden Wälder und die niedrigen Hütten, die sich entlang der Straßen drängten. Ein Stück weiter hinten lag die Kirche. Unten am Fluss die Mühle, deren großes Rad sich unablässig drehte, die Mühle, in die alle ihre karge Getreideernte bringen mussten, um sie mahlen zu lassen, was sie Ordell natürlich bezahlen mussten.

Als Palmer auf der Brücke den tosenden Fluss überquerte, hörte er das Blöken der Schafe in ihrem eingezäunten Pferch auf dem Land des Lords. Der hohe Herr behielt sogar den ganzen Mist für sich, um sein Land besser düngen zu können.

Der Anblick seiner ärmlichen Hütte, der letzten an diesem Rand des Dorfes, deren einziger Klappladen fest geschlossen war, berührte Palmer. Sein Heim, wo seine Lieben auf ihn warteten.

Doch wie immer nagte die Schuld an ihm. Es war nicht einmal so groß wie das Haus ihrer Nachbarn, der Thatchers, und er wusste nicht, ob das verrottende Dach den sintflutartigen Regen des Tages hatte abhalten können. Selbst wenn nicht, er konnte es nicht sofort reparieren. Das Geld, das Theodosia von Heinrich erhalten hatte, als der König ihnen seinen Segen erteilt hatte, war fast aufgebraucht, denn Ordell nahm sie aus wie Weihnachtsgänse.

Er ging zu seiner Tür. Die groben Kopfsteine davor waren halb im Schlamm versunken, der niedrige Zaun löchrig. Egal. In ihrem kleinen Hühnerstall lebten keine Hühner. Sie hatten sie alle geschlachtet, um den schrecklichen Winter zu überleben.

Als er die Tür öffnete, schlug ihm ein willkommener Schwall rauchiger Wärme entgegen. Er streifte die Gugel ab und pfiff die zwei Töne, die sonst immer seine Kinder herbeiriefen. Aber kein Trippeln kleiner Füße begrüßte ihn.

Theodosia erhob sich lächelnd von ihrem Platz am Feuer. »Du bist wieder da.« Sie eilte ihm mit einem Handtuch entgegen, während er die verzogene Tür mit Wucht schloss, um den peitschenden Regen draußen zu halten. »Früher als erwartet.«

»Ich musste wieder aufgeben.« Er rieb sich Haar und Gesicht trocken. »Ich bin nicht der Einzige. Das Wetter führt immer noch Krieg gegen uns.« Enttäuscht sah er sich um. »Wo sind die Kleinen?«

»Enide Thatcher passt nebenan auf sie auf. Ich mache Seife und will nicht, dass sie sich in der Nähe der Lauge herumtreiben.« Aus einem Korb zog sie ein trockenes Leinenhemd für ihn. »Hast du eine Nachricht vorgefunden?«

»Der Baum war kahl.« Er streifte sich das nasse Wams über den Kopf, weil er nicht sehen wollte, wie enttäuscht sie dreinblickte.

»Dann werde ich weiter beten.« Sie lächelte ihn wieder an, doch er wusste, sie zwang sich dazu, um ihre Ängste vor ihm zu verbergen. Während er schnell in trockene Sachen schlüpfte, machte sie sich wieder an die Arbeit.

Er zog das Hemd über und bemerkte die kunstvoll gestopften Stellen am fadenscheinigen Rücken. Bemerkte ihre blassen

Hände, als sie das Feuer anfachte. Den Schwung ihrer weißen Wangen, als sie ihm ihr Profil zuwandte. Wie dünn sie nach all den Monaten mit zu wenig Nahrung war.

Wieder versetzte die Schuld Palmer einen Stich, und er trat zu ihr und zog sie hoch. »Es tut mir leid.«

Überrascht forschte sie in seinem Gesicht. »Was denn bloß?«

»Du verdienst etwas Besseres.« Seine hilflose Geste schloss ihre bescheidene Umgebung ein. »Ich habe mich erkühnt, um die Hand einer Königstochter anzuhalten. Mein dummer Stolz ließ mich den Reichtum ablehnen, den er mir bot. Ich sagte, ich könne mich um dich kümmern und immer für dich sorgen. Ich habe es auch so gemeint. Aber was für ein Leben habe ich dir bisher geboten?« Er schüttelte den Kopf. »Ich bin kein Bauer, und ich war ein Narr, anzunehmen, ich könnte einer werden. Du wärst auch besser Klausnerin geblieben. Das Dach der Kirche wäre nie eingestürzt.«

Theodosia unterdrückte ein Lachen. Ein Lachen. »Sollte mir denn ein Dach wichtiger sein als du?« Sie trat dicht an ihn heran und legte ihm die Arme um den Hals. »Dir hat es wohl in den Schädel geregnet.« Sie küsste ihn sanft. »Du hast mir unser gemeinsames Leben geschenkt. Das Leben, um das wir meinen Vater gebeten haben. Außerdem haben wir unsere wunderbaren Kinder. Unsere Liebe.« Sie küsste ihn erneut, diesmal fordernder. »Wir sind gesegnet, Gatte.«

»Ich glaube eher, es ist dein Verstand, der nass geworden ist.« Palmer zog sie an sich. »Aber du hast recht.« Sein Körper rief nach ihr, und sie reagierte.

Vergessen waren die Kälte, der Regen, der Hunger. Er hatte so um sie gekämpft, er hätte niemals glücklich werden können, wenn er sie nicht errungen hätte.

Doch nun gehörte sie ihm. Wahrlich, das Schicksal war ihm hold.

* * *

Inzwischen hasste Raoul de Faye das Eintreffen von Kurieren. Jedes Wort, das sie ihm brachten, beschleunigte seinen Untergang. In seinem Privatgemach in Faye-la-Vineuse las er im Licht der hellen Kerzen, die das Wandgemälde Eleonores erleuchteten, das jüngste Pamphlet. Draußen machten Gewitterwolken den Tag zur Nacht, und es regnete in Strömen.

Der bisher schlimmste Schlag. *Annullierung.* Keine Scheidung, sondern ein päpstlicher Erlass, der besagte, dass die Ehe nie bestanden hatte. Eleonores vier Söhne würden als nichts als weitere Bastarde Heinrichs gelten, wenn der König sie verstieß. *Sie* würde nicht mehr Königin sein.

De Faye sah ihr Bild an, dessen ständig erneuerte Farben leuchteten wie immer. Sie war ein Naturwunder, heller und strahlender als jeder Kristall. Wie konnte er auch nur denken, sie könne fallen?

Der Brief wanderte in die entsprechende Truhe zu den anderen, auch wenn de Faye das Schriftstück am liebsten auf die lodernden Holzscheite im Kamin geworfen und dem gefräßigen Feuer überlassen hätte.

Eleonore musste Königin bleiben. Seine ruhmreiche Königin, an deren Seite er als König herrschen würde.

De Faye trat in einen gewölbten Alkoven rechts vom Porträt, der genau die richtige Größe für die dort stehende Truhe hatte, deren dunkles, geschnitztes Holz sich matt von der weißen Tünche mit dem Bourbonenlilien-Muster abhob.

Er nahm sie und öffnete den Deckel. Zum Vorschein kam eine Reihe sauberer, unbehauener Steine. Sie hatten keinen erkennbaren Wert, auch wenn er sie seine Sammlung nannte, Andenken an die verschiedenen Länder und Städte, die er besucht hatte. Doch sie waren mehr als das. Viel mehr. Er lächelte trotz der fürchterlichen Drohung einer Annullierung. Jeder von ihnen stand für einen Soldaten seiner unsichtbaren Armee, erinnerte ihn daran, wer wo war und was derjenige gerade tat.

Er nahm seinen Lieblingsstein, streichelte ihn einen Augenblick lang sanft mit dem Daumen. Er musste jetzt ganz vorsichtig vorgehen, konnte nicht voller Zorn und Rage losstürmen. Heinrichs Männer kontrollierten das gesamte Königreich. Wenn er, der Onkel der Königin, sich zu früh in die Karten schauen ließ, konnte das Eleonores Todesurteil bedeuten.

Solange Eleonore in dem Turm festsaß, hatte Heinrich die Macht. Die Worte waren de Faye wie ein Spottvers.

Mit ruhiger Hand legte er den Stein zurück, auch wenn sein Puls vor Zorn über Heinrichs jüngsten Zug brodelte.

Die aufgebrachten Untertanen des Königs glaubten, die Gerüchte über eine Annullierung bezögen sich auf Rosamund Clifford. De Faye wusste, dass die Lage wesentlich schlimmer war: Heinrich wollte den Weg frei machen, um seine eigentliche Ehe mit Amélie Bertrand öffentlich verkünden zu können.

De Faye sah wieder zu Eleonores Abbild auf. »Keine Angst, meine Liebe. Ich kämpfe für dich. Wir haben es einmal fast geschafft. Am Ende werden wir den Sieg davontragen.«

Die Farce mit Becket hätte beinahe geklappt. Nun war es an der Zeit, dass de Fayes geheime Armee wieder marschierte, die Falle für Heinrich zuschnappen ließ und die vernichtete, die er liebte. De Faye holte langsam tief Luft. Zuerst würde er dafür sorgen, dass er in einem einsamen Bett lag, von Kummer erfüllt, wie de Faye in dem seinen liegen musste.

De Faye fuhr fort: »Meine Königin, es ist Zeit, dass wir uns der Clifford-Hure entledigen.«

Er hätte schwören können, dass Eleonore ihn anlächelte. Ja, er war sich dessen sicher.

* * *

Rosamund Clifford regte sich in ihrem Himmelbett, allein in ihren Gemächern im Palast in Woodstock. Es war sicher noch tiefste Nacht. Der kleine Spalt am oberen Rand der kunstvoll bestickten Bettvorhänge ließ kein Licht ein. Der Regen trommelte gegen die Fensterläden, und der starke Wind ließ sie klappern, als zerrten Hände daran. Sie gähnte und kuschelte sich unter die warme Decke, um wieder einzuschlafen, eingelullt vom Duft nach Lavendel und Gänsefingerkraut, die der Füllung ihrer Matratze beigemischt waren. Es war fürchterlich, vom tobenden Sturm geweckt zu werden.

Aber nicht so schrecklich, wie von Heinrich geweckt zu werden. Oft wachte er nachts auf und pisste laut in seinen Nachttopf. Dann kam er zu ihr. Auch wenn sie ihn je weckte, und sei es aus Versehen, betatschte er sie, rieb die raue Haut seines Gesichts an ihrer und sabberte ihren Mund voll. Dann legte er sich auf sie, und sie musste so tun, als mache es ihr Spaß.

Schaudernd wühlte sie sich tiefer unter die Decke, die Augen zugekniffen. Ihr Vater hatte ihr erklärt, wie sie dieses widerliche Spielchen zu spielen hatte. Immer wieder. Der letzte Satz jeder Lektion hatte gelautet: *»Denk daran, Rosamund. Das Wohlergehen der Cliffords ruht auf deinen Schultern. Du musst Heinrichs Herz gewinnen, aber ebenso seine Lust erregen.«*

Nun, die Lust des Königs hatte sie erregt, als er sie zum ersten Mal gesehen hatte. Als er ihre Brüste beäugt hatte, die ihr eng geschnürtes Kleid so perfekt zur Geltung gebracht hatte. Ihr langes Haar, das sie kühn offen getragen hatte, worüber alle anderen Frauen die Stirn gerunzelt hatten. Noch am selben Abend hatte er sie in seinem Bett gehabt, und jeder Schritt des Plans ihres Vaters war ihr so schrecklich, schrecklich einfach erschienen.

Doch obgleich der König sie begehrte, schien Heinrichs Herz sich ihr nicht zuwenden zu wollen. Häufig erhielt sie Botschaften von ihrem Vater, die sie inzwischen weitgehend ignorierte. Wenn der große Sir Walter de Clifford wissen wollte, wie die Dinge standen, sollte er doch herkommen und den König jede Nacht in den Mund nehmen.

Erneut begann es zu schütten.

Wenigstens hatte sie derzeit Gott sei Dank keine königlichen Pflichten. Heinrich war fort. Sie konnte in ihren eigenen, parfümierten Gemächern schlafen, und ihr sauberer, duftender Leib und das gewaschene, gekämmte Haar waren auch am Morgen noch frisch und rein. Stanken nicht nach Schweiß und der Lust des Königs.

Oh, warum konnte er nicht ein junger König, ein muskulöser Prinz oder ein gut aussehender Adliger sein? Dann hätte sie sich nur zu gerne wecken, hätte ihr Nachthemd öffnen und hochstreifen lassen. Sich von ihrem Geliebten nehmen lassen und seine Lust mit ihrer eigenen beantwortet. Stundenlang.

Wieder klapperte der Fensterladen. Dann hörte sie, wie er mit einem lauten Heulen des Windes aufsprang. Sie öffnete die Augen und setzte sich auf.

»Bei allen Heiligen.« Heinrich fluchte so ständig über alles Mögliche. Nun, das konnte sie auch. Jetzt würde sie sich kalte Füße holen, wenn sie über den eisigen Steinfußboden gehen musste, um den Laden wieder zu schließen.

Rosamund zog den Bettvorhang beiseite und schrie auf. Eine Gestalt in einer Robe, das Gesicht unter einer Kapuze verborgen, nur ein pechschwarzer Umriss in der Finsternis, schob sich über das Fenstersims.

Sie rollte sich auf die andere Seite des Bettes hinüber. Sie musste die Tür erreichen.

Jetzt stand die Gestalt im Raum, in einer Hand eine schimmernde Klinge.

»Mörder! Hilfe!« Rosamund verfing sich im Vorhang, verfehlte die Bettkante und landete mit den Knien auf dem harten Boden.

Mit schnellen, leisen Schritten kam die Gestalt um das Bett herum auf sie zu.

Rosamund rappelte sich auf und rannte zur Tür. Ihre Hände rutschten von der verzierten Metallklinke ab. »Hilfe!«

Mit erhobenem Messer holte die Gestalt auf.

Rosamund griff wieder nach der Klinke.

Die Klinge sauste herab, und sie duckte sich. Ein Schlag, von dem ihr der Schädel brummte, traf sie an der Schläfe.

Sie kreischte, zerrte mit beiden Händen an der Tür und brach sich die Nägel ab. Die Klinge fuhr wieder herab, traf diesmal eine Hand, verletzte sie.

Ein ferner Ruf. »Mylady?«

Rosamund trat zu, als ihr Angreifer wieder zustechen wollte, und die Klinge glitt von der Türlaibung ab. Sie warf sich auf den Gang, landete schmerzhaft auf einer Schulter und riss die verletzte Hand hoch, als sie sah, dass die Gestalt erneut die Klinge hob. »Hilfe!«

Ein Licht flackerte auf.

Die Gestalt erstarrte und duckte sich dann wieder in ihr Zimmer.

Am Ende des Ganges tauchten weitere Lichter auf, und sie hörte Schritte, hallende Rufe, Gebrüll.

Dann war sie von Gesichtern umgeben, man beugte sich über sie und rief entsetzt, weil das Blut aus ihren Wunden ihr weißes Nachthemd befleckte. Sie wurde sich ihrer Schmerzen bewusst, konnte nicht aufhören zu schreien, um sich zu treten, als Hände sie berührten, sie festhielten.

»Mylady. Bitte.« Eine Männerstimme drang zu ihr durch. Eine Männerstimme, die sie kannte. So gut kannte.

Sie sah auf, als sich Hugo Stanton neben sie kniete und ihr die Hand hinstreckte. Sorge stand in seinen blauen Augen.

»Bitte, edle Dame«, sagte er behutsam. »Ihr müsst uns nach Euch sehen lassen. Ihr seid schwer verletzt.«

Seine sanften Worte drangen durch ihr Grauen.

»Jemand hat versucht, mich zu töten, Hugo.« Rosamund stieß einen langen Klagelaut aus, der in ersticktem Schluchzen endete, während Stanton sie an sich zog und hochhob.

»Holt sofort den Arzt«, ordnete er an, »und sattelt mein Pferd. Der König muss von diesem Angriff erfahren.«

Kapitel 4

Theodosia schloss die Tür der Hütte, hängte sich den Korb über einen Arm und streckte die freie Hand nach Matildes kleiner aus. Der tagelange Regen hatte aufgehört, und das Dorf lag in schwaches Sonnenlicht getaucht.

»Kommt schon! Vater wartet.« Tom rannte voraus, kam zurück und lief um sie herum.

»Wir gehen, so schnell wir können«, sagte Theodosia. »Matilde ist nicht so flink wie du.«

Jenseits des steinernen Brückenbogens, ein ganzes Stück die von Karren zerfurchte, schlammige Hauptstraße hinunter, sah sie die anderen Dörflerinnen, die in Richtung Felder aufgebrochen waren, um den Männern Essen zu bringen. Sie waren immer im Pulk unterwegs, wussten, was wann zu tun war, bemühten sich nie, sie bei sich aufzunehmen, und auch sie machte keine Anstalten in dieser Richtung.

Sie wusste, die anderen fanden das seltsam. Aber sie durfte ihnen niemals etwas über ihr Leben vor Benedict enthüllen, weggeschlossen in einer Kathedrale, praktisch ohne Wissen um die wahre Welt. Die wahre Welt, die so hart sein konnte, die ihr aber die Liebe eines Mannes geschenkt hatte, mit dem sie ihre Tage und Nächte verbrachte. Des Mannes, der bald über die Felder auf sie zukommen würde, wobei sein Lächeln seine dunklen Augen aufleuchten lassen würde, während er versuchte, seine verspannten breiten Schultern zu lockern.

Theodosia überquerte mit ihrer Tochter die Brücke, der über die Ufer getretene Fluss darunter ein Tosen braunen Schaums.

Tom hielt inne, denn er hatte einen Hustenanfall, und beugte sich über die niedrige Brüstung der Brücke. »Schau mal.«

»Bleib vom Rand weg, Tom. Hörst du?« Theodosia umklammerte Matildes Hand, als sie hinübergingen. Tosendes Wasser, das über ihrem Kopf zusammenschlug und ihr den Atem nahm. Sie hatte immer noch Albträume davon.

Ihr Sohn kam zurückgehüpft, um Steine über die Straße zu kicken, aber Theodosia behielt ihn wachsam im Auge.

Tom hatte nicht nur Heinrichs breiten Körperbau geerbt, sondern auch seine unbezähmbare Energie. Doch die Seuche hatte ihn so schwer erwischt. Nach Weihnachten hatte er eine endlose Woche lang vor Fieber geglüht und schlaff in ihren Armen gelegen. Die Angst, ihr Kind zu verlieren, hatte sie schier zerrissen, ihr den Schlaf und den Appetit geraubt. Nur im Gebet hatte sie Zuflucht gefunden. Durch das Eingreifen des heiligen Thomas Becket persönlich war ihr Sohn dann genau am Namenstag des Märtyrers wieder fieberfrei gewesen. Eines von vielen Hundert Wundern, wie sie wusste. Aber für sie war es ein Zeichen, dass sie ihm wichtig war, dass er wie zu Lebzeiten über sie wachte.

Sie folgte den Frauen nicht. Stattdessen bog sie mit den Kindern links auf einen Weg ab, der zur nahe gelegenen Abtei, aber auch an den Feldern entlangführte. Ein kurzes Stück lief er neben dem Fluss her, hier war der grasbewachsene Boden aufgeweicht und sumpfig.

»Ich muss nicht gehen. Ich kann rennen!« Tom raste los und schlug schlammspritzend Haken.

»Deine Schuhe!« Aber ihr Sohn achtete gar nicht auf ihre Rufe.

Dankenswerterweise bog der Weg bald auf trockeneren Grund ab. Zu seiner Rechten befand sich nun der dichte Wald, den sie so gut kannte.

Tief darin stand auf einer Lichtung ihr Nachrichtenbaum. Wenn Hugo Stanton einen Brief von Heinrich hatte, hängte er ein Stück weißes Leinen daran. Sie und Benedict kamen dann nach Einbruch der Dunkelheit, damit niemand sah, wie sie sich mit dem Fremden trafen. Doch seit vier langen Monaten hatte es kein Stück Stoff mehr gegeben. Monate, in denen der Schnee tief und dicht gewesen war und in denen Eis die Menschen unerbittlich in ihren Häusern festgehalten hatte, bis ihre mageren Vorräte praktisch aufgezehrt gewesen waren und das Fieber so manchen dahingerafft hatte.

Seit Beginn des Tauwetters hatte sie immer wieder nachgesehen, zwei-, dreimal am Tag. Benedict hatte auf seinem Weg auf die Felder, wo er jetzt sicher schon auf sie wartete, und später nach Hause das Gleiche getan. Sie zögerte. Sie konnte ja noch einmal nachschauen. Es würde nur ein paar Minuten dauern.

»Komm, Tom. Wir können einen Waldspaziergang machen.«

Ihr Sohn jubelte und nutzte eine Bresche im Unterholz, um einen schmalen Wildwechsel zu erreichen, und Theodosia folgte ihm mit Matilde.

Die Bäume hielten die flüchtige Hitze der Morgensonne ab und brachten feuchte, kühle Luft, in der der faulige Geruch toten Laubes lag. Tom hob einen alten Ast auf und flitzte damit von einem bemoosten Stamm zum anderen, schlug laut knallend gegen jeden Baum.

»Nimm das, Drache – und das, und das!«

»Drache?« Matilde sah Theodosia mit ihren grauen Augen beunruhigt an.

»Keine Sorge.« Theodosia lächelte zu ihr hinunter. »Tom spielt nur.«

Sie folgten dem schmalen Pfad bis zur Lichtung. Da war es. Wenn jemand es zufällig gesehen hätte, hätte das ausgefranste, verfärbte Stück Leinen keine Aufmerksamkeit erregt. Der Wind hätte es an diesen abgelegenen Ort geweht haben können. Doch für Theodosia strahlte es wie Gold. *Gott sei gepriesen.*

Sie trat zum Baum, nahm es ab und verstaute es in ihrer Gürteltasche. Das lange Warten war vorbei. Am Abend würden sie Stanton wiedersehen. Herausfinden, ob sie noch in Sicherheit waren.

»Keine Drachen?« Matilde klammerte sich an Theodosias Röcke.

»Ganz bestimmt. Keine Drachen, meine Süße.« Theodosia bückte sich, um ihrer Tochter die Angst aus dem runden Gesichtchen zu küssen. »Immer noch nur Tom.«

Sie richtete sich auf und sah sich nach ihrem Sohn um. »Tom?« Er war nirgends zu sehen. »Tom!« Der schweigende Wald dämpfte ihren Ruf, ließ ihn hohl klingen. Sie rief erneut. Stille. Wo mochte er nur sein? Sie hob Matilde hoch, um schneller voranzukommen.

Vor ihr machte der Weg zwischen den Bäumen hindurch eine Biegung in Richtung Fluss.

Sie eilte voran.

Matilde kicherte. »Schnell, schnell.«

Immer noch nichts zu sehen. Theodosias Puls beschleunigte sich. Sie bog um die Kurve, erreichte die Stelle, wo die Bäume gefällt worden waren. *Großer Gott.*

Der tiefe Teich, den sie hier im vergangenen Herbst gesehen hatte, war nach dem Schnee und Regen des Winters zu seiner dreifachen Größe angewachsen. Dichtes Nadelgehölz hing über die Ufer, und ein paar abgestorbene, verrottende Stämme ragten hinein. Am Ende eines dieser Stämme balancierte Tom, vornübergebeugt und das Stockschwert hoch erhoben.

Ihr Mund wurde trocken, und sie rang nach Atem.

Er grinste sie an. »Ich bin König Artus. Ich suche die Herrin vom See.« Er schwenkte den Stock.

Als er sich bewegte, geriet auch das Ende des Stammes im Schlamm in Bewegung.

»Tom.« Sie musste ruhig bleiben – sie durfte ihn nicht erschrecken. Aber er musste da runter. »Komm her. Lass uns Vater dein Schwert zeigen gehen.«

»Excalibur.« Er schwenkte die Waffe erneut. Diesmal wackelte der gesamte Stamm.

Ihr Sohn erstarrte und schaute auf seine Füße hinab.

»Tom! Lass das jetzt!« Sie setzte Matilde ab, ließ ihren Korb fallen und rannte zu dem umgefallenen Baum, um ihn zu stabilisieren.

Tom schwankte und versuchte, das Gleichgewicht zu halten, als der Stamm zu rollen begann. »Mama!« Er ließ den Stock los und stürzte mit einem Schrei ins Wasser.

* * *

Mit dem Unterarm wischte sich Palmer den Schweiß der morgendlichen Mühen von der Stirn.

»Du siehst aus, als ob du dich dringend mal hinsetzen müsstest.« Sein Nachbar, der krummbeinige Alfred Thatcher, nickte ihm wissend zu.

»Das klingt gut.« Das Eis des Winters hatte Steine und Felsen an die Oberfläche befördert, die man aus der klebrigen, nassen Erde klauben musste, ehe man pflügen konnte. Eine echte Plackerei. Er und Alf taten es üblicherweise auf beider Land gemeinsam, genau wie viele der anderen Männer, die dort bei der Arbeit waren.

Dieses Frühjahr würde das nicht gehen.

Alf hatte einen Korb zwischen den Schultern hängen, sein gebrochener rechter Arm war immer noch dick verbunden.

»Ganz schlimm für mich.« Er wedelte damit in Palmers Richtung. »Das ist meine Bierhand.«

Palmer bückte sich und zerrte an einem weiteren scharfkantigen Stein. »Ich hab gehört, du kannst Bier auch mit den Füßen trinken.«

Alf grinste. »Es ist auch meine Schwanzhand.«

Palmer hob grunzend den Stein an und warf ihn in den Korb. »Ich hab gehört, das schaffst du auch mit den Füßen.«

Alf lachte keuchend. »Vielleicht versuche ich's mal. Aber sag es nicht Enide. Ach, was sehen meine müden Augen? Da ist sie ja – die Sonne geht auf.«

»Zeit fürs Essen, Alf.« Die breitschultrige Enide Thatcher hielt einen ledernen Wasserschlauch hoch, während sie ihn laut vom Rand des Feldes anrief, wie es andere Frauen mit ihren Männern taten.

Alf ging über das frisch gesäuberte Feld, um sich sein Essen zu holen, und Palmer begleitete ihn.

»Lässt deine sich nicht sehen?«, fragte Alf.

Palmer suchte unter den Frauen, die nach Enide eintrafen, nach Theodosia. »Sie wird schon noch kommen.«

»Stilles Mädel, was? Habe sie nie mit den anderen gesehen.«

»Sie ist nur schüchtern.« Palmer schloss sich der Gruppe der Männer an, die sich auf die Bruchsteinmauern setzten und ihren Durst mit Dünnbier stillten, während sie Brocken dunklen Brotes abrissen und sich in den Mund steckten oder wässrige Suppe löffelten. Sein eigener leerer Magen und sein trockener Mund ließen ihn wünschen, er könne es ihnen gleichtun. Er nahm Alf den Korb vom Rücken und stellte ihn ab.

»Schon besser«, sagte Alf und lockerte seine Schultern. »Nach dem Essen fange ich mit einem Leeren an.«

»Theodosia ist schon unterwegs«, sagte Enide. »Ich habe gesehen, wie sie mit den Kleinen aufgebrochen ist.«

Natürlich. Enide entging nie etwas.

»Du solltest nicht so lange warten müssen.« Sie hielt ihm den Wasserschlauch hin. »Nur zu, trink einen Schluck von Alfs. Du musst doch schrecklich durstig sein.«

Palmer winkte ab. »Danke. Ich gehe ihr entgegen, das spart Zeit.« Er wollte Enide die Freude nicht gönnen, Theodosia zu kritisieren. Rasch marschierte er los.

Da erklang der schrille Schrei einer Frau.

Er hielt inne und sah wieder zu den rastenden Bauern und ihren Frauen. Ein oder zwei erhobene Köpfe verrieten ihm, dass auch sie ihn gehört hatten. Aber von ihnen war er nicht gekommen.

Dann noch einer. Aus dem Wald vor ihm. Ein dritter. Die Schreie eines Kindes.

Palmer rannte los.

* * *

Theodosia lief zum Ufer des Teiches. »Tom!«

Matilde kreischte aus Leibeskräften.

Toms kleines Gesicht war nicht zu sehen, so spritzte er herum, doch sie hörte ihn schreien. Sie musste zu ihm. Sie stellte einen Fuß auf den Baumstamm, aber er rollte erneut weg.

Sie hielt sich mit einer Hand daran fest und sprang in das schlammige, flache Wasser mit den vielen Algen am Rand des Teiches. »Schnapp dir den Baum! Versuch, dich daran festzuhalten!« Das eiskalte Wasser reichte ihr jetzt bis zu den Oberschenkeln, und sie spürte die verhasste Strömung an ihren Röcken. Sie konnte nicht schwimmen. Lieber Gott, sie konnte nicht schwimmen.

Tom planschte, hustete, schlug im Wasser um sich. »Mama!« Sein Kopf sank unter die Oberfläche.

Sie musste es versuchen. Sie watete weiter hinein. »Hilfe!« Ihre Füße rutschten auf den feuchten Wasserpflanzen und dem Matsch aus. Keuchend fiel sie hinein, und nur dass sie sich so fest an die raue Rinde des Baumstamms klammerte, verhinderte, dass sie unterging.

Heftig prustend kam Tom wieder an die Wasseroberfläche und schlug wild um sich.

»Bitte, Hilfe!« Die Kälte ließ ihren Schrei eher wie ein Keuchen klingen. Sie streckte die Hand nach Tom aus. Er war noch zu weit draußen. »Greif nach dem Baum!«

Matildes Schreie waren schrill und hastig.

Theodosia ertastete mit dem Fuß Grund, machte einen Schritt, dann noch einen. Das Wasser reichte ihr jetzt bis zur Brust. Heftig atmend hielt sie den Kopf über Wasser. Die Angst, die Kälte. Sie watete tiefer hinein und bekam keine Luft mehr. Dann versank ihr rechter Fuß in flüssigem Schlamm. Sie steckte fest, konnte sich nicht mehr bewegen.

Tom war fast unmittelbar vor ihr. Sie streckte den Arm aus, konnte ihn aber nicht erreichen. Nein. Das durfte nicht sein. »Tom!« Sie versuchte, sich zu befreien. »Tom!«

Das Geräusch schneller Schritte übertönte ihre Rufe, Matildes Weinen und Toms Planschen.

Theodosia riss den Kopf herum.

Eine dunkelhaarige Frau, die die Röcke gerafft hatte, um schneller laufen zu können, kam angerannt. »Halt!« Sie warf den Sack, den sie trug, zu Boden.

Dann sprang sie ins Wasser und schwamm auf Tom zu.

* * *

Zweige zerrissen ihm Hände und Gesicht, als Palmer durchs Gebüsch brach und auf die Lichtung mit dem Teich vordrang. Alf und die schnellsten Bauern und Bäuerinnen waren ihm dicht auf den Fersen.

Matilde saß auf dem Boden, wirkte verloren und schluchzte. Klatschnass und schlammverschmiert klammerte sich Theodosia an einen ebenso nassen und schlammverschmierten Tom, der aber offenbar keine Träne vergossen hatte.

Eine junge, dunkelhaarige Frau, deren nasses Kleid und Haar an ihr klebten, stand keuchend bei ihnen.

»Was ist passiert?«, fragte Palmer.

Theodosia fuhr zu ihm herum. »Oh, Benedict, Tom ist in den Teich gefallen! Er wäre fast ertrunken, und ich konnte ihn nicht retten …«

»Bei allen Heiligen!«, ertönte ein wütender Ruf zwischen den Bäumen. »Wo seid Ihr hin, Frau?« Die Äste raschelten und teilten sich.

Mit hochrotem Kopf kam Abt Remigius, Oberhaupt der örtlichen Abtei und geistliches Oberhaupt der Gemeinde, auf seinem edlen Pferd herbeigeritten, wobei er sich wie üblich verkrampft am Sattel festhielt, schlechter Reiter, der er nun mal war. »Was haben wir denn hier? Weitere Missetaten?«

Er sah sich die Szene an, und der weiche Mund in dem Gesicht mit den vielen Kinnen verzog sich. Sein Blick fiel auf die Fremde, und er runzelte die Stirn. »Ihr seid vor uns weggelaufen, um Euch dieser unappetitlichen Versammlung anzuschließen, Fräuleinchen?«

Mit gefalteten Händen trat Theodosia vor. »Werter Abt. Diese Frau, die wir nicht kennen, hat meinem Sohn das Leben gerettet. Man sollte sie preisen, nicht bestrafen.«

»Das könnt Ihr laut sagen.« Die kurzatmige Enide hielt die inzwischen ruhigere Matilde in den Armen. »Das war richtig tapfer, was sie da getan hat.«

»Auf jeden Fall.« Alf nickte Palmer zu.

Palmer fing Toms Blick auf. Verflucht, er wusste, was der Junge gleich sagen würde.

»Ich musste nicht gerettet werden.« Die hohe Stimme seines Sohnes war klar wie ein Sommerhimmel.

Theodosia fuhr zu ihm herum. »Thomas Palmer, wie kannst du es wagen, so ungezogen zu sein? Entschuldige dich sofort für diese freche Lüge.«

»Ich lüge nicht. Ich kann schwimmen. Vater hat es mich gelehrt.«

Theodosia hob Palmer das bleiche Gesicht entgegen. »Du hast ihn ins Wasser gelassen? Ins Wasser?« Ihre Stimme wurde schrill. »Du wagst es, meinem Verbot zuwiderzuhandeln? Wie konntest du nur, wie …«

»Genug.« Palmer musste sie zum Schweigen bringen. Die Angst lockerte ihr die Zunge.

»Das gilt auch für Euch.« Remigius' Tier scheute ob der lauten Stimmen, und er zerrte es an der Mähne. »Ich bin nicht hier, um mir den Streit eines Bauern mit seinem zänkischen Weib anzuhören.«

Palmer sah Theodosia in die Augen und formte mit den Lippen die Worte: *Nicht hier.*

»Ich habe weit Wichtigeres zu tun.« Remigius zeigte auf die gesamte Versammlung. »Ich habe im Wald seltsame Dinge gesehen, die nach Hexerei stinken.« Auf seine Worte folgten Keuchen und Gemurmel, während Palmer den Kopf schüttelte und auf weiteren Unsinn wartete.

Aber Remigius sah die Unbekannte an. »Es wird Euch vielleicht noch leidtun, allein durch diesen Wald gerannt zu sein, Joan Palmer.«

Joan? Palmer wollte etwas sagen, fand aber keine Worte, als die Umstehenden den Namen seiner Schwester wiederholten.

Der Abt grinste. »Ha, das hat Euch zum Schweigen gebracht. Kommt jetzt. Euer Lord will Euch beide in seinem Herrenhaus sehen.« Er schaute Theodosia an, und sein Gesichtsausdruck wurde wieder nüchterner. »Euch auch, Gott bewahre uns. Aber jetzt vorwärts: Lord Ordell wartet nicht gern.«

Kapitel 5

»Vater Remigius, Ihr seid wie immer willkommen auf meinem Landsitz.« Lord Nicholas Ordells dünner, ausdrucksloser Ton ließ seine Worte in Palmers Ohren wie Lügen klingen. Nicht, dass Palmer die ergrauende, vertrocknete Hülle eines Mannes je jemandem gegenüber Gefühle hatte zeigen sehen.

Der Abt schien das nicht zu bemerken. »So fühle ich mich unter Eurem Dach immer.« Er verneigte sich kurz vor Ordells stiller, aufmerksamer Frau, die vor dem gewaltigen Kamin in der linken Wand der großen Steinhalle saß. »Mylady.«

»Bitte setzt Euch doch zu Cecily.« Ordell wies auf die leere Hälfte der Holzbank unmittelbar vor den prasselnden Flammen.

»Zu freundlich.« Der Abt war bereits über den binsenbestreuten Boden unterwegs zu ihr, ohne sich von seinem Hüftleiden aufhalten zu lassen.

Palmer bot niemand Wärme an. Oder der zitternden Theodosia in ihrem nassen Kleid. Oder der gleichermaßen durchnässten Joan.

Joan. Wie viel von Theodosias Zittern kam von der Kälte und wie viel von schierer Angst? Er konnte es nicht abschätzen. Der gehbehinderte Abt hatte sie zu Pferd herbegleitet und dabei ständig etwas von Hexerei vor sich hin gebrabbelt. Palmer war es egal, ob der Teufel in der Nähe von Cloughbrook sein Unwesen trieb, also hatte er wie Theodosia geschwiegen.

Er war sicher, sie dachte dasselbe wie er. Konnte diese Frau wirklich seine Schwester sein? Wenn ja, wer hatte ihr von seinem früheren Leben erzählt und sie so hierhergeführt? Und was wusste diese Person sonst noch? Der Nachrichtenbaum war leer gewesen, als er ihn am Morgen auf dem Weg zu den Feldern überprüft hatte. Konnte Heinrich gefallen sein?

Der Abt wärmte seine fleischigen Hände an den Flammen. »Ich bringe besorgniserregende Neuigkeiten, Ordell. Ihr werdet mitkommen müssen, um Euch eine Reihe toter Tiere anzusehen, die ich im Wald gefunden habe.«

»Woran sind sie gestorben?«, fragte Ordell. »An einer Krankheit?«

»Ich fürchte nein«, sagte der Abt. »Ich konnte nicht erkennen, was die Kreaturen niedergestreckt hat, ebenso wenig wie den Grund, warum es so viele von ihnen getroffen hat. Eine seltsame Krankheit, die auf Hexerei schließen lässt.«

Ordell sog scharf die Luft ein. »Teufelswerk? Hier?«

»Der Märtyrer bewahre uns«, murmelte Lady Ordell und warf ihrem Mann einen betroffenen Blick zu.

Remigius wandte sich an Theodosia. »Ihr wart im Wald unterwegs.« Er schürzte die feuchten Lippen.

Auch Ordell richtete seine Aufmerksamkeit auf sie. »Ihr? Weshalb?«

»Ich war auf dem Weg zu den Feldern, Mylord«, antwortete sie. »Das schwöre ich bei der Seele des heiligen Thomas Becket.« Sie warf Palmer einen panischen Blick zu.

Der verneigte sich respektvoll vor Ordells Frau. »Dem Heiligen, zu dem Ihr, wie ganz Cloughbrook weiß, eine ganz spezielle, fromme Beziehung habt, Mylady.«

»In der Tat.« Lady Ordell nickte.

Theodosia faltete die Hände. »Auch ich empfinde große Ergebenheit dem Heiligen gegenüber, und wir waren auf einer Wallfahrt nach Canterbury, Mylady.«

»Nur einmal, und das ist ein paar Jahre her. Kaum die Handlungsweise der wahrhaft Frommen.« Ordell starrte sie weiter an.

Palmer hob den Blick und versuchte, sich zu beherrschen. Er wollte die Wahrheit über diese Frau hören, die sich Joan Palmer nannte, nicht solches Geschwätz. Sein Blick blieb an einem aus Stein gehauenen Engel hängen, der auf einer Säule stand und in der Faust den abgeschlagenen Kopf eines Dämons hielt.

»Wir werden der Sache schon auf den Grund gehen, Remigius«, sagte Ordell. »Aber zuerst zu Euch, Palmer.« Palmer senkte den Blick wieder und sah, dass Ordell nun ihn beäugte.

Er spannte sich an. »Mylord.«

»Der vergangene Winter hat eine Reihe von Seuchen gesandt, um die niederzuschlagen, die die Sünde im Herzen tragen, nicht wahr?«

Palmer murmelte eine Erwiderung und bemerkte Theodosias respektvolles Nicken. Joan schien weniger respektvoll, auch wenn sie die Hände brav gefaltet hatte.

»Wie die Familie Joan Palmers.«

Die Worte des Adligen waren wie Hammerschläge. Palmer konnte ihn nur anstarren.

Ordell nickte Joan zu. »Ihr dürft sprechen.«

»Mein Name ist Joan Palmer. Meine Mutter hieß Anna.«

Der Name seiner Mutter. *Hieß.*

»Eure Schwestern?«

»Hießen Margaret, Anne und Alice.«

Die Namen seiner Schwestern. *Hießen.*

Hieß. Hießen. Ein Schock, mit dem er nicht gerechnet hatte. Seine Mutter, seine Schwestern. Die er vor so vielen Jahren verlassen hatte. Doch in seinem Kopf lebten sie weiter, immer in

Reichweite. Wenn die Zeit kam, hatte er sie aufsuchen und sich mit ihnen versöhnen wollen. Das ging jetzt nicht mehr.

»Aus welchem Dorf?«

»Wattick, in Yorkshire.«

Ja.

»Vater?«

»Ist vor vielen Jahren gestorben. Ich erinnere mich nicht an ihn. Ich war noch ein Säugling.«

Jedes wahre Wort, das Joan sagte, sprach sie mit den lang gezogenen Vokalen, an die er sich aus seiner Kindheit noch so gut erinnerte. Er schluckte schwer.

»Brüder?«

»Einen. Benedict. Meine Mutter erzählte mir, unser Gutsherr habe ihn weggeschickt, damit er Knappe wird. Mehr wollte sie mir nicht verraten.«

Ordell sah wieder Palmer an. »Habt Ihr derlei erlebt?«

Palmer suchte in seinem kummerumwölkten Hirn nach einer Antwort.

»Das ist eine ganz einfache Frage. Wurdet Ihr weggeschickt, um Knappe zu werden? Ja oder nein?« Ordells Stimme hallte laut von den steilen Wänden wider.

Palmer konnte Theodosias Blick nicht erwidern. Sie sagte kein Wort, und er hätte geschworen, dass sie nicht mehr atmete. Diese beiden Adligen und dieser mächtige Kirchenmann wussten, wer er war, kannten seine Vergangenheit. Kannten sie die ganze Wahrheit, wussten sie, wer Theodosia war?

»Ja, Herr«, sagte er. »Vor sehr langer Zeit. Aber ich … Ich habe die Knappenprüfung nicht bestanden. Ich ertrug das Kämpfen nicht, ich konnte keinen Menschen töten. Der Knappenmeister schickte mich stattdessen in die Ställe. Um bei den Pferden zu leben.«

Ordells Blick ruhte weiterhin auf ihm.

Palmer bereitete sich auf seine Antwort vor. *»Als Knappe versagt? Aber Ihr seid dennoch Sir Benedict Palmer geworden, nicht wahr?«* Er spannte sich an, war kampfbereit, obwohl er wusste, dass er kaum eine Chance hatte, lebend aus Ordells Halle zu entkommen. Theodosia hatte noch immer keinen Laut von sich gegeben.

Doch Ordell stellte die Frage nicht. Stattdessen wandte sich der Abt an Palmer.

»Wie Lord Ordell schon sagte, sind im letzten, schrecklichen Winter viele, viele Seelen dahingeschieden. Menschen ziehen durchs Land, verarmt, auf der Suche nach Verwandten, und leben von der Gnade der Kirche. Ich erhalte über die Klöster Listen derer, die allein auf der Welt sind, und verschicke auch welche.«

»Wie viel Zeit da an die verschwendet wird, die nichts haben«, bemerkte Ordell. »Ich frage mich, wie lange das noch so weitergehen kann.«

»Ich auch.« Der Abt seufzte. »Doch ich tue Gottes Werk. Der jüngste Brief stammte aus dem Kloster Sempringham in Lincolnshire und drehte sich um die einundzwanzigjährige Joan Palmer, die ihren Bruder Benedict sucht. Ich habe nach ihr geschickt, und heute kam sie mit dem klösterlichen Postreiter in meiner Abtei an. Sind alle anderen Details, die sie genannt hat, zutreffend?«

Details. Palmer wurde wütend. »Wenn Ihr den Tod meiner Familie …«

»Ruhe.« Ordell hob eine Hand. »Wir haben genug gehört.«

Theodosia ergriff Palmers Hand und drückte sie fest, um ihn daran zu hindern, noch mehr zu sagen.

Ordell fuhr fort: »Diese Frau hier obliegt jetzt Eurer Verantwortung und soll der Kirche nicht mehr zur Last fallen. Wir haben schon genug Zeit mit Euch verschwendet. Geht jetzt.« Er bedeutete ihnen aufzubrechen. »Nehmt sie mit in die Hütte, die

Ihr Euer Heim nennt. Ich muss herausfinden, wer in meinen Wäldern Schindluder treibt.« Er kniff den Mund zusammen. »Und wenn ich es herausgefunden habe, werde ich es abstellen.«

* * *

»Ich bin am Straßenrand zusammengebrochen. Da haben mich die Schwestern von Sempringham gefunden.« Joan saß mit Palmer und Theodosia am Feuer in deren Heim und unterbrach ihre Geschichte zum wiederholten Male, um Eintopf zu löffeln.

Sie aß mit der Geschwindigkeit eines halb verhungerten Hundes.

»Offenbar gerade noch rechtzeitig.« Palmer starrte in die Flammen. Als er sie das letzte Mal gesehen hatte, war sie in Matildes Alter gewesen, aber mit dunklen Locken, während die seiner Tochter hell waren. Er hätte sie wie die anderen verlieren und nie von ihrem Schicksal erfahren können.

Joans Geschichte drehte ihm den Magen um. Wie es seiner Mutter das Herz gebrochen hatte, als er wegging. Ihr Tod, die Tode seiner anderen Schwestern in der Kälte und Krankheit des harten Winters. Joans Obdachlosigkeit und Beinahe-Hungertod, nachdem sie allein übrig geblieben war. Ein älterer Dorfbewohner, ein Mann, an den er sich noch gut erinnerte, hatte ihr den Namen des Adligen genannt, zu dem man Palmer geschickt hatte. Joan war aufgebrochen, um dessen Ländereien und ihren Bruder, ihren einzigen verbliebenen Blutsverwandten, zu finden. Bald hatte sie sich verirrt. Palmer schüttelte den Kopf. »Du hättest sterben können.«

Joans dunkle Augen, dunkel wie die seinen, erwiderten seinen Blick. »Manchmal wäre das besser gewesen.«

Theodosia legte Joan tröstend die Hand auf die Schulter. »Das darfst du dir niemals wünschen. Solange wir leben, haben wir Hoffnung.« Sie nahm die Hand weg, blieb dabei an Joans Schal hängen, und er rutschte ihr von der Schulter.

Theodosia schlug die Hand vor den Mund. »Oh, das tut mir so leid.«

Palmer starrte sie an. Das hätte er nicht tun sollen, aber er konnte es nicht verhindern.

Joan trug nur ein Untergewand, denn ihr Wollkleid musste trocknen. Die blasse Haut ihres klapperdürren Arms und ihrer Schulter waren gezeichnet von roten, hässlichen, aufgeworfenen Narben.

Seine Schwester errötete, als sie ihren Blicken folgte, und legte sich den Schal wieder um. »Die Reise hierher war hart.« Sie hob das Kinn und schaute Palmer wieder ins Gesicht. Ihre Wangen färbten sich tief. Der Ausdruck in ihren Augen verbat sich jede weitere Frage über das, was sie hatte durchmachen müssen.

Er wusste es. Er war als fahrender Ritter viel unterwegs gewesen. Allein reisende Frauen wurden angegriffen, vergewaltigt, geschlagen. Er bezweifelte, dass die Schwestern von Sempringham sie nach einem Zusammenbruch gefunden hatten. Wahrscheinlich hatte man sie eher für tot liegen gelassen.

Theodosia wollte etwas sagen, aber Palmer verhinderte es mit einem warnenden Kopfschütteln. »Dessen bin ich mir sicher, Joan.«

»Danke euch für das Essen. Ich bin sehr dankbar, dass ihr es mit mir geteilt habt.« Joan stellte Schale und Löffel ab. »Lord Ordell war nicht so barmherzig. Dieser Abt auch nicht.« Sie zog die dunklen Brauen zusammen. »Obgleich ich zweifle, dass er jemals Hunger leiden musste.«

»Nein«, sagte Palmer, »und Ordell denkt nur an sich und an seine Hirngespinste.«

Theodosia unterbrach ihn mit einem Blick. »Er ist unser Lehnsherr, doch du bist Teil unserer Familie und wolltest uns in der Stunde der Not helfen, obgleich du uns nicht kanntest. Vielleicht waren wir für dich nur törichte Fremde.« Sie warf Palmer einen reuevollen Blick zu. Dann nahm sie die benutzte Schale und den Löffel und räumte beides in eine Waschschüssel.

»Bekommt der Junge heute Abend nichts zu essen?« Palmer nickte in Richtung des kleineren Strohbetts, wo Matilde schlief und wohin Theodosia Tom verbannt hatte.

»Er hat über so einiges nachzudenken.« Sie legte ein weiteres Holzscheit ins Feuer. »Joan, bitte entschuldige uns. Benedict und ich müssen uns unter vier Augen unterhalten. Das war alles ein ziemlicher Schock.«

»Gewiss.« Joan wollte sich erheben, obgleich die Müdigkeit ihr tiefe Augenringe ins Gesicht gezeichnet hatte.

Theodosia hielt sie zurück. »Bitte, bleib doch hier drinnen, hier ist es warm.« Sie deutete auf das saubere Stroh, das Palmer in einer Ecke aufgeschüttet und mit ein paar Säcken abgedeckt hatte. »Du solltest dich mal ausschlafen. Es ist kein besonders gutes Bett, aber mehr haben wir nicht.«

»Es ruft ganz laut nach mir«, sagte Joan.

»Dann wollen wir dich deiner dringend benötigten Ruhe überlassen.« Theodosia sah Palmer in die Augen. »Es ist eine schöne Nacht. Wir machen einen Spaziergang.«

Jetzt? Palmer wusste, das konnte nur eines bedeuten. Hugo Stanton war eingetroffen. Hoffentlich hatte er gute Neuigkeiten. Der Tag hatte schon zu viele schlechte gebracht.

* * *

»Mylady.« Im Lichte des kleinen Mondes, der über der Waldlichtung hing, verbeugte sich Hugo Stanton tief vor Theodosia. Er richtete sich auf und verbeugte sich erneut. Weniger tief. »Sir Benedict.«

»Stanton.« Palmer ignorierte die Kränkung.

Der junge, blauäugige Stanton tat alles großspurig, als hielte er sich für etwas Besseres, auch wenn er nur ein Botenjunge war.

Als Tom auf die Welt gekommen war, hatte Theodosia sich sehr gewünscht, ihre Mutter über die Geburt zu informieren. Sie hatte die Klosterpost genutzt, um Heinrich ins Bild zu setzen. Die Nachricht von einem Sohn hatte bedeutet, dass der König seither aus der Ferne über sie wachte. Selbst als Palmer mit seiner Familie in eine Gegend umgezogen war, wo niemand sie kennen konnte.

Doch Stanton spielte sich auf, als sei er ihr Beschützer.

Theodosia schien das nicht aufgefallen zu sein. »Oh, Hugo.« Sie nahm eine seiner Hände in ihre beiden. »Gepriesen sei Gott, dass Ihr endlich hier seid.«

»Was für eine Begrüßung.« Seine blauen Augen blitzten, und er verbeugte sich erneut. »Es ist mir eine große Ehre.« Er hauchte einen Kuss auf Theodosias Hände. Lächelnd ließ sie ihn los.

Palmer fragte sich, ob der elegant gekleidete kleine Speichellecker sich auch von einer Maulschelle geehrt fühlen würde. »Was gibt es Neues, Stanton?«

»Seine Gnaden hofft, Ihr seid wohlauf.«

»Durchaus, Hugo«, sagte Theodosia. »Und wie geht es Seiner Gnaden?«

»Er ist gesund und sitzt noch an seinem angestammten Platz.«

»Oh, gepriesen sei Gott.« Theodosia warf Palmer einen Blick voller Freude und Erleichterung zu.

»Siehst du?«, bemerkte Palmer. »Es ist alles in Ordnung. Ich habe es ja gleich gesagt.«

Stanton sah ihm nicht in die Augen, als er eine Schriftrolle unter seinem schweren Mantel hervorzog.

»Bitte lest das.« Er gab es Theodosia.

Sie rollte es auf und überflog es im trüben Licht mit zusammengekniffenen Augen. »Nein.« Das Wort klang scharf.

»Was ist das?« Palmer sah ihr über die Schulter, obwohl er genau wusste, dass die Schriftschnörkel ihm nichts sagen würden.

»Befehle. Für dich, Benedict.« Sie ließ den Brief sinken und sah ihm in die Augen. »Du wirst einbestellt.« Sie schluckte. »Vom König.«

Das ergab keinen Sinn. »Ich? Einbestellt? Weswegen?«

»Das steht hier nicht. Hugo, was soll das bedeuten?« Theodosia hielt ihm den Brief hin.

»Ich weiß nicht, Mylady. Seine Gnaden hat sehr deutlich gemacht, dass Sir Benedict auf der Stelle mitkommen muss. Sofort.«

Monatelang nichts, und jetzt so ein Aufstand. »Dann kommt Theodosia mit unseren Kindern mit«, erklärte Palmer. »Ich lasse sie nicht allein.«

»Ich fürchte, das geht nicht.«

»Sagt mir nicht, was ich tun kann und was nicht, Stanton.«

Als Reaktion auf Palmers Tonfall verbeugte sich Stanton rasch. »Tut mir leid, Sir Benedict. Aber Seine Gnaden hat sich unmissverständlich ausgedrückt. Ich darf Euch nicht mitteilen, warum. Nur, dass es zu gefährlich ist.«

»Benedict, wenn es so gefährlich ist, solltest du auch nicht gehen.« Theodosia sah ihn unglücklich an.

Er legte ihr einen Arm um die Schultern. »Stanton, hört auf, Euch zu betragen wie ein Klatschweib und meiner Frau Angst zu machen«, verlangte er. »Was für eine Gefahr?«

»Seine Gnaden hat mich zur Verschwiegenheit verpflichtet«, erwiderte Stanton. »Aber Lady Theodosia ist hier sicher. Ihr müsst mitkommen. Sofort.« Seine Stimme wurde fester. »Eure Befehle stehen in diesem Brief. Ihr dürft sie nicht verweigern.«

»Doch, wenn sie falsch sind«, widersprach Theodosia heftig. »Unsinnig.«

»Theodosia. Hör auf.« Palmer musste seine eigene Betroffenheit verbergen. Es hatte keinen Sinn, sie ihr zu zeigen. »Du weißt, ich muss meinem König dienen.«

Sie schüttelte unablässig den Kopf.

»Es ist meine Pflicht«, sagte er, »genau wie deine. Du hast dem König versprochen, wir würden für ihn kämpfen, wenn er uns je bräuchte. Weißt du noch?«

»Ja. Aber wir haben Seite an Seite gekämpft. Zusammen. Nicht getrennt.« Ihre Stimme brach. »Das ist ganz falsch.«

»Es ist falsch, dass er mich so von dir wegreißt.« Er zog sie an sich und küsste sie auf die Stirn. »Aber nicht, wenn er für deine Sicherheit garantiert.«

»Falsch«, wiederholte sie, doch das Wort klang dumpf gegen die raue Wolle seines Wamses.

»Wir müssen los.« Stantons Tonfall klang fast nach einem Befehl.

Palmer sah ihn lange und fest an. »Wenn ich so weit bin. Erst muss ich mich von Tom und Matilde verabschieden.«

»Was, wenn Euch jemand sieht?«, fragte Stanton. »Oder mich? Das Risiko ist so schon groß genug.«

»Niemand wird mich sehen …«

»Nun, da ist Joan, Benedict.« Theodosia löste sich aus seinen Armen und schaute ihn ängstlich an.

»Wer?« Stanton runzelte die Stirn.

»Sag's ihm.« Theodosia löste sich nun ganz von Palmer. »Er muss es wissen.«

Palmer setzte Stanton mit knappen Worten ins Bild. Von seiner privaten Tragödie musste der Kurier nichts wissen.

»Davon muss Seine Gnaden erfahren«, erklärte Stanton.

»Dafür werde ich sorgen«, erwiderte Palmer. »Sobald ich mich von den Kindern verabschiedet habe.«

»Benedict, ich fürchte, das kannst du nicht.« Theodosia reichte ihm die Hände. »Denk doch mal nach. Was würde Joan von deinem Aufbruch denken? Matilde würde vielleicht nicht einmal aufwachen …« Sie schüttelte den Kopf. »Tom wäre im Handumdrehen aus dem Bett. Er … Er ist zu klein, um ein Geheimnis zu bewahren, aber zu clever, um sich austricksen zu lassen.« Sie blickte ihm direkt in die Augen. »Er würde unweigerlich etwas sagen, was Verdacht erregt.«

»Das stimmt«, bestätigte Stanton.

»Spart mir Euer Geschwätz.« Es war leichter, wütend auf Stanton zu sein, als zuzugeben, wie sehr er seine Kinder vermissen würde. Er erwiderte Theodosias Händedruck. »Doch du hast recht. Wie so oft.«

Ihr wortloses Nicken verriet ihm, dass sie wusste, was ihn seine Zustimmung kostete.

»Verzeiht, wenn ich unterbreche.«

Stanton betrachtete Palmer mit mehr Respekt, während er wieder unter seinen Umhang griff. »Mylady, Seine Gnaden hat mich gebeten, Euch dies zu geben.« Er reichte Theodosia eine kleine Ledergeldkatze. »Für die Zeit, in der Sir Benedict fort ist.«

Palmer registrierte, wie schwer die Münzen waren. Schurke, der er war, empfand er einen kurzen Anflug von Erleichterung. So konnten sie den Zehnten zahlen.

Theodosia verschwendete keinen Gedanken an das Geld. Sie hielt ihn immer noch mit einer Hand fest und erforschte sein Gesicht mit grauen, sorgenumwölkten Augen. »Was soll ich den Kindern sagen? Deiner Schwester? Den Leuten im Dorf?«

Noch einen Tag zuvor hätte er keinen Grund gehabt. Heute hatte er einen. »Sag ihnen, ich mache eine Pilgerreise zu den Gräbern meiner Familie.« Er holte tief Luft. »Der Schock sei so groß gewesen, dass ich sofort aufgebrochen bin.«

Theodosia legte ihm eine Hand an die Wange. »Ich kann deinen Schmerz nicht als Vorwand verwenden. Das werde ich nicht tun.«

Der Schmerz, sie allein lassen zu müssen, war größer. Aber das durfte er hier nicht sagen. »Doch.«

Sie ließ die Hand fallen und nickte, und ihr Kummer versetzte ihm einen Stich ins Herz.

Er zog sie wieder an sich, schob ihr das Haar aus dem Gesicht, küsste sie und sog ihren süßen, vertrauten Duft ein. »Du und die Kinder, ihr müsst in Sicherheit sein. Ich komme wieder. Ich schwöre es.« Er drückte sie noch fester an sich. »Ich schwöre es bei Gott.«

Seine Loyalität wurde aufs Äußerste auf die Probe gestellt. Heinrichs dringender Ruf war hoffentlich von äußerster Wichtigkeit. Weniger würde er nicht dulden – unter keinen Umständen.

Kapitel 6

»Palmer, Palmer, Palmer.« Heinrich kam mit festen, schnellen Schritten über den Holzboden seiner geräumigen Gemächer im Palast zu Woodstock auf ihn zu, eilte vorbei an einer Gruppe leerer, üppig bemalter Stühle und einer verwaisten Lyra.

Palmer verneigte sich und gestattete sich nicht, das riesige Bett zu betrachten, das nur zum Teil hinter einem mit heiteren Bildern bemalten Paravent verborgen war. »Euer Gnaden.«

»Mein Junge.« Heinrich streckte die Arme aus, schüttelte Palmer energisch die Hand und boxte ihm mit der anderen vor die Brust. »Es tut gut, Euch zu sehen!« Er ließ Palmer los. »Wein. Wir brauchen Wein.« Er trat zu einem nahen Tisch, auf dem die Überreste einer Mahlzeit und ein großer Krug standen.

»Wie Euer Gnaden wünschen.« Palmer hätte lieber etwas gegessen oder sich nach den Tagen und Nächten, die er im Sattel verbracht hatte, um nach Oxfordshire zu eilen, frisch gemacht. Aber der König war ein Mann, der keinen Widerspruch duldete.

Heinrich füllte zwei Kelche, während Palmer sich zu ihm gesellte. »Seht Ihr, Palmer? Bedient von einem König. Das könnten nicht viele Männer von sich behaupten.«

»Es fühlt sich nicht richtig an, Euer Gnaden.«

Heinrich leerte einen der Kelche und füllte ihn dann erneut, ehe er Palmer den anderen hinhielt. »Ist es auch nicht. Aber ich wollte Euch allein sehen.«

Palmer nahm den Wein mit einer weiteren Verneigung entgegen.

Heinrich machte eine Kopfbewegung. »Kommt ans Fenster. Dort könnte uns nur eine Fledermaus oder ein Vögelchen belauschen.«

Palmer folgte ihm hinüber ans Fenster, wo die frühe Nachmittagssonne angenehme Wärme und gelbliches Licht spendete. Aus der Nähe sah er, dass der König alt geworden war. Sein Haar war ergraut, und die Falten um seine Augen hatten sich tiefer eingegraben.

»Wie geht es meiner geliebten Theodosia?« Heinrichs sonst sehr laute Stimme wurde plötzlich ganz leise.

»Gut, Euer Gnaden.« Palmer trank, und der edle Wein sandte herrliche Wärme in seine Eingeweide.

»Wie geht's dem Jungen?«

»Der kleine Thomas hat sich die Seuche eingefangen, es aber gut überstanden.«

Heinrich strahlte. »Widerstandsfähiger kleiner Rabauke, was?«

»Sehr. Besonders, was seine Willenskraft angeht.«

»Matilde?«

»So süß, wie Tom ein Rabauke ist.«

»Gut zu hören. Der Apfel fällt nicht weit vom Stamm, richtig?«

»In der Tat, Euer Gnaden.« Palmer nahm einen weiteren Schluck und wartete auf den wahren Grund für seine Einbestellung. Er hatte auf dem Herweg schon tausendmal darüber nachgegrübelt.

Heinrichs gelöste Stimmung verflog. »Ich hätte sie auch herrufen lassen, aber das Risiko konnte ich nicht eingehen.«

Er sah sich fast gehetzt im Raum um und beugte sich vor, um aus dem Fenster zu spähen. Als er wieder sprach, senkte er die Stimme noch mehr. »Hat Stanton Theodosia das Geld übergeben, das ich ihr zur Überbrückung geschickt habe?«

»Ja, Euer Gnaden. Wir sind Euch beide sehr dankbar.«

»Ich wette, es passt ihr nicht, dass Ihr sie allein lassen musstet?«

»Wohl wahr.« Ihm selbst war das auch nicht recht. »Aber meine Schwester ist bei ihr, das wird helfen.«

Heinrich hielt inne, den Kelch halb am Mund. »Eine Schwester? Wo kommt die denn plötzlich her?«

»Ich habe sie jahrelang nicht gesehen. Genauso wenig wie den Rest meiner Familie.« Palmer berichtete kurz von seinem Verlust.

»Eine traurige Geschichte.« Heinrich runzelte die Stirn. »Sie macht mir Sorgen. Man hätte Euch nie ausfindig machen dürfen.«

»Das denke ich auch. Aber in Wahrheit hat mich ja auch niemand ausfindig gemacht. Man weiß jetzt, dass ich Benedict Palmer bin, der Sohn eines Kleinbauern, der ausgeschickt wurde, um Knappe zu werden. Niemand hat auch nur die geringste Ahnung, dass ich Ritter bin. Joan hat mich mithilfe eines Mannes aus Wattick gefunden, an den ich mich noch gut erinnere. Was Lord Ordell und Abt Remigius angeht … Sie herrschen schon seit Jahren über unser Dorf.«

Heinrich nahm einen tiefen Schluck. »Sie gehören nicht zu den Parteigängern der Rebellion.«

»Joans erste Tat war es, Tom zu retten, als er zu ertrinken drohte.«

»Sie hat den Jungen gerettet?«

»Ohne auch nur eine Sekunde an sich selbst zu denken.«

»Das spricht für Eure Familie.« Heinrichs Miene hellte sich auf. »Doch sie darf nie von Eurer wahren Vergangenheit erfahren. Verstanden?«

»Darüber macht sich auch Theodosia Sorgen. Mein Wort darauf, dass es nie geschehen wird.«

»Gut. Wir werden Mittel und Wege finden, das sicherzustellen, wenn diese Krise überstanden ist. Bis dahin werde ich Geoffrey bitten, den Abt von Wattick anzuschreiben und Ablassbriefe zu erwerben. Das Mindeste, was ich tun kann, ist, den Seelen Eurer Familie den Weg durchs Fegefeuer zu erleichtern.«

»Geoffrey?«

»Mein Bastard. Geboren von Ykenai, einer der besten Huren aller Zeiten. Er stand während der Rebellion an meiner Seite. Ich habe ihn zum Bischof von Lincoln gemacht.« Heinrich grinste vor sich hin. »Auch wenn ich glaube, er würde lieber eine Streitaxt als ein Kreuz schwingen.« Seine Miene wurde wieder finsterer. »Aber der Grund, warum ich Euch habe rufen lassen, ist eine dringlichere Angelegenheit. Habt Ihr davon gehört, dass ich meine Königin verstoßen und meine Ehe annullieren lassen will?«

Palmer nickte.

»Dachte ich mir. Jeder Tag bringt neue Gerüchte darüber. Ich habe versucht, den Brief nach Rom geheim zu halten, aber es ist mir nicht gelungen. Kein König macht sich einen Papst gefügig, auch wenn ich den Tag, an dem dies geschieht, gerne erleben würde.« Heinrich donnerte die Faust aufs Fenstersims. »Ihr wisst, dass ich es für Amélie tue?«

»Ich habe es vermutet, Euer Gnaden.«

»Ich habe auch eine Mätresse, Palmer.«

»Ich hatte dahin gehende Gerüchte gehört, Euer Gnaden.«

»Das sind keine Gerüchte. Rosamund Clifford ist entzückend. Ihr Schoß könnte eine Leiche erwärmen.«

Palmer hatte dazu nichts zu sagen, also trank er stattdessen.

Heinrich ging auf und ab.

Palmer machte sich auf etwas gefasst. Das kannte er schon. Wenn der König auf und ab ging, endete das meist in einem Wutanfall.

»Doch irgendein Schurke hat beschlossen, ihr Schaden zuzufügen.« Er drehte sich um und tigerte in die andere Richtung. »Irgendein Bastard einer verlausten Hure hat versucht, sie zu töten. Meine Mätresse! Hier!«

»Wer, Euer Gnaden?«

Heinrichs Gesicht färbte sich noch mehr. »Ich weiß es nicht. Ich konnte bisher nur feststellen, dass die Person eine Robe trug und durch ihr Fenster einstieg. Mit einem Messer bewaffnet, Palmer.« Er trat nach der Lyra, und sie trudelte über den Boden. »Er wollte sie töten. Das macht mir Sorgen. Die Leute glauben, der Grund, warum ich um eine Annullierung ersucht habe, sei Rosamund. Ich vermute, deshalb versucht jemand, sie umzubringen.«

Palmer liefen Schauer über den Rücken. *Es geht wieder los.* »Ich habe eine Ahnung, wer das sein könnte, Euer Gnaden.«

Heinrich nickte entschieden. »Eleonore. Darauf würde ich mein Leben verwetten. Sie sitzt im Kerker, doch einige ihrer Unterstützer sind immer noch auf freiem Fuß und streben danach, die Annullierung zu verhindern. Sie ist wie eine Schlange, die sich durch Ritzen und Spalten schlängelt, um dann ohne Vorwarnung zuzuschlagen.« Er hielt inne, um seinen Kelch nachzufüllen. »Ich weiß, warum es geschieht, aber ich weiß nicht, wer dahintersteckt. Es gibt nur einen Mann, dem ich uneingeschränkt zutraue, die Wahrheit herauszufinden«, er zeigte auf Palmer, »und das seid Ihr.«

Palmer verneigte sich. »Danke, Euer Gnaden. Ich bin froh, der Welt endlich als Ritter präsentiert zu werden, der für Euch kämpft …«

Heinrich schnitt ihm mit einer Geste das Wort ab. »Nein, nein, Mann. Nicht zum Kämpfen. Zumindest noch nicht.

Krieger habe ich viele, darunter meinen Bastard Geoffrey. Doch selbst sie haben nicht ausgereicht, um den Angriff abzuwehren. Außerdem sind sie bekannt. Euch kennt hier niemand.«

Der König hielt inne, um seinen Kelch erneut nachzufüllen. »Ich habe Lady Rosamund versprochen, ihr die schönste Laube samt Labyrinth im Königreich zu bauen, als Trost für den schrecklichen Angriff auf sie.« Er prostete Palmer zu. »Ja, ich habe Euch als Sir Benedict Palmer rufen lassen, der erst jüngst von einem Kreuzzug zurückgekehrt ist. Als Dank für Eure loyalen Dienste habe ich Euch gebeten, ihr zu helfen, sie bei der Planung ihrer Gärten zu unterstützen und deren Gestaltung zu beaufsichtigen.« Heinrich trank. »Ihr könnt an ihrer Seite sein, und niemand wird sich etwas dabei denken.«

Ein Gartenbaumeister? Ich? »Euer Gnaden, Ihr kennt mich. Ich bin ein Kämpfer – das kann ich am besten.«

»Ihr könntet durchaus Gelegenheit erhalten, diese Fertigkeiten zu nutzen.« Heinrich nahm einen weiteren Schluck. »Kämpfen heißt nicht nur Schwertfechten. Ihr habt meiner Tochter und meiner Frau das Leben gerettet, und zwar ebenso sehr mit Eurem wachen Verstand wie mit Euren Muskeln. Heimlichkeit bekämpft man mit Heimlichkeit. Palmer, Ihr müsst meine Augen und Ohren sein. Ihr könnt hier unterwegs sein, Ausstattung und Pflanzen für die Gärten aussuchen, Männer einstellen. Niemand wird etwas ahnen. Ihr werdet den Schuldigen finden, damit ich ihm den Kopf abschlagen lassen kann. Das ist mein Befehl.«

Egal, was er von dieser Aufgabe hielt, Palmer konnte jetzt nicht weiter widersprechen. Das verriet Heinrichs durchdringender Blick. »Ich werde Euch loyal dienen wie immer, Euer Gnaden.«

»Gut. Ich breche am Morgen nach London auf. Wenn Ihr mir eine Botschaft schicken müsst, sendet Stanton.«

»Euer Gnaden.« Palmer verneigte sich. Diese Mission hätte er sich niemals träumen lassen. Und was, wenn sie ihm misslang?

* * *

»Kamele. Die Tiere aus der Bibel.« Zu dieser frühen Stunde bildete Palmers Atem kleine Wölkchen in der kühlen Luft.

»Genau die.« Geoffrey blickte noch immer finster drein. Der Sohn des Königs und einer Hure hatte Heinrichs rosige Gesichtsfarbe und sein rotes Haar. Aber im Gegensatz zum König war er fast so groß und breit wie ein Scheunentor. Heinrich hatte Geoffrey beauftragt, Palmer in Woodstock herumzuführen, worauf er eindeutig so viel Lust hatte wie auf einen losen Schusternagel im Stiefel. »Seid Ihr ein Gelehrter, Palmer?«

»Nein«, erwiderte Palmer. »Ich bin in Palästina auf Kamelen geritten.« Die Lüge fiel ihm leicht. Er hatte in seinen Tagen als fahrender Ritter auf ihnen gesessen. In den Tagen vor Theodosia. Vor seinen Kindern.

»Komisch, ich habe während der Rebellion nie von Euch gehört«, erklärte Geoffrey. »Doch hier seid Ihr, in einer extravaganten Geste Seiner Gnaden an die Seite seiner verwundeten Mätresse gerufen. Eine Einbestellung, die er ohne mich zurate zu ziehen vorgenommen hat.«

»Ich stelle die Entscheidungen Seiner Gnaden nie infrage.« Palmer erwiderte Geoffreys Blick, ehe er sich wieder den höckrigen Geschöpfen zuwandte, die hinter dem Holzzaun standen. Sie starrten ihn an, während sie mit Zähnen, die länger waren als die jedes Esels, kauten wie Kühe. »Was die Rebellion angeht – ich habe im Heiligen Land für Christus gekämpft. Ich bin noch nicht lange wieder zurück.« Er zuckte die Achseln, und sein dicker Mantel öffnete sich. Egal. Die elegante Kleidung, die ihm Heinrich überlassen hatte, schützte ihn gut vor der Kälte.

»Bisschen bleich für einen Mann, den diese heiße Sonne verbrannt hat, oder?«

»Ich saß viele Monate in Eis und Schnee im Hafen von Southampton fest. Da gibt es keine heiße Sonne.«

»Nein.« Geoffrey klang noch immer nicht überzeugt.

Ein Kamel zog die Lippe hoch und spie einen Strahl grüner Flüssigkeit auf den Boden.

»Launische Biester«, bemerkte Geoffrey. »Beißen, spucken, können es kaum abwarten, einander zu besteigen. Schlimmer als jeder Hengst, aber ohne dass ein edles Fohlen dabei herauskommt.« Er ging zum nächsten Gehege.

Männer mit frischen Strohballen eilten vorbei, andere zogen Karren mit übel riechenden Exkrementen hinter sich her.

»Warum hält Seine Gnaden solche Tiere?«

»Seine Gnaden trifft so allerlei Entscheidungen, die man infrage stellen könnte. Besonders, wenn es um seine Mätresse geht.« Geoffreys erneuter finsterer Blick zu Palmer verriet diesem, dass seine Anstellung durch den König zweifellos ebenfalls dazu zählte. »Die Kamele sind Geschenke anderer Herrscher. Es wäre eine große Beleidigung für sie, würde er sie nicht halten. Wie alle Tiere in seiner Menagerie.«

»Ihre Anzahl zeigt, wie beliebt er ist.« Palmer blieb neben Geoffrey stehen, um sich die Insassen eines Käfigs anzusehen. Strahlend blaue Vögel krächzten und schnatterten. »Wie viele loyal zu ihm stehen«, beendete er seinen Satz.

Singvögel, deren Lied er noch nie gehört hatte, verbargen sich in den Ästen von kleinen Bäumen. Schmale Metallstreifen bildeten ein Dach über dem Käfig, sodass die Vögel nicht davonfliegen konnten. Ihre Exkremente, die ein Mann zusammenfegte und in einen Eimer schaufelte, stanken schlimmer und beißender als die in jedem Hühnerstall.

»Die Loyalität, die er bei anderen hervorruft, ist in der Tat ein Wunder. Auch wenn es Menschen gibt, die ihm ins Gesicht lächeln und ihn dennoch verraten würden.« Geoffrey schaute Palmer länger in die Augen, als diesem lieb war. »Es ist mein größter Wunsch, sie alle aufzuspüren. Dann möchte ich ihnen mit dem Schwert das Lächeln aus dem Gesicht schneiden.«

»Das wäre nicht mehr als recht und billig.« Kriegerische Worte vom Bischof von Lincoln. Heinrichs Beschreibung war zutreffend gewesen. Geoffrey schien eher zum Krieger als zum Mann Gottes geeignet.

»Geoffrey! Wartet!«

Palmer wandte sich vom Käfig ab, um zu sehen, woher die helle Stimme kam.

Eine junge Frau eilte auf sie zu, ihr langes, helles Haar wehte im Wind. Sie trug einen dicken, pelzbesetzten Mantel, den sie hoch geschlossen hatte, um die Kälte abzuhalten.

»Ah. Die Lady Rosamund«, sagte Geoffrey zu Palmer.

»Ihr wolltet doch nicht etwa ohne mich aufbrechen?« Obgleich sie noch immer einen Bluterguss an der Schläfe hatte, zählte ihr Gesicht zu den hübschesten, die Palmer je gesehen hatte.

Die Männer in der Nähe verneigten sich, als sie vorbeieilte, doch Palmer sah auch, dass mehr als einer den Blick zu ihr hob.

Geoffrey verneigte sich so steif, dass es aussah, als habe er einen verrenkten Rücken. »Mylady. Ich wollte Palmer das Gelände zeigen. Ihr müsst doch nicht hier draußen in der Kälte sein.«

»Ach, die Kälte macht mir nichts aus. Lucine hat darauf bestanden, dass ich meinen dicksten Mantel trage. Ihr also seid Sir Benedict Palmer, der tapfere Kreuzritter, der gekommen ist, um mir eine Laube zu bauen?« Sie faltete die Hände, die in eleganten Lederhandschuhen steckten. »Das ist ja wunderbar!« Sie streckte Palmer die Rechte hin.

Er beugte sich vor und hauchte einen Kuss darauf. »Mylady.« Er richtete sich auf.

»Seid Ihr aber groß«, erklärte sie mit leuchtenden Augen.

Geoffrey runzelte erneut die Stirn. »Ich wollte gerade sagen, dass Ihr nicht allein unterwegs sein solltet. Wir haben noch immer nicht herausgefunden, wer für den Angriff auf Euch verantwortlich war.«

»Aber das war nachts, Geoffrey. Nachts werde ich doch jetzt bewacht, oder?«

»Angriffe sind auch bei Tage möglich.«

»Umso besser, dass ich nicht mehr allein bin.« Rosamund winkte Palmer zu sich. »Reicht mir Euren Arm, Sir Benedict. Ich bin sicher, Ihr könntet mich beschützen.«

»Mylady.« Palmer tat, wie ihm geheißen, sie hakte sich bei ihm ein und zog ihn dichter an sich.

Geoffrey biss die Zähne zusammen. »Hier entlang.«

»Oh, ich bin so froh, dass ich den nächsten Teil des Rundgangs nicht verpasst habe. Ich glaube, das wird Euch gefallen, Sir Benedict.« Sie blickte mit einem anmutigen Augenaufschlag zu ihm auf. »Ich denke, ich werde Euch Benedict nennen, denn Ihr steht nun in meinen Diensten, nicht wahr?«

»Mylady.« Palmer passte seine Schritte den ihren an. Ihr Duft verdrängte den Gestank der Menagerie: Rosenöl und ein weiteres süßes, teures Aroma, das er nicht benennen, dessen Geschmack er sich aber vorstellen konnte. Er verdrängte den Gedanken.

Im nächsten Käfig standen niedrige untersetzte Nadelhölzer. Ein Ledereimer mit Apfelschnitzen hing außen an den eisernen Zaunstangen.

»Wartet, bis Ihr das gesehen habt.« Rosamund griff mit der freien Hand in den Eimer und warf eine Handvoll braun angelaufenes Obst in den kleinen freien Bereich mitten in dem schlammigen Käfig. »Komm!« Sie schnalzte mit der Zunge gegen ihre weißen, ebenmäßigen Zähne. »Komm!«

Geoffrey verschränkte die Arme und seufzte.

Es raschelte im Gebüsch, und ein außergewöhnliches Geschöpf trat heraus. Es hatte die Größe eines mittelgroßen Hundes, aber kurze Beine und ein dichtes Fell, das an spitze Stöckchen erinnerte.

»Bei allen Heiligen«, entfuhr es Palmer, »was ist das denn?«

Rosamund brach in Gelächter aus. »Seht Ihr? Ich sagte Euch doch, Ihr würdet es mögen.«

Das Geschöpf stieß die Apfelhälften mit der Schnauze an und biss mit scharfen Zähnen kleine Stückchen ab.

»Ein Stachelschwein«, erklärte Rosamund.

»Was für ein erstaunliches Tier«, stellte Palmer fest.

»Wenn es sich aufregt, wird es noch seltsamer. Seht.« Rosamund griff in den Eimer und warf dem Geschöpf ein großes Apfelstück ins Gesicht.

Es riss den Kopf hoch und floh mit einem lauten Zischen und einem vernehmlichen Klappern seiner Stacheln zurück ins Gebüsch.

»Obacht, Mylady«, sagte Palmer. »Ich würde wetten, es kann mit diesen Stacheln einen Mann erstechen.«

»Oder eine Frau.« Geoffrey entfernte sich vom Zaun. »Ihr müsst mit den Tieren vorsichtig sein, Rosamund. Sie sind kein Spielzeug.«

»Tut mir leid, Geoffrey.« Rosamunds Worte wirkten nicht aufrichtig. »Ich hatte nur ein bisschen Spaß.«

»Der nächste Bereich ist nicht für Spaß geeignet. Ganz und gar nicht.« Geoffrey ging voraus.

Ein hohes Tor, viel höher als die anderen, versperrte ihnen den Weg. Es war mit einem stabilen Metallriegel verschlossen.

»Hat jemand Seiner Gnaden einen Elefanten geschickt?« Palmer hoffte, dem sei so. Er hätte sehr gerne eines dieser großen, exotischen Geschöpfe gesehen.

»Oh, Benedict«, sagte Rosamund, »selbst ich käme nicht auf einen so dummen Gedanken. Natürlich nicht.« Sie trat noch näher. Sie trug zwar einen dicken Mantel, doch die Rundung ihrer Brust presste sich warm und nachgiebig an seinen Arm. *»Ihr Schoß könnte eine Leiche erwärmen.«* Heinrichs Worte. Wahre Worte. Für ihn aber ohne Bedeutung. Palmer bewegte seinen Arm. Unerwünschte Worte.

Geoffrey schob den Riegel zurück. »Das ist nur das äußere Tor. Es muss immer geschlossen sein.« Er öffnete es und ließ Palmer und Rosamund hinein. »Hier halten wir die schönsten und gefährlichsten Tiere.« Er schloss das Tor hinter sich.

Ein tiefes, leises Knurren drang aus einem der großen Gehege, die den Weg vor ihnen säumten.

Mit einem leisen Keuchen und weit aufgerissenen Augen klammerte sich Rosamund noch fester an Palmer.

Geoffrey fuhr fort: »Die fressen keine Äpfel. Die mögen Fleisch.« Er sah Palmer in die Augen. »Je frischer, desto besser.«

* * *

Theodosia eilte raschen Schritts über die Brücke.

Die Schlange der Frauen am Dorfbrunnen verriet ihr, wie lange sie an diesem klaren, kalten Tag geschlafen hatte. Sie trat zurück, um einen rumpelnden Karren vorbeizulassen, und fasste sich ein Herz. Sie kam sonst immer besonders früh her, um dem Klatsch und den neugierigen Nachfragen aus dem Weg zu gehen. Der Brunnen war die perfekte Gelegenheit für beides, lag er doch neben der Hauptansammlung von Hütten auf dem Weg hinunter zur Mühle.

Diesmal würde sie es aushalten müssen. Selbst schuld, schließlich hatte sie ja verschlafen.

Als sie sich näherte, drehte sich die Letzte in der Schlange, eine stämmige Frau in ihrem eigenen Alter namens Kath, zu ihr um.

»Üblicherweise leistet Ihr uns um diese Zeit keine Gesellschaft, Mistress Palmer.« Sie stieß ihre Freundin an.

Theodosia lächelte sie an und hoffte, es wirkte herzlich. »Nein. Ich fürchte, ich habe verschlafen.«

»Hat Euch Euer großer, stattlicher Mann gestern wohl zu lange wach gehalten?«, vermutete Kath.

Ihre Freundin grinste.

Theodosia konnte nicht verhindern, dass sie ob dieser obszönen Bemerkung errötete. »Eigentlich nicht.«

»Tut mir leid. Ich wollte Euch nicht ausfragen.« Kath zwinkerte ihrer Freundin zu, ohne sich die Mühe zu machen, es vor Theodosia zu verbergen. »Da fällt mir ein, ich habe ihn schon eine Weile nicht mehr gesehen.«

Theodosia tat, als habe sie das Zwinkern nicht gesehen, und nahm ihren Ledereimer in die andere Hand. Sie hatte nicht unhöflich oder von oben herab klingen wollen. Aber sie konnte einfach nicht die Wahrheit sagen. Sie hatte in den vergangenen drei Nächten kaum ein Auge zugetan, so besorgt war sie wegen Benedicts Mission für den König.

»Zu gefährlich«, hatte Hugo Stanton zu ihr und Benedict gesagt, um zu erklären, warum sie und die Kinder nicht mitkommen konnten.

Seither plagten sie Gedanken an Gefahren. Am Ende lag Benedict immer tot und kalt auf dem Boden und würde niemals zu ihr zurückkehren. Als sie in der vergangenen Nacht endlich eingenickt war, konnte das Morgengrauen nicht mehr weit gewesen sein, und sie hatte schließlich so tief geschlafen, dass sie den Hahnenschrei überhört hatte.

Die Schlange bewegte sich, Frau um Frau füllte ihren Eimer mit Wasser; einige gingen danach, andere blieben, um Geschichten und Neuigkeiten auszutauschen. Hinter ihr hatte sich niemand mehr angestellt. Sie musste die Letzte sein.

Joan hatte sie rüde wachgerüttelt und gesagt: »So gern ich es wollte, ich kann dich nicht länger liegen lassen.«

Nicht besonders nett, aber sie hatte freundlicherweise Matilde und Tom angekleidet und das Feuer entzündet. Es folgten weitere Fragen über Benedict, genau wie an den Tagen zuvor.

Tom erkundigte sich immer wieder, wann sein Vater zurückkommen würde. Joan war immer noch überrascht, dass Theodosia ohne ihn heimgekehrt war, dass er so schnell nach seinem Wiedersehen mit seiner Schwester fortgegangen war. Nur die kleine Matilde schien dankenswerterweise von alldem nichts mitzubekommen.

Sie belog sie, erzählte ihnen frech, Benedict habe die Gräber seiner Familie aufsuchen wollen. Aber was, wenn er auf seiner Mission sein eigenes Grab finden würde? Sie würde ihn nie wieder in den Armen halten, ihn nie wieder berühren. Ihm nie wieder in die dunklen Augen sehen, nie wieder in seine starken Arme sinken.

Theodosia holte tief Luft und verdrängte ihr schmerzliches Sehnen. Gott sei Dank waren die Frauen fast fertig, und sie würde bald nach Hause zurückgehen können.

Kath sah sie an: »Wir halten Euch auf, was?«

»O nein, das ist es nicht …«

»Wartet auf mich, Mädels!«, unterbrach sie der Ruf einer anderen Frau.

Kath grinste, und Theodosia war vergessen. »Warum sollten wir auf ein Luder wie dich warten?«, fragte sie an die anderen Frauen gerichtet. »Schau dich doch bloß an, Meg.«

Die Frau namens Meg reagierte mit einem Lachen, steckte ihr offenes Haar mit Haarnadeln wieder unter ihre Haube und gesellte sich zu ihnen. »Ich bin heute Morgen ganz durcheinander.« Sie trat zu ihren Freundinnen in der Schlange vor Theodosia. »Ihr habt nichts dagegen, oder, meine Liebe?

Danke.« Sie besaß nicht einmal die Höflichkeit, Theodosias Antwort abzuwarten, sondern kehrte ihr direkt den Rücken zu.

Theodosia konnte sich diese Unhöflichkeit nicht gefallen lassen. Joan und Tom waren bereits aufgebracht und verletzt, und wenn sie so spät mit dem Wasser fürs Frühstück zurückkam, würde das die Sache nicht gerade besser machen. Sie tippte Meg auf die Schulter. »Ich bin dran. Bitte wartet, bis Ihr an der Reihe seid.«

Das Kichern verstummte.

Meg drehte sich um, genau wie Kath und ihre Freundin. »Jetzt regt Euch mal nicht auf«, sagte Kath. »Sie wird ja nicht lange brauchen.« Sie wandten sich wieder ab.

»Ich auch nicht.« Theodosia umschloss die grobe Kordel, die ihr als Eimerhenkel diente, mit beiden Händen.

»Dann ist ja alles gut.« Kath senkte kaum die Stimme. »Aber wir ziehen ein Gesicht, als hätten wir heute Morgen Essig getrunken.«

Die anderen kicherten, während Kath ihren Eimer über die hüfthohe, moosbewachsene Wandung des Brunnens hievte.

Theodosia umfasste den Henkel fester. Sie hatte das höhnische Grinsen, die Seitenblicke, die spitzen Bemerkungen satt. Alles nur, weil sie nicht war wie die anderen. »Ihr hättet Euch nicht vordrängen sollen«, sagte sie zu Meg.

Kath zog vor Anstrengung keuchend ihren Wassereimer hoch. »Ihr werdet es überleben.«

Kaths Freundinnen taten es ihr gleich, und die gerade erst angekommene Meg schob sich an den Brunnen.

Theodosia trat neben sie, griff das nasse Seil und hob ihren Eimer, um ihn daran festzubinden.

Meg entriss ihr das Seil. »Gebt mir das.« Mit einer schnellen Handbewegung knotete sie den Eimer fest und ließ ihn dann mit einem lauten Klatschen in den Brunnen fallen.

»Seht Ihr?«, fragte Kath. »Blitzschnell.«

»Dann genießt besser jeden Tropfen.« Theodosia sah sie so finster an, wie sie nur konnte. Nicht, dass das dieser schrecklichen Frau etwas ausgemacht hätte.

Meg wuchtete ihren Eimer hoch. Dann kreischte sie laut. »Bei Gott! Was ist das denn?«

Kath spähte über den Rand und fluchte laut und angewidert. Ihre anderen Freundinnen machten große Augen.

Meg fuhr herum. »Was habt Ihr getan, Weib Palmers?«

»Nichts.«

»Wie nennt Ihr dann das?« Meg hielt ihr begleitet von weiteren Ekelschreien den Eimer hin.

An der Wasseroberfläche trieb eine gewaltige tote Kröte, deren stinkendes, graugrünes Fleisch von der Verwesung aufgebläht und grotesk verfärbt war.

»Das ist eine tote Kröte«, sagte Theodosia. »Ihr habt sie gefunden. Nicht ich.«

»Aber wie gesagt, eigentlich wäret Ihr an der Reihe gewesen.« Meg kniff die Augen zusammen. »Oder versucht Ihr, mich zu vergiften?«

Theodosias Blick wanderte von einem Gesicht zum anderen, während die wütenden Frauen ringsum näher drängten. »Ich habe nichts getan.«

»Theodosia, was dauert denn da so lange?« Joan bahnte sich mit den Ellbogen einen Weg durch die Traube der Frauen. »Was ist los?«

Meg knallte ihren Eimer auf den Boden. Sie zeigte darauf und wandte sich an Joan. »Dieses widerliche Ding ist los.«

Joan rümpfte die Nase. »Ein verrottender Tierleib.«

Meg zeigte auf Theodosia. »Die hat sie beschworen.«

»Hört auf.« Joan drückte Megs Hand nach unten, woraufhin die anderen aufkeuchten.

Meg baute sich vor Joan auf. »Das könnt Ihr haben, wenn Ihr wollt.«

»Versucht es doch.« Joans Antwort war leise, aber dennoch eindringlich.

Lauter Hufschlag erklang auf der Straße. »Platz da.«

Theodosia blickte auf und sah Lord Ordell zu Pferd. Er kam von seinem morgendlichen Ausritt zurück, neben ihm seine Frau auf einem kleineren Zelter.

»Habt ihr elenden Weiber nichts Besseres zu tun?« Ordells knappe Worte klangen laut in der klaren Luft. »Der Teufel findet Beschäftigung für die Saumseligen.«

»Mylord.« Meg verneigte sich und deutete auf ihren Eimer. »Mehr Hexerei.«

Theodosia sah verblüfft zu, wie Ordell von seinem Pferd herabspähte.

Er verzog das Gesicht. »Gütiger Himmel.«

Seine Frau stieß einen kleinen angewiderten Schrei aus und nahm eine behandschuhte Hand vor den Mund. »Bei St. Peter in Rom.«

»Was geht hier vor sich?«, fragte Ordell scharf.

»Wir haben alle Wasser geholt, Mylord«, sagte Kath.

»Das Wasser war in Ordnung«, sagte Meg. »Bei uns allen.« Mit zusammengebissenen Zähnen wies sie mit dem Kopf auf Theodosia. »Dann hat sie sich geärgert, weil ich mich vorgedrängt habe. Das hätte ihr Wasser sein sollen.«

Ordells Blick fiel auf Theodosia. »Ihr.« Er dehnte das Wort und zeigte mit der Peitsche auf sie. »Ihr seid die, die im Wald unterwegs war und behauptet, am Tod einer Reihe von Tieren unschuldig zu sein. Nun aber seid Ihr wieder hier, so sicher, wie ein Misthaufen stinkt, und hier haben wir eine weitere tote, geschändete Kreatur.«

Theodosia reagierte gefasst auf die ungerechte Anschuldigung. »Ich schwöre es, Mylord. Ich habe damit nichts zu tun.«

»Dafür brauche ich das Wort Eures Mannes«, sagte Ordell. »Ruft ihn, damit er für Euch bürgen kann.«

Alles in Theodosia krampfte sich zusammen. Sie musste dem Adligen gehorchen. Doch sie konnte es nicht. »Ich fürchte, das kann ich nicht.«

»Ihr könnt nicht?« Ordells Pferd tänzelte, als er die Stimme hob. »Nach dem, was ich von Eurem Herrn Abt höre, habt Ihr vor noch gar nicht allzu langer Zeit Palmer sehr bereitwillig gescholten und ihm den Kopf gewaschen.«

Sie warf Joan stumm einen flehentlichen Blick zu.

»Es stimmt.« Joans Antwort klang ebenso ruhig wie die Benedicts. »Mein Bruder ist nicht da, Mylord. Er ist zu einer Pilgerreise aufgebrochen.«

Theodosias Herz raste ob der schamlosen Lüge, aber Joan blieb ruhig und gelassen.

»Eine Pilgerreise?«, fragte Ordell. »Wohin?«

»Er ist die Gräber unserer Familie besuchen gegangen.« Joan bekreuzigte sich.

Lady Cecily nickte ernst und zustimmend. »Ein heiliges Unterfangen, mein überaus frommer Gatte«, murmelte sie Ordell zu.

Der Adlige ignorierte sie. »Also habt Ihr beschlossen, lieber anderen Ärger zu machen?« Ordell zeigte wieder mit der Peitsche auf Theodosia. »Was bringt Euch zu so unnatürlichem Verhalten, Frau?«

»Meiner Schwester geht es nicht besonders gut, Mylord.« Joan nahm ihren Eimer und trat an Theodosias Seite. »Wenn Euer Lordschaft gestatten, werde ich sie heimbringen und mich um sie kümmern. Ich komme dann später zum Wasserholen wieder.«

»Ja, kümmert Euch besser um sie.« Ordell, dessen Aufmerksamkeit immer noch Theodosia galt, zügelte sein Pferd. »Gebt dieser Frau Euren Eimer. Als Ausgleich dafür, dass ihr eigener besudelt wurde.«

Meg nahm ihn Joan mit verdrießlichem Hohnlächeln ab.

»Verbrennt den anderen samt Kröte. Wir werden diesem Vieh keinen weiteren Blick gönnen.« Ordell funkelte Theodosia an. »Euch auch nicht.«

Joan schnappte sich den Eimer mit dem widerlichen Inhalt. »Komm, Schwester.« Rasch geleitete sie Theodosia weg, in Richtung der Brücke, die nach Hause und in Sicherheit führte.

* * *

Geoffrey ging Palmer und Rosamund wieder voraus. »Hier drin sind die Luchse.«

Palmer hatte schon Felle dieser Tiere gesehen. Er erkannte den braungrauen Pelz der Umrisse in der entlegensten Ecke des Geheges wieder.

»Drei?«, fragte Palmer.

Einer hob beim Klang seiner Stimme den Kopf, die Ohren auf dem schönen Kopf gespitzt, und starrte ihn an.

Geoffrey nickte. »Alles Weibchen. Kämpfen auch wie Frauen gegeneinander.«

»Viele Frauen kämpfen nie«, sagte Rosamund. »Zum Beispiel die von adliger Abstammung.«

Geoffrey beachtete ihre Bemerkung nicht.

Das Tier verlor das Interesse an seinen Beobachtern, senkte den Kopf und legte sich wieder schlafen.

»Ich habe gehört, sie können es mit einem Wolf aufnehmen«, sagte Palmer.

»Richtig gehört«, bestätigte Geoffrey. »Doch ihre tägliche Fleischration hält sie ruhig.« Er ging weiter.

Tägliche Fleischration. Kein Gemüseeintopf für diese Geschöpfe. Sie ernährten sich so königlich wie Heinrich selbst.

»Ich war schon eine Weile nicht mehr hier. Aber die nächsten sind meine Lieblingstiere, Benedict.« Rosamund schob ihn weiter. »Seht Euch das an.«

Geoffrey stand vor dem größten Käfig. »Das tapferste, edelste Tier.«

Palmer schaute hinein und hielt den Atem an. Vor ihm lagen Löwen mit goldenem Fell rings um ihren Rudelführer mit der dichten Mähne. Echte, lebende Löwen. Das Grollen wurde lauter. Sie entsprachen genau dem, was er gehört hatte. »Sie wirken sehr ruhig.«

»Ruhiger als die, die auf den Schilden der Kreuzritter ihre Wildheit zur Schau stellen?« Geoffrey sah ihn fragend an.

Rosamund warf ein: »Mir gefällt das Männchen am besten.« Sie deutete darauf. »Seht Ihr? Es ist so groß und hat eine dichte, dunkle Mähne.« Sie lächelte liebreizend. »Ein wenig wie Ihr, Benedict.«

»Ich finde nicht, Mylady.«

»Nicht?« Unauffällig presste sie eine Brust fester gegen seine Hand.

Er rückte erneut ein wenig von ihr ab und sandte ihr damit die deutlichste Botschaft, die er in diesem ihrem Spiel zu formulieren wagte.

»Rosamund. Ich hoffe, Ihr verwechselt Palmer nicht mit Seiner Gnaden«, sagte Geoffrey. »Das wäre sehr unklug.«

Sie hob die behandschuhten Fingerspitzen an die Lippen. »Oh, was habe ich nur gesagt? Seine Gnaden ist dem Löwen natürlich am ähnlichsten«, sie legte die glatte Stirn in ganz leichte Falten, *»mit seiner Tapferkeit, seinem Edelmut und seiner Nähe zu Christus. Der Löwe ist der König der Tiere, doch Heinrich ist der König der Löwen.«* Ihr Gesicht entspannte sich, zeigte jetzt ein stolzes Lächeln. »Na also. Ich konnte die Stelle aus dem Bestiarium zitieren. Besser, nicht wahr, Geoffrey?«

»Sehr gut.« Geoffreys Miene passte nicht zu seinen Worten.

Meine Güte, Rosamunds Geschwätz hat mich gerettet, dachte Palmer.

Mit einer plötzlichen Bewegung waren die Löwen auf den Beinen.

»Tretet zurück.« Instinktiv zog Palmer Rosamund rückwärts. »Was macht ihnen Angst?«

Geoffrey hatte sich nicht bewegt. »Nur ihr Futter.«

Palmer sah, was Geoffrey meinte.

Tote Rehe über den Schultern, näherten sich zwei Männer, einer alt, einer jung. Palmer hielt sie für Vater und Sohn.

»Guten Morgen, Mylord«, sagte der ältere.

»Euch auch. Seht Ihr, Palmer? Jetzt erkennt man viele Zähne«, sagte Geoffrey. »Wie bei denen auf den Schilden.«

Palmer konnte nicht reagieren. Gar nicht. »Ich glaube, ich wäre nicht so tapfer wie Daniel«, sagte Palmer und lächelte Rosamund an.

»Wie wer?«

»Daniel. In der Löwengrube.«

»War jemand dort drinnen?« Sie riss die Augen auf.

Geoffrey seufzte. »Daniel aus der Bibel, Rosamund. Der Bibel.«

»Oh. Gewiss.«

Die wachen, bernsteinfarbenen Augen der Löwen suchten ihr Fleisch. Fauchend gingen die Tiere auf und ab. Das Männchen warf den Kopf in den Nacken und brüllte laut. Die vier kleineren, dünneren Weibchen, die es aber von den Muskeln her dennoch mit jedem Pferd hätten aufnehmen können, antworteten ihm. Palmer spürte die Vibration des tiefen Geräuschs bis in die Stiefelspitzen.

Die Männer legten die Kadaver ab. Der Vater nahm einen langen Holzstab vom Boden auf. Sein Sohn zog den stabilen Metallriegel zurück, sodass sich ein Teil der vorderen eisernen Gitterstäbe des Käfigs öffnete. Zwei Angeln auf einer Seite verrieten, dass es sich um eine Tür handelte.

»Obacht, Mylord«, sagte der ältere Mann zu Geoffrey.

Wieder regte sich Geoffrey nicht, machte aber eine Geste in Palmers Richtung. »Bringt Lady Rosamund in sichere Entfernung.«

Palmer zog sie mehrere Schritte zurück. Seine freie Hand fuhr unter sein Wams. Da war sein Messer, auch wenn es nicht viel nützen würde.

»Dann los«, sagte der ältere Mann.

Der Sohn öffnete die Tür, und sein Vater ging mit erhobener Waffe hinein, wobei er laute, abgehackte Rufe ausstieß.

Die Tiere knurrten, fauchten, blieben aber auf Distanz, während der jüngere Mann einen Kadaver hineinwarf. Das Männchen stürzte sich darauf, die Weibchen hielten sich zurück. Sie bekamen das zweite tote Tier.

Der ältere Mann zog sich wieder aus dem Gehege zurück, und sein Sohn schlug hinter ihm die Tür zu und verriegelte sie.

Geoffrey trat dicht an den Zaun, umfasste mit der Rechten einen Gitterstab und beobachtete die Löwen beim Fressen.

Palmer bemerkte das Symbol der Autorität der Kirche am Ringfinger des außergewöhnlichen Bischofs: einen schweren Eisenring mit dem erhabenen Kreuzzeichen.

Er hörte, wie Haut von Muskeln riss, dazu das Brechen von Knochen, und nahm den unverkennbaren, starken Geruch von Fleisch und frisch vergossenem Blut wahr.

Die Männer überprüften den Riegel und legten den Stab zurück. »Guten Tag, Mylord.« Sie lüfteten rasch die Hüte und verzogen sich dann.

»Guten Tag.« Geoffrey war weiterhin auf das fressende Rudel konzentriert.

»Ist es klug, so dicht davorzustehen?«, fragte Palmer.

»Sie wurden bereits gut gefüttert. Jetzt fressen sie noch mehr.« Geoffrey wandte sich mit einem kleinen Lächeln, dem ersten, das Palmer bei ihm gesehen hatte, zu ihm um. »Ich würde mir an Eurer Stelle viel mehr Sorgen um Euren eigenen Standort machen.«

Palmer betrachtete das leere Gehege, vor dem er und Rosamund sich befanden. Er zuckte die Achseln. »Da ist nichts drin.«

»Sicher?« Geoffrey lächelte noch immer.

Palmer spähte hinein. »Ich sehe nichts.«

»Da.« Geoffrey deutete in den Käfig.

Palmer starrte in die angegebene Richtung. Dann sah er es. Reglos. Unmittelbar hinter den Gitterstäben. »Weg da, Rosamund.« Er zog sie zurück.

Das Tier stand still da und beobachtete ihn aus grüngoldenen Augen, ohne zu blinzeln. Es hatte ihn gesehen, lange bevor er es entdeckt hatte. Palmer ließ seinen Blick über das Tier schweifen. Es stand auf vier mächtigen Pfoten und war fast so lang, wie er groß war. Sein Schwanz zuckte kaum merklich. Sein Fell war braun gefleckt, ähnelte der Farbe der Büsche aber so, dass es seinen Träger praktisch unsichtbar machte. Es starrte sie noch immer an.

»Ich glaube, Ihr gefallt ihm, Palmer.«

Palmer sah keine Krallen an den Füßen des Tiers, doch die Baumstümpfe in seinem Gehege hatten lange, tiefe Kratzspuren. »Was ist das?«

»Ein Leopard.« Geoffrey verließ den Löwenkäfig und kam herüber.

Der Blick des Leoparden huschte zu ihm. Dann sprang er mit einem Satz an die Gitterstäbe und packte sie, war plötzlich doppelt so hoch wie Palmer.

»Bei den Augen Gottes!«, kreischte Rosamund.

Palmers Hand fuhr ans Messer.

Geoffrey lachte. »Beruhigt Euch, er kann nicht heraus.« Liebevoll betrachtete er die an den Gitterstäben hängende Kreatur. »Er ist wild. In dieser Menagerie gibt es keinen Tierpfleger, der das Tor zu seinem Käfig öffnen würde. Er wird durch diese kleine Luke gefüttert. Nicht, dass er viel fräße. Er ist zu wählerisch.«

Mit rasendem Puls ließ Palmer sein Messer wieder in den Gürtel gleiten. »Er ist schnell.« *Zu schnell, verdammt.*

»Ja«, sagte Geoffrey. »Ein Herrscher aus dem Osten hat ihn dem König geschenkt. Es erwies sich, dass man das Tier darauf abgerichtet hatte, Menschen zu fressen, sodass es sich nur noch von deren Fleisch ernährt.« Er sah zuerst Rosamund, dann Palmer an. »Ich glaube, sie schmecken salziger als Rehe. Das mag es.«

»Oh, wie schrecklich.« Rosamund verzog das Gesicht.

»Woher kennt Ihr seinen Geschmack, Geoffrey?«

»Habt Ihr den Mann gesehen, der die Löwen gefüttert hat?«

Palmer nickte.

»Sein anderer Sohn war dumm genug, zu glauben, er könne diesen Leoparden kontrollieren. Der arme Kerl hatte keine Chance. Er hat ihm den Schädel zerbissen. Dann hat er sein Gehirn gefressen.« Geoffrey behielt Palmer im Auge, sein Blick war so ruhig wie der des Tiers. »Eine Lektion für jeden, der sich den falschen Gegner aussucht, meint Ihr nicht, Sir Benedict?«

Palmer antwortete nicht.

Kapitel 7

Von seinem Ausguck in den Bäumen sah Palmer das Fenster der Gemächer, in denen Rosamund Clifford schlief, dasselbe Fenster, durch das eine Gestalt in einer Robe geklettert war und sie beinahe getötet hatte. Heinrich erwartete von ihm, herauszufinden, wer es gewagt hatte, der jungen Mätresse des Königs so etwas anzutun.

Er bewegte die Füße, um sie etwas zu wärmen. Auch wenn er den Palast aufgrund der wolkenlosen Nacht im Schein der Sterne und des Monds beobachten konnte, hatte sich unter dem klaren Himmel eine dicke Raureifschicht über alles gelegt. Von überall waren Eulen zu hören, die bei diesen günstigen Bedingungen sehr geschäftig waren. Er kannte ihre Geräusche gut von daheim. Ganz anders als das Grunzen und Rumoren aus der Menagerie.

Rosamund war eine Schönheit, daran konnte es keinen Zweifel geben. Heinrich hatte sich das Beste ausgesucht, um sein Bett zu wärmen. Aber Palmer bezweifelte sehr, dass Heinrich wusste, wie sehr sie darauf aus war, auch andere Männer zu bezirzen. Der königliche Zorn würde ein ganz neues Ausmaß erreichen. Daran wollte Palmer nicht schuld sein.

Egal. Die einzige Frau, mit der er das Bett teilen wollte, war drei Tagesritte entfernt. Seine Aufgabe war es, aufzudecken, wer Rosamund angegriffen hatte. Dann konnte er zu seiner geliebten Theodosia zurückkehren. Leichter gesagt als getan. Aber irgendwo musste er anfangen.

Zu seiner Linken hörte er gemessene Schritte. Eine der zusätzlichen Wachen, die auf Heinrichs Befehl hin seit dem Angriff unmittelbar vor dem Gebäude patrouillierten.

Palmer regte sich nicht, denn er war sicher, dass das dichte Geäst ihn verbergen würde. Er wollte keine Fragen darüber beantworten müssen, warum der Mann, der mit der Planung eines Labyrinths betraut war, sich hier versteckte und das Fenster einer Frau beobachtete.

Die Wache ging vorbei, die Streitaxt in der Hand. Das Kettenhemd schimmerte leicht im Mondschein.

Noch schlimmer wären Fragen gewesen, die mit einer Waffe in der Hand gestellt wurden.

Der Mann lief weiter.

Palmer runzelte die Stirn. Gut, dass man ihn nicht gesehen hatte. Aber nicht unbedingt ein Zeichen dafür, dass der Wächter wusste, was er tat. Was, wenn Palmer der Meuchelmörder gewesen wäre, der zurückkehrte, um sein Werk zu vollenden? Er blickte zu den grauen, glatten Mauern des großen Palastes zu Woodstock auf. Es hätte keinen Unterschied gemacht. Jeder Wachmann hatte nur einen kurzen Patrouillenweg. Niemand konnte diese hohen Mauern unbemerkt erklettern. Es wäre sofort aufgefallen.

Da kam der Mann zurück.

Die Wache trottete wieder an Palmer vorbei und ans andere Ende ihrer kurzen Strecke.

Noch einmal sah sich Palmer die Mauern an. Selbst ohne Bewachung wäre es keine leichte Aufgabe gewesen, sie zu erklimmen. Nahezu unmöglich. Er war ein guter Kletterer. Aber egal, wie gut man war, man musste sich irgendwo festhalten können, und sei es nur mit den Fingerspitzen.

Ein weiterer Eulenschrei, ein scharfes *Ke-wick.*

Er schüttelte den Kopf. Oder der Mörder hatte Flügel. Er machte sich aufbruchsbereit und wartete auf den richtigen Augenblick, in dem die Wache am weitesten von ihm entfernt sein würde. Er konnte Heinrich nur raten, die Bäume und Büsche fällen zu lassen, in denen sich ein Beobachter verbergen konnte. Er stellte sich Heinrichs Gesichtsausdruck vor. Vielleicht besser nicht.

Der Vogelruf blieb unbeantwortet. Die Eule rief erneut, lauter. Dann direkt über ihm.

Palmer sah auf, als der geflügelte Schatten ihn überflog und außerhalb seines Sichtbereichs auf dem hohen Dach landete.

Das Dach. Die steilen Dächer des Jagdschlosses lagen viel näher an Rosamunds Fenster. Nah genug, um sich nach unten zu schwingen. Die Idee mit dem Klettern war vergessen.

Er musste seine Theorie überprüfen. Aber wenn er recht hatte, konnte das nur eines bedeuten. Der Angreifer kam von innen.

* * *

Palmer stieg die gewundene Treppe zu den oberen Stockwerken von Woodstock empor, wobei er darauf achtete, leise und gleichmäßig aufzutreten. Es war alles ruhig, wie er es zu dieser späten Stunde auch nicht anders erwartet hatte. Er musste das noch in dieser Nacht hinter sich bringen. Sich bei Tag auf dem Dach herumzutreiben würde unerwünschte Aufmerksamkeit erregen. Schließlich war er angeblich Gartenbaumeister, nicht eine Taube.

Die Treppe endete in einem breiten, offenen Gang, dessen eine Seite von Bogenfenstern gesäumt war. Das musste das oberste Stockwerk sein, in dem sich Rosamunds Gemächer befanden. Ein Stück den Gang hinunter sah er einen Lichtschein an der Wand. Die Tür des Mädchens würde auch bewacht sein. Palmer wandte sich um und ging in die andere Richtung. Es hatte keinen Sinn, Aufsehen zu erregen.

Er bog um eine, dann um eine weitere Ecke, und der Korridor wurde schmaler. Das Mondlicht, das durch die Fenster fiel, verschaffte ihm ausreichende Sicht. Eine schmale, grob behauene Steintreppe führte nach oben in die Finsternis. Das musste der Zugang zum Dach sein.

Palmer erklomm die Stufen, und als es immer dunkler wurde, erfühlte er sich den Weg nach oben. Mit dem Kopf stieß er gegen Holz. Eine Luke. Er tastete nach dem Riegel, der sich leicht aufschieben ließ, ein sicheres Zeichen, dass diese Luke regelmäßig genutzt wurde. Er gestattete sich ein zufriedenes Nicken. Er hatte richtiggelegen.

Palmer öffnete die Klappe, und kalte Nachtluft strömte herein. Er kletterte hinaus auf ein Flachdach, das mit einer dicken, sauer riechenden Schicht Vogelkot bedeckt war. Andere Dachabschnitte sahen anders aus. Manche waren sehr steil und mit schweren Schieferschindeln gedeckt. Ein hochragender Rundturm und der quadratische Bergfried schienen aufgrund ihrer unterschiedlichen Formen nicht zueinander zu passen.

Er ging zum Rand des Daches, und zwar an der Stelle, wo er Rosamunds Gemächer vermutete. Vorsichtig kauerte er sich hin, um nicht den unten patrouillierenden Wachen aufzufallen, und spähte über die niedrige Balustrade. Da! Der Oberbalken des großen Fensters. Wer hier abstürzte, würde den Tod finden. Aber durch das Fenster mit seinem Klappladen zu steigen erforderte nur Planung und Nerven, keine übernatürlichen Kletterfähigkeiten.

Geduckt trat er zurück. Wieder auf der Treppe schloss er die Luke und verriegelte sie hinter sich. Immer noch vorsichtig um Lautlosigkeit bemüht huschte er die schmale Treppe hinunter auf den gewundenen Korridor. Er begab sich zur zentralen Wendeltreppe. Wieder erklang der Eulenruf, und er schaute hinaus auf das im Mondlicht liegende Gelände, um den Schatten zu beobachten, der über die Bäume glitt.

Dann wandte er sich um – und sah aus dem Augenwinkel eine Gestalt in einer dunklen Robe die Treppe hinuntereilen.

* * *

Raoul de Faye mochte den Mond.

Gerahmt von den hohen Fenstern seiner Gemächer, die noch immer seiner Eleonore, seiner Liebe, harrten, hing er still am Himmel und änderte in seiner vertrauten, immer gleichen Weise die Form. Er war nicht für Überraschungen gut, nicht wie die Sonne, die in manchen Monaten kaum einen nassen Mantel zu trocknen vermochte und einem im nächsten die Haut schlimmer verbrannte als ein Schmelzofen.

Auf den Mond konnte man sich verlassen. Im Gegensatz zu denen, die er mit seinem edlen Werk betraut hatte.

De Faye nahm einen weiteren Schluck Wein, um eine ruhige Hand zu bekommen. Er hatte in dieser Nacht noch kein Auge zugetan. Die letzte Botschaft, die ihn erreicht hatte, hatte ihm den Atem genommen. Sie versicherte ihm, dass sich die Pläne geändert hatten, dass aber alles gut laufen würde.

Er las einen Teil davon erneut: »Ich habe alles genau untersucht und durchdacht. Ich weiß, was wir ändern müssen.«

Ändern? Seine Pläne?

De Faye schleuderte seinen Kelch mit lautem Scheppern zu Boden, und Wein spritzte in alle Richtungen. Hielten sie ihn für einen Einfaltspinsel, den man mit schönen Worten einlullen und bei Laune halten konnte? Sie hatten ihm nur den Schlaf geraubt.

Hätte er doch nur selbst kämpfen können. Wie aggressiv hätte er angegriffen, hätte seine Lanze, sein Schwert, seinen Schild mit dem Blut seiner Feinde befleckt, genau wie einst Iwein.

Doch das konnte er nicht. De Faye nahm den Krug vom Tisch und goss sich mehr Wein ein. Im fahlen Mondlicht wirkte seine Haut genau wie Eleonores gemalte blutarm.

Tot.

Selbst das Hellgelb der Bourbonenlilien, die sein Privatgemach zierten, verblasste unter dem strengen Blick des Mondes. Genau wie eine tote Blume welkte und zu nichts zerfiel.

Tot. Wie es seine Feinde sein würden – und die, die für ihn gekämpft hatten und gescheitert waren.

* * *

»He!« Palmer rannte zur Treppe, ohne weiter darauf zu achten, sich leise zu bewegen. Der erste Absatz war leer. Er eilte hinunter, nahm immer zwei Stufen auf einmal.

Um die nächste Ecke sah er eine dunkle Gestalt verschwinden.

»Halt!« Palmer sprang vier Stufen weit nach unten und stolperte. Er bekam das eiserne Geländer zu fassen und verhinderte so gerade noch, dass er sich das Genick brach. Schnell rappelte er sich auf und rannte wieder los.

Immer weiter verfolgte er die Gestalt. Sah sie einmal, zweimal. Er beschleunigte, ohne einen Gedanken an seine körperliche Unversehrtheit, stürmte vorbei an geschlossenen Türen und dunklen Treppenabsätzen.

Dann nichts mehr. Die Gestalt war nirgends zu sehen.

Keuchend blieb Palmer stehen. Seine Beute musste das Treppenhaus verlassen haben. Mit einem gotteslästerlichen Fluch wandte er sich um und eilte wieder hinauf, schlug gegen jede Tür. Die erste bewegte sich nicht, die zweite auch nicht. Die dritte ebenso wenig. Die vierte öffnete sich mit einem Klicken. Die musste es sein.

Palmer warf sich hindurch. Ein weiterer dunkler Gang. Eine Gestalt rannte ihn entlang, ihre Schritte hallten laut.

»Bleibt stehen, wenn Ihr Euren Kopf behalten wollt!«

Seine Beute reagierte nicht.

Palmer verfolgte sie mit langen Schritten, holte auf.

Die Gestalt erreichte eine geschlossene Tür am Ende des Korridors. Palmer hörte sie an der Tür zerren und dagegentreten.

Verschlossen. »Jetzt hab ich Euch.« Er war nur noch ein halbes Dutzend Schritte entfernt.

Die Gestalt wirbelte mit gesenktem Kopf herum und warf sich mit einem Krachen zur Seite. Dann verschwand sie.

Eine weitere in den Schatten verborgene Tür.

Mit einem erneuten Fluch erreichte Palmer sie. Aber es war keine Tür zu einer Treppe. Sie führte in einen abgeschlossenen Innenraum, pechschwarz, ohne Licht oder Fenster. Ihm blieb nur der schwache Schein aus dem Gang. Es musste ein Lagerraum sein. Hier waren Holzeimer gestapelt, und prall gefüllte Säcke lagen dicht an dicht.

»Zeigt Euch.« Palmer zog sein Messer. »Hier kommt Ihr nicht heraus.«

Stille.

Palmer trat mit stichbereiter Klinge ein. Er spürte die Bewegung eher, als dass er sie sah. Dann traf ihn etwas am Kinn. Er taumelte zur Seite, doch die Säcke federten seinen Sturz ab, während der kleine Holzeimer, der ihn getroffen hatte, zusammen mit Palmers Messer zu Boden fiel.

Sein Angreifer schob sich an ihm vorbei, wollte zur Tür.

Palmer warf sich auf ihn, bekam einen Stiefel zu fassen. Der andere Fuß trat ihn ins Gesicht, aber er ließ nicht los. »Hab ich dich.«

Noch ein Tritt.

Palmer packte den freien Fuß seiner Beute und umklammerte ihn fest.

Die Gestalt fiel, während Palmer noch immer an ihren Beinen hing.

»Nein!« Der Ausruf einer Männerstimme, und ein weiterer Hieb verfehlte Palmers Gesicht.

Palmer war über ihm, setzte sich auf die Knie des sich verzweifelt wehrenden Mannes und versetzte ihm einen harten Schlag gegen die Schläfe.

Sein Gegner wehrte sich weiter, aber er hatte keine Kraft mehr. Er hatte ihn.

Palmer schloss eine Hand um die Kehle des Mannes und drückte zu. Er erhob sich in die Hocke und zerrte ihn auf den Gang hinaus. »Dann wollen wir mal sehen, wer du bist, du Bastard.« Er riss ihm die Gugel herunter, die sein Gesicht verbarg.

Hugo Stanton starrte zu ihm auf, die blauen Augen voller Furcht, Nase und Mund blutverschmiert. »Hört auf, Palmer. Bitte.«

Kapitel 8

»Ich sollte Euch unverzüglich das Genick brechen.« Palmer erhob sich und zerrte Stanton an der Vorderseite seines Umhangs hoch.

»Gnade. Bitte!« Stanton hob die Hände. »Ich habe nichts Böses getan. Ich schwöre es.«

»Das könnt Ihr dem König erklären.«

»Warum sollten wir Seine Gnaden wecken?«

»Warum?« Palmer drehte die Handvoll Stoff, die er in den Fingern hatte, enger zusammen. »Weil Ihr mit einem Mantel getarnt in den Ecken herumschleicht. Auf eine Gelegenheit wartet, Rosamund Cliffords Zimmer zu betreten und sie zu erstechen. Wie Ihr es schon einmal versucht habt.«

»Nein!« Stanton rang nach Luft. »Ich werde es Euch erklären.«

Palmer ließ ihn los und stieß ihn weg. »Nun, ich höre.«

Stanton hustete und legte sich die Hände an den Hals. »Es stimmt. Ich war in Rosamunds Zimmer.«

Palmer machte Anstalten, ihn erneut zu packen.

»Wartet! Nicht als Meuchler.«

»Wie dann?«

»Rosamund hat mich eingeladen.« Stanton konnte ihm nicht in die Augen sehen, hielt seine eigenen hellblauen gesenkt. »Wie auch heute Nacht wieder. Ja, ich will ungesehen ihren Raum betreten. Aber nicht, um ihr zu schaden.« Stanton leckte sich die trockenen Lippen. »Wir sind … Freunde. Uns verbindet eine Tändelei.«

»Tändelei? Seid Ihr jetzt ein Troubadour, kein Kurier mehr? Verflucht, Stanton – Ihr seid ein miserabler Lügner. Wollt Ihr mir sagen, Ihr steigt mit der Mätresse des Königs ins Bett?«

Stantons Blick wurde argwöhnisch. »Hat Seine Gnaden Euch deshalb hergerufen? Weil er argwöhnt, dass Rosamund einen Geliebten hat?«

»Das geht Euch nichts an. Ihr müsst nur wissen, dass er herauszufinden versucht, wer den Mordanschlag auf sie begangen hat. Wenn Ihr mich fragt, sehe ich diesen Mann vor mir.«

»Sprecht leiser.« Stanton blickte nach links und rechts. »Ich habe ihr nichts angetan. Aber wenn jemand von unserem Techtelmechtel erfährt, macht der König mich noch am selben Tag einen Kopf kürzer.«

»Wenn Ihr kein Lügner seid, seid Ihr ein Narr. Wenn Heinrich das herausfindet, verliert Ihr nicht zuerst Euren Kopf. Das kann ich Euch versprechen.«

Stanton zuckte zusammen und zog sich den Mantel zurecht. »Ihr könnt Rosamund fragen, ob wir das Bett geteilt haben. Sie wird es Euch bestätigen.«

»Das hilft nicht. Sie weiß nur, dass ich auf Befehl des Königs hier bin, um ihr ein verfluchtes Labyrinth zu bauen. Wenn ich ankomme und sie frage, wen sie zwischen ihre Schenkel lässt, wird sie dafür sorgen, dass ich im Kerker lande.« Palmer nagelte Stanton mit seinem Blick fest. »Doch selbst wenn Ihr einen Weg unter ihre Röcke gefunden habt, beweist das noch lange nicht Eure Unschuld. Eher im Gegenteil.« Er trat näher und senkte die Stimme. »Denn dann habt Ihr ja Übung darin, von oben durch dieses Fenster zu kommen.«

Stanton schüttelte entschieden den Kopf. »Ihr seht das ganz falsch. Der Mörder kam von außen.«

»An achtzehn Metern glattem Stein in die Höhe? Unmöglich.«

»Überhaupt nicht.« Stanton hob eine Hand. »Ich kann es Euch am Morgen zeigen.«

Damit er bis dahin Gelegenheit hatte, zu fliehen? »Zeigt es mir jetzt«, verlangte Palmer.

* * *

»Wachen! Waffen runter! Ich bin es, Hugo Stanton.«

Palmer war wieder außerhalb der Mauern unterwegs. Anders als zuvor war er nicht in den Bäumen verborgen, sondern schritt mit Stanton vor den Augen der Wachen den breiten Pfad entlang. Obwohl er nicht mit Ärger rechnete, tastete er an seinem Gürtel nach seinem Messer, das er wieder vom Boden des Lagerraums aufgehoben hatte.

»Das sehe ich.« Die Wache kam näher. »Weshalb seid Ihr um diese Stunde auf?«

»Dieser Herr ist der Gartenbaumeister des Königs. Wir müssen Pflanzen aussuchen.«

»Mitten in der Nacht?« Der überraschte Blick der Wache huschte von Stanton zu Palmer.

»Seine Gnaden hat mir nur wenige Wochen Zeit gegeben, mein Werk zu vollenden.« Palmer hoffte, dass die Wache Heinrichs außergewöhnliches Verhalten ebenso gut kannte wie er. »Ich glaube, ich werde bis Pfingsten keinen Schlaf mehr finden.«

Die Wache nickte, jede Überraschung war verschwunden. »Ich werde Euch nicht aufhalten, Sir.« Der Mann ging weiter.

Nachdem er sich vergewissert hatte, dass die Wache außer Hörweite war, zog Stanton Palmer an die Mauer unmittelbar unter Rosamunds Fenster. »Ich weiß, Ihr sagtet, der Stein sei glatt Aber seht Ihr das?«

Palmer kniff im Mondlicht die Augen zusammen. »Dunkle Stellen.«

»Korrekt. Von Efeu. Ihr hattet recht, als Ihr sagtet, ein Mann könne diese Mauern nicht erklimmen. Eine Kriechpflanze hingegen schon. Hat sie auch. Diese Wände waren überwuchert, und zwar dick genug, um einen Mann zu tragen. Heinrich ließ die Ranken nach dem Angriff herunterreißen. Die Wände sind jetzt völlig sicher.«

Palmer legte den Kopf in den Nacken und stellte sich den fahlen Stein mit dunklem Efeu bewachsen vor. »Wie war das Wetter in der Nacht des Angriffs?«

»Sturm, starker Regen.«

Eine Gestalt in dunkler Robe vor grünem Efeu in einer stürmischen Nacht. Wenn der Eindringling hier hochgeklettert war, hätte er genauso gut eine Tarnkappe tragen können. Palmer war sich jetzt nicht mehr so sicher, dass der Angriff von innerhalb des Palastes erfolgt war. Eine Frage hatte er noch. »Efeu kann stark wirken. Aber oft löst er sich beim leichtesten Zug.«

»Das hat Geoffrey auch gesagt«, entgegnete Stanton. »Dann hat er es ausprobiert. Ist vor den Augen des halben Hofstaats Hand über Hand einfach hochgeklettert. Er sagte, der Efeu habe an manchen Stellen beschädigt gewirkt, so als sei jemand schon vor ihm dort hochgekommen. Das hat Heinrich gereicht.«

»Eine kluge Entscheidung Seiner Gnaden.« Palmer hatte sich zweifellos geirrt. Geoffrey war mindestens so groß und so breit gebaut wie er selbst und hatte nicht über vier Jahre lang von karger Bauernkost gelebt. Die Kriechpflanze hätte wohl die meisten Menschen getragen. Er war der Wahrheit keinen Schritt nähergekommen. Er erwiderte Stantons Blick.

»Ich schwöre bei meinem Leben, ich war es nicht, Palmer«, beteuerte Stanton.

»Euer Leben ist nicht viel wert, wenn Heinrich Euch auf die Schliche kommt.«

»Ich werde dafür sorgen, dass das nicht passiert. Danke, Palmer. Ich weiß, Ihr versteht, wie viel Befriedigung zwischen den Schenkeln einer guten Frau zu finden ist.« Stanton zwinkerte ihm zu. »Ich gehe jetzt ins Bett.« Fort war er.

Palmer sah ihn mit einem raschen Gruß an der Wache vorbeigehen.

Er wünschte, er hätte ihn härter getroffen.

* * *

»Mistress Palmer! Aufmachen!« Der Ruf einer Männerstimme und harte Schläge gegen die Hüttentür hallten durch Theodosias Heim, schreckten sie auf und ließen mit jedem Schlag Stroh und Staub vom Reetdach wirbeln.

»Ich gehe.« Tom ließ seinen Worten Taten folgen.

»Nein.« Theodosia hielt ihn zurück, während sie gleichzeitig ihre Spindel zur Seite warf und aufstand. Vielleicht waren es Neuigkeiten von Benedict. Aber Hugo Stanton würde bei Tage nie auf ihrer Schwelle erscheinen.

Joan, die Matilde auf dem Schoß hatte, hielt mit dem Spinnen inne. »Was für ein Lärm. Die treten dir die Tür ein.« Sie setzte Matilde ab und erhob sich ebenfalls.

Theodosia ging zur Tür und entriegelte sie mit von plötzlichem Schweiß ungeschickten Händen. Während sie noch versuchte, die verzogene Holztür zu öffnen, schob, wer auch immer da draußen stand, sie auf und Theodosia zur Seite.

Sie hielt den Griff entschlossen fest.

Draußen standen drei von Lord Ordells Männern: zwei seiner Wachen und einer, den sie gut kannte und der ein teures Wams und ebensolche Hosen trug – Matthew Williamson, Ordells Vogt.

»Einen Guten Tag Euch, Sir«, sagte sie.

»Für mich ist es ein guter Tag.« Williamson trug einen dichten schwarzen Bart, doch sein breites Lächeln war unübersehbar. »Für Seine Lordschaft auch.« Er hob sein weißes Kerbholz. »Für Euch allerdings vielleicht nicht. Ich bin hier, um die Steuern einzutreiben.«

»Die zahlt mein Mann«, sagte Theodosia, »und der ist nicht hier. Wir werden zahlen müssen, wenn er wiederkommt. Tut mir leid.«

Williamson lachte, als habe sie ihm einen guten Witz erzählt. »Wenn ein abwesender Ehemann bedeuten würde, man muss keine Steuern bezahlen, dann wären die Friedhöfe voll.« Er wedelte mit dem Kerbholz vor ihrem Gesicht herum. »Ihr schuldet mir das Geld trotzdem, Mistress Palmer. Mann hin oder her.« Er linste an Theodosia vorbei. »Es sei denn, Palmer hat sich verkleidet und trägt jetzt Röcke.«

Joan trat vor. »Sie sagt die Wahrheit. Mein Bruder ist auf einer Pilgerfahrt.«

Williamson musterte sie und hob die buschigen Brauen. »Ich hatte schon gehört, dass Ihr angekommen seid und dass Ihr hübsch wäret. Aber der Klatsch wird Euch nicht gerecht.«

Joan zog ihren Umhang eng um sich. »Das Aussehen einer Frau ist nicht steuerpflichtig.« Ihr üblicherweise schon harter Tonfall klang bei diesen Worten besonders scharf.

Theodosia mochte nicht, wie Williamson Joan beäugte, und sah, dass es auch ihrer Schwägerin missfiel. Das hätte er nicht gewagt, wäre Benedict zugegen gewesen. »Wie viel sind wir schuldig?«

»Der Zehnt für Euer Heim und Euer Land beträgt für dieses Quartal drei Schilling.«

»Drei?«, wiederholte Theodosia die Summe, und Joan tat es ihr gleich. Sie konnte nicht glauben, dass sie für ihr bisschen Land eine solch hohe Summe zahlen sollten.

»Drei«, sagte Williamson. »Der König verlangt immer mehr Steuern von Lord Ordell. Wir alle müssen zahlen, was wir schuldig sind, in Münzen, Waren oder Dienstleistungen.« Er sah sich abschätzig in ihrer kleinen Heimstatt um. »Ich sehe schon, dass Waren nicht infrage kommen. Euer Mann ist auch nicht da, um Dienste zu leisten.« Er machte sich nicht die Mühe, sein Hohnlächeln zu verbergen. »Ich fürchte, an Münzen wird es bedauerlicherweise auch mangeln.«

Theodosia sehnte sich danach, angemessen auf seine Grobheit zu reagieren, aber ihr war klar, sie musste sich beherrschen. »Bitte gebt mir einen Augenblick. Ich werde es abzählen müssen.« Es schien so viel, doch sie wusste, wo Benedict ihr Geld versteckt hielt. Außerdem hatte sie noch die Münzen, die Stanton ihr gegeben hatte.

»Oh, ich bin noch nicht fertig.« Williamson hob eine Hand. »Weil Euer Mann abwesend ist und wir nicht wissen, ob er rechtzeitig zurückkommt, hat Lord Ordell verfügt, dass Ihr außerdem das nächste Quartal im Voraus zahlen müsst. Das macht insgesamt sechs Schilling.«

Theodosia keuchte überrascht auf. »Das ist zutiefst ungerecht.«

»Ich würde es eher als Diebstahl bezeichnen«, sagte Joan.

Williamson sah von einer zur anderen. »Möchtet Ihr Lord Ordell ins Gesicht sagen, dass er ungerecht ist? Ich bin sicher, Eure Meinung interessiert ihn brennend.«

»Er sollte eigentlich die Wahrheit erfahren wollen«, sagte Joan.

Theodosia konnte keine weiteren Begegnungen mit Ordell riskieren. Sie legte Joan eine Hand auf den Arm, um sie zu beruhigen.

»Das Geld«, sagte Williamson. »Jetzt. Oder diese Männer werden euch beide Schlampen und eure Bratzen aus dieser Hütte zerren.«

»Ich gehe es holen. Einen Augenblick.« Theodosia entfernte sich von der Tür, während Joan mit verschränkten Armen im Türrahmen stehen blieb, damit ihr niemand mit den Blicken folgen konnte, und Williamson mit unverhohlenem Abscheu anstarrte.

Theodosia eilte zu ihrem Bett und tastete unter der Strohmatratze herum. Sie fand das Kästchen, in dem Benedict ihre wenigen Münzen aufbewahrte. Sie öffnete es. Zu ihrem Entsetzen enthielt es noch weniger, als sie gedacht hatte. Er hatte ihr gesagt, die Dinge stünden schlecht. Nur nicht, wie schlecht. Sie suchte in ihrem Rock und fand die Geldkatze, die Stanton ihr gegeben hatte. *Gepriesen sei der Herr.* Sie zählte die erforderliche Summe ab und gesellte sich wieder zu Joan an der Tür. »Bitte zählt nach, wenn Ihr wollt. Es ist die volle Summe.«

Williamson zählte schnell, unfähig, seine Überraschung zu verbergen. »Es stimmt.«

Theodosia nickte. »Ja.«

Williamson schob die Münzen in seine Ledertasche. »Alles in Ordnung.« Mit einem anzüglichen Blick zu Joan ließ er die Hand über das Kerbholz gleiten. »Das wird Seiner Lordschaft gefallen.« Williamson schien seine eigenen Worte nicht zu glauben. »Kommt, Männer. Wir haben uns hier schon viel zu lange aufgehalten.« Er brach zu seinem nächsten Besuch auf.

Joan holte Luft, um ihm nachzurufen.

»Bitte nicht.« Theodosia zog sie wieder nach drinnen und schlug die Tür zu.

»Warum so verängstigt?«, fragte Joan. »Er ist kein Adliger, nur ein Lakai, und noch dazu ein hässlicher Affe.«

Theodosia sah zu Matilde hinüber, die ungerührt weiterspielte. Tom hatte das Interesse am Spiel verloren und schnitzte an einem Stock herum. »Lord Ordell verdächtigt mich schon aller möglichen Missetaten. Ich kann es mir nicht leisten, meine Lage noch zu verschlimmern.« Sie biss die Zähne zusammen und zählte die ihr verbleibenden Münzen.

»Du meinst diesen Unsinn mit der Kröte? Sein Geschwätz über das, was dieses Schwein von einem Abt erzählt hat?«

»Man schätzt mich hier nicht.«

»Du darfst dich nicht so über die Leute aufregen. Gott sei Dank bin ich hier, um dir zu helfen, jetzt, wo Benedict fort ist.«

Fort. Die schreckliche Angst, ihn für immer zu verlieren, schlug wieder über ihr zusammen. Jetzt war auch noch ihr Heim, ihr Lebensunterhalt in Gefahr. »Wenn er nicht bald zurückkehrt, werde ich alles verlieren. Unser Heim. Unser Land. Lord Ordell will mich loswerden. Ich fürchte, er hält mich für eine Missetäterin, auch wenn ich nicht weiß, wie er darauf kommt.« Sie starrte die lächerlichen Münzen in ihrer Handfläche an. Der gesamte Rest von Stantons Geld war fort. Ihr blieb nichts als ein Hungerlohn.

»Hab keine Angst vor Ordell. Er hasst Frauen. Das ist alles. Jetzt steck das Geld weg.« Joan ließ ihre Hand los und schloss Theodosias Finger fest um die Münzen. »Das wirst du für den Steuereintreiber brauchen.«

»Das wird nicht reichen.« Theodosia sah ihr in die Augen. »Wovon sollen wir uns ernähren?«

Joan schnaubte durch die Nase. »Ordells Land bringt sicher eine gute Ernte.«

»Das ist eine Sünde. Das kann nicht gut enden. Wenn sie dich erwischen …« Sie hob verzweifelt die Hände.

»Ordell ist selbst ein Dieb – nicht mehr und nicht weniger.« Joan schnaubte erneut. »Ich bin sicher, Benedict wird wieder da sein, ehe die nächste Steuerforderung fällig ist.«

Theodosia nickte. Sie würde versuchen müssen, dem König über Hugo Stanton eine Botschaft zukommen zu lassen.

»Gut.« Joan grinste breit. »Denk daran: Auge um Auge, Theodosia. Das ist kein Diebstahl.« Ihre dunklen Augen glitzerten in Vorfreude. »Es ist Gerechtigkeit.«

Kapitel 9

Wie ein König über Arbeitskräfte gebieten zu können machte das Leben leichter.

Palmer ging den Rand des gerodeten Landstücks außerhalb von Woodstock ab, des ersten Teils dessen, was schließlich zu Rosamund Cliffords Labyrinth werden würde. Es war bisher vierzig auf vierzig Schritt groß. Hier alle Bäume, Büsche, Sträucher und Gräser zu roden hatte nur zwei Tage gedauert. Zwei Tage, weil Palmer Dutzende arbeitsfähiger Männer zur Verfügung gehabt hatte und im Notfall noch weitere hätte dazurufen können.

Sie mühten sich immer noch ab, arbeiteten gebückt, hatten alle Hände voll zu tun. Ihre vielen Sägen und Äxte verbreiteten den Geruch frisch geschlagenen Holzes, während sie die größeren Stämme zu Scheiten zerhackten. Gespanne kräftiger Arbeitspferde waren erforderlich, um die größten wegzuziehen, aus denen man Balken und Dielen schneiden würde. Feuer verzehrten das Unterholz. Weil das Holz so frisch war, qualmte es heftig.

»Sorgt dafür, dass die Asche untergepflügt wird, sobald die Flammen verloschen sind.« Palmer gab seine Befehle dem Aufseher, einem Mann namens Lewis.

»Ja, Sir Benedict.«

Lewis war wortkarg, was Palmer gefiel.

Die weiche, dunkle, frisch aufgeworfene Erde unter ihren Füßen roch fruchtbar und würzig. Nicht wie der steinige, wenig ertragreiche Boden rings um Cloughbrook.

Noch immer gruben Reihen von Männern sie um und entfernten die langen, weitverzweigten Wurzeln, die zwischen den Pflanzenresten verblieben waren.

»Wie lange, bis die beseitigt sind?« Palmer deutete auf große Baumstümpfe, um deren Wurzelballen herum Männer mit Schaufeln und Forken tief in der Erde wühlten.

»Spätestens Ende der Woche, Sir.«

»Nicht schlecht.« Palmer zog die Zeichnung des Labyrinths aus seiner Gürteltasche. Heinrich hatte sie ihm als Ausgangspunkt überlassen, und Palmer musste so tun, als handelte es sich um seinen Entwurf. Egal. Sie enthielt keine Schrift, nur die gewundene Form des Labyrinths. Seine Hand schwebte über der Zeichnung, dann zeigte er mit Daumen und Zeigefinger, was er meinte. »Für so viel werden wir dann Platz geschaffen haben.«

Lewis dachte darüber nach. »Ich schätze, es ist ein erster Schritt.«

»Wir können nicht an der Seite beginnen. Es ist nicht wie bei einem gepflügten Feld. Wir fangen hier an.« Palmer deutete auf die Mitte. »Macht ein Quadrat, dann messt den Weg mit Stricken ab. So entsteht der gewundene Pfad hier. Weißer Stein, sagt Seine Gnaden.«

Lewis runzelte die Stirn. Zu Palmers großer Erleichterung konnte er offenbar auch nicht lesen. Er hatte viele Stunden gebraucht, um zu verstehen, wie er den verschlungenen Weg anlegen sollte. Er fuhr ihn mit dem Finger nach. »Unmengen von Abzweigungen, aber dennoch führt er immer nur in eine Richtung. Seht Ihr?«

Die Miene des Aufsehers hellte sich auf. Er deutete mit einem breiten Finger auf die Zeichnung. »Dann muss in diesen Bereichen gepflanzt werden?«

»Ja. Wir wollen eine schnell wachsende immergrüne Hecke. In die Mitte kommt die Laube. Übermannshoch, damit sie Privatsphäre bietet. Der Bewuchs dort muss duften. Das hat der König unmissverständlich angeordnet.«

Lewis stieß einen unverbindlichen Laut aus. »Es gibt nicht viele Pflanzen, die das ganze Jahr über duften, oder?«

»Nein.« Palmer faltete die Zeichnung zusammen und schob sie wieder in seinen Mantel. »Ich denke darüber nach, würde mich aber über Ratschläge freuen.« Es hätte Palmer das Leben deutlich erleichtert, hätte man den Tribut des Königs an seine Mätresse mit Rüben anlegen können. Die unsinnige Beschäftigung mit dieser Aufgabe hielt ihn von der ernsten ab, herauszufinden, wer sie zu ermorden versucht hatte. »Ich werde mal in die umliegenden Dörfer reiten. Ich will mir die Arbeiten der dortigen Steinmetze ansehen. Ich brauche eine Steinbank.«

»Versucht es am besten in Oxford, Sir. Da bekommt Ihr alles, was Ihr wollt. Sind nur ein paar Meilen. Nehmt die Straße nach Süden.«

»Danke, Lewis. Das werde ich.«

»Sir.« Lewis tippte sich an die Mütze und ging seine Männer beaufsichtigen.

Palmer machte sich auf den Rückweg zu dem Rand des Geländes, der unmittelbar am Schloss lag. Er wollte sich ein Pferd leihen und sich unter dem Vorwand, nach einem guten Steinmetzen zu suchen, in den umliegenden Dörfern umsehen. Die Großstadt Oxford mochte gar ein noch besserer Ausgangspunkt für seine Nachforschungen sein. Er musste außerhalb des Palastes zu suchen beginnen. Indem er Leute traf und mit ihnen redete, konnte er sehen, ob jemand seltsam dreinschaute oder ihm nicht in die Augen blicken wollte. Ob ein achtlos dahingesagtes Wort ihm Antworten liefern konnte.

Während er den Weg entlangging, sah er in der Ferne Rosamund auf sich zukommen, eine Dienerin an ihrer Seite. Beide trugen dicke Mäntel gegen die beißende Kälte. Doch wie immer hatte sich Rosamunds goldenes Haar unter ihrer Haube hervorgestohlen und wehte im Wind. Sie blieb stehen und wechselte ein paar Worte mit der Dienerin, die sich abwandte und in Richtung Palast entfernte.

»Sir Benedict!«

Palmer neigte den Kopf, als er sie erreichte. »Mylady.«

»Wie schön, Euch hier zu treffen. Ich bin mit meiner Dienerin Lucine spazieren gegangen, doch dann habe ich Euch gesehen. Ich habe ihr gesagt, sie müsste ihre alten Knochen nicht dieser Kälte aussetzen, denn Ihr könntet mich statt ihrer begleiten.«

Verflucht sei diese Frau. Er hatte Besseres zu tun. »Ich hatte nicht vor, mich hier länger aufzuhalten. Ich muss ausreiten und mich um ein paar andere Dinge für Euer Labyrinth kümmern.«

»Oh, wie freundlich von Euch.« Rosamund biss sich auf die Lippe. »Aber wie soll ich jetzt meinen Spaziergang machen? Allein darf ich nicht ins Freie, sagt Geoffrey. Er hat gedroht, ich bekäme sonst Ärger.«

Auch er würde Ärger bekommen, wenn Geoffrey hörte, dass er Rosamund allein gelassen hatte. »Dann werde ich bei Euch bleiben.«

»Ihr werdet von Minute zu Minute freundlicher. Warum zeigt Ihr mir nicht, wo das Labyrinth sein wird?«

Er deutete auf die Bäume. »Das Zentrum wird dort sein.«

»Oh, kann ich es sehen?«

»Im Augenblick sind da nur Bäume und Büsche.«

»Aber ich will es sehen.«

»Es wird schlammig sein, Mylady, und der Boden nass.«

»Ist mir egal.« Sie streckte einen ihrer kleinen Füße aus. »Ich habe meine Holzpantinen an.«

»Ich glaube nicht …«

»Seine Gnaden tut das, um mich glücklich zu machen. Ich wäre sehr unglücklich, wenn Ihr mich nicht hinführtet. Das müsste ich ihm auch mitteilen.« Ihr Schmollen war eine offene Drohung.

»Dann hier entlang.«

»Oh, gut.« Sie hakte sich genauso eng wie beim letzten Mal bei ihm unter, dann gingen sie einen schmalen Pfad zwischen den dicht stehenden Bäumen hindurch entlang. »Tut Ihr das jeden Tag, Benedict? Dinge nach klugen Bildern in Eurem Kopf bauen?«

»Das ist ein Teil meiner Arbeit.«

»Was macht Ihr denn sonst noch so?« Wieder lächelte Rosamund ihn an. »Mir fällt da so allerlei ein.« Sie hob die Brauen. »Ich frage mich, wie viel davon zutrifft.«

Er würde ihr nicht auf den Leim gehen. Seine eigenen Warnungen an Stanton fielen ihm wieder ein. »Das vermag ich nicht zu sagen, Mylady.«

Der Wind trug den fernen Klang von Werkzeugen zu ihnen herüber, dazu Rauch von den Feuern, auf denen in der Nähe der Baumschnitt verbrannt wurde.

Er wollte das Gespräch unbedingt wieder auf das Thema Gärten lenken und fuhr fort: »All diese Arbeiten finden auf Veranlassung Seiner Gnaden für Euch statt.« Er wies auf die umstehenden Bäume. »Die hier werden in ein paar Wochen alle weg sein. An ihrer Stelle wird sich das Symbol der Liebe Seiner Gnaden zu Euch erheben.«

»Wie hübsch.« Sie sah so gelangweilt aus, wie sie klang.

Palmer musste sich beherrschen. Männer schufteten von früh bis spät für diese Narretei. Sie hätte das wenigstens anerkennen können.

»Ist es noch weit?«

Er deutete nach vorn. »Hier entlang.«

Ein paar Baumstämme lagen ihnen im Weg, vor langer Zeit schon von einem Sturm gefällt und efeuüberwuchert. Das Unterholz ringsum wuchs dicht wie eine Wand.

»Weiter geht es nicht, solange hier nicht gerodet ist. Es gibt keinen Weg hindurch, man muss darüberklettern.« Er wollte sich umdrehen und den Weg wieder zurückgehen, auf dem sie gekommen waren.

Sie zog an seinem Arm und sah ihn mit funkelnden Augen an. »Dann lasst uns das tun. Es könnte unser großes Abenteuer sein.«

Palmer wusste, er konnte nicht Nein sagen. Er war das Schoßhündchen dieses Mädchens, und sie ließ ihn gerne springen. »Wenn Ihr wollt.« Er beugte sich mit verschränkten Fingern vor. »Stellt Euren Fuß hier hinein. Ich werde Euch hochhelfen.«

Rosamund ergriff seine Schultern, ihr Gesicht war dicht vor seinem. »Wie beim Aufsteigen auf ein Pferd?« Ihr Atem war warm und süß.

»Ganz genau. Stellt Euren Fuß hinein.«

Sie gehorchte, und er schickte sich an, sie hochzuheben.

»Huch.« Sie rutschte ab und klammerte sich an ihn, rieb ihren Oberschenkel an seiner Hüfte.

Mit einer schnellen Bewegung befreite er sich und setzte sie wenig behutsam auf den Baumstamm.

»Schon seid Ihr oben.«

»Ja. Dank Eurer Kraft.« Sie errötete.

Palmer umfasste den Stamm mit beiden Armen und schwang sich hinauf. Auf der anderen Seite glitt er hinunter und streckte dann die Hände nach Rosamund aus. Sie ließ sich kreischend nach unten rutschen und schlang ihm die Arme fest um den Hals, während er sie auf dem Boden absetzte.

»Seht Ihr?« Ihre Augen funkelten lebhaft. »Das ist sehr aufregend.«

»Wir müssen den Weg da bis zu dieser Birke gehen.« Er deutete auf einen kleinen Wildwechsel. »Dann sind wir da.«

Sie klatschte in die Hände. »Ein Silberbaum! Oh, bitte, fällt den nicht. Er soll bleiben. Oh, ich weiß.« Sie warf ihm einen begeisterten Blick zu. »Lasst uns bis dorthin um die Wette laufen. Wenn ich gewinne, bleibt der Baum.« Sie raffte ihren Mantel und eilte geduckt an ihm vorbei den schmalen Pfad entlang.

Palmer fluchte verhalten über ihre Spielchen und rannte ihr nach. Kein Wunder, dass sie Stanton in ihren Bann geschlagen hatte. Der junge Kurier war sicher auf ihr ganzes Getue hereingefallen.

Palmers Ärmel blieb an einem Brombeergestrüpp hängen, und er hielt inne, um ihn zu befreien, weil er die edle Wolle nicht zerreißen wollte. Ganz in der Nähe ertönte ein raspelndes Geräusch, als schnitte eine stumpfe Säge durch Holz. Das war seltsam. Es würde noch Tage dauern, bis die Rodungsarbeiten bis hierher kamen.

»Erste!«, drang Rosamunds atemloser Ruf zu ihm. Er sah auf, darauf gefasst, sie an einem Ast schaukeln oder etwas vergleichbar Törichtes tun zu sehen.

Nein, sie stand auf der Erde, winkte und grinste triumphierend.

Doch aus dem Geäst einer nahen Eiche, das ihn halb verbarg, beobachtete sie der Leopard.

* * *

Die kahlen Zweige des Nachrichtenbaums bewegten sich in der steifen Brise, ein spöttisches Winken, das Theodosia heimscheuchte. Es war noch viel zu früh. Das wusste sie. Schlimmer noch, sie hatte noch nicht einmal eine Ahnung, wonach sie Ausschau halten sollte. Ihre Hand wanderte zu der Tasche unter ihrer Schürze, um zu überprüfen, dass deren Inhalt noch dort war.

Der Leinenfetzen. Sie war ob der Forderung des Königs so schockiert gewesen, dass sie in der Nacht von Benedicts Aufbruch vergessen hatte, ihn Hugo Stanton zurückzugeben. Er war immer ein Symbol der Hoffnung gewesen, nun aber erinnerte er sie quälend daran, dass ihr geliebter Mann fort war, sich in eine unbekannte Gefahr begeben hatte. Bis sie Benedict wieder sicher in den Armen hielt, würde jeder Augenblick eine Qual sein. Sie hätte mit ihm gehen sollen. Sie alle hätten mit ihm gehen sollen. Sie gehörten zusammen.

»Schau, Mama.« Tom kam mit einem geraden Stock in der Hand zu ihr herüber. Matilde tapste hinter ihm her.

»Ich sehe es. Aber wir müssen jetzt heim.« Nachdem Joan aufgebrochen war, um Lord Ordell zu bestehlen, hatte sie die Gelegenheit genutzt, herzukommen. *Zu bestehlen.* Sie fürchtete, Joans Vorhaben könnte eine dumme Idee gewesen sein: Sie hätte sich klarer dagegen aussprechen sollen. Aber Joan schien das egal zu sein. Wie früher bei Benedict waren ihre Auffassungen von Sünde nicht in der Tugendhaftigkeit verankert.

»Ich behalte das als Pfeil«, sagte Tom.

»Als Pfeil?«

Tom nickte. »Dann kann ich den Mann erschießen, wenn er unser Geld holen kommt.«

Ihr zog sich die Brust zusammen. »Jetzt hör mir mal gut zu, Thomas Palmer. Es ist sehr wichtig, dass du dich benimmst, solange dein Vater fort ist.« Sie kauerte sich vor ihn hin und legte ihm die Hände auf die Schultern. »Keine Pfeile. Keine Kämpfe. Kein Herumgeplansche im Wasser. Hörst du?«

»Und wenn er wieder da ist?«

Wieder raschelte der Wind in den Zweigen.

Er würde zurückkommen – er musste zurückkommen. Theodosia packte Toms Schultern fest. »Auch dann nicht.« Sie richtete sich auf. »Wirf das Ding weg. Es ist gefährlich.«

Tom öffnete den Mund, ließ aber den Stock fallen. »Das sagst du immer.«

Theodosia zog Matilde an sich. »Weil es wahr ist.«

»Ist es nicht.« Tom biss die Zähne zusammen, ein Abbild von Benedicts Gesichtsausdruck des Missfallens. »Du hast gesagt, Wasser ist gefährlich. Ist es nicht. Schwimmen ist einfach. Man schlägt mit den Armen wie ein Vogel mit den Flügeln und macht mit den Beinen Bewegungen, als ginge man über die Wiese. Genau das hat Vater mir beigebracht. Es funktioniert.«

»Es …«

Ein Zweig brach. Jemand war ganz in der Nähe. Oder etwas. Sie musste wieder an die toten Tiere denken, die Remigius gesehen hatte.

Mit trockenem Mund griff sie nach Tom. »Wir müssen heim.«

Wieder Geraschel. Dann teilten sich die Blätter, und zum Vorschein kam eine überrascht aussehende, atemlose Joan. »Ich dachte, ich hätte Stimmen gehört.« Sie trat aus dem Gebüsch und kam auf sie zu. »Aber mit euch hätte ich nicht gerechnet.« Sie blies die Wangen auf und wischte sich den Schweiß aus dem Gesicht. »Ich bin sehr froh, dass ihr es seid.«

Theodosia atmete erleichtert aus. »Ich bin froh, dass du dich umentschieden hast und mit leeren Händen kommst.«

Joan hob die Hände. »Vielleicht.« Ein Lächeln erhellte ihre dunklen Augen. »Vielleicht auch nicht.« Sie bückte sich und zog die Röcke bis zu den Knien hoch.

Theodosia schlug sich die Hand vor den Mund. In Joans Rock waren ein paar lose geflochtene Beutel mit Zugverschluss eingenäht. Jeder von ihnen enthielt eine Handvoll Eier.

»Oh, Theodosia. Sei nicht so schockiert. Das ist eine alte Methode, Dinge zu tragen, die andere nicht sehen sollen.«

»Ich kannte sie bisher nicht.«

Joan legte den Kopf schief. »Dann musst du sehr behütet aufgewachsen sein. Ich mache das schon, seit ich in etwa so alt war wie Matilde jetzt.«

Theodosia sah zu Tom hinüber. »Bitte lass deine Röcke herunter. Wenn dich jemand so sieht, bekommen wir größten Ärger.«

»O Schwester, du bist so eine Maus! Tom verrät nichts. Oder, mein kleiner Liebling?«

Tom zuckte die Achseln, er hatte die Lippen fest zusammengepresst.

»Seht ihr?« Joan ließ die Röcke wieder fallen. »Ordells Hennen haben uns ein Festmahl bereitet, und wo die herkommen, gibt es noch viel mehr.«

Theodosia setzte zu einem Protest an.

Joan hielt sich einen Finger an die Lippen. »Gerechtigkeit. Weißt du noch?« Sie hob Matilde hoch und küsste sie auf die Nasenspitze. »Jetzt lasst uns nach Hause gehen und ein Festmahl zubereiten.«

»Festmahl!«, schrie Matilde kichernd.

Theodosia zwang sich zu lächeln. Stehlen war unrecht. Mit einem letzten Blick zurück zum Baum verließ sie zusammen mit Joan und den Kindern die Lichtung.

Die Äste bewegten sich noch immer in der Brise, doch winkten sie sie jetzt nicht mehr nach Hause. Stattdessen machten sie auf eine begangene Sünde aufmerksam.

Du sollst nicht stehlen.

* * *

Palmer wurde der Mund trocken. »Rosamund.« Er riss seinen Ärmel von den Dornen los. »Bleibt ganz still stehen, wo Ihr seid.« Mit vorsichtigen, schnellen Schritten ging er auf sie zu.

Das raspelnde Geräusch erklang erneut. Der Ruf der Bestie.

»Was schaut Ihr so finster? Ihr seht ja aus wie Geoffrey.« Sie lachte über ihre eigenen, kühnen Spottworte.

»Still.«

»Warum …«

»Still, sagte ich, *still.*«

Bei dem direkten Befehl blieb sie stocksteif stehen. Nur das Rauschen des Windes in den Bäumen war noch zu hören.

Dann ertönte ein langes, leises Knurren.

Rosamund raffte ihren Mantel zusammen, ihr Blick zuckte nach rechts und links.

»Nicht bewegen.« Schnell und gleichmäßig ging Palmer vorwärts.

»Was ist?«, flüsterte sie bleich.

Palmer sah auf.

Das Tier drehte sich auf dem Ast, begab sich in Richtung Stamm. In Richtung Boden.

Rosamund folgte seinem Blick und schrie.

Das Tier kletterte in einer schnellen, flüssigen Bewegung kopfüber den Baum herunter.

Palmer griff an. Die Zeit der Heimlichkeit war vorbei. Die Kreatur sprang im selben Augenblick in Richtung Rosamund wie er. Palmer prallte gegen die Mätresse des Königs und begrub sie unter sich.

Die Bestie schlug mit der Schulter gegen seinen Rücken. Der Aufprall trieb ihm die Luft aus der Lunge, während das Tier von ihm abrutschte und über den Boden rollte.

Rosamund kreischte unablässig, versuchte panisch, sich unter ihm hervorzuarbeiten.

Palmer drückte sich mit einer Hand hoch, tastete nach seinem Messer. »Flieht – so weit Ihr könnt.«

Sie hastete aufs Gebüsch zu.

Der Leopard stand wieder. Sein Maul öffnete sich in einem langen Fauchen, als er sich Palmer zuwandte, und entblößte zwei lange, tödliche Reihen dolchartiger Zähne. Er sprang Palmer mit einem flachen, lang gezogenen Satz an.

Der trat hart nach oben aus. Sein genagelter Stiefel traf den Leoparden voll in den weißen Bauch. Er fiel halb auf ihn. Ein Hieb einer mächtigen Pfote traf seine Stirn, die ausgefahrenen Klauen zerfetzten die Haut.

Er sah nur noch verschwommen, Blut lief ihm in ein Auge.

Das Tier stürzte mit gefletschten Zähnen auf ihn zu. Palmer riss sein Messer hoch.

Die Kreatur jaulte auf, als ihr die Klinge ins offene Maul fuhr, und warf den Kopf in den Nacken.

Immer wieder stach er zu, wo auch immer er den Dolch in das gefleckte Fell und die Muskeln darunter stoßen konnte, und trat dabei auch heftig um sich. Der Leopard wich zurück und stand Palmer spuckend und fauchend gegenüber, blutete aus Wunden im Maul und an der Schulter. Mit der Zunge leckte er sich übers Gesicht und schmeckte das Blut.

»Es ist dein eigenes, du Teufel.« Palmers Stimme kam ihm selbst vollkommen fremd vor. Dann wandte sich das verwundete Tier ab und floh ins Gebüsch. Er rappelte sich auf. »Rosamund?«

Das Gebüsch teilte sich, und sie kam herausgekrochen, wobei ihr langes Haar sich im Gesträuch verhedderte. »Hilfe, bitte helft mir!«

Palmer ging zu ihr und zog sie hoch.

Ihr Gesicht und ihre zitternden Hände waren zerkratzt und aufgeschürft, ihr Mantel war von einem Hieb der rasiermesserscharfen Krallen zerrissen. »O mein Gott. Benedict – Ihr seid verletzt.«

»Ich lebe noch. Genau wie Ihr. Wir müssen hier raus. Sofort. Bevor diese Kreatur wiederkommt.«

Kapitel 10

»Ich war es nicht, Herr! Ich schwöre es!« Palmer hörte eine Männerstimme erstickt um Gnade flehen, als er sich den Käfigen der Menagerie näherte.

Eine argwöhnische, mit einer schweren Axt bewaffnete Wache begleitete ihn.

Palmer hatte Kopfschmerzen von dem Hieb des Tiers, und sein Haar war verklebt von seinem trocknenden Blut. Doch nun, da Rosamund wieder sicher im Palast war, musste er herauszufinden versuchen, was geschehen war.

Er hatte dem Wachhauptmann von dem Angriff berichtet. Derzeit wurde das Gelände abgesucht, um festzustellen, ob das Tier an den Stichwunden verendet war, die ihm Palmer beigebracht hatte.

Zwei neu hier stationierte, bewaffnete Wachen ließen ihn durch das Haupttor ein. Er bog um die Ecke und sah Geoffrey den älteren der beiden Tierpfleger erneut schlagen.

Der kleine Mann sackte gegen ein Wasserfass, eine Hand in dem Versuch erhoben, sein bereits übel zugerichtetes Gesicht zu schützen.

Eine andere Wache hielt den Sohn des Mannes zurück, der sich zu befreien suchte. »Mein Vater hat nichts getan, Herr. Nichts!«

»Wer dann?« Geoffrey schlug den älteren Mann erneut mit seiner schweren Faust, wobei sein scharfkantiger Eisenring die Haut des Alten verletzte. »Ihr seid für diese Menagerie verantwortlich. Welcher der Idioten, die für euch arbeiten, hat das zugelassen?«

Stanton stand daneben, bleich ob Geoffreys Prügelstrafe, und wurde noch blasser, als er Palmers Stirnverletzung sah.

Der Bastard des Königs hob die Faust zu einem weiteren Schlag.

»Lasst ihn.« Palmer trat an Geoffreys Seite und hielt seinen Arm fest. »Er sagt die Wahrheit.«

»Ich dachte, Ihr hockt noch jammernd beim Medicus.« Geoffrey stieß ihn weg. »Aber das hier ist jetzt Eure Sache, nicht wahr?«

»Das habe ich nicht gesagt. Aber dieser Mann und sein Sohn haben heute früh an den Rodungsarbeiten auf dem Gelände des Labyrinths teilgenommen. Ich habe sie gesehen. Sie haben bei Tagesanbruch begonnen. Ich würde wetten, der Aufseher kann für beide die Hand ins Feuer legen.«

»Genau dort waren wir. Ich schwöre es«, erklärte der junge Mann.

»Ich werde deine Geschichte überprüfen«, kündigte Geoffrey an. »Aber wenn es nicht die reine Wahrheit ist, werde ich euch die Zungen herausschneiden lassen. Hört ihr?« Er nickte der Wache zu, die den Sohn des Mannes festgehalten hatte und ihn jetzt losließ.

»Ja, Herr.« Der jüngere Mann ging zu seinem benommenen Vater und wischte ihm das Blut aus dem Gesicht.

»Wissen wir, wie die Kreatur entkommen konnte?«, fragte Palmer Geoffrey.

»Ich frage erneut: Was geht Euch das an?«, antwortete Geoffrey.

»Auf Ersuchen Seiner Gnaden ist es meine Aufgabe, auf diesem Gelände zu arbeiten.« Palmer bemühte sich, höflich zu bleiben. »Heute hätten viele Menschen getötet oder verletzt werden können.«

»Jeder von uns«, sagte Stanton. »Selbst Seine Gnaden.« Er erwiderte Geoffreys finsteren Blick. »Obgleich er die Bestie natürlich erschlagen hätte.«

»Dieser Bursche behauptet«, sagte Geoffrey, »er hätte das äußere Tor offen und die Tür zum Leopardenkäfig entriegelt vorgefunden. Das Vieh springt ständig gegen die Gitterstäbe. Ihr habt es ja selbst gesehen. Ein entriegeltes Tor hätte es rasch aufbekommen.«

Palmer sah den Mann Bestätigung heischend an.

»So wahr mir Gott helfe, Sir.« Der alte Mann konnte aufgrund seiner aufgeplatzten Lippe kaum sprechen.

»Dieser Mann hat keinen Grund, zu lügen«, erklärte Palmer Geoffrey. »Ihr sagtet mir doch, die Bestie hätte seinen Sohn getötet.«

»Keinen Grund?« Geoffrey lächelte schmallippig. »Habt Ihr noch nie etwas von Rache gehört, Palmer? Was, wenn er sie freigelassen hat, damit sie nach Belieben Menschen reißen kann? Verwüstung anrichten und den Tod in diese königliche Wohnstatt bringen, wie sie seinem Sohn den Tod gebracht hat?« Er schlug die Faust in die Fläche der anderen Hand, den Blick wieder auf den sich duckenden Mann gerichtet.

»Ich glaube, jemand hat den Leoparden absichtlich freigelassen«, teilte Palmer ihm mit, »aber nicht aus Gründen, wie sie dieser Bursche haben könnte.«

»Warum dann?« Geoffrey blickte ihn finster an. Er besaß nun die volle Aufmerksamkeit des Bischofs.

Auch Stanton musterte ihn schweigend.

»Ich glaube, es handelt sich um einen weiteren Anschlag auf Rosamund«, sagte Palmer.

Geoffrey runzelte die Stirn noch tiefer. »Wie kommt Ihr darauf?«

»Rosamund hat heute Morgen mit ihrer Dienerin einen Spaziergang gemacht. Ich habe nur zufällig mit der Dienerin den Platz getauscht. Eine alte Frau hätte diese Kreatur niemals abwehren können. Zudem hätte jeder den Käfig unbemerkt öffnen können. Die Männer, die üblicherweise dort beschäftigt sind, haben am Labyrinth gearbeitet.«

»Ihr wollt mir sagen, dass Ihr jemanden aus dem königlichen Palast dieser Missetat bezichtigt?« Geoffrey ging einen Schritt auf Palmer zu. »Welcher Schurke …«

»Ich weiß es nicht.« Palmer hob die Hände, um ihn zu beruhigen. »Aber der Betreffende hat die gefährlichste Kreatur freigelassen. Ein Außenstehender hätte das nicht gewusst.«

Geoffrey schnaubte, schwieg aber.

»Sir Benedict könnte recht haben, Mylord.« Stanton blieb ein ganzes Stück außerhalb von Geoffreys Reichweite.

»Ich könnte mich auch irren«, sagte Palmer. »Aber ich glaube, es wäre töricht, den Gedanken einfach so abzutun. Wer auch immer hinter dem Anschlag steckt, diese Männer sind unschuldig.«

Geoffreys Blick wanderte zu dem misshandelten Tierpfleger und seinem Sohn, dann wieder zu Palmer und Stanton. »Wie edel von Euch beiden, diese Bauern zu verteidigen. Ihr sollt belohnt werden.«

Stanton verneigte sich erfreut.

Palmer regte sich nicht.

Geoffrey fuhr fort: »Wenn wir nicht bis zum Einbruch der Nacht den Kadaver dieses Tiers gefunden haben, werde ich morgen früh nach der Morgenmesse eine Jagd auf die Bestie anführen. Eure Belohnung wird es sein, mich zu begleiten.«

Stanton zog ein langes Gesicht.

Geoffrey schritt zum Ausgang, ohne noch einmal zurückzuschauen.

Großartige Belohnung. Palmer betastete die pulsierenden Risswunden in seinem Gesicht und an seinem Kopf. Er hatte mit dem Untier, das sie ihm zugefügt hatte, noch eine Rechnung offen.

* * *

Das Morgenrot fiel durch die Buntglasfenster der Kapelle des Palastes zu Woodstock.

Palmer freute sich auf das bevorstehende Frühstück. Er hatte in der vergangenen Nacht nichts mehr essen wollen, da das Pochen seiner Kopfwunde in ihm das Verlangen nach Dunkelheit und Stille geweckt hatte. Ein tiefer, traumloser Schlaf hatte ihm Erholung gebracht, und er war mit einem Bärenhunger aufgewacht.

Der Priester sang sich durch die endlosen lateinischen Gebete, Weihrauch aus den goldenen Gefäßen hing über ihm in der Luft und schwängerte sie mit seinem Duft. So viel Gold. Das große Altarkreuz. Der Kelch, den der Priester hob und senkte. Blattgold auf der Altarverkleidung, das die bunten Abbildungen der Muttergottes und ihres Kindes besonders schön leuchten ließ.

Doch der Anblick des gemalten Jungfrauengesichtes in der Szene, in der sich Maria über ihr Kind beugte, versetzte ihm einen Stich ins Herz. Theodosia sah genau so Tom und Matilde an. Er hoffte, sie möge stark bleiben können, wenn bohrende Nachfragen kamen, wohin er gegangen war. *Palmer, du Narr.* Ein Narr, dass er auch nur daran gezweifelt hatte. Theodosia war mutig wie der wildeste Krieger, wenn man sie auf die Probe stellte.

Er hingegen musste seine eigene Probe noch bestehen, musste herausfinden, wer Rosamund Clifford töten wollte. Der Möchtegern-Mörder konnte durchaus in dieser überfüllten Kapelle sein, fromm auf den Knien liegen, während er in seinem finsteren Herzen Böses plante.

Palmer fühlte sich beobachtet und schaute nach rechts.

Ohne zu lächeln, saß Geoffrey auf einem hohen, mit Schnitzereien verzierten Stuhl auf einem erhöhten Steinpodest. Er trug ein prachtvolles, dunkelgrünes Bischofsgewand.

Geoffrey blickte wieder zum Altar.

Auch wenn er eine Robe trug, so handelte er nicht wie ein Gottesmann. Genau wie andere, die Palmer kannte. Zweifel nagten an ihm, doch er verdrängte sie. Heinrich vertraute seinem Bastard. Aber die Zweifel ließen sich nicht so einfach beiseiteschieben. Vielleicht handelte es sich um eine Fehleinschätzung des Königs.

»*Ite, missa est.*«

Endlich wurden die drei Worte gesungen, die Palmer kannte und die die Messe beendeten. Er erhob sich, bereit, mit den anderen ins Freie zu gehen.

Geoffreys erhobene Hand ließ ihn innehalten. Die Kapelle leerte sich rasch, und Palmer trat zu ihm.

»Wir brechen bald zur Jagd auf.« Geoffrey stieg von dem Podest und begab sich zu einer Holztür in der Wand. Er öffnete sie und rief hindurch: »Kommt herein.«

Rosamund betrat die Kapelle, das lange Haar bedeckt mit kostbarer Seide, ansonsten aber bescheiden gekleidet. »Mylord.«

Geoffrey deutete auf den Altar. »Geht und dankt Eurem Gott. Bittet ihn um Vergebung. Ein weiteres Mal.«

Mit sittsam gesenktem Blick schritt sie an ihnen vorbei, und ihr Duft war ebenso stark wie der des Weihrauchs. Sie fiel vor dem Altar auf die Knie, faltete die Hände und betete stumm.

Geoffrey verschränkte die Arme und sah ihr in brütendem Schweigen zu.

Palmer fragte sich, warum er sich das anschauen musste. »Sie hätte doch auch bei der Messe beten können.«

»Ich kann sie nicht in Gegenwart des Sakraments dulden. Sie ist eine Ehebrecherin.«

Ja, und Heinrich ist ein Ehebrecher. Palmer wagte nicht, es laut auszusprechen.

»Bis sie bereut und Verzeihung erlangt, darf sie nicht an der Eucharistiefeier teilnehmen.«

Rosamund erhob sich und bekreuzigte sich, ehe sie die Hände in einen Pelzmuff schob. Sie musterte Palmer mit einem koketten Blick, der keinerlei Bußfertigkeit erkennen ließ.

Geoffrey schüttelte den Kopf. »Ich fürchte um Eure Seele. Kommt.« Er ging als Erster Richtung Portal nach draußen.

Die Schritte der drei hallten in dem breiten Steinmittelgang wider.

»Sind Eure neuen Gemächer zu Eurer Zufriedenheit, Rosamund?«, erkundigte sich Geoffrey.

»Ja, und ganz weit oben.« Sie warf Palmer ein keckes Lächeln zu. »Ich lebe jetzt in einem Turm. Geoffrey hat mich mitten im Palast untergebracht. Er sagt, dort sei ich sicherer.«

»Dann sage ich manchmal vielleicht doch sinnvolle Dinge.« Palmer wagte es, Geoffrey rasch anzugrinsen.

Als Erwiderung erhielt er den üblichen finsteren Blick. »Bildet Euch nichts ein, Palmer. Sie wird dort auf meinen Befehl hin bewacht. Bis wir die Bestie haben.«

»Dann findet heute die Jagd statt?«, fragte Palmer.

»Ja«, sagte Geoffrey. »Sobald ich mich persönlich davon überzeugt habe, dass Rosamund außer Gefahr ist.«

»Wie ritterlich.« Rosamund hob die Brauen. »Doch Benedict war gestern noch viel ritterlicher.« Sie blieb stehen und fummelte in ihrem Muff herum. Dann brachte sie ein Stück kostbarer Seide zum Vorschein: hellblaue, rosa und goldene Fäden, die zu einer Seidenschnur verwoben waren. »Für Eure Tapferkeit.« Rasch band sie es um seine Mantelfibel. »Viel Glück und gute Jagd.«

Geoffrey hob die Hand, um die Gunstbezeigung von Palmers Mantel zu entfernen.

Rosamund fuhr trotzig fort: »Ich werde Heinrich sagen, dass ich Sir Benedict als meinen kühnsten Kämpen gesandt habe.«

Geoffrey senkte die Hand. »Und da fragt Ihr Euch, warum ich Euch von der Eucharistie ausgeschlossen habe? Kommt. Euer Turm wartet.« Er ging davon, und seine Robe peitschte ob seiner schnellen Schritte um seine Knöchel.

Ohne dass der Bischof es sah, warf Rosamund Palmer einen Kuss zu. »Viel Glück«, flüsterte sie. Dann folgte sie Geoffrey.

* * *

Die Morgensonne stand tief an einem klaren, kalten Himmel, und die Luft war noch immer taufeucht. Das edle Pferd war viel besser als jedes andere Reittier, auf dem Palmer seit Jahren gesessen hatte. Ein Frühstück aus gekochtem Schaffleisch und Dünnbier füllte seinen Magen. Ein bellendes, kläffendes Rudel von zwanzig Hunden rannte voraus, mit scharfen Pfiffen und Befehlen kontrolliert von dem auf einem großen Schlachtross sitzenden Geoffrey. Ihre gestromten und weißen Leiber hetzten durch das grüne Gras.

Palmer hatte das Jagdfieber gepackt.

Der Reiter vor ihm drehte sich im Sattel um. »Irgendwelche Ratschläge, falls wir das Tier in die Enge treiben, Palmer?«

»Postiert Euch vor mir.«

Der Mann lachte, und die anderen fielen ein. »Nein danke, guter Mann. Das wäre unhöflich. Ich bestehe darauf, dass Ihr vorausgeht.«

Ein Dutzend Männer nahm an der Jagd teil, außer ein paar Hundeführern alles Adlige. Geoffrey hatte eindeutig die Fähigsten ausgesucht. Außer Hugo Stanton. Der Kurier des Königs fiel auf wie eine Pustel an einem Schweinehintern, wie er schweigend in seinem Mantel dastand, während alle anderen Männer sich Wortgefechte lieferten und einander Dinge zuriefen.

Die frische, kühle Luft ließ Palmers Kopfschmerz zu einem dumpfen Druck verblassen, der aber ausreichte, um seinen Rachedurst wachzuhalten. Seine Hand wanderte zu der Armbrust, die an seinem Sattel hing. Geoffrey hatte darauf geachtet, dass die Männer alle gut bewaffnet und vorbereitet waren.

Palmer suchte die Umgebung nach Spuren seines scharfkralligen Feindes ab. Bisher sah er keine. Nicht, dass das viel bedeutet hätte. Es gab große Waldflächen und ummauerte Felder, und überall dort konnte er sich verbergen. Doch Geoffrey führte sie, als hätte er einen Plan. Wenn, dann wollte auch Palmer ihn kennen. Er hasste es, ihm wie ein Schwachkopf hinterherzutrotten.

In raschem Trab überholte er die anderen und schloss zu Geoffrey auf. Er überschrie das unablässige Gebell der Hunde: »Reiten wir eine geplante Strecke?«

»Ja«, sagte Geoffrey. »Warum stellt Ihr meine Vorgehensweise infrage?«

»Das tue ich nicht«, sagte Palmer. »Ich denke nur gerne voraus.«

Geoffrey schnaubte. »Ihr sollt nicht denken. Tut einfach, was ich Euch sage. Aber wenn es Euch hilft, Eure Aufgabe zu erledigen, wir werden das Umland so weiträumig wie möglich absuchen.«

»Habt Ihr noch nicht daran gedacht, auch in Oxford nachzusehen? Der Aufseher sagte, es sei nur ein paar Meilen entfernt.«

»Warum fragt Ihr? Ich hoffe doch, Ihr wollt Euch nicht den ganzen Tag in einer warmen Schenke verstecken?«

»Ich habe überlegt, ob der Leopard vielleicht dort auf Nahrungssuche geht. Da gibt es ebenso viele Menschen wie Verstecke. Fleischmärkte. Misthaufen.«

»Wenn, dann wird er bald entdeckt werden«, stellte Geoffrey fest. »Ich habe die Stadtwache angewiesen, die Augen nach der Kreatur oder Spuren von ihr offen zu halten. Die Posten machen zusätzliche Streifengänge.« Er unterbrach sich, um einem großen Hund zu pfeifen, der sich von den anderen getrennt hatte. »Talbot! Hierher!«

Der Hund gehorchte, während Geoffrey fortfuhr: »Doch ich nehme viel eher an, dass sich der Leopard aufs Land begeben wird, wo er leichtere Beute findet. Beute wie Euch, wenn Ihr Euch nicht auf Eure Aufgabe konzentriert.«

Palmer zügelte sein Pferd, denn ihm war klar, dass er abgeblitzt war. Er sah, dass der unglückliche Stanton die Nachhut bildete, und ließ sich zu ihm zurückfallen. Allein wäre der zierliche junge Kurier das lohnendste Ziel für einen Angriff.

»Sir Benedict.« Stantons kurze Begrüßung hatte nichts von seiner üblichen Arroganz.

»Macht Euch dieser Ausritt keinen Spaß?«, grinste Palmer. »Ich dachte, Ihr säßet gern im Sattel.«

»Wenn ich mein Ziel, den Endpunkt meines Rittes, kenne. Heute könnte mein Ziel sein, einer Bestie als Abendessen zu dienen.« Sein Blick wanderte zu Palmers Brust. »Was ist das denn?«

Palmer folgte seinem Blick. Rosamunds bunte Gunstbezeigung flatterte im Wind. »Nur irgendein Firlefanz von Lady Rosamund.«

»Mehr ist es nicht?«

Palmer sah sich rasch um. Keiner der anderen Reiter war in Hörweite, und die Hunde veranstalteten nach wie vor einen Höllenlärm. »Habt Ihr den Verstand verloren? Ihr wisst, wie sehr ich meine Frau liebe.«

»Ich habe auch gehört, Rosamund fühle sich zu Euch hingezogen.« Stanton sah ihn pikiert an. »Sie spricht von niemand anderem mehr. Den Leuten fällt auf, wie sie Eure Gesellschaft sucht.«

»Sie ist noch jung und leichtsinnig.«

»Soll ich das so auch Lady Theodosia übermitteln?«

Palmer ballte die Fäuste. Würde es der kleine Flegel wagen, in Palmers Heimatort verlogenen Klatsch zu verbreiten?

»Nichts, was ich hier tue, geht Euch etwas an, Stanton.« Palmer war wütend, sprach aber dennoch leise. »All das betrifft nur den König, und wenn Ihr nicht Euer Maul haltet, werde ich es Euch stopfen. Ein für alle Mal. Klar?«

Stanton ließ die Schultern noch weiter hängen. »Ja, Sir Benedict. Verzeiht, Sir Benedict.«

Weiter vorn heulte der Hund Talbot. Das Rudel schnupperte am Boden, streckte die Schnauzen in die Luft und wurde schneller. Die Hunde hatten Witterung aufgenommen.

Der Tag hatte die Verheißungen des herrlichen Morgenrots nicht gehalten. Dichte, tief hängende Wolken sammelten sich schon bald, und Regen prasselte in Palmers Gesicht. Die ersten Male hatten die Hunde angeschlagen, ohne dass sie etwas gefunden hatten. Die Pferde waren sämtlich langsamer geworden und hatten die Köpfe gesenkt, um dem Wetter besser trotzen zu können, während sich ihre Reiter im Sattel zusammenkauerten.

Doch der Leithund stürmte weiter, sein raues, drahtiges Fell flach und nass an seinem langbeinigen Körper.

»Mylord!«, rief einer der Männer Geoffrey zu. »Ich fürchte, dieser Hund führt uns in die Irre, weil er einen Hasen oder eine Feldmaus gewittert hat.«

»Talbot hat mich noch nie in die Irre geführt«, verkündete Geoffrey. »In acht Jahren nicht.«

Der Hund brachte sie in immer abgelegeneres Gelände, aus dem sich gelegentlich helle Felsen erhoben. Palmer vermutete, es war über eine Stunde her, dass er die letzte Kate gesehen hatte. Sie ritten zwar über eine große Wiese, aber voraus lag nur dichter Wald.

Sie erreichten den Waldrand. Die hohen Bäume boten ein wenig Schutz vor dem Regen, und sie sammelten sich in einer Traube von nassen Pferden und Hunden.

»Vielleicht ist heute der Tag, an dem Talbot erstmals versagt«, sagte ein anderer Mann.

Palmer beobachtete den Hund. Er schien noch immer genau zu wissen, wohin er wollte. Dann verschwand er plötzlich auf seinen langen Beinen blitzartig im dichten, aus Nadelgehölzen bestehenden Unterholz.

»Er hat etwas gefunden.« Geoffrey deutete mit seiner Gerte.

Palmer spähte wie alle anderen ins Unterholz und versuchte, durch den dichten Bewuchs hindurch etwas zu sehen. Plötzlich ertönte von drinnen Gebell, und das draußen wartende Rudel antwortete.

»Er hat definitiv etwas gefunden.« Geoffrey verhielt sein Pferd und suchte nach einer Möglichkeit, es zwischen die Bäume zu lenken. Palmer tat es ihm nach, sah aber keine Lücke. »Der Wald ist zu dicht, und diese Wolken lassen kein Licht durch.« Wieder bellte der Hund drängend und beharrlich.

Palmer stieg ab und nahm die Armbrust von seinem Sattel.

»Was tut Ihr, Palmer?«, fragte Geoffrey. »Das habe ich nicht angeordnet.«

Talbot bellte weiter.

»Ich kenne Euren Hund nicht.« Palmer ging zu den Bäumen. »Aber ich weiß, was der Leopard sucht. Er mag Bäume, Deckung, und ich werde da kein Pferd hineinführen.«

Das Gebell verstummte. Als Reaktion hörte das gesamte Rudel auf zu kläffen.

»Bei Gott.« Geoffrey schwang sich vom Pferd und bedeutete den anderen Männern, es ihm gleichzutun. »Talbot!« Er stieß einen langen Pfiff auf zwei Fingern aus.

Nichts.

»Ein Hase könnte mein Tier nicht zum Schweigen bringen«, sagte Geoffrey, dem die Kehle eng wurde.

»Ich bezweifle, dass es viel gibt, was dazu in der Lage wäre.« Palmer schob einen tropfenden Zweig beiseite. »Wir müssen da rein.«

Geoffrey deutete auf die Hundeführer. »Wartet auf meinen Befehl. Dann lasst sie los.«

Palmer trat in die Schatten, nasses Laub und Zweige schlugen ihm ins Gesicht. Er hörte auch die Geräusche der anderen Männer: Rascheln, brechende Zweige. Er achtete kaum darauf. Er wusste, der Leopard lauerte geräuschlos. Er spitzte die Ohren und lauschte auf das sägeartige Geräusch, das leise bedrohliche Knurren.

Die Wunde an seiner Stirn begann wieder zu pochen, so klopfte sein Herz.

Immer noch war von Talbot nichts zu hören.

* * *

Hugo Stanton bahnte sich einen Weg zwischen den schattenverhangenen Bäumen hindurch, sein eigener, schneller Atem tönte laut in seinen Ohren. Er hatte es schon schlimm genug gefunden, stundenlang durchnässt den scheißenden, pissenden, heulenden Hunden zu folgen. Aber das war wenigstens nur langweilig.

Langweilig war ihm längst nicht mehr. Er hatte Angst. So schreckliche Angst, dass er befürchtete, bald die Kontrolle über seine Blase zu verlieren. Seine Hand, mit der er die Armbrust fasste, zitterte. Er hielt sie von sich weg, um sich nicht versehentlich selbst ins Gesicht zu schießen. Erfolglos versuchte er, sich die verschwitzten Handflächen an seinem durchnässten Mantel abzuwischen.

Wie hatte es so weit kommen können? Er war kein Krieger. Er war ein Liebhaber, wie er Rosamund zuzuflüstern pflegte, wenn sie zusammen im Bett lagen. Nun aber jagte er dank des verdammten Sir Benedict Palmer einen Leoparden an einem Ort, wo er kaum zwei Schritte weit sehen konnte.

Benedict. Der Held. Doch er, Hugo Stanton, war in der vergangenen Nacht in Rosamund gewesen, hatte sie befriedigt, wie nur er es vermochte, als sie plötzlich Benedicts Namen geschrien hatte. Sie hatte sich schnell gefangen und ihm gesagt, sie sei noch ganz durcheinander von den Schrecken des Angriffs auf sie und werde es wiedergutmachen, indem sie ihm gestattete, sie wie eine dreckige Hure zu benutzen. Wie hätte er da Nein sagen können?

Ein Rascheln.

Es war nicht von seiner Bewegung gekommen. Stanton blieb stehen und leistete die schnellste Beichte, die er je abgelegt hatte.

Dann ein Niesen. Ein menschliches Niesen. Einer der anderen Männer.

Stanton schleppte sich weiter, hatte keine Kraft mehr in den Beinen. Er entdeckte eine kleine Höhle in einer baumbestandenen Felsflanke. Was, wenn er dort Schutz suchte und darauf wartete, dass der grimmige Geoffrey schrie, die Kreatur sei tot oder die Jagd zu Ende?

Niemand würde es erfahren. Er war nicht aus dem Holz für so etwas geschnitzt. Er wurde auch nicht dafür bezahlt.

Vorsichtig ging er auf den Höhleneingang zu und sah sich dabei nach links und rechts um. Seine Welt war in Ordnung gewesen, solange Palmer meilenweit entfernt in diesem Dorf gesteckt hatte. Er hatte Rosamund ganz für sich allein gehabt. Na ja, mit Ausnahme von Heinrich.

Außerdem hatte er die Ehre gehabt, als Kurier das Vertrauen des Königs zu genießen, eine Aufgabe, die er besser erfüllte als jeder andere. Heinrich würde nicht wollen, dass einer seiner besten Postreiter von einem entlaufenen Tier verschleppt wurde. Dessen war er sich sicher.

Gebückt betrat Stanton die Höhle. Sie stank nach Tierexkrementen, war aber trocken. Sie war viel tiefer, als er angenommen hatte, und die Deckenhöhe nahm zu, je weiter er hineinging. Nach ein paar Schritten konnte er aufrecht stehen.

Jetzt musste er nur noch den Eingang abdecken. Nicht versuchen, sich umzusehen, nach oben, nach unten, überallhin gleichzeitig, immer in der Angst, in die falsche Richtung zu schauen. Nein, er konnte im Sitzen Wache halten, die Armbrust auf den Knien. Er schickte sich an, genau dies zu tun, doch dann erstarrte er.

Ein leises, tiefes Tiergeräusch ertönte aus dem hinteren Bereich der Höhle.

Er war nicht allein hier.

Kapitel 11

Palmer bahnte sich einen Weg durchs Gebüsch, die Armbrust schussbereit, und sah sich aufmerksam nach Spuren des Leoparden um, wobei er konzentriert auf irgendwelche Geräusche lauschte. Wo der Boden mit einer dicken Schicht welker Blätter bedeckt war, bewegte er sich schneller. Er wusste, dass er im Laub keine Spuren finden würde, höchstens Exkremente des Tiers oder die unübersehbaren Anzeichen dafür, dass es Beute gerissen hatte.

Er trat in eine Lücke im Unterholz, die ein neu umgestürzter Baum gerissen hatte, dessen Stamm von dem Blitzschlag, der ihn gefällt hatte, geschwärzt war. Er roch noch immer leicht verbrannt. Ringsum waren ein paar Schlammpfützen, die sich mit Regenwasser gefüllt hatten.

Dann sah er es. Ein Umriss im weichen Schlamm. Ein Pfotenabdruck.

Palmer beugte sich darüber. Er musste zu der Kreatur gehören. Der Abdruck war fast so groß wie seine Handfläche. Kein Wunder, dass er einen so heftigen Schlag gegen den Kopf bekommen hatte. Er sah sich rasch um, um sicherzustellen, dass ihn nicht die hellen Augen des Tiers, das diese Spuren hinterlassen hatte, beobachteten.

Erneut untersuchte er die Spur, fand aber keine Anzeichen der langen Klauen, die seine Haut zerkratzt hatten. Doch als er den Leoparden im Käfig gesehen hatte, waren die Krallen eingezogen gewesen. Offenbar benutzte er sie wie jede Katze nur zum Angriff. Er betrachtete die Spur noch genauer. Der Schlamm war dunkel verfärbt. Unmöglich zu sagen, ob es sich um Blut handelte.

Er richtete sich auf und schaute sich die möglichen Verstecke in der unmittelbaren Umgebung gründlich an, nicht sicher, in welche Richtung das Tier wohl weitergegangen war. Dann entdeckte er es. Auf flachen, trockenen, bernsteinfarbenen Blättern. Ein Blutspritzer neben dem anderen. Er berührte sie mit den Fingern. Noch nass. Das war keine Spritzspur vom Reißen einer Beute, es handelte sich um Tropfen in regelmäßigen Abständen.

Palmer nickte vor sich hin. Er hatte der Bestie mehr Schaden zugefügt, als er bei ihrer Begegnung genommen hatte. Er erhob sich.

Dann hallte ein erbostes Quieken durch die Bäume, das klang, als käme es direkt aus der Hölle. Gefolgt von den Angstschreien eines jungen Mannes.

Stanton.

Palmer bewegte sich in die Richtung, aus der die Laute drangen. Zwischen den Bäumen hindurch sah er Stanton durchs Gebüsch auf die Lichtung zustürmen, wo die Pferde standen. Ein weiteres Quieken erklang.

Das war kein Leopard. Das war ein wilder Eber.

Als hätte er ihn mit seinen Gedanken heraufbeschworen, sah er ihn. Mit seinem schwarzen, muskulösen Leib verfolgte er den Kurier des Königs, den breiten Schädel gesenkt, und er stieß schrilles Zornquieken aus.

Palmer hob die Armbrust und zielte. Doch er hatte keine freie Schusslinie, nicht bei diesem dichten Bewuchs. Er senkte die Waffe und rannte in Richtung der von Gras bedeckten Lichtung, denn nur dort würde er sinnvoll zielen können.

Er erreichte sie, gerade als Stanton aus dem Unterholz hervorbrach und auf sein Pferd zuhetzte. Der Keiler kam dem Kurier immer näher. Angelockt von dem Lärm und geführt von Geoffrey tauchte unter Schreien und Rufen die restliche Jagdgesellschaft auf.

»Zu den Pferden!«, brüllte Palmer. »Das Biest könnte Euch töten!« Er sprang auf sein panisches Ross.

Geoffrey stieß einen gebieterischen Pfiff aus.

Laut kläffend brachen die Hunde aus dem Unterholz und stürmten auf den Keiler zu, was ihn bremste.

Mit harten, tödlichen Stößen rammte das Tier seine knorrigen Hauer in einen Hund, dann in einen weiteren. Jaulend flohen die verletzten Tiere. Der Rest fiel zurück, bellte aber weiter.

»Haltet ihn auf!« Geoffrey stürmte mit langen Schritten zu seinem Pferd und sprang in den Sattel.

Die anderen Männer bemühten sich, es ihm nachzutun, während Palmer darum rang, sein eigenes Pferd unter Kontrolle zu bekommen, und die Hundeführer an ihm vorbeistürzten, um Sicherheit im Schutz der Bäume zu suchen.

Ein weiterer Hund raste an ihm vorbei und sprang das Schwein an. Das Biest rammte einen Hauer tief in die Schulter des Tieres, das qualvoll aufjaulte.

Der Keiler schüttelte den Hund ab, sodass der im hohen, braunen Gras landete, und kreischte vor Zorn, während seine wutentbrannten Augen Ausschau nach seinem nächsten Opfer hielten.

»Zurück, Männer!«, rief Geoffrey. »Er könnte die Pferde angreifen!«

»Stehen bleiben, du Bastard!«

Palmer sah Stanton neben seinem Pferd auf und ab springen, einen Fuß im Steigbügel, während sein wieherndes Reittier zu fliehen versuchte.

Mit einem erstickten Grunzen nahm der Keiler Tempo auf.

Stantons Hände rutschten am nassen Sattel ab.

Das Wildschwein raste auf ihn zu.

Sein Pferd sah es auch. Es stieg panisch, und Stanton landete auf dem Rücken im niedrigen Gras. Das Pferd galoppierte davon.

»Um Gottes willen, Stanton! Lauft!«

»Es wird Euch töten! Zieht Euer Messer!«

Die Rufe der Männer halfen nicht. Stanton erstarrte.

Palmer war ihm am nächsten und hatte eine freie Schusslinie. Erneut hob er die Armbrust, legte an und schoss.

Der Abzug klemmte. Der Bolzen lag noch in der Fräsung im Schaft. Palmer schlug gegen die Nut, um ihn zu lösen. Nichts.

Fluchend warf er sich vom Pferd und rannte auf den vor Angst wie gelähmten jungen Kurier zu. »He!« Er schwenkte die Armbrust und versuchte, den Keiler von seinem tödlichen Ansturm abzulenken.

Umsonst. Das Tier öffnete das Maul weit, und seine rosa Zunge zuckte inmitten von schäumendem Geifer. Das Blut des Hundes war auf seinen schartigen gelben Hauern deutlich zu sehen, während es auf Stanton zustürzte.

»Gott, steh mir bei!« Stanton riss schützend die Arme hoch.

»He!« Palmer würde ihn nicht rechtzeitig erreichen.

»Palmer!«, rief Geoffrey.

Das Zischen bewegter Luft. Palmer zuckte zurück.

Ein Geräusch wie ein Nagel, der in Holz fuhr, ließ den Keiler stocksteif stehen bleiben. Er quiekte bösartig, seine Äuglein schimmerten in überraschtem Entsetzen. Dann fiel er auf die Seite und strampelte wild mit den Beinen, als glaube er, er könne noch rennen, anstürmen, töten. Er zuckte und grunzte ein paarmal schrecklich und erstarrte dann jäh. Aus seinem Hals ragte seitlich ein Armbrustbolzen.

Stanton lag neben dem gewaltigen Kadaver, die Hände gesenkt, aber immer noch bewegungsunfähig.

Jubelrufe schallten über die Wiese.

»Donnerwetter, der hat gesessen!«

»Welch unglaubliche Treffsicherheit!«

Palmer sah sich um.

Die anderen Männer waren im Sattel und bejubelten den Schuss. Den Schuss, der ihn um Haaresbreite verfehlt hatte.

Geoffrey befand sich mit noch immer erhobener Armbrust auf seinem Pferd. »Ein Glück, dass Ihr so blitzschnelle Reaktionen habt, Palmer.« Er senkte die Waffe.

Palmer bemühte sich, ruhig zu atmen und seinen Zorn zu verbergen. Die Armbrust, die ihm Geoffrey gegeben hatte, war fehlerhaft. Hätte er sich darauf verlassen müssen, wäre er jetzt tot. »Ja, was für ein Glück. Doch ein noch größeres Glück ist es, dass Ihr nicht vorbeigeschossen habt. Meine Haut ist dünner als die des Keilers.«

Geoffrey zuckte die Achseln. »Keine Sorge, Palmer. Ich treffe immer.«

Palmer verbiss sich die Flüche, mit denen er Geoffrey bedenken wollte. »Euer Hund hat uns zu Recht in den Wald geführt. Ich habe dort Spuren des Leoparden gefunden.«

»Dann sei Stanton verflucht, weil er einen solchen Aufstand gemacht hat«, sagte Geoffrey. »Jetzt, nach all dem Chaos, haben wir keine Chance mehr, ihn aufzuspüren. Er dürfte längst weg sein.« Er wies auf einige Jäger. »Bringt den Keiler in den Palast. An dem laben wir uns heute Abend.« Die Männer gehorchten. »Palmer, zeigt mir diese Spuren. Ich will sie mit eigenen Augen sehen.« Sein Gesicht verfinsterte sich. »Mein Hund ist immer noch verschwunden.«

* * *

Schnell ging Theodosia ihren angestammten Weg in den schweigenden Wäldern entlang. Die Abenddämmerung setzte ein, dies würde also ihr letzter Besuch für diesen Tag sein. Sie kam schneller voran als sonst, denn Joan passte in der warmen Hütte auf die Kinder auf. Matilde liebte ein Singspiel mit kleinen Stöckchen, das Joan erfunden hatte. Tom war mürrisch wie immer und wechselte keine zwei Worte mit seiner Tante. Eine Tante, die dafür gesorgt hatte, dass sie alle zu essen hatten, aber Theodosia plagte ihr schlechtes Gewissen, weil Joan die Lebensmittel Lord Ordell gestohlen hatte.

Doch mit vollem Magen schlafen zu gehen, in dem Wissen, dass auch ihre Kinder satt waren, und sich keine Sorgen machen zu müssen, was sie am nächsten Tag essen sollten, nahm ihr eine Zentnerlast von den Schultern. Tom vermisste einfach nur seinen Vater, dessen war sie sich sicher. Genau wie sie. Unablässig sehnte sie sich danach, Benedict zu sehen, mit ihm zu sprechen. Am Ende eines langen Tages schweigend mit ihm vor dem Kamin zu sitzen. Er hatte ihr versprochen zurückzukehren. Noch hatte er all seine Versprechen gehalten. Sie musste weiter an ihn glauben, auf ihn hoffen, auch wenn es jeden Tag schwerer wurde. Sie eilte weiter.

Sie sah die kahlen Äste des Baums schon aus der Ferne. Sie drehte dennoch nicht um, hegte die leise, widersinnige Hoffnung, dort hinge vielleicht ein Zeichen, das sie im abendlichen Halbdunkel einfach nicht gesehen hatte.

Moment. Der Baumstamm war markiert.

Theodosia eilte weiter. Es war nicht das übliche Signal. Das war auch unmöglich, denn sie hatte den Leinenfetzen in ihrer Gürteltasche. Sie trat in die breite Lücke zwischen den Bäumen, wo der Boden moosbewachsen war, und legte die Hand vor den Mund, um einen entsetzten Aufschrei zu unterdrücken.

In ordentlichen Haufen lagen tote Vögel am Boden. Die Farben ihres Gefieders zeigten, dass es sich nicht um einen

Schwarm handelte: Das Grau von Waldtauben mischte sich mit dem Ebenholz von Krähen und dem Braun und Weiß winziger Spatzen. Aber sie waren keiner Krankheit zum Opfer gefallen. Nein.

Theodosia näherte sich ihnen auf Beinen, die plötzlich völlig kraftlos zu sein schienen.

Jeder der kleinen Körper war aufgebrochen und der Brustkorb leer.

Die zunehmende Dunkelheit schien jeglicher Luft beraubt.

Sie trat näher an den Baum und registrierte jetzt, wie der Stamm markiert war. Er war beschmiert mit dem, was man den kleinen Körpern entrissen hatte, und im Blut klebten weiche Daunenfedern.

Sie schmeckte Galle. Theodosia richtete sich kerzengerade auf und versuchte, sich zu fassen. Aber es war nicht nur der Nachrichtenbaum. Mehrere andere waren auf die gleiche Weise markiert.

Lord Ordell hatte erklärt, sie hätten es mit Hexerei und dem Bösen zu tun. Seine Worte klangen wahr. Das Schreckliche, was sie da sah, konnte nur darauf zurückzuführen sein. Sie musste hier weg. Sofort. Was die Vögel getötet hatte, mochte sie als sein nächstes Opfer ausgemacht haben.

Heim – sie musste heim. Theodosia floh durch den schattenverhangenen Wald, ihre Brust brannte, und jeder Schatten war eine Gestalt, die sich niedergekauert hatte, um nach ihr zu greifen. Das musste sie Joan erzählen. Gebe Gott, dass sie wusste, was zu tun war!

Sie brach aus dem Albtraum der finsteren Bäume hervor auf die stille Dorfstraße.

Süß riechender Holzrauch aus den Kaminen des Dorfes hing schwer in der Luft. In einer Hütte spielte eine Flöte eine leise Melodie, in einer anderen weinte ein Kind. Alle hatten sich zur Nacht zurückgezogen, niemand war unterwegs, niemand hörte ihre rennenden Schritte, als sie die Brücke überquerte, um nach Hause zurückzukehren.

»Joan. Ich muss sofort mit dir reden.« Sie brachte die Worte kaum hervor, als sie durch die Eingangstür in die Hütte stürmte.

Joan legte einen Finger an die Lippen. »Die Kinder schlafen.« Ihr Gesichtsausdruck wurde besorgt, als sie sah, wie panisch Theodosia war. »Was ist los? Ist Benedict etwas zugestoßen?«

»Nein. Ich weiß nicht. Bitte. Komm mit nach draußen.« Theodosia, die noch immer versuchte, wieder zu Atem zu kommen, winkte ihr zu.

Joan gehorchte und trat mit ihr in die fast völlige Finsternis hinaus.

Theodosia sah sich um, um sicherzugehen, dass niemand sie beobachtete.

»Was ist?«, fragte Joan. »Du siehst aus, als würdest du gleich in Ohnmacht fallen.«

»Sprich leiser. Ich will keine Aufmerksamkeit erregen.«

»Nun, meine hast du zweifellos.« Joan senkte die Stimme. »Was ist?«

»Der Wald.« Theodosia schluckte. »Ich war spazieren. Wie ich es eben manchmal tue. Um gleich zu sehen, wenn Benedict heimkommt.« Lautlos sprach sie ein rasches Bußgebet ob der Lüge, die doch der Wahrheit so nahe kam.

Joan lächelte knapp. »Ich weiß, dass du das tust. Doch ich fürchte, es ist Zeitverschwendung, Schwester.«

»Ich weiß, und ich komme mir so dumm vor. Aber heute Abend – o lieber Gott, heute Abend.« Sie atmete wieder schneller.

»Hat man dich angegriffen?« Joans Stimme wurde schärfer. »Dir aufgelauert?«

»Nein. Ich habe niemanden getroffen. Aber ich schwöre, ich habe Teufelswerk gesehen.« Sie bekreuzigte sich. »Vögel.

Tote Vögel. So viele. Man hatte ihnen die Herzen aus dem Leib geschnitten und … und an die Bäume geschmiert.« Sie schluckte schwer. Sie hatte den grotesken Anblick noch klar vor Augen. »Gott sei Dank waren Tom und Matilde nicht bei mir. Es hätte ihnen beiden schwer zugesetzt, so etwas zu sehen.«

»Das gilt für jeden, der geistig gesund ist.« Joan starrte sie an. »Wer würde so etwas tun?«

»Ich weiß nicht. Da war niemand. Zumindest habe ich niemanden entdeckt. Ich konnte im Dunkeln nicht besonders gut sehen.« Theodosia fuhr noch leiser fort: »Und ich hatte Angst, jemandem zu begegnen.«

»Es war richtig, zu fliehen. Wenn so ein Mann im Wald unterwegs ist, könntest auch du in Lebensgefahr gewesen sein.«

»Aber deshalb bin ich nicht weggelaufen. Ich bin weggelaufen, weil ich es mir nicht leisten kann, dort gesehen zu werden«, sagte Theodosia. »Lord Ordell und seine Frau unterstellen mir bereits Hexerei.«

»Ja, aber die sehen Hexerei überall. Doch du hast recht daran getan, da wegzulaufen. Man klagt Frauen oft aller möglichen Untaten an, wo ein Mann über jeden Verdacht erhaben wäre. Bald wird jemand anders auf diese Stelle stoßen.« Sie legte Theodosia eine Hand auf den Arm und tätschelte sie tröstend. »Keine Angst. Das bleibt unter uns.«

»Was ist mit dem Übeltäter? Welche Verbrechen mag er sonst noch begehen?«

»Bis man ihn findet, werden wir dafür sorgen, dass wir uns verteidigen können.« Joan schob ihre Schürze beiseite und zeigte Theodosia ein Messer, das in ihrem Bindegürtel steckte. »Ich habe auf dem Weg hierher schon mal so eines benutzt. Ich würde es wieder tun.«

»Genau wie Benedict.« Sie hatte es auch getan. Aber mit einer viel, viel größeren Klinge. Doch das würde nie wieder vorkommen. Nie. Theodosia schüttelte den Kopf. »Ich könnte das nicht.«

Joan schnalzte ungeduldig mit der Zunge. »Nicht einmal, wenn deine Kinder in Gefahr wären? Ich verstehe es ja, wenn es nur Vögel sind …« Sie hielt inne und umklammerte Theodosias Oberarm. »Vögel. Wir haben immer noch ein paar Eier und ein paar kaputte Eierschalen in einem Eimer.«

Theodosia drehte sich der Magen um. Daran hätte sie nie gedacht.

»Wir können nicht zulassen, dass man sie gegen uns verwendet«, sagte Joan. »Warte hier. Ich werde sie holen.« Leisen Schrittes huschte sie wieder in die Hütte.

Theodosia legte den Kopf in den Nacken und sprach ein lautloses Dankgebet. Uns? Joans freundliche Unterstellung, der Adlige mit der verderbten Seele würde ihr eine Mitschuld geben, rührte sie. Aber sie wusste, dass er nur allzu gern Theodosia allein die Schuld zuschieben würde.

Joan tauchte mit einem Eimer in der Hand wieder auf. »Halt die Augen offen, während ich sie vergrabe.«

Theodosia nickte dankbar, und Joan ging energisch, aber lautlos ans Werk. Doch die Barbarei, die sie gesehen hatte, konnte Joan nicht so einfach begraben.

Das Böse wandelte in ihrer Welt.

* * *

»Wie schmeckt Euch Euer Gegner, Stanton?«

Die Feiernden in der großen Halle zu Woodstock lachten, jubelten und klatschten, als Geoffrey den jungen Kurier verspottete.

Palmer, der an dem erhöhten Tisch thronte, lächelte und prostete Stanton zu, der mit beschämtem Gesichtsausdruck unter ihm saß.

Die Halle war ebenso gefüllt, wie es die Kapelle gewesen war. Doch es war nicht still wie während der Messe. Stattdessen hallten Musik, Gespräche und die Geräusche des Feierns und Trinkens durch den Raum mit der hohen Decke und den hohen Gewölbebögen. Das Licht zahlloser Kerzen erhellte das Dunkelrot, das Blau, das Grün und das Gold, die Wände und Decke zierten, und verstärkte die Hitze aus dem riesigen Kamin. Noch immer hing der verlockende Geruch von Wildschweinbraten in der Luft.

Die Anweisung, an der hohen Tafel Platz zu nehmen, hatte Palmer überrascht. Noch überraschter war er gewesen, neben Geoffrey zu sitzen, während Rosamund zu seiner Rechten Platz genommen hatte. Die elegant gekleideten Adligen, die sonst noch am Tisch saßen, hätten ihren edlen Wein ausgespuckt, hätten sie gewusst, dass sie die Tafel mit einem Mann teilten, der pflügte und in einer ärmlichen Hütte lebte.

Palmer nahm sich ein weiteres Stück knuspriger Schwarte von der Platte mit den Überresten des Keilers auf dem Tisch vor ihm. Es war salzig, schmackhaft und hätte nicht weiter von seiner üblichen Kost – fadem Gemüseeintopf – entfernt sein können. Er wünschte nur, er hätte einen Beutel voll davon mit nach Hause nehmen und Toms Gesicht sehen können, wenn dieser eine solche Leckerei zum ersten Mal kostete. Er hätte sich gern über Theodosias Stolz darüber, dass er sie so gut versorgte, gefreut.

Zum Teufel mit den Adligen und ihrem Gepränge. Er hätte ihren Wohlstand jeden Tag bereitwillig für das eingetauscht, was er hatte. Aber erst einmal würde er sich noch an ihrem guten Wein bedienen. Ausgiebig.

Da schlug Geoffrey mit der Faust auf die Tischplatte. »Ruhe bitte!«

Stille senkte sich über den Raum.

»Ich gehe davon aus, Ihr habt alle die Früchte der heutigen Jagd genossen?«

Lauter Jubel erklang.

»Gott segne Geoffrey!«

»Vivat, vivat!«

Geoffrey machte eine Geste, und erneut wurde es still im Raum. »Dies war nicht das Ziel unseres heutigen Ausritts, und das muss ich Hugo Stanton nicht erklären.«

Erneut brach eine Woge von Gelächter über Stanton herein. Ein fetter Mann an seinem Tisch improvisierte zwei Stoßzähne aus zwei abgenagten Knochen und tat so, als wollte er ihn damit angreifen, was weiteres Gelächter hervorrief.

Der Kurier schubste ihn weg.

Geoffrey lächelte. »Ich habe mehrere Meilen entfernt Tierspuren und frisches Blut gefunden.«

Gefunden, ja? Als ich Euch mit der Nase darauf gestoßen habe. Palmer leerte erneut seinen Kelch und winkte dem Mundschenk. Der Wein dämpfte den Schmerz seiner Kopfverletzung aufs Vortrefflichste. Er half auch, ihn weniger gereizt auf des Königs Sohn reagieren zu lassen.

Geoffrey fuhr fort: »Sie stammen definitiv von dem Leoparden.« Er lächelte stolz. »Mein treuer Talbot hat sie bewacht, bis ich ihn fand.« Er warf seinem müde wirkenden, schlammverschmierten Hund einen großen Knochen zu. »Der Leopard muss so schwer verwundet sein, dass er bald stirbt. Verkleinerte Patrouillen werden weiter nach seinem Kadaver suchen.«

Weiterer Jubel folgte seinen Worten. Er lächelte noch breiter.

Dann hörte Palmer inmitten des Jubels seinen eigenen Namen.

»Sir Benedict hat ihn fertiggemacht!«

»Bei Gott, er hat mit bloßen Händen gegen ihn gekämpft!«

»Ja, und Lady Rosamund das Leben gerettet!«

»Ein Hoch auf Sir Benedict Palmer!«

Geoffreys Lächeln schwand, und er hörte die Jubelrufe mit zusammengebissenen Zähnen.

Palmer hob grüßend eine Hand, und der Wein ließ ihn grinsen.

Rosamund beugte sich vor. Ihr Dekolleté war inmitten der hellen Seide ihres eng geschnittenen Kleides deutlich zu sehen. Sie prostete Palmer zu. »In der Tat, ein Hoch auf Euch.« Sie trank einen tiefen Schluck, und ihre großen, haselnussbraunen Augen sahen ihn über den Rand des Goldkelchs hinweg an. »Ich habe dem richtigen Mann meinen Gunstbeweis gegeben, nicht wahr?«

»Ich danke Euch, Mylady.« Palmer versuchte erfolglos, seinen Blick fest auf ihr Gesicht gerichtet zu halten. »Ich habe nur meine Pflicht getan. Sonst nichts.«

Aus dem Augenwinkel fiel ihm auf, dass auch Geoffrey trank, allerdings mit einem Ausdruck, als hätte er saure Milch in seinem Kelch.

»Reigen!« Aus der Halle ertönte die trunkene Forderung, den Tanz beginnen zu lassen.

Geoffrey schnippte mit den Fingern.

Die Musikanten reagierten sofort und gaben einen schnellen, stampfenden Takt vor. Die Feiernden erhoben sich und bildeten lange, mehr oder weniger gerade Reihen von Paaren, die sich an den Händen hielten.

Rosamund stellte den Kelch ab, ihre Lippen waren feucht und rot vom Wein. »Wenn man die Leiche der Kreatur findet, werde ich Seine Gnaden um einen Mantel aus ihrem Pelz bitten. Was meint Ihr, Benedict?«

»Ich bin sicher, Seine Gnaden wird Euch Euren Wunsch gewähren.« Palmer nickte, riss sich von ihr los und widmete seine Aufmerksamkeit den Tänzern.

»Lasst mich führen!« Ein schwankender Ritter, der eine kichernde Frau an der Hand hielt, drängte sich nach vorn. Sie setzten sich an die Spitze, und alle folgten lachend, stampften laut und schnell auf den Steinboden. Das Paar am Ende der Reihe schnappte sich den Mann und seine Frau und verwandelte die Gruppe in einen sich drehenden Kreis. Der Reigen endete mit einem letzten Aufstampfen und Applaus.

Rosamund klatschte begeistert und wandte sich ihm zu. »Benedict, ich verlange, dass Ihr sofort mit mir tanzt. Zur Feier Eures Sieges über die Bestie.« Unter weiterem Jubel erhob sie sich.

Palmer hätte sie lieber wieder zurück in den Stuhl gestoßen, und zwar ebenso wenig zartfühlend, wie er sie im Wald auf den Baumstamm gesetzt hatte, doch er kam ebenfalls auf die Füße. Er musste. Sein Kopf war schwer vom Wein, aber er wusste, dass aller Augen auf ihm ruhten. Besonders Geoffreys. Auch die anderen Adligen an der hohen Tafel erhoben sich, als sie aufstand.

Palmer stieg von dem Podest, auf dem sich die Herrentafel befand, und wandte sich um, um ihr herabzuhelfen. »Mylady.« Er verneigte sich schwankend, ehe er ihre Hand nahm. Zusammen traten sie in die Mitte und führten mit schnellen Doppelschritten den Reigen an.

Paare schlossen sich ihnen an, und es wurde laut gesungen.

»Ich denke gern an den Tag, an dem ich den Pelz warm auf meiner Haut spüren werde«, murmelte Rosamund, »genau wie ich gern daran denke, Euch dort zu spüren.«

»Solche Gedanken sind unklug.« Palmer legte eine Hand auf ihre schmale Taille, um sie herumzuwirbeln. Oje, der Wein machte ihn geschwätzig.

Ihr offenes goldenes Haar wehte wie ein Schleier um sie. Er drehte sie zu sich zurück, und mit einem begeisterten Aufkreischen landete sie an seiner Brust. Ihr Geruch stieg ihm in die Nase: Rosen, kostbare Öle und die Süße ihrer Haut.

»Das ist mir egal.« Im Takt der Musik rieb sie sich an ihm.

Er verspürte ein Ziehen in den Lenden. Verflucht sei diese Frau. Verflucht sei auch der Wein, der sicher daran schuld war.

Ihr breiter werdendes Lächeln verriet ihm, dass sie es gespürt hatte. »Ich glaube, Ihr teilt diese Gedanken.«

Gedanken, denen er früher einmal, ohne zu zögern, Taten hätte folgen lassen. Palmer machte drei Schritte vorwärts und zog sie mit sich. *Vor Theodosia.* Er drehte Rosamund einmal, zweimal. *So oft.* Dreimal. *Aber jetzt nicht mehr.*

Der Tanz endete mit einem Schrei und einem weiteren Aufstampfen, und sie landete wieder in seinen Armen.

Jetzt nicht mehr. Jetzt gehörte sein Herz Theodosia. Palmer trennte sich mit einer entschiedenen Verneigung von Rosamund und applaudierte zusammen mit den anderen Tänzern begeistert. Er verneigte sich erneut und schickte sich an, sie zu ihrem Platz zurückzuführen. »Verzeiht, aber mein Schädel schmerzt, wo das Tier mich getroffen hat.«

»Aber ich will weitertanzen.«

»Dann lacht Euch das Glück.« Palmer wies auf einen der anderen Adligen, der sich über diese Gelegenheit sichtlich freute. »Es scheint, als wäre es diesem Herrn eine Ehre, Mylady.«

Rosamund nahm mit einem unglücklichen Schmollen die Hand des Mannes.

Palmer verneigte sich ein letztes Mal höflich und kehrte an seinen Platz zurück, während die Musik erneut anhob. Er setzte sich neben Geoffrey und rief nach mehr Wein.

»Ich habe über Euch nachgedacht, Palmer.«

»Oh?« Palmer konzentrierte sich auf die Tanzfläche und zwang seine trunkenen, törichten Lenden, sich zu beruhigen.

Stanton war es gelungen, im Trubel Rosamunds Hand zu ergattern.

»Über Eure ›Füße, die schnell dem Bösen nachlaufen‹.«

Bei dieser seltsamen Bemerkung richtete er seinen Blick auf den Königssohn.

»Das ist aus der Bibel, Palmer. Eine der Todsünden.«

Palmer trank erneut. »Meine Sünden gehen nur mich etwas an.«

»Nicht, wenn es unkeusche Begierden sind.« Geoffrey sprach leise und angespannt. »Begierden, die mit der Mätresse des Königs zu tun haben.«

»Keine meiner Begierden betrifft Lady Rosamund.« Die Wahrheit. Auch wenn ihr Fleisch ihn eindeutig verlockt hatte, schlecht, wie er war.

»Sie scheint das anders zu sehen. Sie sucht immer wieder Eure Nähe.«

»Ich bin nicht an ihr interessiert.«

»Ein junger Mann wie Ihr«, insistierte Geoffrey, »ist frei, seiner Lust nachzugeben. Doch die schönste junge Frau am Hofe des Königs interessiert Euch nicht?«

Palmer zuckte die Achseln und trank. »Vielleicht habe ich andere Begierden.«

Geoffrey schnaubte. »Ich hoffe, nicht nach anderen Männern. Dann müsste ich Euch persönlich in die Hölle schicken.«

Palmer ignorierte die plumpe Spitze.

»Mein Vater hatte schon viele Mätressen«, sagte Geoffrey. »Darunter meine Mutter. Sie wecken kurz sein Interesse, und dann nimmt er sich eine andere.« Er trank. »Was abgelegte Huren angeht, könntet Ihr es schlimmer treffen als Rosamund Clifford. Ich bin sicher, der König wird nach einer Nachfolgerin suchen, wenn er ihrer müde ist.« Geoffrey beugte sich zu Palmer vor und nagelte ihn mit einem Blick fest. »Aber bis Heinrich sie freigibt, werdet Ihr Euch von ihr fernhalten. Verstanden?«

»Jedes Wort.« Manche Praktiken des höfischen Lebens verursachten ihm Übelkeit. Nie hätte er Teil dessen sein können.

»Ich sage Euch, ich will nichts von ihr.« Er grinste Geoffrey an, wollte die Provokation unbedingt erwidern. »Aber vielleicht warnt Ihr mich, weil Ihr sie für Euch selbst wollt?«

»Ich bin Bischof, Palmer. Ich habe den Frauen abgeschworen.« Finster starrte Geoffrey in sein leeres Glas. »Die überaus großzügige Belohnung des Königs für den Bastardsohn seiner Hure.«

Palmer antwortete nicht, da Rosamund an ihren Platz zurückkehrte. Ihr Gesicht war vom Tanzen gerötet, und unter der blassen Haut ihres nackten Halses pulsierte die Halsschlagader. Er erhob sich rasch, als sie sich neben ihn setzte.

In der Halle wurde es still.

Ein Troubadour in weiter grün-gelber Robe stand neben den Musikanten. »Ich habe auf Wunsch des Königs ein neues Lied speziell für Lady Rosamund komponiert.« Der Mann hob eine kunstvoll verzierte Laute. Die ersten Klänge waren getragen und gemessen, dann fing er an zu singen: *»Ein schöner Vogel erhellte die Nacht, sein glänzend Gefieder dem Auge war Pracht.«*

Rosamund schlug in falscher Bescheidenheit den Blick nieder und sah unter den gesenkten Wimpern hervor Palmer an.

Palmer achtete nicht darauf. Er zog üblicherweise eine gut erzählte Geschichte kunstvoller Musik vor. Doch das Lied des Mannes erinnerte ihn so deutlich an Theodosia, als stünde sie vor ihm.

Der Troubadour sang weiter. Ein stolzer Adler tauchte auf und verliebte sich in den Singvogel, gewann dessen Herz mit seinen unvergleichlichen, kraftvollen Flugkünsten, ehe er ihn in seinen Horst davontrug.

Rosamund schürzte die Lippen und nickte zustimmend.

»Des Adlers Herz war der Liebe erlegen. Vom Himmel herab den beiden kam Segen.«

Das Lied war zu Ende, und der Sänger verbeugte sich zu lautem Applaus und Pfiffen.

Palmer klatschte und stieß auf Zeigefinger und Daumen schrille Pfiffe aus. Der Mann hatte Palmer jede Schlacht wieder ins Gedächtnis gerufen, die er für seine Theodosia geschlagen hatte.

Rosamund applaudierte auch, starrte dabei aber Palmer stirnrunzelnd an. Im Schutze des Lärms flüsterte sie ihm so leise zu, dass nur er es hören konnte: »Benedict, ich will Euch angemessen dafür danken, dass Ihr mir das Leben gerettet habt. Kommt später in mein Gemach. Ich habe die Wachen dafür bezahlt, wegzusehen.«

Palmer klatschte weiter.

Rosamund kniff den Mund zusammen, und ihre juwelengeschmückten Finger drückten seinen Arm. »Kommt«, flüsterte sie. »Ihr müsst kommen.«

Kapitel 12

Palmer lag auf seinem Bett und sah Theodosia zu, die sich nach einem langen, harten Tag auf dem Feld wusch. Ihre langen Röcke saßen tief auf den Hüften, und ihre Leinenhaube bedeckte ihr hochgestecktes Haar. Sie fühlte sich unbeobachtet, hatte ihm den Rücken zugewandt. Den hellen, glatten Rücken, dessen Haut sich unter seinen Liebkosungen so weich anfühlte. Sie hob einen Arm, um sich mit dem feuchten, eingeseiften Tuch darunter zu waschen, und enthüllte eine runde Brust, deren Haut noch weicher war. Jähe Sehnsucht nach ihr erfasste Palmer.

»Komm ins Bett, Liebste.«

»Ich bin fast so weit.« Noch immer von ihm abgewandt wusch sie sich den Bauch.

Er brauchte keine Erinnerung daran, wie straff er war, wie sie dort schmeckte, wenn er sie mit den Lippen liebkoste, sie sanft, dann immer fordernder küsste, während sein Mund immer tiefer wanderte.

»Benedict. Wie konntest du?« Bei ihrer entrüsteten Frage blickte er auf.

Doch er sah ihr Antlitz noch immer nicht, denn jetzt weinte sie, das Gesicht in den Händen verborgen.

Er schickte sich an, das Bett zu verlassen, an ihre Seite zu eilen.

Doch jemand legte ihm die Hand auf die Brust und hinderte ihn daran. Er wandte den Kopf.

»Deine Loyalität gehört mir, Benedict.« Rosamund lag neben ihm, den roten Mund geöffnet, den Körper von Pelzfetzen bedeckt, die ihre Blöße nicht verbargen.

Palmer versuchte, sich aufzusetzen, aber Rosamunds langes Haar fiel auf seine Brust und fesselte ihn ans Bett.

Dann begann sie, ihn zu streicheln. »Ich werde dich für diese Loyalität belohnen.«

Er hielt den Atem an, als ihre Finger sich um ihn schlossen.

»Nein!« Palmer fuhr in seinem Bett im Palast zu Woodstock hoch. Allein. Er atmete langsam aus und schob die zerwühlten Laken von sich. Aber sein Körper war noch in seinem Traum gefangen.

Palmer, du dreckiger Bettler.

In einer Woge aus Übelkeit und Durst fiel ihm wieder ein, dass er zahllose Kelche Wein geleert hatte. Das Gefühl allein war Strafe genug. Ächzend erhob er sich aus dem Bett. Auf einer Truhe auf der anderen Seite des dunklen Raums stand ein Krug mit Dünnbier. Er torkelte hinüber und setzte ihn an. Das Bier würde ihn wieder zu Kräften bringen. Wenn er es bei sich behalten konnte. Er nahm einen tiefen Zug. Sein Magen rebellierte, aber er musste sich nicht übergeben. Er trank noch einmal.

Mit dem Handrücken wischte er sich den Mund ab und schüttelte den Kopf über seinen unkeuschen Traum von Rosamund. Aber es war ja auch kein Wunder. Geoffreys Geschwätz. Rosamunds Verhalten beim Tanz. Ihre Einladung in ihre Gemächer. Er hatte so getan, als hätte er ihr Flüstern nicht gehört, hatte nach immer mehr Wein gerufen, um das tiefe Bedürfnis nach Theodosia abzumildern, das das Lied des Troubadours in ihm entfacht hatte.

Palmer bekam Schluckauf. Er hatte sogar wieder getanzt und die stämmige Frau eines Adligen herumgewirbelt, bis sie jauchzte. Danach war er die Frau nicht mehr losgeworden. Egal. Sie hatte ihn vor weiteren eindeutigen Einladungen der Mätresse des Königs bewahrt.

Erneut hatte er Schluckauf und zuckte zusammen. Er war nicht sicher, ob er das Bier bei sich würde behalten können. Vielleicht konnte frische Luft helfen.

Er ging zum Fenster und öffnete die Läden.

Die kalte Nachtluft traf ihn wie ein Schlag, beruhigte ihn aber auch.

Das gesamte Gebäude lag still in der Dunkelheit. Auf der anderen Seite des Hofes sah er den hohen Turm, den Turm, in dem Geoffrey jetzt Rosamund untergebracht hatte.

Hinter den oberen Fenstern leuchtete es orange.

Feuer.

* * *

Palmer rannte über den verlassenen Hof zu der Glocke in der Mitte. Stechender Rauchgeruch erfüllte die feuchte Nachtluft.

»Feuer! Wacht auf!« Seine Rufe hallten durch die Stille, während er das sauber zusammengerollte Seil losmachte, sich hin und her wandte und nach Anzeichen Ausschau hielt, dass ihn in den vielen Gebäuden jemand gehört hatte. Er zog nach unten, und die große Glocke über ihm läutete zum ersten Mal. »Feuer!«, rief er noch einmal und zerrte weiter an dem Seil, um so viel Lärm zu veranstalten, wie er nur konnte.

In Fenstern gingen Lichter an – eins, zwei, dann mehrere gleichzeitig. Menschen regten sich und öffneten die Läden.

Palmer zog heftig und schnell an dem Seil, und seine Rufe gingen im Glockengeläut unter.

Er legte den Kopf in den Nacken, um nach dem Turm zu sehen. Das Leuchten hinter den Fenstern war heller geworden. Aus einem Fenster schoss eine Flammenzunge, erlosch aber wieder. Das Feuer griff um sich. Er richtete den Blick auf den Haupteingang des Turms. Fest geschlossen. Rosamund war nirgends zu sehen, ja, es kam gar niemand aus der Tür.

Über den Lärm des Glockengeläuts hinweg hörte er schwach Rufe vom Hauptgebäude des Palastes. Aber noch immer regte sich im Turm nichts. Er ließ das Seil los, denn die Aufgabe der Glocke, die Menschen zu wecken, war erfüllt.

Er rannte auf die Tür des Turms zu und drückte die große Metallklinke. Nicht verschlossen. Gut, er konnte hineingelangen. Aber schlecht, dass bisher niemand herausgekommen war. Rosamund war dort oben, und Geoffrey hatte gesagt, er werde Wachen aufstellen. Nur die Flammen konnten jemanden daran hindern, herunterzukommen. Er riss die Tür auf. Drinnen war die Luft raucherfüllt. Eine hölzerne Wendeltreppe führte aus dem schmalen Vestibül nach oben.

Er legte die Hände wie einen Schalltrichter vor den Mund und schrie nach oben: »Wacht auf! Wacht auf! Der Turm brennt!«

Von oben war nichts zu hören.

Er holte tief Luft, um ein weiteres Mal zu rufen, und atmete Rauch ein. Er hustete ihn aus, bevor er wieder anhob: »Aufwachen!«

Noch immer nichts.

Palmer sah wieder auf den Hof hinaus. Die Glocke war verstummt. Sollte er sie heftiger läuten, um die Dringlichkeit der Gefahr zu unterstreichen?

Ein paar Funken schwebten durch die Dunkelheit, der Beginn eines tödlichen Blizzards.

Meiner Treu, dachte er, Rosamund war doch noch ein Mädchen. Sie hatte sich vielleicht irgendwo hingekauert, wo sie sich sicher wähnte, ohne zu wissen, dass der Rauch ebenso tödlich war wie die Flammen. Er musste hinauf.

Palmer erklomm die hölzerne Wendeltreppe, nahm immer zwei, drei Stufen auf einmal. »Wachen, rührt Euch!« Der Rauch wurde dichter, brannte ihm in Augen, Nase und Kehle. Noch immer keine Reaktion.

Er stieg höher, atmete vor Anstrengung schnell und tief, während seine Lunge rauchgeschwängerte Luft einsog. Sein Speichel wurde immer dicker, und Tränen rannen ihm aus den Augen. Er rieb sie sich, um klarer sehen zu können. Jede Stufe war mühsamer als die davor, seine Beine wurden immer schwerer, doch er hob sie wieder und wieder.

Endlich ein Treppenabsatz. Er konnte zwar kaum durch den heißen, beißenden Qualm sehen, aber er entdeckte am anderen Ende eine kleinere Treppe. Es konnte jetzt nicht mehr weit sein. Er stolperte die paar Schritte hinüber und fiel beinahe über etwas Großes. Er bückte sich und ertastete das Metall eines Kettenhemdes. Eine der Wachen, bäuchlings auf dem Boden.

»Kommt zu Euch!« Nur mühsam brachte er die Worte hervor; ein Hustenanfall schüttelte ihn. Er rüttelte den Mann heftig, aber der antwortete nicht, regte sich nicht.

Palmer spähte umher.

Ganz in der Nähe lag noch eine weitere Gestalt. Doch nicht …? Er bewegte sie, ohne sich aufzurichten, erfüllt von Angst, was er finden würde. Ein großer Körper. Ein Kettenhemd. Eine weitere Wache, genauso reglos wie die erste.

Der Rauch musste sie plötzlich gefällt haben. Zu plötzlich. Doch selbst wenn sie noch lebten, konnte er sie nicht retten. Es ging ihnen bereits zu schlecht. Seine eigene Brust zog sich schlimmer zusammen denn je. Er hatte Rosamund noch immer nicht gefunden.

Mit raschen Griffen tastete er den Boden ringsum ab, und seine Finger schlossen sich um das, was er suchte. Einen Schwertgriff.

Als er gerade weitergehen wollte, hörte er von oben einen schrillen Schrei.

»Rosamund!« Umgeben von dichtem Rauch und schlechter Luft fuhr er hoch. Dann krümmte er sich und erbrach sich, bis nur noch bittere Galle kam. »Rosamund!« Schnell rannte er geduckt zur nächsten Treppe und schaute nach oben.

Eine schlimmere Herausforderung als der Rauch. Angefacht von Luft, die durch schmale Fenster strömte, nagten die Flammen an der Treppe, und die Hitze pulsierte an seinem Gesicht und seinem Kopf.

»Hilfe! Um Gottes willen!«

Rosamund. Ihre Schreie verrieten nacktes Entsetzen.

Palmer duckte sich und schützte sein Gesicht mit dem Unterarm. Er stürmte die brennende Treppe empor, und das Feuer verbrannte ihm die Haut und versengte zischend sein Haar, was furchtbar stank. Er stolperte von der obersten Treppenstufe in einen schmalen Gang, fand sich vor einer geschlossenen Tür wieder. Er warf sich auf die Klinke, den Ärmel über die Hand gezogen, um das heiße Metall anfassen zu können. Es bewegte sich nicht.

»Ich bin es, Benedict!« Seine Stimme war heiser. »Öffnet die Tür!«

»Ich kann nicht, ich kann nicht! Sie ist verschlossen!«

Palmer fluchte. Die Wachen mussten Schlüssel haben. Aber er konnte keine Zeit damit verschwenden, sich wieder nach unten durchzukämpfen. »Weicht zurück von der Tür, Rosamund. Ein gutes Stück.« Er hob sein Schwert und hämmerte es gegen die Tür.

Das Holz gab nach.

Heftig hustend schlug er erneut zu. Diesmal kam er durch. Er hob einen bestiefelten Fuß und trat zu, dreimal, viermal. Dann war er drinnen.

»Benedict.« Rosamund kauerte unter dem Fenster, nur in ein Unterkleid gehüllt, und vor Angst und Rauch strömten Tränen aus ihren Augen. »Ihr seid mich retten gekommen.« Sie verfiel in ersticktes, krächzendes Husten und Schluchzen.

Palmer eilte zu ihr und packte sie am Arm. »Wir müssen hier raus. Uns bleibt nur wenig Zeit.«

»Da durch?« Sie riss entsetzt die Augen auf, als sie an ihm vorbei ins brennende Treppenhaus starrte.

»Ja.« Er riss einen kleinen, schweren Wollgobelin von der Wand. »Bedeckt damit Euren Kopf. Haar fängt am leichtesten Feuer.«

Sie befolgte seinen Befehl, bewegte sich aber dennoch nicht. »Ich glaube, ich kann nicht.«

»Ihr könnt.« Er legte ihr einen Arm um die Schultern und zerrte sie in Richtung Treppe aus dem Raum.

Die Flammen loderten höher und wilder als noch Minuten zuvor, als er hindurchgerannt war. Er zögerte einen Augenblick.

Das brennende Holz knarzte laut, gefolgt von einem scharfen, lauten Krachen. Dann brach die Treppe in einer Kaskade aus Funken und Glut einer intensiven neuen Hitzewoge zusammen.

Jetzt gab es keinen Fluchtweg mehr.

Kapitel 13

Palmer zog die schluchzende Rosamund zurück in ihr Zimmer.

»Wir sitzen in der Falle! Wir werden sterben!« Sie hatte einen Hustenanfall und krallte sich die Hand in die Brust.

»Geht zum Fenster«, befahl er mit vom Rauch heiserer Stimme. »Öffnet die Läden. Atmet frische Luft.«

Während Rosamund gehorchte, bemühte sich Palmer, die eingeschlagene Tür zu schließen, um die Hitze- und Rauchschwaden abzuhalten. Er riss einen weiteren Gobelin herunter und stopfte ihn in die beschädigten Kassetten der Tür. Bald würde das keinen großen Unterschied mehr machen.

Die Läden klapperten, als Rosamund sie aufriss, dann keuchte sie auf. »Da unten sind Leute.« Sie beugte sich aus dem Fenster. »Hilfe! Bitte! Wir sitzen hier fest!«

Palmer legte sein Schwert ab und trat rasch zu ihr. Die frische Luft tat seinen Lungen gut.

Drunten im Hof hatten sich Dutzende versammelt. Die orangefarbenen Flammen des Brandes in den unteren Stockwerken erleuchteten ihre bleichen, nach oben gewandten Gesichter.

»Seht!«, rief jemand. »Da oben sind Menschen!«

Es folgten Schreie, Kreischen, Rufe.

»Sie haben uns gesehen, Benedict.« Rosamund umklammerte seinen Arm. »Da sind Männer. Mit Wasser. Wir sind gerettet!«

Palmer hatte die Eimerkette bereits gesehen. »Das hilft nicht gegen diese Flammen«, sagte er. »Wir müssen durch das Fenster entkommen.«

Sie drehte sich zu ihm um, die Augen im ruß- und tränenverschmierten Gesicht weit aufgerissen. »Nein. Wir sind so weit oben …« Sie schlug eine ascheverschmierte Hand vor den Mund und schaute wieder nach unten. »Nein.«

Palmer trat von der Fensteröffnung zurück. Er spürte die Hitze im Gesicht. »Es wird von Minute zu Minute heißer, Rosamund. Dieser Turm ist wie ein Kamin.« Von einem erneuten Hustenanfall geschüttelt trat er an ihr Bett. »Er saugt die Hitze nach oben. Bald wird auch dieses Zimmer brennen.« Er zog das Bett ab.

»Hilfe! Ihr müsst uns helfen!«, schrie Rosamund erneut nach unten, bis ihre Stimme vom Husten brach.

Mit raschen Messerschnitten zerteilte er das Betttuch in breite Streifen. »Spart Euch den Atem, Mylady. Sie können nichts für uns tun.«

»Sie müssen.« Ihre Stimme war nur noch ein Flüstern.

Rasch knotete er die Streifen zu einem improvisierten Seil zusammen. Er prüfte die Knoten mit den Händen und trat wieder zu Rosamund. Sie zitterte am ganzen Leib, war blass und sah aus, als würde sie gleich in Ohnmacht fallen.

Von jenseits der beschädigten Tür erklang eine Reihe dumpfer Geräusche.

Sie hielt den Atem an und sah ihn hoffnungsvoll an. »Rettung?«

Palmer schüttelte den Kopf und hustete. »Ich denke eher, die andere Treppe ist der ersten gefolgt. Mehr Brennstoff.« Brennstoff, der auch die Leichen der Wachen umfasste. Gebe Gott, dass sie schon tot gewesen oder nie mehr richtig zu sich gekommen waren. »Ein Grund mehr, uns zu beeilen.« Er schlang sich ein Ende seines improvisierten Seils um eine Schulter und die Brust. Dann legte er das freie Ende um Rosamunds Taille und verknotete es fest.

Sie keuchte und zerrte mit den Händen daran. »Nein, Benedict. Nein! Das dürft Ihr nicht tun.«

»O doch.« Er beugte sich aus dem Fenster und holte so tief Luft, wie er konnte. »Ihr da unten!«

Die Rufe verstummten, als die Leute auf seinen Zuruf hin nach oben schauten.

»Ich lasse Lady Rosamund hinunter. Tretet zurück!«

»Zurücktreten? Sollten sie nicht beisammenstehen, um mich aufzufangen? Ich bin …«

Palmer hob sie aufs Fenstersims.

Sie kreischte und kratzte nach seinem Gesicht. »Ihr werdet mich umbringen!«

Von unten ertönten Schreie.

»Guter Gott!«

»Lady Rosamund, sie wird fallen!«

»Sie wird sterben!«

»Ich versuche, Euch das Leben zu retten.« Palmer schob sie über den Rand, doch sie klammerte sich an sein Wollwams.

»Nein, nein, nein!«

Er machte die Knie und den Rücken steif, um das Gewicht, das sie gleich plötzlich würden tragen müssen, besser abfangen zu können, löste ihre Finger aus seinem Wams und packte ihre Handgelenke. Dann stieß er sie heftig von sich.

Mit einem schrillen Schrei fiel sie.

Keine zwei Schritte tief.

Er hatte sie. Er sah nach unten, wo sie unter ihm hing, die Hände um das Seil gekrallt, das sich straff von ihrer Hüfte zu der Schlinge um seinen Oberkörper erstreckte.

Sie legte den Kopf in den Nacken und kreischte zu ihm empor: »Ich hoffe, Ihr verrottet in der Hölle!«

Er gab Seil nach.

Rosamund kreischte wieder laut, als sie ein Stück fiel, und Schreie und Rufe der Menschen drunten bildeten ein Echo der ihren.

Er hatte sie noch immer. Von der Hitze und der Anstrengung war er schweißgebadet. Zehn Längen, schätzte er. Dann wäre sie unten. Jemand, der über gesunden Menschenverstand verfügte, würde sie losbinden, und er würde selbst an dem Seil hinunterklettern können. Er wandte den Kopf, um sich rasch noch einmal im Zimmer umzusehen, während er vorsichtig immer mehr Seil nachgab. Das Bett schien stabil genug zu sein, um sein Gewicht zu tragen, wenn er es richtig an der Wand unter dem Fenster verkeilte.

Das Seil in seinen Händen ruckelte, und er fluchte. Hatte Rosamund irgendetwas Dummes versucht?

Erneut erklangen Schreie. Dann das unverkennbare Geräusch reißenden Stoffs.

»Benedict!«

Er beugte sich vor, um nach ihr zu sehen. Verflucht, das Betttuch hielt nicht, und Rosamund baumelte erst auf knapp halbem Weg über dem Boden.

Sie warf den Kopf in den Nacken, um zu ihm aufzuschauen. »Schnell! Lasst mich hinunter! Das Seil reißt!«

Palmer spannte die Schultern an, um kräftig zu ziehen. »Nicht runter. Wieder hoch. Helft mir, indem Ihr Euch mit den Füßen an der Wand abstützt.« Das würde schneller gehen, sie war ihm näher als dem Boden.

Ein weiteres reißendes Geräusch provozierte eine Woge neuer Schreie aus dem Hof.

»Lasst mich hinunter, lasst mich hinunter!« Rosamund senkte den Kopf, um den Menschen unter ihr etwas zuzuschreien, und strampelte wild.

Panik drohte sie zu überwältigen, wodurch das Betttuch noch schneller riss.

Seine Brust brannte von der Anstrengung in der raucherfüllten Luft, seine verschwitzten Handflächen rutschten an dem schweißdurchtränkten Gewebe ab. Er würde sie niemals hochgezogen bekommen. »Seht mich an, Mylady.« Er musste ihren Blick von dem Sturz abwenden, ihr einen letzten Moment der Hoffnung geben.

Sie hob den Blick und sah ihm in die Augen. »Helft mir.«

»Ihr wisst, dass ich das tun werde.« Eine Lüge, ehe ihr Schädel auf dem Pflaster des Hofes barst und ihre Knochen brachen.

Er sah sich an, wie weit es nach unten ging. Sie würde sofort tot sein. Plötzlich flammte drunten in der Dunkelheit ein Licht auf. Weitere Flammen schlugen aus dem Turm. Da sah er es. Ein Stückchen weiter links. Ein Wagen voller Stroh.

Palmer versetzte das Seil in heftige Schwingung, es ruckte und riss endgültig.

Rosamund fiel lautlos, mit dem Rücken nach unten, stumm vor Entsetzen.

Palmer sah ihr die ganze Zeit in die Augen, während von unten ein Chor von Schreien erklang. Ihr letzter Anblick sollte nicht sein, wie er sich abwandte.

Sie landete auf dem Stroh, und von dem Aufprall kippte der Wagen um. Sie wurde zu Boden geschleudert. Schrille Schreie hallten durch die Nacht.

Der Aufprall musste teuflisch wehgetan haben, aber Rosamund Clifford lebte.

Menschen, die von ihren Versuchen, das Feuer zu löschen, mit Ruß und Asche bedeckt waren, eilten ihr zu Hilfe. Stanton führte sie an, aber Rosamund klammerte sich hysterisch an ihre alte Dienerin Lucine.

Mit einem raschen Knistern fing der Gobelin, den er in die Tür gesteckt hatte, Feuer.

Palmer hustete erneut. Die Flammen waren jetzt bei ihm im Zimmer. Jeder Atemzug schmerzte. Er musste hier heraus.

Er beugte sich weiter aus dem Fenster, um sich den Stein im ständig wechselnden Licht genauer anzusehen, strich mit den Händen darüber und suchte nach nutzbaren Rissen oder Spalten. Er musste versuchen, hinabzuklettern. Seine Hand fuhr zu seinem Messer. Es konnte ihm vielleicht etwas bringen, wenn der Mörtel alt war. Das Langschwert würde ihm nicht weiterhelfen.

»Palmer!« Geoffreys unverkennbares Brüllen übertönte das Chaos im Hof.

Der Sohn des Königs stand neben dem Wagen, den man wieder aufgerichtet hatte. Er wies auf eine Gruppe von Männern, die ihn unter das Fenster schoben, und rief wieder nach oben. »Springt, Mann! Das ist Eure einzige Chance!«

»Ich klettere runter!«

»Seid kein Narr! Diese Steine werden Euch nicht tragen, und aus jeder Mauerlücke schlagen Flammen!«

Der Gobelin brannte lichterloh und verströmte Schwaden neuen, übel riechenden Rauchs. Helle, lange Flammenzungen schossen daraus hervor.

Palmer beugte sich weiter hinaus und versuchte, frische Luft zu bekommen. Vergebens. Die ganze Welt versank in Hitze, er ertrank darin. Seine Brust tat jetzt so weh, dass es ihm die Kraft aus den Gliedern sog. Er würde es niemals schaffen, hinabzuklettern, selbst wenn der Stein ihn trug.

Der Sprung war seine letzte Hoffnung.

»Kommt schon, Palmer!« Geoffrey winkte heftig in Richtung des Wagens.

Palmer zögerte.

Die Hälfte des Strohs war herausgefallen, als er bei Rosamunds Aufprall umgekippt war. Sie war viel leichter und kleiner als er, und sie hatte, als sie gefallen war, schon die Hälfte des Weges zum Boden hinter sich gehabt.

Geoffrey rief erneut. »Das ist Eure einzige Chance, Mann!«

Die Chance war nicht gut genug, nicht aus dieser Höhe. Er wollte lieber versuchen zu klettern. Wenn er auch nur ein Stück weit nach unten gelangte, hatte er vielleicht im Stroh Glück. Palmer machte sich daran, über das Sims zu steigen, und löste dabei die nutzlosen Überreste des Bettlakens von seinen Schultern. Er wollte nicht, dass sie ihm in den Weg gerieten. Angewidert warf er sie zu Boden. Die edlen Betttücher des Königs trugen nicht einmal eine grazile Frau.

Betttücher.

Das Bett. Er duckte sich wieder ins Zimmer und huschte darauf zu. Hitze attackierte sein Gesicht und seine Brust. Er schnappte sich die dicke, weiche Daunenmatratze und zerrte sie ans Fenster, wobei er so heftig hustete, dass er Magenkrämpfe bekam.

Mit beinahe kraftlosen Armen wuchtete er die Matratze aufs Fenstersims, umklammerte sie, so fest er konnte, und schaute nach unten.

Geoffrey blieb der Mund offen stehen. »Was tut Ihr, Mann?«

»Tretet zurück.« Palmer rang nach Luft. »Es sei denn, Ihr denkt, ein Bischof sei ein guter Landeplatz.«

Er schob die Matratze hinaus und kippte damit über den Rand.

* * *

Wenn er in einer kalten Morgendämmerung in seiner zugigen Hütte aufgewacht war, hatte Palmer die Kälte oft verflucht. Jetzt nicht mehr. Er ging über den Hof in Woodstock und genoss jede frische, saubere Brise, die der Wind zu ihm trug. Der Turm glomm noch und war in beißenden Rauchgeruch gehüllt. Viele Männer waren im Inneren und um ihn herum beschäftigt. Er erkannte Lewis, den Aufseher der Tätigkeiten am Labyrinth, und begrüßte ihn mit einem Nicken.

»Habt Ihr die ganze Nacht durchgearbeitet?«

»Ja, Sir.« Auch das ascheverschmierte Gesicht des Mannes war von Müdigkeit gezeichnet. »Wir haben mit dem Wasser getan, was wir konnten, was nicht viel war. Haben verhindert, dass es sich ausbreitet. Was für ein Glück, dass es windstill geblieben ist.«

Er hob die Stimme und rief einer Gruppe, die mit langen Eisenhaken geschwärztes Holz aus der Tür des Turms zog, zu: »Passt auf, dass es keinen Funkenflug gibt, hört ihr?« Dann löste er eine Lederflasche von seinem Gürtel und nahm mehrere Schlucke. »Das ist alles noch glühend heiß. Kann man noch nicht anfassen.«

Palmer nickte und musste husten, heftig und lang. Er hatte in den wenigen verbleibenden Nachtstunden keinen Schlaf gefunden. Sein Blut war nicht nur noch von seinen Bemühungen, sich und Rosamund zu retten, in Wallung gewesen, er hatte auch Brustschmerzen von all dem Rauch gehabt, den er eingeatmet hatte. Sein Speichel war noch immer so schwarz wie das verbrannte Holz. »Habt Ihr irgendeine Ahnung, wie das Feuer angefangen hat?«

Lewis zuckte die Achseln. »Höchstwahrscheinlich wie fast alle. Kerze. Funkenflug aus dem Kamin.« Er reichte Palmer seine Wasserflasche.

»Danke.« Er nahm einen tiefen Schluck.

»Schätze, Ihr werdet den Dank des Königs erhalten, Sir. Der ganze Palast spricht immer noch davon, was Ihr für Lady Rosamund getan habt.« Er sah Palmer abschätzend an. »Noch dazu in ihrem Zimmer.«

Palmer verstand die Anspielung. »Die Leute sollen reden, was sie wollen. Ich bin aufgewacht, habe die Flammen gesehen und bin hochgelaufen, um sie herauszuholen.«

Lewis tippte sich an die Mütze. »Daran hatte ich keinen Zweifel, Sir Benedict – und wie Ihr sie herausgeholt habt! Wie Ihr es heraus geschafft habt!« Er stieß einen langen Pfiff durch die Zähne aus. »Ich glaube, ich hätte für diesen Sprung nicht den Mut besessen.«

Palmer gab ihm die Flasche zurück. »Feuer hat so seine Wege, Menschen zu ermutigen.«

Lewis lachte leise. »Das möchte ich lieber nicht ausprobieren.«

»Ich hätte es mir auch nicht ausgesucht. Aber ich bin gesprungen. Jetzt fühle ich mich, als hätte ein Pferd monatelang auf mich eingetreten. Ich hatte großes Glück, dass mir nicht mehr passiert ist.« Palmer senkte die Stimme. »Habt Ihr bisher nur Holz gefunden? Auf dem Weg nach oben waren da zwei Wachen auf der Treppe. Man hatte beide überwältigt. Ich bezweifle, dass sie es heraus geschafft haben.«

»Wir wissen, dass zwei Wachen fehlen.« Lewis schüttelte den Kopf. »Die Männer haben schon gesagt, sie hätten etwas gerochen. Sie finden sie sicher bald.«

Die Glocke der Kapelle verkündete das Ende der Messe.

Gottesdienstbesucher, leise ins Gespräch vertieft, strömten aus dem Portal. Viele bekreuzigten sich auf dem Weg am Turm vorbei. Jeder wusste Bescheid.

Auch Palmer bekreuzigte sich.

»Palmer.« Geoffrey kam herüber, wie üblich nach dem Gottesdienst in ein Messgewand gekleidet. »Auf ein Wort.«

»Natürlich.« Palmer überließ Lewis wieder seiner Arbeit und folgte Geoffrey, der ihn in einen nahe gelegenen schmalen Durchgang zwischen Burgküche und Brauerei winkte.

Geoffrey riss die Tür der leeren Brauerei auf. »Rein da.«

Palmer trat mit ihm zusammen ein und fragte sich, warum Geoffrey ihm im Geheimen danken wollte.

Geoffrey schloss mit dem Fuß die Tür. Dann war seine Hand an Palmers Kehle. »Erklärt Euch, Ihr Hundesohn. Auf der Stelle.«

Sein fester Griff brachte Palmer wieder zum Husten. »Was denn erklären?« Er versuchte, Geoffreys Griff zu lockern, aber er war noch nicht wieder ausreichend bei Kräften.

Geoffrey schüttelte ihn heftig. »Erklärt jeden Augenblick Eurer Unternehmungen der vergangenen Nacht.« Er schüttelte ihn noch heftiger. »Vor allem die, die Euch in Rosamunds Schlafgemach geführt haben, Ihr geiler Schuft.«

Die Beleidigung gab Palmer Kraft. Er riss sich von Geoffrey los. »Berührt mich noch einmal, und ich schicke Euch zu Boden.« Er hustete unablässig, funkelte Geoffrey aber an, bis dieser den Blick abwandte.

Geoffrey ging ihn kein weiteres Mal an. »Der ganze Hof hat gesehen, wie sie ihren ritterlichen Helden angeschmachtet hat und dass Ihr mit ihr getanzt habt.« Er schnaubte. »Und *wie* Ihr getanzt habt. Unglücklicherweise bricht dann ein Feuer aus, und sie sitzt in der Falle. Oh, und Ihr auch. In Kniehosen und Unterhemd. Ich frage mich, wie Ihr dort hingekommen seid.«

»Indem ich in meinem eigenen Zimmer aufgewacht bin. Indem ich die Flammen im Turm gesehen und Alarm geschlagen habe. Indem ich mich durch das Feuer die Treppen hochgekämpft habe.« Palmer unterdrückte den Drang, den Bischof niederzuschlagen, der ihn finster anblickte. »So bin ich dorthin gekommen. Meiner Treu, ich dachte immer, nur Hohlköpfe verbreiten Klatsch. Von Euch hätte ich das nicht erwartet.«

»Eine hübsche Geschichte, die sie zweifellos bestätigen würde. Sie ist vielleicht gedankenlos, aber nicht dumm. Aber es ist eine jämmerliche Geschichte. Etwas Besseres ist Euch nicht eingefallen?«

»Die Glocke hat den ganzen Palast geweckt.«

»Eine Glocke, die auch eine meiner beiden tapferen Wachen geläutet haben könnte. Meiner verschwundenen Wachen.« Geoffrey biss die Zähne zusammen. »Ich habe eine Nachricht an Seine Gnaden verfasst, um ihn über Euren Umgang mit Rosamund zu informieren. Ich glaube, er wird sich einen anderen Gartenbaumeister suchen. Davon ausgehend und in seinem Namen entlasse ich Euch hiermit. Ihr könnt unter den Stein zurückkehren, unter dem Ihr hervorgekrochen seid.«

Palmer hielt seine Wut über das Geschwätz des Mannes im Zaum. Wenn Geoffrey ihn hinauswarf, würde niemand mehr auf Rosamund aufpassen. »Werdet Ihr den König auch informieren, dass es einen weiteren Anschlag auf Rosamunds Leben gegeben hat?«

»Was ist das jetzt wieder für ein Geschwätz, Mann?«

»Eure verschwundenen Wachen sind tot.«

»Leicht zu erraten …«

Palmer unterbrach ihn, indem er die Hand hob. »Als ich den Turm erklomm, fand ich sie beide bewusstlos auf dem Boden vor.«

»Vom Rauch, Ihr Idiot.«

»Ja, da war viel Rauch. Aber die Treppe brannte oberhalb der Stelle, wo sie lagen. Sie hätten viel Zeit gehabt, sich in Sicherheit zu bringen oder einen Rettungsversuch zu unternehmen. Alarm zu geben.«

»Was also ist ihnen widerfahren?«

»Ich weiß nicht. Es war zu dunkel, zu verräuchert. Aber ich würde wetten, man hat sie überwältigt. Das Feuer wurde anschließend bewusst gelegt.«

»Versucht Ihr gerade, Euch eine bessere Geschichte auszudenken, um Eure bequeme Stellung zu behalten?«

»Denkt doch, was Ihr wollt. Ich glaube, dass der Feind, der schon einmal zugeschlagen hat, sich innerhalb des Palastes aufhält.«

»Fieberträume.«

»Ihr könnt dem König die Botschaft senden, dass es nach wie vor jemand auf seine Mätresse abgesehen hat. Oder Ihr könnt eine Mischung aus Klatsch über mich und dem Bericht darüber, wie Ihr mich hier hinausgeworfen habt, schicken. Ihr habt die Wahl.«

»Meine Herren.« Es klopfte respektvoll an der Tür.

Palmer ging hinüber, um aufzumachen.

Lewis verneigte sich. Wenn er sich fragte, warum sie sich in die Brauerei zurückgezogen hatten, ließ er es sich nicht anmerken. »Wir haben die Wachen gefunden.«

Geoffrey marschierte, gefolgt von Palmer, hinaus.

Der Priester des Palastes stand betend da, während zwei Gruppen von Wachen zugedeckte Bündel auf Holzplanken in Richtung Wachhaus trugen. Die Arbeiter verharrten mit respektvoll gesenkten Köpfen, die Mützen in den Händen.

Geoffrey übernahm das Gebet, und jedes seiner Worte klang zornerfüllt.

Palmer bekreuzigte sich erneut und betete ebenfalls. Er hätte sie nicht retten können, sosehr er es sich auch wünschte. Wind kam auf, und er roch den unverkennbaren Gestank verbrannten Fleisches. Ihm drehte sich beinahe der Magen um.

Als die kleine Prozession das Wachhaus betrat, erhob sich das Geräusch von Frauen, die in tiefer Verzweiflung klagten. Frauen und Töchter, die nur noch über verkohlte Überreste weinen konnten.

Palmer wischte sich weiteren schwarzen Ruß von der Nase. Um ein Haar wäre er geendet wie diese armen Kerle, hätte seine geliebte Theodosia nie wiedergesehen. Sie hätte in Trauer die Stimme erhoben, und er hätte sein Versprechen gebrochen gehabt, das er ihr gegeben hatte.

Er würde dieses Versprechen halten. Er würde heimkehren. Aber für den Moment war er seinem Zuhause keinen Schritt näher gekommen.

Kapitel 14

»Bewohner von Cloughbrook, das Böse ist unter uns.« Lord Nicholas Ordells Stimme hallte in der Mittagsluft ein wenig nach. Er stand vor den metallbeschlagenen Holztüren seines großen, steinernen Herrenhauses, Abt Remigius an seiner Seite.

Theodosia war unter den Versammelten, und ihre Hände schlossen sich fester um Toms Schultern, als die Worte des Adligen Keuchen und Gemurmel hervorriefen.

Joan trug Matilde auf einer Hüfte und keuchte ebenfalls laut auf.

»Das Böse.« Abt Remigius tat ernst seine Zustimmung kund, was erneut heftiges Gemurmel auslöste.

Joans und Theodosias Blicke trafen sich, eine wortlose Aufforderung Joans, ebenso zu reagieren wie die anderen.

Theodosia schlug eine Hand vor den Mund und tat mehr schlecht als recht so, als sei sie schockiert. Sie hatte stündlich mit der Entdeckung der verstümmelten Vögel gerechnet und sich kaum auf etwas anderes konzentrieren können.

Joan hatte vergeblich versucht, sie zu beruhigen.

Wie von Theodosia befürchtet, hatte die Nachricht sie am frühen Morgen ereilt. Das gesamte Dorf hatte sich versammeln sollen. Es gab keine Ausnahmen. Ordells Leute hatten dafür gesorgt, dass jeder Einzelne sich vor seinem Herrenhaus einfand, damit er zu den Menschen sprechen konnte, von Dörflern, die Theodosia vom Sehen gut kannte, bis zu unbekannten Gesichtern aus den entlegensten Ecken seiner Ländereien. Alle standen sie auf dem Hof, in fünf, sechs Reihen und an manchen Stellen bis zu den Scheunen, Ställen und Molkereigebäuden, die den Hof umschlossen.

Der Adlige fuhr fort: »Es hat Prophezeiungen gegeben, die uns vor dieser Zeit gewarnt haben. Nun sehen wir, wie sie eintreten: infizierte Luft, durcheinandergekommene Jahreszeiten. Sterbende Kühe und Schafe. Selbst mein Verwalter und Büttel ist im vergangenen Winter der Seuche erlegen.«

Er bekreuzigte sich mit großen Gesten. »Nun hat in diesem Jahr, 1176 nach Christi Geburt, die Hölle ihre Tore ein weiteres Mal geöffnet und uns eine neue Plage gesandt.« Er ließ den Blick über die Menge schweifen, sein schmales Gesicht war gerötet. »Die Plage der Hexerei.«

Rufe, Gebete und Entsetzensschreie ertönten aus der Menge. Theodosia sah Joan an, deren Gesicht stoisch war, und diese schüttelte kaum wahrnehmbar den Kopf. Tom spähte zu Theodosia empor. »Was ist eine Plage?«

Theodosia legte einen Finger an die Lippen. »Still. Seine Lordschaft spricht.«

Ordell hob Stille heischend die Hand, und sofort wurde es ruhig. »Einer meiner Männer hat, als er bei Tagesanbruch meine Hunde ausführte, tief in den Wäldern eine grässliche Entdeckung gemacht. Ich habe nach Abt Remigius geschickt, damit er mir hilft, seine Funde in Augenschein zu nehmen. Er stimmt mit mir überein. Vater Abt?«

»Gewiss.« Remigius spitzte die schlaffen, feuchten Lippen. »Denn wir haben Beweise für Götzendienst gefunden, für diabolische Opfergaben an die Bäume.« Er berührte mit einer

Hand das große Kruzifix, das er am Hals trug. »Dafür wurden das Blut und die Eingeweide vieler, vieler Vögel verwendet.«

Die empörten Rufe wurden lauter, zorniger.

Theodosia bekreuzigte sich. Sie hatte mit alldem nichts zu tun, aber ein böser Mensch hatte diese Taten begangen.

»Dann wird es schlimmer, Herr!« Der Ruf einer in Theodosias Nähe stehenden Frau, die auf dem monatlichen Markt Wäscheklammern verkaufte.

»Nicht nur, dass die Tiere sterben.« Ein weiterer Ruf, diesmal von einem Fremden mit hartem Gesicht.

»Es wird auch ihr Blut vergossen.« Noch einer – vom Schmied, der eine neue Angel für ihre Tür gemacht hatte.

Theodosia sah, wie sich Blicke ihr zuwandten. Schweiß bedeckte ihr Gesicht und ihren Nacken. Die Schuldzuweisungen waren so sprunghaft, konnten leicht sie treffen.

»Es mag schon schlimmer geworden sein.« Remigius' ernster Tonfall rief eine angespannte Stille hervor. »Doch wir fürchten, die Situation könnte sich noch mehr verschlechtern. Etwa wie im Fall der Hexe von Berkeley.«

»In der Tat«, sagte Lord Ordell. »Ich habe eine Abschrift des wahrheitsgemäßen Berichts darüber in meiner Manuskriptsammlung: eine Frau, die vor über einem Jahrhundert gelebt hat und der Hexerei verfallen war. Sie kannte sich mit dieser Erfindung des Teufels gut aus und vergoss gerne Blut. Jahrelang schwelgte sie in ihren finsteren Begierden und wurde zum Gefäß aller Sünden, die die Menschheit kennt.«

»Wir wissen um den Fehler, den die guten Christen von Berkeley begingen.« Der Abt hob warnend einen Finger. »Sie setzten ihren Übeltaten nicht rechtzeitig ein Ende. Stattdessen ließen sie sie gewähren.«

»Kurz gesagt«, ergänzte Ordell, »sie waren zu weich.«

»Sie haben in ihren Pflichten als Soldaten Christi versagt«, fuhr Remigius fort.

»Aber im Gegensatz zu ihnen scheuen der gute Abt und ich nicht vor den Anfeindungen des Teufels zurück.« Ordell ließ den Blick über die totenstille Versammlung schweifen. »Genauso wenig wie meine Frau. Während wir hier sprechen, betet sie in unserer Kapelle Stunde um Stunde am Schrein des heiligen Thomas Becket selbst. Darum, dass er uns Kraft gewähren möge.«

Theodosias und sein Blick trafen sich kurz. Ihr Gesichtsausdruck war vollkommen gefasst, als sei sie noch immer eine Klausnerin der Kirche.

Er fuhr fort: »Aus diesem Grunde ordne ich eine komplette Durchsuchung des gesamten Dorfes und meiner Ländereien an. Jedes Haus, jeder Heuhaufen, jeder Graben. Wir werden den Übeltäter finden und ihm ein für alle Mal das Handwerk legen. Wir beginnen morgen früh. Ich bitte euch alle, heute Nacht euer Gewissen zu prüfen. Wenn ihr Sünde auf euch geladen habt, dann meldet euch, und spart uns die unerfreuliche Mühe, euch aufzuspüren.« Ordell zeigte anklagend auf die Menge. »Denn wir werden die Schuldigen aufspüren. Wir werden nicht ruhen, bis wir sie gefunden haben!«

Die Menge jubelte.

»Gott sei gepriesen für Lord Ordell!«

»Gott sei gepriesen für unseren gesegneten Abt!«

Theodosia blickte geradeaus, während ihr eine schreckliche Erkenntnis kam.

»Jetzt ab nach Hause, Leute!«

Die Versammelten gehorchten Ordells Befehl, und ihr Gedränge und Geschiebe wurde nur von den großen Worten gebremst, mit denen sie einander zuriefen, was sie mit dem Übeltäter anstellen würden, wenn sie ihn erst einmal gefunden hatten.

Aber Theodosia stimmte nicht ein. »Komm, Tom.« Sie brach auf, ging raschen Schritts im Takt ihres klopfenden Herzens.

»Theodosia! Langsam.« Joan, die immer noch Matilde trug, rückte dicht neben sie und passte sich ihrem Tempo an.

»Ich muss heim.« Theodosias Zischen war nur für Joan bestimmt.

»Nicht ärgern, Schwester.« Joan hakte sich bei ihr unter und sagte mit leiser Stimme: »Wir haben die Eier vernichtet. Ordell und der Abt haben nichts gegen dich in der Hand außer den Ausgeburten ihres eigenen Geistes.« Sie lachte kurz und humorlos. »Obwohl ich zugebe, dass die eine ganz schöne Herausforderung darstellen können.«

Theodosia schüttelte den Kopf. »Es gibt noch mehr zu finden. Viel mehr.« Sie lief schneller.

Heim. Sie musste heim.

* * *

»Seine Lordschaft verlangt nach Euch, Sir Benedict. Er ist in der Halle.«

Palmer dankte dem Diener und eilte die breite, mit Schnitzereien verzierte Treppe von Woodstock hinauf.

Stanton war wieder da. Palmer hatte ihn mit eigenen Augen auf den Hof reiten sehen. Natürlich war der Kurier direkt zu Geoffrey geeilt. Damit hatte er gerechnet. Jetzt würde er, Palmer, sein von Heinrich dekretiertes Schicksal erfahren. Wenn man ihn, wie es Geoffrey gewollt hatte, wegschickte, käme ihm das am meisten zupass. Er konnte zu seiner Familie, zu Theodosia zurückkehren.

Doch sein Versagen würde ihm zu schaffen machen. Der König hatte ihm etwas aufgetragen, was er nicht erledigt haben würde. Es würde außerdem Rosamund einem sehr großen Risiko aussetzen. Er konnte sie nicht einfach im Stich lassen.

Palmer erreichte die geschlossenen Türen der Halle.

Ein Diener öffnete sie für ihn, ließ ihn ein und schloss sie hinter ihm wieder. Geoffrey stand mit Stanton in einer breiten, sonnendurchfluteten Fensternische. Rosamund saß auf einem Kissen auf der Fensterbank, das Licht schimmerte auf ihrem langen, goldenen Haar.

Palmer trat hinzu, verneigte sich vor Rosamund und wandte sich an den Bischof. »Ihr habt mich rufen lassen, Geoffrey?«

»Ja. Seine Gnaden wäre gern persönlich gekommen, wird aber von Fragen von Wichtigkeit für die Krone aufgehalten.« Geoffrey hob einen Brief. »Er hat Stanton Befehle mitgeschickt, die ich gelesen habe und Euch jetzt mitteilen muss.«

Er öffnete den Brief und las ihn kopfschüttelnd erneut. »Seine Gnaden ist besorgt, weil jemand in Woodstock Lady Rosamund schaden möchte. Er hat angeordnet, dass Lady Rosamund und der unverzichtbarste Teil ihrer Entourage ins Frauenkloster Godstow verbracht werden.«

»In ein Frauenkloster?« Rosamund setzte sich kerzengerade hin. »Ich?«

Geoffrey rollte den Brief wieder zusammen. »Offenbar. Ich soll Euch begleiten. Genau wie Palmer und Stanton.«

Eine Veränderung seines Aufenthaltsortes. Aber er würde nicht heimgehen. Geoffrey sah genauso erfreut über Heinrichs neueste Idee aus, wie Palmer sich fühlte, während Stanton glücklich lächelte.

Rosamund lächelte nicht. »Das ist absurd.«

»Passt auf, was Ihr sagt, Madam.« Geoffrey umfasste den Brief fester. »Es steht Euch nicht an, die Entscheidungen des Königs infrage zu stellen.«

Rosamund verschränkte die Arme und warf ihm einen aufsässigen Blick zu, wobei sie mit dem Fuß vernehmlich auf den Steinboden klopfte.

Geoffrey fuhr fort: »Das Frauenkloster Godstow ist ein geweihter Ort. Heinrich geht regelmäßig hin, um dort zu beichten und Buße für die Ermordung des heiligen Thomas Becket zu tun.«

»Jede Woche.« Stanton nickte. »Wenn er nicht kann, schickt er mich, um die Äbtissin zu informieren.«

»Danke, Stanton«, sagte Geoffrey. »Wir alle wissen, dass der König Euch diese Aufgabe zugedacht hat.« Er verdrehte die Augen. »Godstow ist vielleicht ein geweihter Ort, aber auch ein sehr sicherer. Der König bewahrt in der dortigen Kapelle die Phiole mit dem Blut des heiligen Thomas Becket auf.«

»Soll ich dann auch in der Kapelle aufbewahrt werden?«, fragte Rosamund.

Palmer schaltete sich ein, ehe Geoffrey Rosamund wieder anfahren konnte. »Dann wünscht der König, dass ich Arbeiten auf dem Gelände eines Frauenklosters beaufsichtige?«

»Nein. Er glaubt, man könne sich darauf verlassen, dass Ihr dafür sorgt, dass Rosamund nichts geschieht.« Geoffrey ließ Palmer nicht aus den Augen.

Palmer gestattete sich ein knappes Lächeln. »Das Vertrauen Seiner Gnaden ehrt mich.«

»Mich nicht!« Rosamund erhob sich wütend. »Wenn ich in so großer Gefahr bin, sollte ich an der Seite des Königs sein, nicht mit Nonnen als einziger Gesellschaft lebendig auf dem Land begraben.« Sie deutete mit großer Geste auf Stanton. »Ich verlange, dass er dem König diese Botschaft überbringt.«

»Ihr vergesst Euch, Madam!« Geoffreys barsche Worte brachten sie zum Schweigen. »Wir haben unsere Befehle. Die befolgen wir. Denkt daran: Huren fordern nichts und bekommen nichts.« Er zeigte drohend mit dem Finger auf sie. »Nichts.«

Bei seinen Worten erbleichte Rosamund.

Geoffrey holte tief Luft und fasste sich wieder. »Jetzt geht alle, und macht Euch reisefertig. Wir brechen morgen nach Godstow auf.«

* * *

»Tom, geh damit nach draußen, und zeig Matilde, wie es funktioniert.« Theodosia gab ihm den kleinen Holzreifen, den Benedict den langen Winter über für ihn geschnitzt hatte.

Ihr Sohn tat, wie ihm geheißen, offenbar froh, dass er zur Abwechslung einmal draußen spielen durfte.

»Aber entferne dich mit deiner Schwester nicht weiter als fünf Schritte vom Haus. Hörst du?« Theodosia wartete sein Nicken ab, dann schloss sie die Tür, um unbeobachtet zu sein.

Joan erhob sich stirnrunzelnd und stützte die Hände in die Hüften. »Jetzt bin ich aber gespannt. Was um alles in der Welt magst du hier versteckt haben, das Ordell nicht finden soll?«

Theodosia zögerte. Ihr Herz raste noch immer. »Vielleicht wäre es besser, wenn ich dich auch zu gehen bitte.«

»Gehen?« Joan war bestürzt. »Du willst mich hinauswerfen?«

»Nein, nein.« Theodosia lächelte trotz ihrer Angst. »Nichts dergleichen. Ich wüsste nicht, wie ich ohne deine Hilfe auskommen sollte.«

»Gut. Ich bin nicht versessen darauf, wieder auf der Straße zu leben.«

»Es ist nur … Ich besitze gewisse …«, sie schluckte schwer, »Dinge, die du nicht sehen solltest. Doch ich muss sie vor Lord Ordell verbergen. Er darf sie auf keinen Fall entdecken.«

»Theodosia, du sprichst noch immer in Rätseln. Wenn du etwas vor mir geheim halten willst, sag es einfach. Dann begebe ich mich raus zu Tom und Matilde.« Joan runzelte die Stirn. »Aber das mit der Hexerei ist bei Ordell zu einer Besessenheit geworden. Er und seine Männer werden alles auf den Kopf stellen. Wenn du also etwas verstecken willst, sorge besser dafür, dass sie es unter keinen Umständen finden.«

»Das werde ich.« Theodosia hatte ihre Entscheidung getroffen. Joan durfte es nicht wissen. »Ich glaube, es wäre tatsächlich das Beste, wenn du hinausgehst. Zu deinem eigenen Schutz.«

»Nun gut.« Joan wandte sich zur Tür. »Lass es mich wissen, wenn du Hilfe brauchst, um ans Dachstroh heranzukommen.«

»Joan. Hör auf.« Theodosia starrte sie entgeistert an. »Woher wusstest du, was ich vorhabe?«

Joan blieb stehen. »O Theodosia Palmer. Du bist so eine schlechte Lügnerin. Während wir uns unterhalten haben, hast du nach oben gesehen und mir so verraten, wo du etwas zu verstecken gedenkst.« Sie seufzte mit einem kleinen Lächeln. »So auffällig, wie wenn eine Maus Getreide in ihrem Nest verbirgt. Ordells Männer wären dir innerhalb von fünf Minuten auf die Schliche gekommen.«

Theodosia schlug die Hände vors Gesicht. »Das war mir nicht klar.«

»Weil du bisher nie lügen musstest.«

Oh, wenn Joan nur gewusst hätte, was Theodosia in Wirklichkeit für eine gute Lügnerin war. Doch diesmal war es ihr nicht gelungen. »Was soll ich nur tun? Ich werde so viele Menschen bloßstellen.« Den König. Ihre Mutter. Benedict. *Die Kinder.* Sie verdrängte diesen unvorstellbaren Gedanken. »So viele.«

»Dann lass mich dir helfen.« Joan legte ihr eine Hand auf den Arm. »Wir werden einen Weg finden, wie du nicht lügen musst.«

Theodosia nickte in wortloser Dankbarkeit dafür, diese Last nicht allein tragen zu müssen. »Einen Augenblick.«

Joan nahm die Hand weg.

Theodosia ging an ihr vorbei zu dem Lager hinüber, das sie mit Benedict teilte. Aus dem schmalen Spalt zwischen Bett und Wand zog sie einen fadenscheinigen, zurechtgeschnittenen Getreidesack hervor, der von einer alten Kordel zusammengehalten wurde.

Sie legte ihn aufs Bett, löste die Kordel und verteilte den Inhalt auf der Decke. Da waren sie, sicher wie eh und je: das Stundenbuch ihrer Mutter und ihre gesammelten Briefe von Heinrich. »Ein Teil meines Geheimnisses, Joan. Benedicts Geheimnis.«

Joan holte tief Luft. »Theodosia. Ich kann nicht lesen. Aber ich erkenne das königliche Siegel, und dieses Gebetbuch ist mehr wert als das halbe Dorf.« Ihr völlig verwirrter Blick fand Theodosias. »Wer bei allen Heiligen bist du?«

»Das kann ich dir nicht sagen. Aber deshalb leben Benedict und ich so. Wenn jemand unsere wahre Identität erführe, wären wir in Lebensgefahr.«

Joans Miene hellte sich auf. »Er ist jetzt Sir Benedict Palmer, oder? All das Gerede zu Ordell, von wegen, er könne nicht kämpfen. Das war alles nur dummes Zeug. Nicht wahr?«

»Das weiß ich nicht.«

»Dein Gesicht sagt etwas anderes.«

»Bitte provoziere mich nicht.«

»Das wollte ich nicht. Aber es ist die Wahrheit.« Joan schüttelte den Kopf. »Ich schätze, du bist nicht in einer ärmlichen Hütte wie dieser geboren.«

»Joan. Bitte.«

Joan nickte vor sich hin, als hätte Theodosia etwas anderes gesagt. »Dann könnte der Inhalt dieses alten Sacks in den falschen Händen sehr gefährlich sein. Richtig?«

»Ja.« Theodosia hatte keine andere Antwort.

»Wir müssen das Zeug vernichten.« Joan drehte sich zum Feuer um.

»Nein.«

»Du würdest dich für Gekritzel auf Pergament in Gefahr bringen?«

»Die Briefe mit dem königlichen Siegel können weg. Aber das Stundenbuch …« Sie unterdrückte die brennenden Tränen.

Ihre einzige Verbindung zu ihrer Mutter nach dem Verkauf ihres kostbaren Kruzifixes an den jüdischen Geldverleiher. Egal – das durfte keine Rolle spielen. »Verbrenn es auch.« Sie schluckte schwer, nahm das Buch und hielt es Joan hin.

Joan warf die Briefe ins Feuer, wo sie in kräftigen, hellen Flammen verbrannten. Dann hielt sie das Stundenbuch hoch. »Aber Theodosia, ich sehe doch, wie traurig dich das macht. Es hat jemandem gehört, den du verloren hast, nicht wahr?«

Theodosia nickte, wagte aber nicht zu antworten.

Auch Joans dunkle Augen waren nun voller Kummer. »Dann weiß ich, wie dir der Verlust des Buches das Herz bricht, denn auch ich habe so viele verloren, die mir lieb und teuer waren. Was sie hinterlassen, wird dadurch noch kostbarer für uns.«

Theodosia streckte die Hand aus, um es ein letztes Mal zu berühren. Ihre Finger strichen sanft über den Umschlag, wie ihre Mutter es getan hätte. »So sei es.«

»Nein.« In Joans Augen blitzte die harte Entschlossenheit, die Theodosia mittlerweile schon kannte. »Wickle es wieder ein. Bind den Sack zu, und gib ihn mir.«

Theodosia gehorchte.

Joan legte sich ihren Mantel um und verbarg das Bündel darunter. »Auch Ordell kann nicht jedes kleinste Stückchen Land durchkämmen. Ich habe auf meinen Reisen Orte gesehen, an denen zu suchen niemandem einfallen würde.«

»Aber wird das funktionieren? Du wusstest, dass ich bezüglich des Aufbewahrungsortes gelogen hatte.«

»Genau.« Joan lächelte. »Wenn du nicht weißt, wo ich es hingetan habe, bleibt dir nur die Wahrheit. Nämlich?«

»Hier ist nichts versteckt.« Theodosia faltete die Hände und holte tief Luft. »Die Wahrheit.«

»Genau.« Joan drückte sie fest an sich.

Theodosia erwiderte die Umarmung. »Danke für dein gutes, gutes Herz. Dafür, dass du verstehst, was mir dieses Besitztum bedeutet.« Ihr geliebtes Kruzifix mochte schon lange verloren sein. Aber dank Joan konnte ihr Stundenbuch, ihr Andenken an die Liebe ihrer Mutter, gerettet werden.

Kapitel 15

Raoul de Faye lächelte erfreut Eleonores Porträt an seiner Wand in Faye-la-Vineuse zu, dessen Farben wieder einmal neu aufgefrischt waren. »Meine Liebe, meine Pläne beginnen, Früchte zu tragen.«

»Heinrich dachte, er hätte gewonnen. Dachte, ein toter Erzbischof würde ihm den Sieg garantieren.«

»In der Tat, meine Königin. Doch er lag falsch.« De Faye suchte unter seiner Robe nach dem Gegenstand, den er immer bei sich trug.

Er zog den Lederbeutel hervor, der oben mit einem stabilen Band fest verschlossen war. Er hatte ihn immer um den Hals hängen, selbst wenn er nachts schlief. Ja, er bewahrte seine Besitztümer ordentlich in Truhen auf und besaß ein Bett, das sich zerlegen und transportieren ließ. Er verstand nur zu gut, wie wichtig es war, nötigenfalls schnell aufbrechen zu können.

Aber manchmal musste man seinen Aufbruch sogar noch überstürzter gestalten. Musste mit nichts als den Kleidern, die man am Leib trug, fliehen. Daher dieser Beutel. Er konnte es sich einfach nicht leisten, seinen Inhalt zu verlieren.

Er löste das Band und zog den kleinen, in dunkelrote Seide gehüllten Gegenstand hervor. Das kostbare Schmuckstück, das seine Liebe an dem Tag tragen würde, da er sie befreite.

De Faye hatte viele Spione. Aber erhalten hatte er es von einem der effizientesten. Eine Dienerin ohne großes Potenzial – hatte er zumindest gedacht.

Diese Dienerin hieß Gwendolyn Prudhomme, und wie sich zeigte, diente sie ihm in der Tat sehr gut.

* * *

Knaresborough, North Yorkshire, England, 1173; drei Jahre zuvor

»Eine Frau wünscht, Euch zu sehen, Herr.«

Raoul de Faye funkelte die Wache, die mit entschuldigend gesenktem Kopf vor ihm stand, irritiert an.

Schlimm genug, dass seine Mahlzeit aus einem Eintopf aus gekochtem Fisch zweifelhaften Ursprungs und noch zweifelhafteren Alters bestand. Schlimm auch der dünne Wein, der wie Essig auf der Zunge war und von dem er einen ganz trockenen Mund bekam. Schlimmer noch war der gekochte Kohl, der Konsistenz und Geruch eines Teichs im Spätsommer hatte.

Die ständige kalte, feuchte Zugluft, die durch einen Riss in der Zeltwand drang, steigerte sein Missvergnügen weiter. Es war so kalt und nass, dass man hätte denken können, es sei Februar, nicht eine Woche vor Ostern im April. Seine hastigen, unbequemen Reisen durch England, um Unterstützung und Hilfszusagen von den Anhängern der Rebellion gegen Heinrich zu erlangen, mochten ihm Eleonores Sympathie einbringen, machten ihn aber schrecklich reizbar.

»Schickt sie fort.« De Faye betrachtete den glitschigen Fisch auf seinem Löffel. »Es sei denn, sie sieht sehr reich aus.« Mahlzeit hin oder her, er brauchte jeden Penny, den er kriegen konnte. Seine Pläne, sowohl den Thron als auch die Königin zu erobern, entwickelten sich hervorragend, kosteten aber ein Vermögen.

»Das tut sie nicht, Herr.«

»Dann kümmere dich um sie, Mann, und keine Störungen mehr, verstanden?«

»Herr.« Der Mann verneigte sich und ging.

Lautstark streitende Stimmen drangen an sein Ohr.

De Faye kaute das schleimige Stück Fisch, das nach Schlamm schmeckte, und runzelte die Stirn. Es bestand aus mehr Gräten als Fleisch.

Die Stimmen wurden lauter, und die Zelttür flog auf. Draußen stand eine zerlumpte Dienerin etwa in seinem Alter.

De Faye hörte auf zu kauen. *Welche Kühnheit.*

»He, Mädchen.« Die Wache hinter ihr versuchte, sie an den Schultern zu packen, doch sie entwand sich dem Mann.

»Herr, ich muss mit Euch reden.« Sie wandte sich direkt an de Faye. »Es wird Euch nicht leidtun, das schwöre ich bei meinem Leben.«

»Schafft mir dieses Weib aus den Augen.« De Faye zog ihr selbst das kärgliche Essen vor.

»Kommt.« Die Wache drehte ihr einen Arm auf den Rücken, und sie kreischte.

»Dann fluche ich auf das Leben des Königs!«

De Faye sah sie wieder an.

In ihren Augen brannte ein Feuer, das entweder völligen Wahnsinn oder die Wahrheit bedeutete.

»Ich werde sprechen, Herr.« Sie nickte in Richtung der Wache und rieb sich finster dreinblickend den Arm. »Aber nicht, solange er hier ist.«

»Eure Zunge muss unbedingt gezähmt werden, Weib«, erklärte de Faye. »Doch ich gewähre Euch eine kurze Audienz. Aber aufgemerkt: Wenn mir nicht gefällt, was Ihr zu sagen habt, werde ich meiner Wache gestatten, Euch zu Brei zu schlagen.«

Ihr Gesicht rötete sich, doch sie zuckte nicht mit der Wimper. »Das ist ein faires Angebot, Mylord.«

»Lass uns allein.«

Die überraschte Wache tat, wie ihr befohlen, und schloss die Zelttür wieder.

De Faye spürte, dass dem Mann der Gedanke gefiel, diese ungezogene Frau in ein paar Minuten seine Fäuste spüren zu lassen. Er empfand genauso und würde zusehen. Eine kleine Ablenkung nach dem ungenießbaren Mahl. »Nun?«

»Was ich Euch zu bieten habe, ist ein Vermögen wert«, behauptete die Frau.

De Faye legte eine Hand auf die Wange und klopfte mit einer Fingerspitze langsam auf die Tischplatte. »Was ist es denn bitte? Ein Schwein, das Ihr auf dem Markt das Vaterunser habt beten hören? Ein Heiliger, der Euren Abtritt repariert hat?«

»Nein, Herr.« Sie senkte die Stimme zu einem Flüstern. »Ein rubinbesetztes Goldkruzifix. Sieht für mich aus wie das einer Frau. Es muss ein Vermögen wert sein.«

De Faye stützte sein Kinn auf die gefalteten Hände. »Zeigt es mir.« Er kannte die Antwort längst.

»Ich habe es nicht.«

Wie erwartet. Sie war eben wahnsinnig. »Genug der Zeitverschwendung. Ihr habt Prügel verdient.« Er holte Luft, um seine Wachen zu rufen.

Die Frau riss die Hände hoch, um ihn aufzuhalten. »Bitte, Herr. Ihr müsst mir glauben. Da sind auch noch andere Reichtümer. Eine Truhe voller Münzen. Ich weiß, wo er sie versteckt und wo er den Schlüssel aufbewahrt. Mein Dienstherr ist Geldverleiher.« Angewidert schürzte sie die Lippen. »Ein Jude namens Manser. Er, seine Frau und seine Blagen behandeln mich wie eine Sklavin …«

De Faye hob eine Hand, um ihr nerviges Gewinsel zu unterbrechen. »Es überrascht mich nicht, dass ein Geldverleiher Geld besitzt, auch wenn es ungewöhnlich ist, dass er ein so wertvolles Kreuz sein Eigen nennt.« Er zuckte die Achseln. »Wer weiß schon, was ein Wucherer so alles ansammelt? Jedenfalls ist es Sache dieses Manser, zu mir zu kommen, wenn er seinen Reichtum der Rebellion stiften will. Jetzt schaff…«

»Aber Herr, was, wenn der Jude dieses Kreuz auf unlauterem Wege erworben hat?«

De Faye trank einen Schluck Wein, während er über ihre Frage nachdachte. Vielleicht bot sich ihm hier wirklich eine Gelegenheit. So viele fürchteten die Juden, hassten sie. Wünschten, jemand würde sie von Gottes christlicher Erde tilgen. Richtig eingesetzt konnte Erpressung ein sehr effektiver Hebel sein. »Fahrt fort. Aber keine weiteren Rätsel. Wenn Ihr meine Neugier nicht innerhalb der nächsten Minute stillt, werde ich meine Wache rufen.«

Das Weib deutete seine Miene richtig. »Ein diebischer Ritter hat ihm das Kreuz verkauft. Es war Winter – der Winter, in dem der heilige Thomas Becket ermordet wurde.« Ihre Worte kamen schnell und präzise. »Eine Gruppe von vier Rittern kam hierher nach Knaresborough. Sie begleiteten Sir Hugh de Morville in seine Burg. Ihr Anführer war Sir Reginald Fitzurse. Auffällig blaue Augen, Herr. Sehr kultiviert.«

De Faye hob erneut die Hand, um sie zu unterbrechen. Fitzurse. Jünger. Bösartig. Ein potenzieller Rivale um Eleonores Zuneigung. »Ich weiß, dass die vier Ritter hier waren.« De Faye sprach mit ihr wie mit einem zurückgebliebenen Kind. »Das weiß die ganze Welt, es ist bekannt, dass König Heinrich sie mit der schrecklichen Aufgabe ausgesandt hatte, Becket zu töten. Nach ihrer ungeschickten Mordtat flohen sie zu de Morville. Eine furchtbare Sünde.«

De Faye bekreuzigte sich extravagant. Die Welt irrte: Eleonore hatte diese Gruppe zusammengestellt und sie auf die

Jagd nach der Nonne innerhalb der Mauern von Canterbury geschickt. Sie waren gescheitert, hatten sich nie mehr bei Eleonore gemeldet. »Der Papst hat sie auf eine zwanzig Jahre währende Bußpilgerfahrt ins Heilige Land beordert.« *Auf Nimmerwiedersehen.* Er lächelte. »Ich bezweifle, dass Sir Reginald Fitzurse auch Kreuze gestohlen hat.«

Die Frau schüttelte heftig den Kopf. »Nein, Herr. Fitzurse jagte den diebischen Ritter. Den fünften Ritter.«

De Faye erstarrte und fragte sich, ob er ihre rau hervorgestoßenen Worte richtig gehört hatte. »Einen fünften Ritter, sagt Ihr?«

Sie nickte. »Einen Ritter namens Sir Benedict Palmer. Er hat sich vor den vier anderen versteckt. Er hatte eine junge Frau bei sich – sagte, sie hieße Theodosia …«

»Still.« De Faye legte rasch einen Finger an die Lippen, dann winkte er sie auf seine Seite des Tisches.

Die Frau gestattete sich ein kleines, triumphierendes Lächeln, als sie neben de Faye trat.

Blitzschnell erhob er sich und presste ihr das Messer gegen die Kehle. »Vergesst die Spielchen, Madam.« Er brachte seinen Mund ganz dicht an ihr Ohr. »Sagt mir ohne Tricks, was Ihr wisst, und vielleicht – aber nur vielleicht – schenke ich Euch das Leben.«

»Palmer war mit dem Mädchen zusammen.« Ihre Augen quollen zwar hervor, doch sie wandte den Blick nicht von ihm ab.

»Ja und?« Die weiche Haut an ihrem Hals gab dem Druck seiner Klinge nach.

»Ich … Ich fand sie in unserem Kuhstall. Sie war halb tot, aber mein Mann, Gilbert, hat ihr das Leben gerettet. Dann bin ich aus dem Haus gegangen, habe gehört, dass Fitzurse eine Belohnung auf Palmer und das Mädchen ausgesetzt hatte. Aber sie sind entkommen. Palmer hat mit dem Geld des Juden ein Pferd gekauft.«

»Euer Mann?« De Faye drückte fester zu.

»Gilberts Dummheit hat ihn umgebracht. Geschieht ihm recht, sage ich. Seine Sturheit hat mich zur Bettlerin gemacht, und alles dank dieser Schlange Palmer.«

Noch fester. Wenn er noch einmal drückte, würde die Klinge tief einschneiden. »Was ist mit Eurer Dummheit, hierherzukommen und Euren Dienstherrn zu verraten, um Euch bei mir einzuschmeicheln?«

Der Druck, den er auf ihren Hals ausübte, brachte sie dazu, die fleckigen Zähne zusammenzubeißen. »Rache ist nicht dumm. Wenn Manser seine Börse geschlossen gehalten hätte, wären Palmer und das Mädchen nie weggekommen. Dann wäre ich reich gewesen.«

Noch immer zitterte sie nicht um ihr Leben. Sie begann, ihn zu interessieren. Ein wenig. »Wie heißt Ihr, trauernde Witwe des Gilbert?«

»Gwendolyn Prudhomme.«

De Faye ließ sie los, und sie richtete sich auf. Die Hand, die an ihren Hals fuhr, schien nicht zu zittern.

Diese Frau wusste so viel. Ja, sie kannte den Aufbewahrungsort dieses sagenumwobenen Kruzifixes. De Faye konnte jetzt erraten, wem es gehört hatte. Er würde es an sich bringen, und das würde zweifellos die Finanzmittel der Rebellion gut unterstützen.

Während er sein Messer wegsteckte, dachte er über sie nach. Sie konnte Theodosia Bertrand identifizieren, was auch andere vermochten und schon getan hatten. Doch sie wusste auch, wie der fünfte Ritter, dieser Benedict Palmer, aussah. Sie hatte keine Ahnung, wie wertvoll dieses Wissen war. »Was würdet Ihr sagen, wenn Ihr nicht sofort eine Belohnung für Eure Informationen bekämet?«

Sie riss die Augen auf, und er sah in ihnen die Angst, die er erwartet hatte. Angst, die bei der nächsten Frage der Freude wich.

»Was, wenn Ihr in meine Dienste treten würdet? Ihr werdet eine Prüfung bestehen müssen, aber die könnte letztlich zu einer großen Belohnung führen. Teil dieser Belohnung ist, dass Palmer und seine Begleiterin für das bezahlen werden, was sie Euch angetan haben.«

Gwendolyn Prudhomme erzählte ihm alles, und im Gegenzug schilderte er ihr, was er von ihr erwartete. De Faye hatte Widerstand erwartet. Sie leistete keinen.

Langsam begann sie, ihn wirklich zu interessieren.

* * *

Gwen Prudhomme stand in der brüllenden Menschenmenge, die sich auf dem Feld außerhalb der Stadt Knaresborough eingefunden hatte. Sie hüllte sich enger in ihren Schal, denn sie fröstelte ob der eisigen Morgenbrise und der dichten grauen Wolken.

Josef Manser überschrie das Toben der Menge. »Verschont wenigstens meine Frau!«

»Wie du Mary Fuller verschont hast? Brenne in der Hölle, Jude!«

Der Wutschrei zu ihrer Linken ließ Gwen beinahe taub werden, genau wie der Chor der Stimmen, der ihm folgte.

Ihr Gesicht blieb reglos. Ihr Werk war beinahe getan. Heute musste sie nur still bleiben und nicht auffallen.

Ganz anders als Josef Manser. Er hatte sich wie von Satan persönlich besessen gegen seine Häscher gewehrt. Vergeblich. Man hatte ihm die Arme seitlich an den Körper gefesselt, und vier starke Männer schleiften ihn durch die wutschäumende Menge.

»Ich habe dem Kind nichts getan! Nichts!«

Die Leute jubelten und brüllten ob seines Geschreis.

Hinter ihm, ebenfalls gefesselt, aber völlig still und mit kreidebleichem Gesicht, kam seine Frau Mirabel. Sie wehrte sich nicht gegen die beiden Männer, die ihre Arme gepackt hatten und sie mit sich zerrten.

»Mörderische Schlampe!« Eine Frau spuckte Mirabel mitten ins Gesicht.

Der Speichel rann gelb über Mirabels weiße Wange. Sie konnte ihn nicht abwischen, verzog aber keine Miene. Eine andere Frau packte eine Handvoll ihrer dunklen Locken und riss sie ihr mit kreischendem Lachen aus. Mirabel stolperte immer noch weiter.

Gwen schob sich an zwei breitschultrigen Frauen vorbei. Sie erkannte sie nicht als Ortsansässige, aber als sich herumgesprochen hatte, dass Juden verbrannt werden würden, waren die Leute von weit her zusammengekommen. Sie brauchte bessere Sicht. De Faye hatte ihr eine klare Aufgabe gestellt und würde genau wissen wollen, was geschehen war.

Alles schien bereit: Die frisch geschlagenen Pfähle staken im Boden, inmitten der hohen Haufen von Reisig, Zweigen und Holzscheiten. Eine Reihe von Männern mit Stöcken säumte den Rand des Scheiterhaufens.

»Wofür sind denn die Kerle da?«, fragte eine der großen Frauen ihre Freundin.

»Schutz«, erwiderte die andere. »Wir wollen doch nicht, dass der Teufel aus der Hölle emporsteigt, um die Bastarde zu retten.«

Die Erste nickte. »Gute Idee. Oder vielleicht ein paar andere Juden. Die können zaubern, weißt du? Können aus dem Nichts auftauchen.«

Ein junger Priester löste sich aus der Menschenmenge und trat in den freien Bereich vor dem Scheiterhaufen, wo er auf die

Mansers wartete. Er hatte die Hände zum Gebet gefaltet, doch seine Lippen bewegten sich nicht.

Die Männer schwitzten und fluchten, als sie den um sich tretenden Josef zum Scheiterhaufen hinaufzerrten und mit ihren Stiefeln unter vielstimmigen Buhrufen das sorgsam aufgeschichtete Holz verteilten.

»Das dürft ihr nicht tun«, rief Josef.

»Schnauze.« Einer der Männer, die ihn gepackt hatten, schlug ihm hart in den Bauch, und mit einem scharfen Keuchen sackte er zusammen.

Sie zerrten ihn zum Pfahl und banden ihn dort rasch an, legten die Kette um seine Hüfte und seine Knie. Am Schluss kam sie noch um seinen Hals. Nun hatte er keine andere Wahl mehr, als dem Mob ins Gesicht zu sehen.

Dann brachte man Mirabel. Ihr Blick fiel auf ihren Mann, und sie brach ohnmächtig zusammen.

Einer der beiden Männer, die sie gepackt hatten, fluchte. »Jetzt müssen wir die auch hochzerren.«

»Zieht sie aus!«, rief ein Mann im Schutze der Menge. »Das macht sie leichter.«

Das anschließende Gelächter war lang und laut. Grinsend griff Mirabels Häscher nach der Vorderseite ihres Kleides.

Gwen erstarrte. Wenn sie den Schlüssel fanden, den ihre Herrin unter ihrem Kleid verbarg, würden ihre Pläne scheitern.

Der Priester löste seine gefalteten Hände voneinander und hob warnend einen Finger. »Wir sind keine Wilden.«

Enttäuscht und mit einem finsteren Blick senkte der Mann die Hand, während die Menge johlte und pfiff.

Gwen leckte sich die trockenen Lippen. Das war knapp gewesen.

Bei der Fesselung Mirabels machten die Männer ebenfalls kurzen Prozess. Dabei kam sie zu sich und sah sich nach ihrem Mann um.

Die Männer stiegen vom Scheiterhaufen und schichteten ihn dabei wieder auf. Dann traten sie ganz herunter, schüttelten einander die Hände und nahmen die dargebotenen Bierkrüge, die sie rasch und in tiefen Zügen leerten.

Schließlich trat ein alter, ergrauter Mann vor, einen Ledereimer in der einen, eine Bürste in der anderen Hand.

Die, die ihn kannten, wieherten zustimmend.

Die nicht ortsansässigen Frauen sahen mit erhobenen Brauen zu Gwen hinüber.

»Metzger«, sagte sie. »Talg. Dann brennt es gut und gleichmäßig.«

Die Frauen nickten zufrieden.

Der Metzger machte sich an die Arbeit, tauchte seine Bürste in das zähe Fett und schmierte es zunächst über Josefs, dann über Mirabels Kleidung.

Die Juden nahmen es gar nicht zur Kenntnis, sie hatten nur Augen füreinander und flüsterten einander Worte zu, die zu leise waren, als dass man sie in der Menge hätte verstehen können.

»Als Tüncher wollte ich ihn nicht haben«, sagte eine der Fremden, und ihre Freundin lachte gackernd.

Als der Metzger fertig war, verließ er den Scheiterhaufen.

»Ruhe!«, rief der Priester.

Es wurde still. Was jetzt kam, wollte niemand verpassen.

Die Mansers sprachen weiter flüsternd miteinander, als seien sie ganz allein auf der Welt und interessierten sich nur füreinander.

»Ich hatte um Ruhe gebeten«, sagte der Priester.

Die Juden verstummten und sahen ihn an.

»Ihr wisst, welches Verbrechens man euch für schuldig befunden hat«, hob der Geistliche an. »Des Mordes an Mary Fuller, einem unschuldigen Kind, das ihr letzte Woche vergiftet habt. Ihr habt sie in eurer Verachtung und eurem Abscheu gegenüber Christus zum Ruhme eures Herrn Satan geopfert.«

»Wir haben niemandem etwas getan«, sagte Josef, »am allerwenigsten einem armen Kind.«

Der Priester bekreuzigte sich. »Lügen und noch mehr Lügen, noch im Augenblick des Todes.«

Ein weiterer kalter Windstoß zerrte an Gwens Schal, und sie hielt ihn mit den Händen zusammen. Viele Menschen waren bei diesem miserablen Wetter krank geworden, was ihr zupassgekommen war. Die kleine Mary Fuller war zufällig am Vorabend des Passahfests gestorben. Es war nur eine zur Aussage bereite Zeugin erforderlich gewesen, die enthüllen konnte, was sie getötet hatte. Eine aussagebereite, christliche Zeugin. Jeder hatte beim Prozess ihrem Bericht über die mörderischen jüdischen Teufel Glauben geschenkt. Lüge um Lüge, obgleich man ihr die Wahrheit über Palmer nie geglaubt hatte. Witzig.

Der Priester gab einem wartenden Mann ein Zeichen, der ihm einen langen Stock überreichte, an dem oben ein einfaches Holzkruzifix befestigt war. Der Priester packte ihn und hielt dann Josef das Kruzifix vors Gesicht.

»Du wirst zur Hölle fahren, Manser. Dich wird es freuen, denn dort triffst du dann deinen finsteren Herrn. Doch die Gnade Christi kennt keine Grenzen. Bekenne dich zu ihm. Küss dieses Kreuz und bereue. Noch könntest du mit dem Herrn im Paradies speisen.«

Josef schüttelte den Kopf, und es erhoben sich zahllose Flüche und Rufe.

»Ruhe!« Der Priester wandte sich den Lärmenden zu. Das schlecht befestigte Kreuz kippte seitlich weg.

»Die Juden beschwören Satan!«, brüllte jemand.

Weiteres Kreischen, Schreie und Rufe erhoben sich. Ein paar Leute versuchten, wegzurennen und zu fliehen, während andere vorwärtsdrängten, um besser den Teufel sich erheben zu sehen.

Der Priester senkte den Stock und band das Kreuz neu fest. Er schwenkte es triumphierend, und weitere Jubelrufe erklangen.

»Mirabel Manser, dir biete ich dasselbe an.« Der Priester hielt es vor sie.

»Nein«, murmelte sie. Dann sagte sie es erneut. »Nein.« Dann immer lauter. Bis sie das Wort schließlich immer wieder schrie.

Gwen fragte sich, warum. Dann begriff sie.

Denn mit Eisenketten um den Hals führte man die fünf Kinder der Mansers im Gänsemarsch auf den Scheiterhaufen. Mit ungeschickten Händen, denn sie hatten ja Bier getrunken, fesselten die Männer die Kinder zwischen die beiden Pfähle. Die Blagen zitterten und klagten, nur der Kleinste blieb stumm, hatte sich aber eingenässt.

Dann gingen selbst Mirabels Schreie im Lärm der Menge unter. Ein Mann mit einer flackernden Fackel in der Hand trat vor. Er hob sie hoch, damit alle sie sehen konnten, und stieß sie am Rand in den Scheiterhaufen. Der fing sofort Feuer. Die Flamme sprang von Ast zu Ast, begierig darauf, die Juden zu verzehren.

Gwen schaute gen Himmel. Es würde vermutlich nicht regnen. Gut. Sie wollte nicht völlig durchnässt werden, während sie auf die Vollendung ihrer Aufgabe für de Faye wartete. Es würde Stunden dauern, bis die Asche ausreichend abgekühlt war, um Mirabels Schlüssel daraus zu bergen. Dann würde sie diesen verfluchten Ort für immer verlassen.

De Faye hatte andere Pläne für sie.

* * *

Ja. O ja.

Er nahm das Kruzifix aus seiner roten Seidenumhüllung und hielt es ins Licht, damit Eleonores Abbild seine Pracht besser sehen konnte. »Bald, meine Liebe. Bald wird es an deinem duftenden, zarten Hals liegen.«

»Es wird auf meiner Haut liegen und sich daran erwärmen, genau wie du.«

»Das wird es und ich auch.« De Faye küsste das Kreuz sanft und wickelte es dann sorgfältig wieder ein, bevor er es zurücklegte.

Er würde es immer bei sich tragen. Genau wie Eleonore.

Kapitel 16

»Habt Ihr diese Straße schon oft genommen?«, fragte Palmer Stanton.

Sie bildeten die Nachhut der kleinen Prozession, die langsam von Woodstock zum Frauenkloster Godstow reiste.

»Nur wenn Seine Gnaden seine allwöchentliche Buße nicht leisten kann«, sagte Stanton. »Aber er nimmt sie sehr ernst, weswegen ich hier nur selten entlangkomme.«

»Ihr seid dann sicher schneller als er.« Palmer zügelte den Hengst, den er auch schon auf der Jagd geritten hatte. Wie das Tier verspürte er den Drang, sich zu beeilen. »Auch schneller als wir heute.«

»Das bezweifle ich«, sagte Stanton. »Heinrich macht sich allein nach Godstow auf. Ihn hält keine Kutsche auf.«

Weiter vorn schwankte das geschlossene Gefährt, in dem Rosamund und ihre Dienerinnen reisten, über die Straße mit den tiefen Spurrinnen, und die Kettenaufhängung klirrte an den Achsen. Geoffrey ritt in seiner Bischofsrobe voraus.

»Ich kann mir vorstellen, wie sehr die unbewachten Reisen des Königs Geoffrey missfallen.« Palmer grinste bei dem Gedanken. »Eine alte Angewohnheit, die Heinrich nie abgelegt hat. Aber des Königs Temperament schlägt seines zweifellos.«

»In dem Punkt kommt ihm keiner gleich.« Stanton riss ehrfürchtig die Augen auf.

»Apropos Temperament, hat sich Rosamunds Laune gebessert?«, erkundigte sich Palmer. »Ich habe sie heute Morgen nicht gesehen. Als ich kam, war sie schon in der Kutsche.«

»Nicht sehr. Sie hat Geoffrey Blicke zugeworfen, mit denen man einen Krieg vom Zaun brechen könnte. Aber sie hat nichts gesagt.«

»Es ist nur zu ihrem Besten.« Palmer atmete tief aus. »Ich bin auch nicht gerade begeistert, in ein Frauenkloster umzuziehen.« Er musterte Stanton. »Aber Ihr wart glücklich wie ein Hund mit zwei Schwänzen, als Heinrich Euch aufforderte, an unserer kleinen Expedition teilzunehmen, was?«

Stanton nickte heftig. »Es ist eine Ehre. Dennoch will ich beweisen, dass ich zu mehr tauge als zum Kurier. Vielleicht werde ich eines Tages zum Ritter geschlagen.«

Palmer stellte sich die Reaktion des zukünftigen Sir Hugo Stanton vor, wenn er sich am falschen Ende einer Schlachtaxt wiederfand, und verkniff sich ein Lachen. »Aber bis es so weit ist – wie steht es um Eure Kurierpflichten?«

»Meint Ihr, ob ich noch einmal in Cloughbrook war?«

»Leise, Mann.«

»Tut mir leid. Aber die Antwort lautet nein. Geoffrey und Heinrich haben mich aufgrund all des Aufhebens um die Lady Rosamund ständig zwischen sich hin- und hergejagt.«

»Verständlich, und es war ja auch ein wenig mehr als nur Aufheben. Aber Ihr müsst Heinrich fragen, ob Ihr einen Ritt zu Theodosia dazwischenschieben könnt. Sie weiß nur, dass ich in Gefahr gesandt wurde. Sie wird mich in Gedanken hundertmal am Tag tot und begraben sehen.«

»Würde meine Kunde ihr denn helfen?«

»Natürlich.« Der kleine Strolch wollte sich nur einen weiteren langen Ritt ersparen.

»Was sollte der König ihr denn ausrichten lassen, um sie zu beruhigen?«, flüsterte Stanton eindringlich. »Dass ein Leopard Euch angegriffen hat, den wir bisher nicht einfangen konnten? Dass Ihr fast verbrannt wärt und Euch bei einem Sturz das Genick hättet brechen können? Dass ein Mörder sein Unwesen treibt, dessen Identität wir nicht kennen?«

»Vielleicht habt Ihr recht. Ausnahmsweise.« Doch in diesem Fall hatte Stanton das tatsächlich. Ein Bericht über die tödlichen Ereignisse, die sich hier zugetragen hatten, würde niemanden trösten. Palmer hatte nichts unter Kontrolle. Schlimmer noch, Stantons Zusammenfassung ließ ihn klingen wie einen nutzlosen Tölpel. »Ich bezweifle, dass diese Nachrichten sie beruhigen würden. Wir lassen das besser bleiben, bis wir etwas Erfreuliches zu berichten haben.«

Vor ihm erhoben sich die Mauern des Frauenklosters Godstow. Seine Tore waren der Welt verschlossen. Sie sollten Sicherheit versprechen, eine Zuflucht. Stattdessen waren sie für ihn wie ein Symbol des Rückzugs aus der Schlacht.

* * *

Theodosia beobachtete die Durchsuchung Cloughbrooks von ihrer Hütte aus, Joan war an ihrer Seite.

Tom und Matilde spielten mit einer lärmenden Gruppe anderer Kinder auf der nahen Brücke. Sie waren zu jung, um zu begreifen, was gerade Schreckliches vor sich ging, und spürten nur die Atmosphäre der Unruhe und Aufregung.

Lord Ordell ritt die Hauptstraße entlang und beaufsichtigte den Fortschritt seiner Männer vom Sattel seines edlen Pferdes aus, weil er aus dieser erhöhten Perspektive mehr sah und besser Anweisungen geben konnte. Eine Gruppe der Wachen des Adligen begleitete ihn zu Fuß, bewaffnet und bereit, jeglichen Widerstand niederzuschlagen. Andere gingen systematisch durch die Häuser, kamen Theodosias Hütte immer näher. Der schwarzbärtige Vogt namens Williamson führte sie mit großem Enthusiasmus an.

Theodosia faltete die Hände, um sie ruhig halten zu können. Bald.

Joan schnaubte, als hätte sie Theodosias Gedanken gelesen. »Sieh dir Ordell an. Ich glaube, noch hochnäsiger kann man seine Untertanen nicht betrachten.«

»Er ist unser Gutsherr, Joan.«

»Auch Adlige können zu Fuß gehen, weißt du? Das ist doch kein Feldzug. Hat er sein Frettchengesicht von einer Ehefrau dabei?«

»Still.« Theodosia schüttelte den Kopf. »Ich hörte, Ihre Ladyschaft hat sich die ganze Nacht mit dem Abt in der Kapelle bei dem Schrein eingeschlossen und darum gebetet, dass der Sünder sich stellt.«

»Aber denk dir nur: Niemand hat sich gemeldet.« Joan hob kurz die Brauen.

Nun wurde die Suche auf der Brücke fortgesetzt. Danach blieben nur noch die große Hütte der Thatchers und die Theodosias. Ihr Magen verkrampfte sich. Es war fast so weit. Joan hatte ihr versichert, dass es bei ihnen nichts zu finden gäbe, was sie mit den Tieropfern im Wald in Verbindung bringen konnte.

Aber Theodosia hatte in der vergangenen Nacht noch lange die Hütte durchsucht und das Unterste zuoberst gekehrt, um sicherzustellen, dass sie nichts übersehen hatte. Die Belohnung ihrer Mühen war ein winziges Stück Eierschale gewesen, das unbemerkt unter einer an der Wand lehnenden Schaufel gelegen hatte. Joan hatte ihre Erleichterung nicht geteilt, sondern es nur wortlos ins Feuer geworfen.

Bald würde sich zeigen, wie gründlich sie gewesen war.

Alle anderen Häuser mit Ausnahme ihres eigenen und dessen der Thatchers nebenan waren inzwischen durchsucht. Die für unschuldig Befundenen folgten Ordells Leuten, riefen durcheinander und pfiffen, als sie sich auf die enge Brücke drängten.

»Hör sie dir an«, sagte Joan zu Theodosia. »Ich schwöre dir, die sind noch dümmer als Kinder. Für sie ist das wie ein Tag auf dem Jahrmarkt.«

»Ich bin sicher, sie sind erleichtert, attestiert bekommen zu haben, dass ihr Gewissen rein ist«, sagte Theodosia. *Nicht wie ihres.*

»Ich glaube eher, sie können es nicht erwarten, einen Schuldigen zu finden. Die Pest soll sie alle niederstrecken.«

Theodosia antwortete nicht.

Ordell sah ihr in die Augen, als er angeritten kam. Sie hätte schwören können, dass er ihr einen wissenden Blick zugeworfen hatte. Einen Blick, der Triumph erwartete.

Ihre Hände verkrampften sich ineinander.

Die Suche wurde in der vorletzten Hütte fortgesetzt, der von Alf und Enide Thatcher.

Danach würde der gefürchtete Moment kommen: Dann war Theodosias Hütte an der Reihe.

Enide wartete auf der Schwelle, die Arme vor der breiten Brust verschränkt. Alf stand vor ihr auf der Straße.

»Geht zur Seite.« Williamson schob sich an Alf vorbei und wollte dasselbe mit Enide tun.

Sie bewegte sich nicht. »Verpiss dich, Matthew. Das ist mein Haus. Ich habe es wie üblich heute Morgen geputzt. Weder in meinem Suppentopf noch in meinem Wäschekorb oder sonst wo waren Dämonen.«

Die versammelten Zuschauer brachen bei ihren Worten in Gelächter aus.

Auch Joan lachte laut. »Zeigt's ihm, Enide!«

»Enide, nicht.« Alf versuchte, sich durch die Traube der Männer des Adligen zu schieben, die sie umstellt hatten.

Ordell winkte zweien seiner wartenden Wachen. »Schafft sie weg.«

Die beiden mit Äxten bewaffneten Männer traten vor. Einer drehte die Axt, um den Stiel schlagbereit zu haben.

Enide starrte ihm herausfordernd entgegen.

»Wartet!« Alf drängte sich zu ihr durch und schnappte den Axtstiel mit der gesunden Hand.

»Wollt Ihr auch verprügelt werden, Thatcher?«, fragte Ordell scharf.

»Nein, Herr. Nein.« Da er die Kappe nicht abnehmen konnte, verneigte sich Alf tief. »Meine Frau hat sich vergessen. Das ist alles.« Er ließ den Axtstiel los und zog sie zur Seite, begleitet von einem Chor von Buhrufen und Gejohle.

Die Leute wollten Gewalt sehen. Theodosia spürte es, konnte es beinahe schmecken. Sie erkannte es auch in Ordells grauem Gesicht, dessen Ausdruck sein Gefühl verriet, getäuscht worden zu sein – und seinen Zorn darüber.

Enide stand neben Alf, der sie am Arm festhielt, während man aus der Hütte das Geräusch von Schwertern und Stöcken hörte, mit denen gegen Wände geklopft wurde.

»Wenn sie irgendetwas kaputt machen, schlage ich ihnen den Schädel ein«, sagte Enide.

»Still, Liebes«, sagte Alf.

Williamson kam heraus. »Auch hier nichts, Herr.«

»Dann bleibt nur noch eine«, sagte Ordell. Von oben herab sah er Theodosia an.

Die Menge verstummte, um besser zu hören, was geschehen würde.

»Hier gibt es auch nichts zu finden, Herr.« Theodosia sprach ruhig und respektvoll. »Mein Wort darauf.«

»Lasst mich das beurteilen«, sagte Ordell.

Theodosia schluckte. »Natürlich, Herr.«

Williamson marschierte auf sie und Joan zu. »Dann tretet beiseite.«

Joan holte Luft, um zu antworten.

»Komm.« Theodosia zog sie weg, denn sie fürchtete, Joan würde wie Enide Ordells Zorn erregen.

Fünf Männer schlossen sich Williamson an, und durch die Tür hörte man, wie Dinge herumgeschoben und umgekippt wurden.

Williamson kam mit einem Armvoll Kleidung heraus. Benedicts Kleidung. »Herr.«

Theodosia blieb fast das Herz stehen. Hatte sie etwas in den Falten übersehen? Sie packte Joan am Arm.

»Schweig«, flüsterte diese ihr zu.

»Ihr habt etwas entdeckt«, antwortete Ordell seinem Vogt erwartungsvoll. »Was? Amulette? Beweise für Opfer an Satan?«

»Kleidung.« Williamson warf sie auf den Boden. »Anscheinend Männerkleidung.«

Ordell runzelte die Stirn. »Ja und?«

»Wenn Palmer auf einer Pilgerfahrt ist, ist es überaus seltsam, dass er keine Kleidung mitgenommen hat.« Williamson winkte einen anderen Mann heraus.

Der Mann hatte Benedicts Tasche in der Hand und gab sie dem Vogt.

Williamson hob sie hoch. »Hier haben wir seine Tasche. Sie enthält seine Werkzeuge und seinen ledernen Wasserschlauch.«

In plötzlicher Panik stockte Theodosia der Atem. Natürlich. Die Lüge, die sie allen erzählt hatte. Sie hatte gar nicht darüber nachgedacht, inwieweit sie einer Überprüfung standhalten würde. Joan hatte recht: Sie war eine jämmerliche Lügnerin.

Dem Gemurmel der Zuschauer entnahm sie, dass auch sie über die Funde diskutierten. Selbst Joan hatte zweifelnd die Stirn gerunzelt.

»Wie erklärt Ihr das, Mistress Palmer?«, fragte Ordell.

»Mein Mann war in der Nacht seines Aufbruchs sehr erregt, Herr.« Die Wahrheit.

»So erregt, dass er sich für eine so lange Reise nicht richtig vorbereitet hat?«, fragte Ordell.

Theodosia öffnete den Mund, um zu antworten. Aber was?

»Er war voller Bier, als er die Hütte verließ«, erklärte Joan rasch. »Er hat versucht, den Kummer über die Neuigkeiten aus unserer Familie zu ertränken. Er hat sich nicht aufhalten lassen.«

»Zu meiner Schande«, sagte Theodosia mit klopfendem Herzen.

Ordell schniefte. »Dann lasst uns beten, dass der Idiot nicht inzwischen Futter für die Raben ist.« Mit zusammengekniffenen Augen sah er sie an. »Allerdings scheint Ihr regelrecht vom Pech verfolgt. Ich muss sicher sein, dass es nicht mehr ist.« Er sah Williamson an. »Nehmt diese Hütte auseinander. Dreht jeden Stein um.«

»Herr.« Williamson ging wieder hinein und zertrat auf dem Weg mit seinen schweren Stiefeln den leeren Hühnerstall.

»Nein!«, keuchte Joan auf.

Wieder hielt Theodosia sie zurück. Es war sinnlos, sich gegen Ordell zu wehren. Er schien zumindest mit der Erklärung für Benedicts Aufbruch zufrieden zu sein. Gebe Gott, dass er sich auch würde überzeugen lassen, dass sie nichts mit Hexerei zu schaffen hatte. Sie konnte nur zusehen, wie der Vogt und seine Männer ihr gesamtes Leben auf die Straße zerrten und zu Benedicts Sachen warfen.

Ihre paar Kochtöpfe. Toms Schemel und Reifen. Die Strohsäcke von dem Bett, das sie mit Benedict teilte. Einen Eimer. Die Schaufel. Ihre simplen Werkzeuge zum Kämmen, Spinnen und Weben ihrer geringen Wollvorräte. Die kleinen Matratzen der Kinder, gefolgt von Joans improvisierter Bettstatt. Beschämenderweise auch die wenigen Kleider, die sie besaß. Wie sie da auf der schlammigen Straße lagen, sahen ihre geflickten und ausgebesserten Röcke und Strümpfe wie die Lumpen aus, die sie waren.

»Durchsucht sie gründlich«, sagte Ordell. »Dort drinnen könnte alles Mögliche verborgen sein.«

Williamson bedeutete den anderen mit dem Daumen, wieder hineinzugehen. Er zog ein langes Messer und machte sich daran, zu zerschneiden und zu zerreißen, was er konnte.

»Das ist nicht richtig«, rief Enide.

Aber Alf brachte sie zum Schweigen.

»Nein, ist es nicht«, sagte Joan mit zusammengebissenen Zähnen.

Theodosia wusste auch, dass es ungerecht war. Sie wollte laut und deutlich protestieren, Ordell für seine Verfolgung Unschuldiger anklagen. Aber das hätte alles nur noch schlimmer gemacht. Ihre Fingernägel gruben sich in ihre Handflächen, eine Methode, ihren Zorn zu kontrollieren, die sie schon in ihren Tagen als Klausnerin angewandt hatte.

Niemand anders sprach. Stattdessen schoben sich alle näher, reckten die Hälse, um mögliche Entdeckungen mitzubekommen, und die Luft summte regelrecht von Neugier.

Lord Ordell blieb stumm. Seine Aufmerksamkeit war in unappetitlicher Erwartung auf ihr Heim gerichtet, darauf, was seine Männer herausbringen würden.

Williamsons Stiefel zertrat ihre Töpfe und Toms Schemel, nichts als brutaler Vandalismus.

Die Wände der Hütte zitterten, als die Männer den Putz von den Wänden rissen, während ihre suchenden Hände und Messer über das ausgeblichene Dachstroh tasteten und auf es einhackten.

Von drinnen ertönte ein Ruf. »Nichts, Herr!«

Williamson richtete sich keuchend auf. »Hier auch nicht, Herr.«

Ordells Blick wanderte über die Trümmer der Besitztümer der Familie Palmer und blieb dann an Theodosia hängen. »Dann seid auch Ihr von Schuld freigesprochen.« Überrascht runzelte er die Stirn.

Williamson bedeutete ihr mit einer Kopfbewegung, dass sie sich entfernen konnte.

»Danke, Herr«, murmelte Theodosia gezwungen höflich.

Joan schwieg.

Ordell riss sein Pferd herum. »Wir werden weitersuchen. Wir werden wachsam bleiben.« Er trat dem Tier in die Flanken und ritt davon. Sein Gefolge schloss sich ihm an.

Enttäuscht, dass es kein Spektakel gegeben hatte, zerstreuten sich die Versammelten und gingen über die Brücke ins Dorf zurück.

»Ich sage trotzdem, es ist eine Schande.« Alf scheuchte Enide nach drinnen.

»Ich auch«, rief Joan.

Theodosia kauerte sich nieder und zitterte heftig vor unterdrückter Wut. Alles war zerbrochen und zerschlagen. Zerstört. Aber sie hatten nichts gefunden. Keine Hinweise auf ihre und Benedicts Vergangenheit. Keine Hinweise auf Hexerei. Nichts. Sie waren immer noch sicher.

»Ich schwöre, Ordell wird in der Hölle brennen, möge Gott ihn verrotten lassen.« Joan legte Theodosia eine Hand auf die Schulter. »Nimm dir das nicht so zu Herzen. Das können wir alles reparieren.«

Theodosia nickte. Sollten doch alle denken, dass sie aus Angst, aus Niedergeschlagenheit zitterte.

»Mama!«

Auf Toms Schrei hin hob sie den Kopf.

»Wer hat meine Sachen kaputt gemacht?« Er riss die Augen in seinem kleinen Gesicht auf, das vom Spielen gerötet war. Matilde hielt er fest an der Hand.

Theodosia zog Tom und Matilde in eine Umarmung und vergrub ihr Gesicht an ihren weichen, kleinen Hälsen. »Das ist doch egal.« Sie atmete ihren süßen Geruch ein. Noch immer in

Sicherheit, in Sicherheit trotz all des zunehmenden Wahnsinns. Gebe Gott, dass auch Benedict in Sicherheit war.

* * *

Palmer saß auf einer schmalen, unbequemen Holzbank vor dem Altar in der Kapelle des Frauenklosters Godstow, und der Regen, der vor Kurzem begonnen hatte, prasselte gegen die hohen Bogenfenster. Er streckte die Beine und sehnte sich danach, die Stiefel auszuziehen und etwas zu essen und zu trinken. Man war bei seinem Eintreffen mit dem Rest der Gruppe ebenso schroff umgegangen, wie er es schon bei früheren Besuchen in Klöstern erlebt hatte.

Eine Traube Nonnen in schwarzen Roben hatte sich versammelt, um Rosamund in ihre Gemächer zu geleiten. Die Äbtissin, eine große, grobknochige Frau namens Dymphna, deren Stimme einen weichen, keltischen Akzent hatte, hatte Geoffrey mit allem Respekt gegrüßt, der einem Bischof zukam. Sie hatte ihn in seine Gemächer gebracht, Palmer, Stanton und dem Kutscher hingegen den Weg in die Ställe gezeigt.

Nachdem sein Pferd versorgt war, hatte Palmer den Stallburschen nach seinem eigenen Quartier gefragt.

»Noch nicht bereit«, war die Antwort von der Tür gekommen. Äbtissin Dymphna.

Palmer hatte keine Ahnung, wie es ihr gelungen war, praktisch an zwei Orten gleichzeitig zu sein. Doch ihr eindringlicher Vorschlag, er solle sich eine Weile zurückziehen und beten, während er wartete, hatte keinen Widerspruch geduldet.

Abgesehen vom Geräusch des Regens war es in dem Gemäuer aus grauem Stein still und kalt. Der Altar war kein Vergleich zu den Reichtümern, die die Kapelle des Königs in Woodstock zur Schau stellte. Er war nur mit einem weißen Leinentuch bedeckt. In der

Mitte stand ein einfaches, eisernes Kreuz. Schon besser. Die Leute sollten kein Gold brauchen, um zum Beten inspiriert zu werden.

Er schauderte, denn ihm war vom Stillsitzen kalt geworden. Also stand er auf, um sich etwas aufzuwärmen und um überhaupt etwas zu tun, denn nach einer halben Stunde fror er und langweilte sich. Er würde nie verstehen, wie Theodosia Jahre an solchen Orten hatte verbringen können, unablässig ins Gebet vertieft.

Theodosia. Es war so lange her, dass er sie gesehen, im Arm gehalten, berührt hatte. Das Vermissen war ein tief sitzender, steter Schmerz, den er nicht für möglich gehalten hätte. Im Gegensatz zu den meisten anderen Schmerzen ließ er mit der Zeit nicht nach, sondern wuchs unablässig.

Er ging an den Wandgemälden entlang, die das Leben der Heiligen und Christi selbst zeigten. Doch für Palmer wirkten sie weder bewegt noch lebendig. Im Halbdunkel fiel ihm flackerndes Kerzenlicht von einem Seitenaltar ins Auge. Er trat näher, neugierig, was das einzige Licht in der Kapelle verdiente.

Gold schimmerte, als er näher trat. Natürlich. Heinrichs Spende an Godstow, von der Geoffrey gesprochen hatte. Das Blut des heiligen Thomas Becket. Eine Glasphiole, die tatsächlich sein Blut enthielt. Doch die Phiole ruhte in einem wunderschönen Halter: einem Goldrahmen, der mit den prachtvollsten Juwelen besetzt war, die Palmer je gesehen hatte.

Der Halter befand sich auf einem verzierten Metallständer, der mit weißer Seide ausgekleidet war, um die dunkle Farbe des Blutes zu betonen. Das schwache Licht brach sich in den Edelsteinen, die dadurch von innen zu leuchten schienen. Aber es war das dunkle, dunkle Blut, von dem Palmer den Blick nicht wenden konnte. Er hatte es aus dem Schädel des Erzbischofs fließen und den Altar zu Canterbury beflecken sehen. Ein Mann hatte dieses Blut vergossen – jetzt verehrten die Menschen es als das eines Heiligen.

»Ja, staunt nur, Sir Benedict.«

Überrascht spannte er die Schultern an. Eine Frauenstimme. Er hatte sie seit sechs Jahren nicht gehört, erkannte sie aber sofort. Er wirbelte herum, nicht sicher, ob ihm seine Ohren einen Streich gespielt hatten. »Schwester Amélie?«

»Ja.« Theodosias Mutter, im Nonnenhabit, wie beim letzten Mal, als er sie gesehen hatte. Auf der einen Seite von der Äbtissin und auf der anderen auf einen Gehstock gestützt, hinkte sie langsam auf ihn zu. »Doch ich bezweifle, dass Ihr damit gerechnet habt, mich hier zu finden.«

»Der Gedanke ist mir nie gekommen.« Palmer eilte zu ihr, verblüfft von dieser Entdeckung, aber schockiert darüber, wie zerbrechlich sie aussah. »Bitte. Geht nicht weiter.«

Sie schüttelte den Kopf. »Ich will vor dem heiligen Thomas sitzen.«

»Dann lasst mich Euch helfen.« Palmer legte ihr einen Arm um die Schultern. Er erkannte, dass die starke Äbtissin bereits einen Großteil von Amélies Gewicht trug, die allerdings praktisch nichts zu wiegen schien. Ihren Atem begleitete ein lautes Pfeifen aus ihrer Brust.

Schnell setzten sie sie nieder, wo sie hatte sitzen wollen. »Bitte verlasst uns, Dymphna.« Die Mühe des Sprechens führte zu einem langen, feucht klingenden Husten.

Die Äbtissin sah Palmer an. »Ruft mich, wenn Schwester Amélie in ihr Zimmer zurückwill. Lasst sie nicht allein laufen. Sie leidet immer noch stark an den Nachwirkungen ihrer Krankheit.«

Palmer nickte, und Dymphna eilte hinaus. Er setzte sich neben Amélie und wartete, bis sie wieder Luft bekam. Um die Wahrheit zu sagen, rang er ebenfalls nach Luft. Hierhin also hatte Heinrich seine wahre Ehefrau nach den Anschlägen von Fitzurse und seinen Männern auf sie gebracht. Zweifellos ein kluger Schachzug. Jeder wusste um des Königs öffentliche

Trauer wegen des Mordes an Becket. Das Frauenkloster lag in der Nähe von Woodstock. Es würde niemandem auffallen, wenn er es nutzte, um das Blut des Märtyrers an einem geweihten Ort aufzubewahren und seine regelmäßigen Bußgänge zu verrichten. So konnte Heinrich Amélie weiterhin sehen. Heinrich hatte sie vor aller Augen verborgen, wo niemand suchen würde.

Endlich kam sie zu Atem. »Ihr wirkt überrascht, mich hier vorzufinden. Aber nur ein wenig.«

»Seine Gnaden hat ein Talent dafür, Dinge zu arrangieren.«

»O ja.« Amélie lächelte, wodurch sich die Haut ihres Gesichts über den Knochen spannte. »Zunächst zu Theodosia. Wie geht es meiner Tochter?« In ihren Augen leuchtete dasselbe Sehnen, das auch Palmer quälte.

»Sehr gut, Schwester.«

»Was ist mit ihren Kindern?« Sie legte eine zarte Hand auf seine. Ihre Haut war kälter als die Luft in der Kapelle. »Euren Kindern?«

»Tom und Matilde sind auch wohlauf.« Er legte seine andere Hand auf ihre, als könne er sie so ein wenig wärmen. »Sie sind ein echter Segen.«

»Aber dennoch seid Ihr hier?«

»Heinrich hat mich erneut um meine Dienste gebeten, und …«

»Ich weiß von Rosamund Clifford.« Amélies Atem kam gurgelnd, als sie den Namen hervorpresste.

Bei Gott, er wusste nicht, was er sagen sollte.

Amélie fuhr fort: »Genau wie von allen anderen. Sie dienen nur seiner Lust.« Mit einem weiteren feuchten Husten befreite sie ihre Atemwege. »Mir gehört sein Herz.«

»Ich weiß, Schwester.« Plötzliche Wut auf Heinrich erfüllte Palmer. Der König hatte kein Recht dazu, diese Frauen zu seinem Besitz zu machen und zu entscheiden, welche welches seiner Bedürfnisse befriedigte.

»Euch gefällt das nicht. Aber Ihr seid kein König.« Sie zog ein Leinentüchlein aus ihrem Überrock und hielt es vor den Mund, dann hustete sie krampfhaft.

Nein. Kein König. Dem Allmächtigen sei Dank. Palmer wartete, und Amélies Ringen um Luft war schmerzhaft mit anzusehen und zu hören.

»Heinrich hat sein Wunder vom heiligen Thomas Becket empfangen.« Amélie deutete auf die Phiole. »Das werde ich auch. In Kürze wird der Papst diese Farce von einer Ehe annullieren. Bald können wir vor den Augen der ganzen Welt zusammen sein.« Sie richtete den Blick ihrer tief liegenden Augen auf Palmer. »Dann können wir uns zu unserer Tochter, unseren Enkeln bekennen. Ein weiteres Wunder.« Beim letzten Wort stockte ihr der Atem, und sie erlitt einen weiteren Hustenanfall.

Ein Rasseln erklang von der Tür her, und Geoffrey trat ein. Er trug immer noch seine Robe.

Palmer erstarrte. Wie viel hatte der Bischof gehört?

»Da seid Ihr ja, Palmer. Ich habe Euch gesucht.« Mit finsterem Blick nahm Geoffrey die Szene in sich auf, während er herüberkam. »Ich hoffe, Ihr belästigt diese gute Frau nicht.« Er ragte über den beiden auf.

Amélie schüttelte den Kopf. »Tut er nicht. Er war schon hier, als ich kam, und saß vor der Blutreliquie. Wir sprachen über den Heiligen.«

»Warum wollt Ihr mich sehen, Geoffrey?«, fragte Palmer.

»Nur um Euch zu sagen, dass ich wie vom König angeordnet das Geld für die Ablassbriefe für Eure Familie angewiesen habe.«

Amélie sah Palmer stirnrunzelnd an. »Eure Familie? Warum braucht sie Ablassbriefe?«

»Ich habe jüngst meine Mutter und drei Schwestern verloren«, erklärte Palmer rasch. »Gott war gnädig und verschonte eine meiner Schwestern.«

Ihre Miene hellte sich auf. »Oh. Ich verstehe.« Amélie drückte seine Hand, ihre Kraft war die eines Schmetterlings. »Es tut mir so leid, das zu hören. Doch die Gebete, die der gute Bischof arrangiert, werden ihnen den Weg ins Paradies ebnen.«

»In der Tat«, sagte Geoffrey. »Ich hätte schon vor ein paar Tagen dafür sorgen sollen, aber es ist mir etwas dazwischen gekommen.« Er verneigte sich knapp vor Palmer. »Verzeiht.«

Äbtissin Dymphna näherte sich mit festem Schritt. »Schwester Amélie, ich bin gekommen, um Euch in die Wärme Eures Zimmers zurückzubringen. Ihr habt Euch lange genug in dieser Kälte aufgehalten.«

»Ich möchte gern noch ein bisschen hierbleiben. Mit Sir Benedict.« Amélie hustete. »Ich habe so viel mit ihm zu besprechen. Wenn Ihr uns beide verlassen würdet …« Der Husten überwältigte sie.

Die Äbtissin legte Amélie einen Arm um die Schultern, während diese nach Atem rang. »Seht Ihr?« Dymphna wartete, bis Amélie mühsam wieder Luft bekam, dann half sie ihr sanft auf. »Ihr seid erschöpft.«

»Erholt Euch gut, Schwester«, sagte Palmer. »Wir können morgen reden.«

»Ich freue mich darauf, Benedict.« Amélie ließ sich von Dymphna aus der Kapelle führen. »Gott segne Euch, meine Herren.«

»Euch auch, Schwester Amélie.« Geoffrey hob die Hand zu einem kurzen Segen. »Möge Gott Euch von Eurem Leiden erlösen.«

Palmer bezweifelte, dass Amélie ihn gehört hatte, denn die letzten Worte hatte der Bischof leise gemurmelt.

Dann schritt Geoffrey aus dem Gotteshaus, ohne sich noch einmal umzusehen, und ließ Palmer allein.

Kapitel 17

»Ein Frauenkloster. Ich bin in einem Frauenkloster, Lucine.« Rosamund stand am sich verdunkelnden, schmalen Fenster in ihrem neuen Gemach, die Fäuste wütend in ihre Röcke geballt.

»Ich weiß, Mylady.« Ihre Dienerin packte weiter aus und breitete den Inhalt ihrer Truhen aus. »Das sagtet Ihr schon.«

»Ich werde es auch weiter sagen müssen«, erwiderte Rosamund, »denn ich begreife es einfach noch nicht.«

»So schlimm ist es doch gar nicht, Mylady.« Lucine zog das raue Klosterbettzeug ab und faltete es zusammen. »Es ist sehr sauber. Reinlich.«

»Leer, meinst du.« Rosamund kam vom Fenster herüber und hielt die Hände vor das armselige Feuer. »Leer und ärmlich.«

Lucine machte sich daran, das Bett mit Rosamunds eigenen, kostbaren Laken und Decken zu bestücken. »Es ist nicht ärmlich, Mylady. Die Nonnen verwenden ihr Geld nur anders.«

»Mir ist egal, was sie tun«, sagte Rosamund. »Der König hatte kein Recht, mich hier unterzubringen. Er verfügt über so viele Paläste, die alle bequem sind. Die mir alle Sicherheit böten. Wo es jede Menge Unterhaltung für mich gäbe. Hier?«

Sie ging in dem kleinen Raum auf und ab. »Warum nicht gleich eine Gefängniszelle?«

Lucine war mit dem Bett fertig und trat zu einem hölzernen Trockengestell vor dem Feuer. »Ihr habt eines der besten Zimmer im gesamten Konvent, Mylady. Das hat mir die Äbtissin gesagt.«

Rosamund schniefte. »Diese dürre Irin? Ich bin sicher, die fände auch ein Feld als Schlafplatz bequem.«

Lucine runzelte leicht die Stirn. »Mylady?«

Rosamund winkte ab und ging weiter auf und ab. »Sie sieht einfach nach … frischer Luft aus.«

»Sie ist Nonne, Mylady.« Lucine trat zu der größten Truhe, die Rosamunds Kleider enthielt, und entnahm ihr ein gefaltetes, weißes Leinengewand.

»Genau, Lucine. Aber ich nicht. Deshalb sollte ich auch nicht hier sein. Das sage ich ja die ganze Zeit.« Sie warf die Hände in die Luft, verzweifelt, dass ihre Dienerin den Ernst der Lage nicht erfasste. Die alte Lucine konnte manchmal so begriffsstutzig sein.

Ihre Dienerin kehrte zum Kamin zurück und hängte das saubere Untergewand auf das Gestell, um es vorzuwärmen. »Ich bin sicher, es ist nicht für lange.« Sie krempelte die Ärmel hoch und nickte in Richtung des großen Bottichs mit dampfend heißem Wasser, der vor einer Weile gebracht worden war. »Jetzt ist es Zeit, Euch bettfertig zu machen.«

Rosamund verschränkte die Arme und wandte sich dem Kamin zu, während Lucine ihr das Haar hochsteckte, damit es aus dem Weg war. »Soll ich mich im Bett auch wie eine Nonne verhalten?«

Mit geschickten Händen half die Dienerin Rosamund dabei, sich auszukleiden. »Klug wäre es.«

Rosamund erzitterte ein wenig, als sie die kalte Luft auf der Haut spürte. »Ja, aber auch noch langweiliger.«

»Mhm.« Lucine gab ihr die ärgerliche Antwort, auf die sie immer zurückgriff, wenn sie nicht Rosamunds Meinung war.

»Du findest also, ich sollte mich langweilen?«

»In erster Linie finde ich, Ihr solltet in Sicherheit sein, Mylady.« Lucine bückte sich wie immer ächzend vor Anstrengung, um die abgelegten Kleider aufzuheben. »Es wäre sehr unklug, das Bett mit einem anderen als Seiner Gnaden zu teilen.«

Rosamund seufzte. »Du klingst wie mein Vater.« Sie benetzte eines der Leinentücher und wusch sich. »Stell dir vor, was er sagen wird, wenn er hört, dass Heinrich mich in ein Frauenkloster geschickt hat.« Sie grinste vor sich hin. »Er wird toben vor Zorn.«

»Sir Walter wird ob der Dinge, die Euch widerfahren sind, genauso besorgt sein wie wir alle.« Lucine tauchte ein weiteres Tuch in den Bottich und stellte sich hinter Rosamund. Leise schnalzte sie mit der Zunge. »Wenn Ihr nur sehen könntet, in welchem Zustand Euer Rücken ist. Immer noch alles voller blauer Flecke.«

»Ich bin sehr tief gefallen.« Rosamund erbebte.

Lucine wusch ihr mit sanften Händen den Rücken. »Ich weiß, Mylady. Ich habe es gesehen.« Ihr stockte der Atem. »Ich flehte Gott an, Euch zu retten, und in seiner Gnade tat er es.«

»Gerettet hat mich Sir Benedict. Schon wieder.«

»Dann war er eben Gottes ritterlicher Handlanger.« Lucine half ihr, sich rasch abzutrocknen, und hielt ihr dann das Untergewand hin.

»Ich wünschte, er wäre ein bisschen weniger ritterlich. Ich habe doch deutlich gemacht, was er von mir erwarten darf.«

Ihre Dienerin streifte ihr das Untergewand über den Kopf und die erhobenen Arme. »Mhm.«

Rosamund zog es herunter. Das frische Leinen, das nach Rosmarin und Lavendel duftete, glitt über ihre wohlriechende Haut. »Doch er weigert sich.«

Lucine löste ihr Haar. »Manchmal versteht man die Männer einfach nicht.« Ihre Dienerin kämmte Rosamunds Haar, während die vor dem Feuer stand. »Da seid Ihr, ein Engel vom Himmel, und er will Euch nicht. Ich kann mir nur vorstellen, dass er Angst hat, Seine Gnaden könnte dahinterkommen.«

»Vielleicht.« Rosamund bewunderte ihr langes, schimmerndes Haar, das ihr über Brust und Schultern fiel. »Aber eigentlich wirkt er nicht ängstlich auf mich.«

»Wie gesagt, manchmal versteht man die Männer einfach nicht. So, Mylady. Alles erledigt.« Lucine trat an einen Beistelltisch, um den Kamm abzulegen. »Wenn Ihr mich jetzt entschuldigen würdet, ich muss nach dem heißen Stein für Euer Bett sehen.«

Rosamund streckte sich, um der Wärme des Feuers möglichst viel Fläche zu bieten, und ihre saubere Haut fühlte sich nach dem Reiseschmutz herrlich an. »Lass ruhig. Ich werde keinen brauchen.«

Lucine hielt inne.

Rosamund fuhr fort: »Finde Hugo Stanton. Sag ihm, ich habe etwas für ihn.«

Lucine runzelte voller Missfallen die Stirn. »Seid Ihr sicher, dass das eine gute Idee ist, Mylady?«

»So sicher, wie ich bin, dass du kein Recht hast, mir eine solche Frage zu stellen. Jetzt hol Hugo.«

»Mhm.« Lucine verließ sie so schnell, wie ihr Hinken es ihr erlaubte.

Rosamund verdrehte die Augen und wandte dem Feuer den Rücken zu. Lucine hätte sich wirklich besser als Kindermädchen denn als Zofe geeignet

Sie ließ die Schultern kreisen, um sie zu lockern. Sie würde hinter das Geheimnis Sir Benedict Palmers kommen. Das gab einen guten Zeitvertreib ab, solange sie hier festsaß. Dann würde sie ihn in ihr Bett locken, ihn auf sich ziehen, ihn dazu bringen, sich in ihr zu bewegen, Lust von ihm empfangen, während sie ihm auch seine gewährte.

Sie schloss die Augen. Dann wäre sie an der Reihe, oben zu liegen. Sie würde sich auf ihn setzen, die Hände über seine harten Brustmuskeln gleiten lassen. Ihn küssen und seinen Mund mit ihrer Zunge erforschen, während sie einander erneut Lust bereiteten …

Es klopfte leise an der Tür. »Rosamund.«

Sie öffnete die Augen, ihr Atem ging schnell, die Lust loderte heiß in ihr. »Ja?«

Hugo trat ein und schloss die Tür hinter sich. Sein Lächeln spiegelte sich in seinen blauen Augen wider. »Ihr habt nach mir geschickt?« Sein zerzaustes, dichtes goldenes Haar schimmerte im dämmrigen Licht.

»Ja.« Sie ging auf ihn zu. »Ich brauche Euch.«

Sie hatte ihn gern gemocht, wirklich. Bis sie zum ersten Mal Sir Benedict Palmer gesehen hatte.

»Dann gehöre ich ganz Euch. Wie immer.« Hugo zog sie an sich und presste die Lippen hart auf ihre. Seine Hand ging auf Entdeckungsreise zwischen ihren gespreizten Schenkeln, und er stöhnte vor Lust.

Rosamund reagierte. Er war nicht Benedict. Aber für den Augenblick musste er reichen. Immerhin war er allemal besser als Heinrich.

* * *

Palmer lag in seinem kleinen, zugigen Raum in Godstow im Bett. Die Kerze hatte er schon ausgeblasen. Um zu schlafen, musste er nichts sehen. Er würde den Teller mit dem Brot neben seinem Bett leer essen und sich dann zur Ruhe begeben. Wie immer in der Dunkelheit wurden die Geräusche deutlicher. Der nahe gelegene Fluss rauschte laut, von der Schneeschmelze in den fernen Hügeln prall gefüllt, und der Regen hielt nach wie vor an.

Die Dunkelheit ließ ihm seinen Körper bewusster werden: seine Verletzungen, seine blauen Flecken, seine Verstauchungen aus den letzten paar Wochen. Aber die Dunkelheit machte ihn auch traurig. Da war nicht nur die Sehnsucht nach Theodosia, Tom und Matilde. Die konnte er überwinden, indem er nach Hause zurückkehrte.

Er biss ein Stück Brot ab. Nein. Da war die Trauer um den Verlust. Alles war so schnell gegangen, dass er kaum Zeit gehabt hatte, an seine Mutter und seine Schwestern zu denken. An ihren Tod. Dann der Anblick Amélies heute, so gezeichnet von der Krankheit, so schwer um Atem ringend. Wie rasch sie das Leinentuch versteckt hatte, in das sie gehustet hatte! Aber nicht schnell genug, um das Blut darauf zu verbergen. Hatten seine Mutter und seine Schwestern so gelitten? Er vermutete schon. Doch sie hatten nicht den Trost des reichen Godstow und die Fürsorge der Äbtissin Dymphna gehabt. Nein. Er kaute einen weiteren Mundvoll Brot.

Nicht einmal die raue Existenz eines Knappen, die Palmer das Leben gerettet hatte, weil er dadurch das Elend seiner Kinderjahre hatte verlassen können. Wäre er geblieben, hätte er möglicherweise sein Ende in ihrer kleinen, ärmlichen Hütte gefunden, einer Behausung, die viel heruntergekommener war als die, in der er mit Theodosia und den Kindern lebte.

Der Fluss toste weiter.

Egal. Er hätte dort sein sollen. Hätte es zumindest ahnen müssen. Aber was hätte er tun können? Die Krankheit scherte sich nicht um Schwerter oder Messer. Sie war der erbarmungsloseste Krieger der Welt und sandte die Unterlegenen in den Himmel oder in die Hölle.

Palmer seufzte wegen seiner eigenen dummen Gedanken. Gott, er hatte angefangen zu denken, wie Geoffrey redete. Erstaunlicherweise hatte der sich früher am Tag entschuldigt, weil er keine Ablassbriefe für Palmers tote Familie geschickt hatte. Nicht die ernstgemeinteste aller Entschuldigungen. Aber egal. Er hatte es getan, und um ehrlich zu sein, war Geoffrey mit der Sache mit Rosamund ebenso beschäftigt gewesen wie er selbst.

Dennoch war er noch keinen Schritt weiter. Heinrich war gewiss außer sich.

Palmer aß das Brot auf. Er musste sich auch um die Angelegenheiten des Königs kümmern. *»Denk nach, Junge, denk nach.«* Der alte Befehl seines Knappenmeisters hatte ihm früher schon gute Dienste geleistet und sollte es eigentlich auch jetzt. Er dachte darüber nach, wer hinter den Anschlägen stecken konnte. Es musste jemand sein, der sich im Palast in Woodstock auskannte und über Rosamunds Aktivitäten Bescheid wusste.

Rosamund selbst? Sehr, sehr unwahrscheinlich. Die Anschläge auf sie waren gerissen gewesen. Rosamund war nicht gerissen. Überhaupt nicht.

Heinrich selbst?

Palmer grinste vor sich hin und griff nach dem Weinkrug neben ihm auf dem Boden. Das dem König vorzutragen würde interessant werden. Der Mann würde platzen vor Zorn. Palmer trank einen Schluck und dann rasch noch einen. Die Weinkeller der Nonnen waren ebenso gut bestückt wie die in Woodstock. Jedenfalls hätte Heinrich nie zu so hinterhältigen Methoden gegriffen. Hätte er Rosamund loswerden wollen, hätte er sie einfach zu ihrem Vater zurückgeschickt.

Adlige aus dem Palast? Es gab so viele, dass Palmer sie nicht einmal namentlich kannte. Er hatte keine Gelegenheit gehabt, sich nach ihren Namen zu erkundigen. Jetzt aber war er hier. Er gähnte und nahm einen weiteren tiefen Schluck. Er sollte Heinrich fragen, wie sie alle hießen. Das wäre zumindest ein Anfang.

Stallburschen, Gärtner, Diener in Woodstock? Geoffrey hatte einen von ihnen im Verdacht gehabt und durch seine

Anschuldigung den armen Pfleger aus der Menagerie fast umgebracht. Aber andererseits waren es so viele gewesen, und Palmer hatte bisher keine Gelegenheit gehabt, sie alle kennenzulernen. Er trank noch mehr Wein.

Doch Hugo Stanton war ein Diener. Er stand dem König sehr nahe, war aber nichtsdestoweniger nur ein Diener.

Stanton war ehrgeizig, dessen war sich Palmer sicher. Aber er war jetzt seit fünf Jahren Kurier. Konnte jemand ihn überzeugt haben, dass es einen schnelleren Weg zu Reichtum gab? Man musste nicht besonders klug sein, um sich das vorstellen zu können. Aber dennoch. In der Nacht, in der Palmer Stanton beim Herumschleichen in Woodstock ertappt hatte, weil er versucht hatte, zu Rosamunds Zimmer zu gelangen, hatte der junge Kurier bereitwillig deutlich gemacht, was er für Rosamund empfand.

Die Begierde eines Narren, das wusste Palmer. Rosamund mochte Stanton zwar vielleicht benutzen, aber über kurz oder lang würde sie einen anderen erwählen. So, wie sie immer wieder versucht hatte, ihn für sich zu gewinnen. Gähnend trank Palmer und schüttelte den Kopf. Geoffrey war bereits überzeugt, dass ihr das längst geglückt war.

Was war überhaupt mit Geoffrey? Dem Bastard des Königs. Der Lieblingssohn, der an Heinrichs Seite gegen die Rebellen, Eleonore und seine anderen Söhne gekämpft hatte.

»Der Lieblingssohn.« Palmers Herz raste, als er die Worte laut sagte.

Heinrich war so sicher gewesen, dass Eleonore hinter den Anschlägen auf Rosamunds Leben steckte. Aber was, wenn Eleonore gar nichts damit zu tun hatte? Eine Annullierung ihrer Ehe mit dem König wäre ein schrecklicher Schlag für sie, zweifellos. Doch für Geoffrey wären es gute Nachrichten. Heinrich würde einen Erben benennen müssen, und Geoffrey war die naheliegende Wahl. Wenn aber Geoffrey dachte, Heinrich wolle

Rosamund heiraten, hatte er Grund, sie loswerden zu wollen. Natürlich wusste Geoffrey nichts von Amélie.

Plötzlich passte alles zusammen, wie Mosaiksteinchen, die nur ein Bild ergaben, wenn man sie auf den Boden legte.

Geoffrey war am Efeu hochgeklettert, um dem König zu zeigen, dass es möglich war, um den Verdacht auf einen Außenstehenden zu lenken. Geoffrey kannte alle Tiere in der Menagerie. Ja, er liebte sie und ihre Wildheit. Leider hatte der König ihn, Palmer, hinzugerufen. Was hatte der Bischof als Nächstes getan? Ihm, Palmer, eine defekte Armbrust gegeben und ihn um ein Haar erschossen. Nur Palmers schnelle Reaktionen hatten ihn gerettet.

Dann hatte Geoffrey Rosamund in den Turm verlegt, den Turm, in dem zwei Wachen den Tod gefunden hatten und der niedergebrannt war. Nachdem Rosamund in Sicherheit gewesen war, hatte Geoffrey versucht, ihn zum Springen zu überreden, was seinen Tod hätte bedeuten können. Geoffrey hatte versucht, für seine Entlassung zu sorgen. Aber das war gescheitert, und man hatte ihn stattdessen nach Godstow versetzt. Sein Herz raste.

Natürlich hatte Geoffrey die falsche Frau im Visier. Heinrich hielt sich Rosamund nur aus Fleischeslust.

Palmer richtete sich auf und verließ das Bett. Er musste den Mann stellen, ihn ergreifen, wenn nötig. Aber was für Beweise hatte er? Keine. Er hatte nur Vermutungen. Er konnte sich irren, wie er es bei Stanton getan hatte. Geoffrey war Bischof und der Sohn des Königs. Sie waren im Frauenkloster des Königs. Geoffrey würde Palmer hinauswerfen, gedroht hatte er damit ja schon. Geoffrey konnte beliebig viele weitere Männer rufen.

Aber was war mit Rosamund? Würde sie in dieser Nacht sicher sein? Palmer dachte darüber nach. Die Antwort war dieselbe: Sie waren in einem Frauenkloster. Der Bischof von Lincoln fiel auf, wenn er sich hier bewegte. Bisher hatte er auf die

Größe Woodstocks und des umliegenden Geländes gesetzt, die vielen Orte, an denen er seine Übeltaten ungesehen begehen konnte.

Palmer nickte vor sich hin. Heinrichs Entscheidung, Rosamund hierherbringen zu lassen, war genauso klug wie die, Amélie hier unterzubringen. Wenn Geoffrey hier handelte, würde ihm der König auf die Schliche kommen.

Palmer legte sich wieder hin. Er musste einen Beweis finden. Am nächsten Tag. Er würde Geoffreys Gemächer durchsuchen, während der Mann an der Messe teilnahm.

Das Tosen des Flusses schien lauter denn je.

Vor Erleichterung lockerten sich Palmers Schultern. Er hatte seine Antwort. Er hatte einen Weg, die Wahrheit zu beweisen. Er trank den Wein aus und gähnte ausgiebig.

Endlich holte ihn die Erschöpfung der zurückliegenden paar Tage ein. Der Schlaf schlug über ihm zusammen wie eine Welle.

* * *

Lord Nicholas Ordell rieb sich die Augen und schob das Manuskript näher an die Kerze. Die Privatgemächer über seiner Halle boten ihm allen Komfort und dazu noch Abgeschiedenheit. Aber egal wie bequem sein Polsterstuhl und sein Schreibtisch waren, viele Stunden ohne Tageslicht zu lesen stellte immer eine Herausforderung dar. Doch er musste beharrlich bleiben. Denn er hatte es mit einer großen Herausforderung zu tun: der Bedrohung durch Hexerei.

Er griff nach seinem Weinkelch, nahm einen Schluck, verzog das Gesicht ob der Schärfe des hineingemengten Pulvers. Diese Widerwärtigkeit aus fein gemahlenen getrockneten Geiernieren und -hoden hätte seine Männlichkeit inzwischen voll wiederhergestellt haben müssen. Er hatte die Einzelheiten über diesen Schutz gegen des Teufels Werk in seiner großen Bibliothek gefunden. Er wirkte seit den Zeiten Karls des Großen, bei ihm allerdings bisher nicht. Viele Monate lang zwang er nun schon dieses widerliche Pulver durch seinen Schlund, aber sein Glied blieb leblos wie eh und je.

Die Hexerei hatte ihn in den Klauen und wurde in jüngster Zeit täglich frecher. Die Funde in den Wäldern, die tote Kröte. Immer hatte dieselbe Frau mit den Funden in Verbindung gestanden: Theodosia Palmer.

Ordell biss die Zähne zusammen. Palmers schweigsame Frau beunruhigte ihn. Nie mischte sie sich unter die anderen Frauen. Sie sprach mit ihrem Mann, als sei sie ihm gleichgestellt. Am Tag der Durchsuchung des Dorfes hätte Ordell geschworen, sie hätte etwas zu verbergen. Er roch die Schuld an ihr.

Ordell nahm noch einen Schluck. Er wünschte, er hätte in diesem Kampf stärkere Truppen zur Verfügung. Doch Gott hatte ihm gegeben, was er besaß, so armselig es auch sein mochte.

Cecily. Seine fromme Frau. In dieser Nacht kniete sie wie in so vielen anderen drunten in der Kapelle in der Halle vor dem Schrein des heiligen Thomas Becket, wo sie auf seinen Befehl hin die ganze Nacht bleiben würde. Ein begrenzter Beitrag, aber mehr konnte man von Frauen nicht erwarten.

Remigius betete mit ihr. Zuvor hatte der Abt mit ihnen zu Abend gegessen, wie er es oft tat, und jeden Vorwand zum Trinken von Wein genutzt, während sie ausführlich über die Eigentümlichkeiten der in Cloughbrook ihr Unwesen treibenden Hexerei debattiert hatten.

Ordell schüttelte den Kopf. Er brauchte einen traditionellen Abt. Einen, der seinen Körper marterte, um Gott näher zu kommen. Keinen voller Fleischeslust. Doch trotz all seiner persönlichen Exzesse hatte Remigius die Mönche im Kloster gut im Griff. Nichts deutete darauf hin, dass einer von ihnen der Ketzerei verfallen war.

Ordell unterdrückte ein saures Aufstoßen und wandte sich wieder seiner gegenwärtigen Lektüre zu: Meister Gratians gewaltiges *Decretum* zu den kanonischen Gesetzen der Kirche. Es war eine mühsame Lektüre. Die meisten Schreiber handelten Texte gerne nach Alter geordnet ab. Manche bevorzugten logische Kriterien. Man musste Gratian zugutehalten, dass er auf Tausende von Kirchengesetze Bezug nahm, aber er hatte sie seltsam sortiert. Darüber hinaus hatte der Autor eigene Stellungnahmen angefügt.

Bisher nichts.

Ordell las weiter, doch die Müdigkeit drohte ihn zu übermannen. Er würde bald aufhören und sich in sein am anderen Ende seiner Privatgemächer auf ihn wartendes verfluchtes Ehebett begeben. Schon vor Stunden hatten die Glocken des fernen Klosters zur Mitternachtsmesse gerufen. Dann sprang ihm eine Passage besonders ins Auge.

»Wenn der Geschlechtsverkehr nicht vollzogen werden kann.«

Während Ordell sie las, verkrampfte sich sein Magen vor Wut. Viele, viele weitere Berichte über Frauen, die schwarze Magie, *maleficium*, nutzten, um ihre Männer impotent zu machen. Dazu andere Sünden. Hastig las er weiter, seine Erschöpfung war einem Hochgefühl gewichen. Vielleicht würde Gratian gleich einen Bericht über eine Frau liefern, die ihren Mann hatte verschwinden lassen. Wenn Ordell einen solchen Bericht fand, würde das seinen Verdacht gegenüber Theodosia Palmer massiv erhärten.

Dann erklang von unten ein Schrei.

Ordells Hand zuckte, und er warf sein Tintenfass um. Er sprang auf, bereit, den Tölpel zu töten, der ihn dazu gebracht hatte, eine solche Schweinerei anzurichten.

Die Schreie gingen weiter: hoch, schnell und nicht eindeutig einem Mann oder einer Frau zuzuordnen.

Ordell eilte zur Tür und riss sie auf.

Die Rufe wurden deutlicher, und ein Wort konnte er klar vernehmen: *Mord.*

Cecily war unten mit dem Abt und betete an Beckets Schrein in der Kapelle, die seitlich von der Halle abging. Ordell ergriff sein Schwert und rannte die Wendeltreppe hinunter.

Viele seiner Diener kamen zur gleichen Zeit wie er an der Tür an und riefen einander mit verschlafenen, ängstlichen Gesichtern Fragen zu.

»Es ist Mord! Mord!« Die Rufe kamen aus der Halle.

Die Tür stand offen.

»Zur Seite, ihr Narren!« Ordell bahnte sich einen Weg zur Tür und stieß sie auf.

Das Feuer im Kamin an der gegenüberliegenden Wand war erloschen. Nur schwaches Kerzenlicht fiel aus der Kapelle zu seiner Rechten und warf tiefe Schatten auf den binsenbedeckten Boden.

Einer seiner Diener stand in der Halle, dem Schrein zugewandt, die Hände vors Gesicht geschlagen, und schrie noch immer.

Ordell trat mit gezogenem Schwert in die Halle.

Als er sich näherte, zuckte der Diener zusammen, und seine Schreie wurden zu einem Wimmern.

»Mylady. Oh, Mylady.«

Ordells Blick fiel auf die leblose Gestalt, die auf dem Boden der winzigen Kapelle lag, und er erkannte die Pelzrobe seiner Frau. Er öffnete den Mund, um etwas zu rufen, vermochte es aber nicht.

Cecily.

Er eilte zu ihr. Die Binsen unter seinen Füßen waren feucht verklebt, und ein stechender Geruch stieg von ihnen auf, der

Geruch von Blut. Mit wenigen Schritten hatte er seine Frau erreicht und trat neben sie. Die Wände schienen ihm von allen Seiten näher zu kommen.

Cecilys Oberkörper war vom Hals bis zum Bauch aufgeschnitten, die weißen Rippen gebrochen und nach oben gebogen.

Der schreckliche Anblick raubte seinen Beinen alle Kraft. Er sank auf die Knie und bremste seinen Sturz mit seinem Schwert.

Keuchen und Schreie erhoben sich von den anderen Dienern, die ihm zum Eingang der Kapelle gefolgt waren und es jetzt auch sahen.

Ordell blickte den Diener an, der Alarm gegeben hatte und der nach wie vor zitterte und weinte.

»Reiß dich zusammen, Mann.« Seine erstickten Worte klangen in seinen Ohren wie die eines anderen. »Was hast du gesehen?«

»Ich habe niemanden gesehen. Nichts. Nur die Lady, so wie sie jetzt ist.« Der Mann weinte noch heftiger. »Die arme, arme Lady.«

»Dann hat niemand etwas bemerkt? *Gar nichts?* Hat sich ein Geist hier hereingeschlichen?« Rasende Wut brachte Ordell die Stimme und die Kraft, zu stehen, zurück. »Wo ist der Abt? Ist er auch tot?«

»Ich weiß nicht, Herr.«

»Hat jemand Abt Remigius gesehen?« Ordells Tonfall wurde schärfer, als er von einem schockierten Gesicht ins nächste schaute. »Irgendjemand?«

Köpfe wurden geschüttelt.

Dann erklang aus einem anderen Durchgang, der zum Gästezimmer führte, die laute, verdrießliche Stimme des Abts. »Was im Namen der Christenheit soll der Lärm?«

»Ihr nennt es Lärm, Remigius?«, erwiderte Ordell krächzend. »Kommt und seht es Euch an, und dann sagt mir, ob unser Geschrei nur Lärm ist.«

Keuchen verriet ihm, dass der Abt sich beeilte, dann machten die Umstehenden Platz, um ihn durchzulassen.

Er war im Nachthemd und hatte eine Robe um die Schultern, sein Gesicht wirkte verschlafen. »Ich meinte nicht, dass Ihr Lärm macht, Lord …« Der Mund blieb ihm in stummem Entsetzen offen stehen, als er des Anblicks gewahr wurde.

»Ich habe ein Geschrei gemacht, und ich werde noch mehr schreien. Ihr wart bei Cecily.« Ordell wies auf den Leichnam seiner Frau. »Warum wart Ihr nicht hier, um das zu verhindern?«

»Ich bin vor einiger Zeit ins Bett gegangen.« Der Abt sah wieder auf sie hinab. Er nahm eine Hand vor den Mund und schluckte laut. »Ich hatte meine Gebete beendet. Doch die Lady auch. Sie schickte mich schlafen, sagte, sie würde die Kerzen löschen und Euch dann ins Bett holen. Ich schwöre es.«

»Dann habt Ihr auch nichts gesehen?«

Der Abt presste die Lippen zusammen. »Ich bezweifle, dass ich gegen einen solchen Angreifer viel hätte ausrichten können, Mylord.« Er wickelte seinen Umhang enger um sich und trat vor. »Nun lasst mich bitte das Einzige tun, was ich vermag, um zu helfen. Ich muss Lady Cecily Ordell die Letzte Ölung angedeihen lassen, um ihre Seele dem Herrn zu empfehlen.«

Ordell tauschte mit Remigius den Platz.

Seine Hände umklammerten sein Schwert, während der Abt schnaufend in der winzigen Kapelle niederkniete und eine Flut lateinischer Gebete ausstieß.

Dann hielt der Abt inne. Er beugte sich vor, um sich die klaffende Brustwunde Cecilys anzusehen, lehnte sich noch etwas weiter heran.

»Remigius, was tut Ihr?«, fragte Ordell.

Der Abt riss den Kopf hoch und schluckte ein weiteres Mal schwer. »Mylord. Es ist schlimmer, als wir gefürchtet hatten.« Er sah mit hervorquellenden Augen zu Ordell auf. »Es ist Hexerei, Teufelswerk. Man hat Eurer Gemahlin das Herz herausgeschnitten.«

Entsetzensschreie der Diener erklangen, viele von ihnen fielen auf die Knie, um Gott um Hilfe zu bitten, während der Abt sich mehrfach bekreuzigte.

Aber Ordell würde nicht auf die Knie fallen. Auf Knien konnte man keine Rache nehmen. Wie die in Stein gemeißelten Worte auf seinen Säulen sagten: Die einzige wahre Antwort konnte der Tod des Sünders sein.

Wiederum fasste er das Heft seines Schwerts fester. »Ruft meine Wachen.« Er wusste, was zu tun war. »Und wenn ich das ganze Dorf in Stücke reißen muss: So wahr mir Gott helfe, ich werde den Übeltäter finden.«

Kapitel 18

Palmer erwachte in seinem Bett in Godstow, die Augen nach einem tiefen, aber traumreichen Schlaf wie verschlossen. Sein Schädel pochte, und seine Zunge klebte ihm am trockenen Gaumen. Er öffnete den Mund und schluckte. Anscheinend war der Wein der Nonnen doch nicht so gut gewesen wie der des Königs. Er versuchte, den rechten Arm zu bewegen, auf dem er gelegen hatte und der jetzt gefühllos unter ihm klemmte. Er rührte sich nicht. Schlaftrunken zwang er sich, die Augen zu öffnen.

Oh, Hölle und Teufel!

Rosamund Clifford lag neben ihm, ihr Gesicht bedeckt von ihrem goldenen Haar. Ihr Gewicht lastete auf seinem Arm, nicht sein eigenes. Und sie war vollkommen unbekleidet.

Palmer war schlagartig wach, riss seinen eingeschlafenen Arm unter ihr hervor und setzte sich auf. Sein Kopf protestierte gegen die plötzliche Bewegung.

»Rosamund. Wacht auf!«

Sie antwortete nicht auf sein scharfes Flüstern. Mit ungeschickter Hand, die vom Rückstrom des Blutes kribbelte, strich er ihr das Haar beiseite, rechnete mit dem üblichen spielerischen Blick, der ihn stets so ärgerte.

Ihm stockte der Atem.

Rosamunds Blick war starr auf ihn gerichtet. Ihre Augäpfel waren blutunterlaufen. Rot. Ihre geschwollene Zunge ragte zwischen den leblosen Lippen hervor.

»Rosamund?« Palmer saß kerzengerade und legte die Hände auf ihr Gesicht, wollte sie zwingen, auf ihn zu reagieren, während sein Schädel furchtbar pochte.

Ihre Haut fühlte sich an wie feuchter Marmor.

Leblos. Er schüttelte den Kopf, versuchte, ihn frei zu bekommen, denn vielleicht träumte er ja noch. Doch der Anblick vor ihm veränderte sich nicht: Blicklos starrten ihm ihre toten Augen entgegen.

Nicht tot – ermordet. Der dünne Lederriemen, der eng um ihren Hals geknotet war und tief ins Fleisch schnitt, verriet ihm auch, wie.

Aber was, wenn sie sich noch ans Leben klammerte? Er hatte so etwas schon gesehen, hatte gesehen, wie Leute, die man als tot liegen gelassen hatte, wieder ins Leben zurückgefunden hatten.

»Kommt schon, Rosamund.« Er schüttelte sie heftig und zerrte an dem Riemen. »Kommt schon.«

Nichts.

Er zog an dem Leder, versuchte, es zu lösen, und atmete dabei laut und keuchend. »Wacht auf. Ihr müsst aufwachen!« Sie durfte nicht tot sein, das durfte einfach nicht sein.

Sein Messer. Damit würde er es abbekommen. Er kroch aus dem Bett, hielt inne und fasste sich an den Schädel. Sein Kopf dröhnte, als wolle er zerspringen, und er hatte das Gefühl, sich gleich übergeben zu müssen. Egal. Er zog seine Klinge aus dem Gürtel. Das Leder schnitt so tief ein, dass er aufpassen musste, sie nicht zu verletzen, als er sie befreite.

Doch er musste sich beeilen – ihr blieb nur wenig Zeit.

Er beugte sich vor und legte ihr eine Hand auf den Hals. Er berührte leblose Haut.

Sie ist tot, du Narr. Er wusste es, egal, wie sehr er es sich auch anders wünschte.

Er richtete sich auf und holte mehrfach lang und tief Luft. Mühsam unterdrückte er den Drang, aufzuschluchzen.

Die arme, törichte, schöne, verwöhnte Rosamund Clifford. Da lag sie kalt und tot. Der Mörder hatte gewonnen. Das war seine Schuld. Er hatte sie im Stich gelassen.

Palmer ergriff die Bettdecke und zog sie über ihren nackten Körper. Er hätte sie nie so sehen sollen. Das sollte auch sonst niemand.

Er griff nach seinen Kleidern. Er musste Alarm schlagen.

Er zog sich erst die Hose, dann das Hemd an, wobei seine Kopfschmerzen immer schlimmer wurden.

Was sollte er sagen, wenn er Alarm schlug? Dass er erwacht war und die Mätresse des Königs erwürgt in seinem Bett gefunden hatte? Die *nackte* Mätresse des Königs? Heinrich würde überaus begierig sein, diese Geschichte zu hören.

Aber er hatte keine Geschichte. Palmer hatte nur die Wahrheit. Dass er zu viel Wein getrunken hatte und erschöpft von seinen Kämpfen der vergangenen Tage eingeschlafen war. Dass er danach nichts mehr gehört hatte.

Nicht, wie Rosamund in sein Bett geschlüpft und dann angegriffen worden war?

Moment.

Er schüttelte den immer noch benommenen Kopf, um einen klaren Gedanken fassen zu können. Wein, blaue Flecken und Kämpfe machten ihn nicht blind und taub. Sonst hätten ihn seine Feinde schon lange erschlagen.

Der Wein. Er hatte ihn in der vergangenen Nacht sehr schnell müde gemacht. Zu schnell. Jemand hatte sich entweder an seinem Essen oder an seinem Getränk zu schaffen gemacht.

Darauf hätte er geschworen. Beweisen würde er es mit den Resten.

Palmer bückte sich auf der Seite des Bettes, wo er die Überbleibsel seines Abendessens abgestellt hatte.

Auf dem Boden war absolut nichts.

Sein ganzer Körper war plötzlich schweißgebadet. Jemand versuchte, ihm die Ermordung Rosamunds in die Schuhe zu schieben. Dessen war er sich jetzt sicher.

Der Vertreter des Königs in Godstow war Geoffrey. Geoffrey, den Palmer im Verdacht hatte, hinter den Anschlägen auf Rosamund zu stecken. Geoffrey, der ihm bereits vorgeworfen hatte, mit Rosamund zu spielen. Geoffrey, dem Heinrich vertraute.

Palmer wusste, man würde ihn in diesem Zimmer finden. Bald. Er musste verschwinden.

Sein Kopf war jetzt wieder klar, und er zog sich in Windeseile an. Er legte sich den Mantel um die Schultern und warf einen letzten Blick auf das starre, gepeinigte Gesicht der schönen Rosamund.

Eine Welle des Zorns über die Obszönität ihres Todes erfüllte ihn. Er beugte sich über sie und küsste ihr sanft die kalte Stirn. Dann zog er ihr das Laken über das Gesicht, um sie vor neugierigen Blicken zu schützen. Sie liebte es zwar, ihren Körper einzusetzen, doch sie hätte nie gewollt, dass Leute sie angewidert oder entsetzt anstarrten. *Hat es geliebt, Palmer. Hat es geliebt.* Er konnte kaum glauben, dass er von Rosamund in der Vergangenheitsform denken musste.

Palmer ging zur Tür, achtete wachsam auf Geräusche, die ihm verraten hätten, dass man ihn entdeckt hatte. Er wusste, er musste den einzigen Menschen finden, den Geoffrey bei alldem nicht bedacht hatte. Schwester Amélie, Theodosias Mutter. Sie wusste um seine Loyalität dem König gegenüber. Sie würde auch wissen, dass er die Wahrheit sagte, und für ihn bürgen.

Solange er sie erreichte, ehe Geoffrey ihn fand.

Palmer eilte die Treppe zu dem Tor zum Kreuzgang hinunter. Langsam und leise hob er den Riegel an und betete, es möge nicht von der anderen Seite verschlossen sein. Es ließ sich aber problemlos öffnen, und er stand im Halbdunkel des Kreuzgangs, der zu dieser frühen Stunde verlassen war.

Er bemühte sich, leiser zu atmen, und verbarg sich hinter einer Säule, um seinen nächsten Schritt zu planen. Er wusste nicht, wo Schwester Amélies Gemächer lagen, da er sie bisher nur in der Kapelle getroffen hatte. Er konnte es nicht riskieren, Schlafräume zu durchsuchen und ein Spektakel durch aus dem Schlaf gerissene Nonnen zu provozieren.

Eine Tür schlug zu.

Palmer zuckte zusammen.

Rasche Schritte hallten auf dem Steinboden. Er spähte hinter der Säule hervor, sah aber niemanden. Doch da stimmte etwas nicht. Die Geräusche, die Bewegung waren zu plötzlich, zu schnell gewesen. Alle Sinne warteten gespannt, ob jemand Alarm gegeben hatte. Er musste versuchen, die Ställe zu erreichen und sich ein Pferd zu schnappen, ehe sich herumsprach, was geschehen war.

Dann sah er Äbtissin Dymphna langsam auf sich zukommen, den Kopf im Gebet gesenkt. Noch hatte er eine Chance, Amélie zu erreichen.

Nachdem er sich kurz vergewissert hatte, dass sie allein war, trat er auf sie zu. »Mutter Oberin. Auf ein Wort.«

Sie hob den Kopf. »Oh, Sir Benedict.« Ihr Gesicht war feucht von frisch vergossenen Tränen, als sie auf ihn zukam.

Palmer verkrampfte sich innerlich. Wusste sie schon vom Tod der armen Rosamund? »Was macht Euch so traurig?«, fragte er mit ruhiger Stimme.

»Es ist Schwester Amélie.« Dymphna schluchzte wieder auf. »Sie ist letzte Nacht gestorben. Im Schlaf erstickt.«

Auch Amélie. Ermordet. Palmer rang nach Luft, nach Worten, als das Entsetzen ihn ergriff.

Geoffrey musste alles wissen. Er bahnte sich einfach einen Weg zur Krone. Als Dymphna am Vortag Amélie aus der Kapelle geführt hatte, hatte er ihr zugemurmelt: *»Möge Gott Euch von Eurem Leiden erlösen.«* Geoffrey hatte sie erlöst, o ja, ebenso wie er die Welt von Rosamund befreit hatte.

Aber drei Dinge standen zwischen Geoffrey und dem Erfolg. Theodosia und ihre beiden Kinder. Lieber Gott. Wusste Geoffrey auch von seiner Familie?

Äbtissin Dymphna sah ihn besorgt an. »Sir Benedict? Seid Ihr krank? Ihr seht aus, als würdet Ihr gleich umfallen.«

»Mutter Oberin?«, rief Geoffrey von jenseits des Kreuzgangs.

»Bitte sagt nichts.« Palmer brachte Dymphna mit erhobener Hand zum Schweigen.

»Mutter?« Ein weiterer Ruf. Näher.

Dymphna wirkte unsicher, wollte Luft holen.

Palmer wich vor ihr zurück. »Bitte sagt nichts. Bitte.« Er drehte sich um und lief auf die Tore des Konvents zu. Heim. Er musste heim. Sofort.

* * *

Theodosia trat aus ihrer Hütte ins graue Licht der Morgendämmerung, einen Eimer unter dem Arm.

Sie wandte sich an Joan, die in der Tür stand und in der eisigen Luft schauderte.

»Meinst du wirklich, ich soll das tun?«, fragte Theodosia leise.

»Ja. Es ist besser so«, erwiderte Joan.

»Ich gehe nur wirklich nicht gern Wasser holen, wenn alle anderen Frauen auch da sind.«

»Ich weiß«, sagte Joan, »und genau deshalb solltest du es tun. Diese Frauen sind Spatzenhirne, sie sind wie eine Schar Gänse. Je häufiger sie dich sehen, desto weniger Notiz werden sie von dir nehmen.«

»Aber was ist, wenn etwas Seltsames geschieht?«

»Du meinst, wie eine tote Kröte?« Joan grinste. »Oh, Schwester, ständig machst du dir Sorgen. Das war vor Tagen, und seither ist am Brunnen nichts Außergewöhnliches mehr vorgefallen. Solche Dinge passieren von Zeit zu Zeit. Das ist alles.«

Theodosia holte Luft, um zu widersprechen, doch Joan legte ihr fest die Hand auf die Schulter.

»Geh jetzt. Geh Wasser holen. Lächle. Verbring Zeit mit ihnen.«

»Mistress Palmer!«

Theodosia zuckte ob des unerwarteten Rufs zusammen.

Enide Thatcher hastete aus dem Dorf die Straße entlang Richtung Brücke, das Gesicht vor Anstrengung scharlachrot verfärbt.

»Was die wohl will?«, fragte sich Theodosia.

Joan schaute ebenso überrascht drein wie sie, hob aber die Stimme: »Ganz ruhig, Enide! Wenn Ihr nicht langsam macht, schaufelt Ihr Euch noch selbst ein frühes Grab.«

Aber Enide stapfte mit unverminderter Geschwindigkeit über die Brücke mit den tiefen Spurrinnen in der Fahrbahn. »Wartet, Mistress Palmer.« Sie wedelte mit beiden Händen, um ihre Aufforderung zu unterstreichen.

Theodosia gehorchte und umfasste ihren Eimer fester, als Enide sie erreichte. Das Keuchen der Nachbarin klang wie ein Blasebalg in vollem Tempo. »Schreckliche Nachrichten.«

Theodosia blieb beinahe das Herz stehen. »Habt Ihr etwas von Benedict gehört?«

»Nein.« Enide schüttelte den Kopf und versuchte, zu Atem zu kommen. »Lady Ordell ist ermordet worden.«

»Ermordet?«, riefen Theodosia und Joan gleichzeitig. Doch Enides Worte hatten nicht die Botschaft enthalten, die Theodosia am meisten fürchtete.

Joan war erbleicht, und ihre Augen blitzten zornig. »Ihr meint, Ihr habt Euch beinahe umgebracht, nur um hierherzurennen und uns diesen furchtbaren Klatsch zu erzählen? Was ist nur in Euch gefahren, Weib?«

Enide, die sich langsam erholte, sah sie nun ihrerseits finster an. »Nichts ist in mich gefahren. Ich bin auch nicht hergerannt, um Klatsch zu verbreiten.« Sie legte eine große, verschwitzte Hand auf Theodosias. »Es war ein schrecklicher Mord. Man hat der Lady das Herz herausgeschnitten.«

Theodosia unterdrückte ihre aufkommende Übelkeit, während Joan angewidert fluchte.

Enide fuhr fort: »Lord Ordell und der Abt haben erklärt, es sei Hexerei gewesen. Es wird eine neue Durchsuchung geben. Sie werden wieder unser aller Heimstätten auf den Kopf stellen.« Ihre Hand umschloss Theodosias noch fester. »Ich weiß nicht, was es mit Euch und Benedict auf sich hat. Aber wenn Ihr etwas habt, das Ordell nicht zu Gesicht bekommen sollte, dann zerstört es. Auf der Stelle. Er wollte beim letzten Mal schon unbedingt etwas bei Euch finden. Ich habe es in seinem elenden Gesicht gesehen.«

Theodosias Magen beruhigte sich. Sie war erleichtert. »Danke für die Warnung, Mistress Thatcher. Aber mein Heim und mein Gewissen sind rein.«

»Das sollten sie auch besser sein. Denn wenn Ordell etwas findet, wird er keine Gnade kennen.« Enide ließ sie los und eilte auf ihre eigene Eingangstür zu. »Ich habe einen Vorrat an Heilkräutern, den diese Dummköpfe beim letzten Mal nicht gefunden haben. Den werfe ich jetzt ins Feuer.« Sie verschwand in ihrer Hütte.

»Ich versuche nicht, dich zu ängstigen, Theodosia«, sagte Joan. »Aber bist du sicher, dass du nichts hast?«

Theodosia gestattete sich ein beruhigendes Lächeln. »Nichts. Ich schwöre es.«

Aus dem Dorf hörte man aufgeschreckte Rufe und Schreie. Eine Rauchwolke erhob sich über die Dächer, schwarz und beißend.

»Das ist kein Kamin«, sagte Joan.

Entlang der Hauptstraße öffneten sich ein paar Türen, Leute schauten heraus und deuteten zum Himmel.

Theodosia erschauerte. »Möge Lord Ordell in seiner Trauer Trost finden. Was für ein schreckliches Ende für seine arme Frau. Das hätte Enide mal sagen sollen, statt loszurennen, um ihre Kräuter loszuwerden.«

»In der Tat.« Joan hatte die Augen weit aufgerissen. »Ich frage mich langsam, wo ich hier eigentlich gelandet bin.«

Ein donnerndes Krachen ertönte hinter den eng beieinanderstehenden Hütten, und weitere große Rauchwolken stiegen auf. Laute Schreie zerrissen die Luft.

Theodosia schlug sich eine Hand vor den Mund. Enide hatte die Wahrheit gesagt. Diese Suche würde gnadenlos werden.

»Ich hole die Kinder. Ich will sie in meiner Nähe.« Sie ging wieder in die Hütte und stellte ihren Eimer ab. »Tom. Matilde. Kommt her.«

Matilde und Tom gehorchten, waren aber wegen der frühen Stunde noch müde und daher langsam.

Sie schob sie hinaus ins Freie.

»Was ist los, Mama?« Tom stand auf Zehenspitzen und spähte in Richtung der Feuer.

Theodosia hob Matilde hoch. »Jemand hat eine schreckliche Sünde begangen. Lord Ordell will herausfinden, wer.«

Asche schwebte in der sanften Brise.

Schneller, heftiger Hufschlag erklang, und eine von Ordells Wachen kam zu Pferd auf der Hauptstraße in Sicht, eine brennende Fackel in der Hand. »Heraus aus den Häusern, ihr Bauern!«, rief der Mann laut. »Bei Todesstrafe!«

»Wir sind doch draußen. Hat er keine Augen im Kopf?« Joans angespanntes Flüstern drang nur an Theodosias Ohren.

Theodosia sagte verzagt: »Sie dürfen unser Zuhause nicht niederbrennen. Das dürfen sie nicht.«

»Das werden sie auch nicht, Schwester. Dafür gibt es keinen Grund.«

Weitere Türen öffneten sich wie von Zauberhand. Menschen strömten auf die Straße, manche hellwach und voll bekleidet, andere noch ganz verschlafen.

Nebenan zerrte Enide den halb angezogenen Alf ins Freie, wobei sich ihr Ehemann lautstark beklagte.

»Enide, ich bin noch in Unterhosen.«

»Besser halb angezogen als tot.« Sie ließ ihn nicht wieder hinein.

Dann hörte man erneut Hufschlag, langsamer als der erste Reiter, aber von viel, viel mehr Pferden und alle aus der Richtung, in der Lord Ordells Herrenhaus zwischen den Bäumen aufragte.

Theodosia drückte Matilde an sich und legte die freie Hand auf Toms Schulter.

Lord Nicholas Ordell kam an der Spitze eines Dutzends Berittener in ihr Sichtfeld. Abt Remigius war hinter ihm auf einem Pferd, das er kaum kontrollieren konnte. Weitere Männer des Adligen begleiteten sie zu Fuß, bewaffnet mit Äxten, Schwertern und Fackeln. Sein Vogt, der schwarzbärtige Williamson, ging voran.

Ordell schwang sein Schwert in einem Halbkreis, der alle Behausungen umfasste. »Durchsucht sie! Durchsucht sie alle!« Sein schmales Gesicht war rot gefleckt vor Wut. »Ich werde nicht ruhen, ehe ich dieses Übel mit Stumpf und Stiel ausgerottet habe!«

Viele Dörfler folgten dem Suchtrupp, einige blutend, andere mit Verbrennungen. Aber sie alle verhielten sich still.

Ein Mann kam einem Pferd zu nahe, als der Suchtrupp seine Hütte erreichte. Der Reiter trat ihn beiseite, und seine Frau fing ihn auf, als er mit einem Aufschrei zu Boden stürzte. Der Reiter reagierte, indem er seine Fackel in den Karren neben ihrer Tür stieß. Flammen loderten empor.

Doch niemand protestierte.

Mit trockenem Mund konnte Theodosia nur zuschauen, wie der Suchtrupp über die Brücke zur Behausung der Thatchers strömte: Lord Ordell, der Abt, Williamson.

Joan stand schweigend neben ihr, eine Hand auf ihrem Arm. »Sei tapfer«, flüsterte sie kaum hörbar.

Theodosia nickte schwach. Mit Benedict an ihrer Seite war es viel leichter, tapfer zu sein. Aber er war nicht da.

Nicht einmal Enide wagte es, aufzubegehren, als Williamson mit drei Männern in ihr Heim stürmte und man von drinnen das Scheppern zerbrechender Gegenstände hörte.

Remigius stimmte laut ein Gebet an. »Möge Gott uns helfen, den Sünder zu finden!«

Niemand schloss sich ihm an.

Williamson kam heraus und warf einen von Enides Töpfen auf den Boden, wo er in tausend Stücke zersprang.

Alf legte seiner Frau warnend eine Hand auf den Arm.

Dann sah Ordell Theodosia in die Augen. »So.« Rachedurst brannte in seinem Blick. »Die Letzte. Durchsucht sie. Bis zum letzten Strohhalm.«

Williamson nickte und setzte sich mit seinen Männern in Bewegung.

Theodosia straffte sich, atmete ruhiger und hielt Matilde und Tom ganz fest. Man sollte wegen seines Zorns Mitleid mit Lord Ordell haben. Sie konnte sich den Kummer, die Wut, die er verspüren musste, nicht vorstellen.

Williamson kam heraus.

»So schnell?« Ordells scharfe Frage spiegelte ihre eigene Überraschung wider.

Der Vogt hatte etwas in der Hand. Ein kleines Tuchbündel, das Theodosia nie zuvor gesehen hatte. Ein blutbeflecktes Bündel. »Das habe ich unter dem Kinderbett versteckt gefunden.«

Williamson hielt es Lord Ordell und dem Abt hin. Theodosia war, als zöge ihr jemand den Boden unter den Füßen weg. Joan krallte ihr die Nägel in den Arm.

Eine schreckliche Stille senkte sich herab, unterbrochen nur vom Knistern der Fackeln und von den Bewegungen der Pferde.

Ordells Hände umklammerten die Zügel, seine Knöchel waren kalkweiß. »Öffnet es.«

Williamson tat es.

Die Stille wich einer Flut angewiderter, entsetzter und ungläubiger Schreie.

»Nein.« Theodosia brachte nur ein dumpfes Flüstern hervor.

Denn in den Tüchern lag, feucht und blutig, ein rot verschmiertes menschliches Herz.

* * *

Palmer rannte.

Er hatte die Tore des Frauenklosters Godstow hinter sich weit offen gelassen. Egal. Er hatte keine Zeit gehabt, sie zu schließen. Er musste weg.

Die Steine des von Pfützen übersäten Fahrwegs knirschten unter seinen Füßen. Er musste die Straße verlassen und den nahen Fluss erreichen. Über die Schulter sah er zurück zu den hohen Mauern und dem Tor des Konvents. Noch keine Bewegung zu erkennen. Aber es musste nur jemand von den Mauern herab oder durch das Tor auf die völlig frei einsehbare Straße schauen.

Den Fluss hingegen säumten Bäume. Sie würden ihn vor neugierigen Blicken verbergen. Wenn er sie rechtzeitig erreichte.

Er sprang über den wassergefüllten Straßengraben und landete auf einem schlammigen Feld dahinter. Seine Stiefel quietschten im feuchten Gras und in dem weichen Schlamm darunter und wurden rasch immer schwerer, weil der nasse Matsch an ihnen klebte.

Die Muskeln in seinen Beinen ächzten unter dem zusätzlichen Gewicht. Aber er durfte nicht langsamer werden. Nicht hier draußen, wo er ein sich langsam bewegendes Ziel für Geoffrey abgab.

Hatte Dymphna etwas zu dem niederträchtigen Sohn des Königs gesagt? Palmer wusste es nicht. Er hätte auch nicht bleiben können, um es herauszufinden.

Mit seinem rechten Fuß rutschte er auf einem Grasbüschel aus und glitt bis zum Knie in zähflüssigen Schlamm. Er fluchte, als er sich aus dem Matsch zog. Er kam hier draußen langsamer voran als ein Greis. Wäre er beritten gewesen, hätte er inzwischen schon ein paar Meilen entfernt sein können. Aber dafür war keine Zeit gewesen. Der Fluss war jetzt seine einzige Chance.

Geoffrey hatte ihm die tote Rosamund ins Bett gelegt. Gott allein wusste, was der Bischof der armen Amélie angetan hatte. Palmer wischte sich den Schweiß von der Stirn. Niemand hätte ihm geglaubt. Niemand.

Das galt noch immer. Wenn sie ihn jetzt erwischten, war er erledigt.

Der Fluss lag noch ein Feld weit entfernt. Palmer sah sich erneut um.

Immer noch nichts.

Er hielt an einer Dornenhecke inne, die er würde überklettern oder durchqueren müssen, und versuchte, wieder zu Atem zu kommen. Was würde aus Theodosia werden, wenn man ihn aus dem Weg schaffte? Was aus seinen Kindern?

Langsam und getragen erklangen die Glocken des Konvents. Sie teilten der Welt mit, dass jemand gestorben war. Trauernde würden sich aus weitem Umkreis zum Gebet einfinden.

Palmer brach durch die dornigen Äste. Er musste den Fluss erreichen.

Der Boden hinter der Hecke war genauso schwergängig wie der davor. Es war ihm egal. Er stürmte weiter, auch wenn ihm die Brust vor Anstrengung brannte. *Schneller.*

Dann hörte er Hufschlag.

Er sah zur Straße hinüber. Ein Pferd kam in gestrecktem Galopp durch das Tor. Der Reiter war tief über den Hals des Tiers gebeugt, hatte den Blick fest auf die Straße gerichtet.

Während Palmer sich niederkauerte, sah er den blonden Haarschopf unter dem Hut des Mannes. Stanton. Zweifellos war er unterwegs, um Heinrich zu informieren. Er konnte Stanton überreden, ihn mitzunehmen oder dem König zumindest seine eigene Botschaft zu überbringen. Palmer holte tief Luft, um laut zu rufen.

Doch er tat es nicht.

Ein Mann war am Tor des Konvents aufgetaucht und zog es zu.

Stanton galoppierte ohne einen Blick zurück die Straße entlang.

Geduckt huschte Palmer verzweifelt in den Schutz der Bäume hinüber. Vor ihm rauschte tosend der Fluss. Er richtete sich auf, wischte sich die schlammigen Hände am noch schlammigeren Umhang ab und fluchte, weil es ihm nicht gelungen war, sich Stanton in den Weg zu stellen.

Sein Vorsprung war ohnehin schon gering und schmolz dahin wie Schnee in der Frühlingssonne. Er musste einen Weg finden, Heinrich zu benachrichtigen. Darüber, dass er gescheitert war. Dass er Rosamund nicht hatte retten können. Genauso wenig wie Amélie. Und dass er endlich die Antwort kannte. Eine Antwort, die Heinrich nicht gefallen würde. Absolut nicht.

Zu gefährlich. So hatte Stanton seine Arbeit für den König bezeichnet. Deshalb hatte Heinrich verboten, dass Theodosia und die Kinder mitkamen. Nun, das hatte der König richtig beurteilt.

Aber wenn Geoffrey von Amélie wusste, wusste er vielleicht auch alles andere. Doch er, Palmer, hatte für die Mätresse des Königs gekämpft, während er schützend vor seiner Frau und seinen Kindern hätte stehen sollen.

Palmer schluckte Tränen herunter, die ihm plötzlich wie ein harter Klumpen in der Kehle saßen. *Sei kein feiger Narr.*

Nein, er durfte kein Narr sein. Er musste einen Weg finden, so schnell wie möglich nach Hause zu gelangen und Heinrich zu informieren. Palmer spähte zwischen den Ästen hindurch. Einige Menschen eilten auf der Straße Richtung Godstow, angelockt von den noch immer läutenden Glocken.

Fürs Erste, das wusste Palmer, musste er sich verstecken. Ohne Geld. Ohne Pferd. Nur mit seinem Dolch bewaffnet. Wie stellte man das am besten an? Unter vielen Menschen. Er ließ Godstow hinter sich und ging in Richtung des tosenden Flusses. Denn flussabwärts lag die große Stadt Oxford.

* * *

»Nein!« Theodosias Schrei ging in einem Chor von Rufen, Gebrüll und Gekreische aus hasserfüllten Gesichtern unter.

»Ich wusste es!« Ordell wies mit dem Finger auf sie, um seine Anklage noch zu unterstreichen. »Wachen, nehmt diese Frau wegen Hexerei fest!«

Auf den Befehl Ordells hin trat eine Gruppe von Männern vor, während Williamson das schreckliche Bündel wieder einwickelte und dem Abt übergab.

Theodosia klammerte sich an ihre Kinder. »Ich schwöre beim Allmächtigen, ich habe nichts getan!«

Joan trat einen halben Schritt vor sie, ohne ihren Arm loszulassen. »Lasst sie in Ruhe!«

Williamson packte Joan und riss sie von Theodosia weg. »Kommt her, meine Schöne.«

»Lasst mich los!« Joan schlug nach ihm, versuchte ihn im Gesicht zu treffen, doch er duckte sich und presste sie an sich.

Die Wachen rückten gegen Theodosia vor und packten sie grob, während sie sich an ihren Kindern festklammerte.

»Fasst sie nicht an!«

Matilde kreischte vor Angst.

»Lass meine Mama in Ruhe!« Tom trat mit aller Kraft zu.

»Was soll ich mit der hier machen, Herr?« Williamson hielt Joan mit einem Arm im Schwitzkasten. Seine freie Hand betatschte ihre Brüste.

Joan rang nach Luft, aber ihre Augen verhießen dem Mann den Tod.

»Lasst sie wenigstens reden!«, durchdrang Enides laute Stimme den Höllenlärm, während sie sich durchzudrängen versuchte.

Ordells wütender Blick traf sie, doch der Abt hob eine Hand.

»Wartet alle!«, sagte er. »Lasst Palmers Schwester sprechen, Williamson.« Der Vogt lockerte seinen Griff, während die Menge näher drängte, um besser zu hören und zu sehen. Auf Theodosias Schultern lagen noch immer schwere Hände.

Joan hustete heftig, dann sprach sie: »Ich habe noch nicht einmal in Cloughbrook gelebt, als es die ersten Anzeichen für Hexerei gab. Ihr wisst, wo ich hergekommen bin, Abt, und wann.«

Der Abt nickte langsam. »Sie sagt die Wahrheit, Herr. Ich kann für sie bürgen.«

»Dann gehorcht Abt Remigius, und lasst sie los«, sagte Ordell. »Sie ist mir egal.«

Williamson tat es stirnrunzelnd.

Joan stieß ihn von sich. »Ich schwöre, auch die Frau meines Bruders ist unschuldig, Herr. Das werde ich Euch beweisen.« Sie streckte die Hände aus. »Theodosia, gib mir die Kinder. Sie sollten nicht noch mehr von diesem üblen ...«

»Nein.« Ordells Befehl schnitt ihr das Wort ab. »Wachen, ergreift auch die Blagen. In ihnen fließt sicher dasselbe verderbte Blut.«

»Nein! Nicht meine Kinder!«, schrie Theodosia.

Eine Wache entriss ihr Matilde, eine andere zerrte Tom am Wams hoch.

»Nicht!« Joan warf sich nach vorn, aber Williamson hielt sie auf.

Theodosia verlor jede Beherrschung. Sie versuchte, sich von den Wachen loszureißen, bekam eine Hand frei und kratzte nach ihren Augen.

»Rührt sie nicht an! Wagt es nicht!« Sie trat, spuckte, biss.

Ein Schlag ins Gesicht ließ sie taumeln, nahm ihr vorübergehend die Sicht.

Die Rufe und das Gejohle ringsum wurden leiser und dann wieder lauter. Matilde heulte weiter, während Tom empört schrie. Wieder griffen Hände nach ihr. Sie konnte sich nicht bewegen.

Verschwommen sah sie vor sich Ordell hoch zu Ross. »Jetzt zeigt die sanfte Mistress Palmer ihr wahres Gesicht, Remigius.«

Der Abt nickte. »In der Tat.«

»Bringt sie zum Herrenhaus, und sperrt sie ein.« Er trieb sein Pferd mit einem Schnalzen der Zunge an. »Ich muss das Begräbnis meiner Frau vorbereiten. Abt, ich werde Eure Hilfe brauchen.«

Der Abt folgte ihm, und sie verließen das Dorf, ohne einen Blick zurückzuwerfen. Die Wachen zerrten Theodosia mit sich.

Benommen stolperte sie zwischen ihnen dahin, setzte aber einen Fuß vor den anderen, als könne sie so ihre Kinder einholen. Doch sie waren schon zu weit voraus. Sie konnte Matildes goldene Locken und Toms roten Schopf in den Händen großer, brutaler Männer kaum noch sehen.

Der Mann, der all das hätte verhindern können, war nicht hier. *Benedict.* Im Herzen rief sie nach ihm, ein fruchtloser, verzweifelter Appell.

»Theodosia! Theodosia!«

Bei dem panischen Ruf wandte sie den Kopf.

Joan sah sie aus ihren dunklen Augen an. »Verzweifle nicht! Wir werden die Wahrheit herausfinden.«

Aber Williamson stieß sie zurück. Dann sah sie Joan nicht mehr. Sie war vollkommen allein.

Kapitel 19

Palmer folgte der viel genutzten Straße, die Kapuze tief ins Gesicht gezogen, um sein Gesicht so gut wie möglich zu verbergen. Sie folgte dem Lauf eines Seitenarms des Flusses, der sich an die Stadtmauern von Oxford schmiegte. Wachsam achtete Palmer auf jedes Anzeichen, dass ihn jemand erkannte oder argwöhnisch betrachtete. Bisher nichts. Er richtete den Blick nach vorn, brannte darauf, ein Stadttor zu erreichen.

Über ihm zeichnete sich der hohe Steinturm der Burg gegen den Morgenhimmel ab. Eine weitere Festung Heinrichs. Vielleicht konnte jemand von dort eine Botschaft von ihm an den König schicken? Unwahrscheinlich. Die Bewohner der Burg würden Geoffrey als Erstes von Palmers angeblichen Verbrechen unterrichten.

Der Vorarbeiter Lewis hatte von einer Großstadt gesprochen. Er hatte recht. Vor Palmer erstreckten sich hinter der schützenden Mauer zahlreiche Gebäude, bildeten einen Wirrwarr geschäftiger Straßen und Gassen. Viele Bereiche schienen zu seinen Lebzeiten errichtet worden zu sein. Der Geruch frisch geschnittenen Holzes in der Luft und der Klang von Hämmern und Sägen verrieten ihm, dass gerade weitere Häuser gebaut wurden. Von anderen waren nur noch die ausgebrannten und zerfallenen Überreste zu sehen. Während Stephens katastrophaler Herrschaft waren viele Städte verwüstet worden. So auch diese.

Ein Stadttor kam in Sicht, vor dem sich Menschen, Karren und Pferde zu einer dichten Traube drängten. Es wollten ebenso viele in die Stadt wie heraus. Palmer hielt mit beiden Händen seinen Mantel zu. Er musste einen Weg hinein finden und sich dann unauffällig fortbewegen, bis er ein Transportmittel hatte, das schneller war als seine Beine. Das Gedränge der Menschen würde helfen, aber es würden dennoch Wachen am Tor und vor der nahe gelegenen Burg stehen.

Ein zerlumpter Mann ging an ihm vorbei auf die Stadt zu, einen Korb auf dem Rücken. Darin sah Palmer kleine Holzstücke, einige leicht angekokelt, andere noch gut als Brennholz verwendbar. Das brachte ihn auf eine Idee. Er verließ die Hauptstraße und bog in eine Gasse mit ausgebrannten und eingestürzten Häusern ein.

Er sah ins erste hinein. Die geschwärzten Mauern trugen kein Dach mehr, und auf dem Boden wuchs Gras. Das nächste sah genauso aus. Im dritten fand er, was er suchte.

Ein alter Mann in Lumpen, der nach Abfall roch, war über die Überreste der Mauern gebeugt. Er arbeitete mit einem Beilchen in einer Hand. Ein mitgenommener Weidenkorb voller Holzreste stand neben ihm auf dem Boden.

Er sprang auf, als Palmer hereinkam. »He, was willst du?« Er hob das Beil, ein jämmerliches Ding mit altem, rostigem Blatt. »Such dir gefälligst deine eigene Beute.«

Palmer zog die schlammige Kapuze vom Kopf. »Ich will tauschen.«

Der Mann sah sich Palmer mit seinen trüben Augen genauer an. »Was tauschen? Ich würde meinen, du bist kein Bettler.«

Der arme Kerl war halb blind. »Meinen Umhang. Meine Stiefel.« Palmer nahm gedanklich bei dem Mann Maß. »Gegen einige deiner Kleidungsstücke und deinen Korb.«

»Ich weiß nicht.«

Palmer trat auf ihn zu, und der Mann schwenkte das Beil. »Bleib mir vom Leib, hörst du?«

»Ich tue dir nichts.« Palmer drückte dem Mann ein Stück seines Umhangs in die freie, schmutzige Hand. »Hier. Fühl mal.«

Der Mann gehorchte, und sein Gesichtsausdruck veränderte sich. »Das ist gute Wolle. Fein gewebt.«

»Meine Stiefel sind auch gut«, sagte Palmer. »Deine Schuhe. Im Tausch für sie. Abgemacht?«

»Ich schätze, mein Schweigen ist auch etwas wert, Fremder?«

»Ich habe kein Geld.«

»So, wie Ihr angezogen seid? Ich bin halb blind, nicht halb blöd.«

Palmer hatte dafür keine Zeit. Jeder Augenblick, der verstrich, brachte Geoffrey näher. »Es ist wahr. Ich werde irgendwo auf der Straße problemlos jemanden finden, der mir glaubt.« Er wandte sich ab.

Der Mann hielt ihn fest. »Halt, Fremder, halt. Ich tausche mit Euch.« Er grinste zahnlos. »Einen Versuch war es wert, oder?«

»Ja.« Palmer öffnete die Fibel seines Mantels. »Aber vielleicht solltest du besser darüber nachdenken, bei wem du was versuchst.« Er streifte das Kleidungsstück ab.

Der Alte drückte es an sich. »Gute, gute Wolle. Die wird den Wind abhalten.« In einer Woge von Gestank streifte er seinen eigenen Umhang ab. »Hier.«

Palmer nahm ihn, und seine Hand ging direkt durch das verrottende, dreckige Stück Stoff. Egal. Er benutzte den Riss als Armloch und drapierte sich den Rest über Brust und Schultern. Er verströmte den Gestank des alten Mannes. Ein anderer Geruch, käsig und widerlich, drang ihm in die Nase, und er sah nach unten.

Der Mann hatte die löchrigen Schuhe abgestreift, seine Füße waren in fleckige Verbände gewickelt. »Das fühlt sich seltsam an. Ich trage sie sonst immer.«

Palmer streifte seine Stiefel ab. »Hier. Jetzt sind wir quitt.«

Der Mann strahlte, als er sie nahm. »Gott meint es gut mit mir. Die sind ganz schön schwer.« Er setzte sich auf den Boden, um hineinzuschlüpfen.

Mit einiger Mühe zog Palmer erst den einen, dann den anderen Schuh an. Das alte, stinkende Leder hatte zahlreiche Risse, und nur deswegen gelang es ihm.

Der Mann hob den Kopf und sah sich nach Palmer um. »Ich könnte Euch begleiten, Fremder. Euch herumführen oder so.«

»Nicht nötig.« Er nahm den Korb. »Es ist auch nicht nötig, mich zu erwähnen. Verstanden?«

Der Mann registrierte seinen harten Tonfall. »Klar, klar. Einen schönen Tag Euch.«

Palmer ging und beeilte sich, das Tor zu erreichen. Die fremden Schuhe, die nicht gut passten und von Feuchtigkeit und Schweiß schimmlig waren, ließen ihn leicht hinken. Nicht schlecht. Mit einer Hand betastete er sein Gesicht. Noch immer ziemlich schlammverschmiert von seiner Flucht aus Godstow. Er zog sich einen Teil des zerfledderten Umhangs als Kapuze über den Kopf und trat wieder auf die geschäftige Straße, den Korb geschultert.

Eine Gruppe von Bäuerinnen mit schweren Warenbündeln auf den Rücken machte ihm Platz. Mehr als eine hielt sich die Nase zu.

Gut. Mit dem Gestank des Alten an sich würde er schneller vorankommen.

Bald war er Teil der Traube am Tor. Sein Herz schlug aufgeregt. Wie vermutet war es bewacht. Er hielt Ausschau nach Anzeichen, dass die Wachen in irgendeiner Form alarmiert worden waren. Nichts. Vielleicht hatte sein Plan funktioniert, und Geoffrey durchkämmte das Umland nach ihm. Palmer stellte sich die wachsende Wut des Bischofs vor, der sich immer mehr wund ritt und seine Beute trotzdem nicht fand. Er gestattete sich ein knappes Grinsen.

Die meisten Wachen unterhielten sich müßig und warfen gelegentlich einen Blick auf die Menge. Die, die allein standen, wirkten gelangweilt. Eine gähnte ganz offen.

Das waren also die Männer, denen Geoffrey zutraute, Spuren des Leoparden zu finden. Bei Gott, die Kreatur würde jemandem direkt vor ihnen den Kopf abbeißen müssen, um diesen müden Haufen aufzuscheuchen. Egal. Besser sie als scharfäugige, hoch konzentrierte Schildwachen. Palmer schlurfte in der Schlange langsam an ihnen vorbei, den Kopf gesenkt.

Nun war er Teil der Menge innerhalb der Mauern. Er entfernte sich von der großen Burg, die zu seiner Linken aufragte. Nicht jede Wache würde nur verschlafen abwarten, bis ihr Dienst zu Ende war.

»Wo geht es zum Markt?«, fragte er einen anderen in Lumpen gekleideten Mann.

Der Mann deutete über das Dächergewirr hinweg auf einen hohen, quadratischen Turm. »Die Richtung. Das ist der Turm von St. Michael, falls du dich verirrst. Am Nordtor.«

Palmer nickte dankbar und eilte weiter, soweit das im Gedränge der Menschen, Pferde und Wagen möglich war. Der Markt würde voller Händler sein. Vielleicht konnte er sich eine Mitfahrgelegenheit auf einem Karren erbetteln. Einem Karren mit einem Pferd, das er stehlen konnte, wenn die Straßen leerer wurden.

Sein langsames Vorankommen auf dem Weg dorthin ärgerte ihn. Er musste nach Hause. Auch wenn Geoffrey vielleicht im Moment eine falsche Spur auf der Suche nach ihm verfolgte, würde es nicht lange dauern, bis er Oxford ins Visier nahm.

Die Menge der Verkäufer und Käufer wurde dichter und versperrte ihm den Weg zur Kirche, die ihn so weit geführt hatte. Überall trieben Kleidungsverkäufer Handel, feilschten um das beste Angebot. Er kam an einem schmalen Laden mit teurem Pergament vorbei.

Höker boten in Körben Brot und Pasteten feil, und die vielen Schenken bedienten Leute, die tranken, als sei es ihr letztes Mal. Selbst schon so früh am Tag standen in den dunklen Gassen Huren, die männlichen Passanten nachpfiffen und ihnen ihre Dienste anpriesen. Mehr als ein Bursche duckte sich in eine solche Gasse und war verschwunden.

Palmer fiel ein pockennarbiges Mädchen mit offenherzigem, gewagtem Kleid ins Auge, dessen nackte Arme von der kalten Luft gerötet waren. Sie zwinkerte ihm zu, und er löste sich aus dem Strom der Menschen.

»Kennst du jemanden in Oxford, der Pferde verkauft?«, fragte er.

»Reiten könntet Ihr mich.« Ihr Lächeln verschwand, und sie rümpfte die Nase, als er vor sie hintrat. »Aber das kostet extra.« Sie wedelte sich mit der Hand vor ihrer Nase. »Und schnell muss es gehen.«

Palmer konnte ihr daraus keinen Vorwurf machen. »Ich habe kein Geld für dich. Ich brauche ein Pferd oder einen Wagen.«

»Kein Geld, kein Spaß.« Sie senkte die Stimme. »Ich verschwende meine Zeit nicht mit Gerede. Und jetzt verschwindet.

Sonst denken die Leute noch, ich lasse mich mit Dreckschweinen wie Euch ein, und bezahlen mir weniger.«

»Tut mir leid, Miss.« Palmer hob die Hand und schickte sich an weiterzugehen.

»Miss?« Ihre Miene hellte sich auf. »So hat mich noch niemand genannt.« Sie lachte. »Ihr könntet es in den Gasthäusern versuchen. Da kommen und gehen ständig Leute.« Sie lachte erneut. »Aber Ihr werdet niemanden finden, der Euch mitnimmt, solange Ihr stinkt wie ein Misthaufen voll faulender Innereien.«

»Danke.« Palmer ging weiter.

Ein Stück die Straße entlang sah er eine Reihe von Gasthäusern, genau wie das Mädchen gesagt hatte.

Er wagte nicht, eines davon zu betreten, nicht so gekleidet und nicht ohne Geld. Das hätte nur unnötig Aufmerksamkeit erregt. An den ersten drei ging er vorbei. Vor dem vierten sah er einen rotgesichtigen Wirt und einen Kutscher ein Fass von einem voll beladenen Karren hieven. Das mochte seine Chance sein.

»Kann ich Euch helfen, die Herren?«, fragte er und trat näher.

Der Wirt schaute finster, aber der Kutscher nickte erleichtert. »Du hast Muskeln.« Er deutete auf sein Gefährt. »Lade die vier Fässer ab.«

»Wir brauchen ihn nicht«, widersprach der Wirt.

»Freund, du bekommst einen Schlaganfall, wenn du weiter so schuftest«, erwiderte der Kutscher. Er bedeutete dem Wirt, sich zu verziehen. »Geh schon. Er wird mir helfen, und es soll sein Schaden nicht sein.«

Unwirsch vor sich hin murmelnd ging der Wirt wieder ins Haus.

Palmer stellte seinen Korb ab und hob ohne Hilfe das erste Fass an.

»So schnell du kannst«, verlangte der Kutscher. »Ich bin schon spät dran.«

Palmer schnappte sich das nächste, während er den Kutscher musterte. »Ich kann Euch bei jeder Abladestelle helfen, wenn Ihr wollt.« Der kleine Mann war nicht gerade muskulös. Wenn es keine Zeugen gab, konnte Palmer ihn leicht überwältigen und sich das Pferd ausborgen. Der Bursche würde es ja zurückbekommen. Palmer lud ein weiteres Fass ab.

»Ich schätze, du willst eine Bezahlung?«, fragte der Kutscher.

»Ich mache es gerne, wenn ich mitfahren darf.« Palmer griff nach dem letzten Fass. »Ich bin seit Wochen unterwegs.«

»Einverstanden.« Der Kutscher zeigte mit dem Daumen auf einen Stapel Fässer an der Tür. »Wenn du die auch aufladst.« Er grinste über seine eigene Schläue. »Ich trinke derweil ein Bier.« Er verschwand im Gasthaus.

Palmer juckte es in den Fingern, sich sofort den Wagen zu schnappen. Aber das würde einen Riesenaufstand geben. Das durfte er nicht riskieren, nicht hier. Er musste den richtigen Augenblick abwarten. Gebe Gott, dass der bald kommen würde. Er brauchte das Pferd. Sobald er es hatte, würde er nach Hause reiten. Er lud das letzte volle Fass ab. Aber wie sollte er nur Heinrich benachrichtigen?

Er wandte sich um, um die leeren Fässer zu holen, und stieß mit einem Mönch zusammen.

»Pass doch auf, wo du hinläufst, Grobian.« Der Mönch klopfte die Vorderseite seines Habits ab.

»Tut mir leid, Bruder.«

Der Mönch stapfte davon, hoch erhobenen Kopfes und mit herausgestreckter Brust. Er sah keine Notwendigkeit, sich zu entschuldigen. Warum auch? Schließlich hatte Palmer einen Mann der Kirche angerempelt.

Palmer schnappte sich das erste leere Fass – es war leicht im Vergleich zu den vollen. Aber möglicherweise konnte die Kirche ihm helfen. Er würde auf dem langen Ritt nach Hause an vielen Klöstern und Konventen vorbeikommen. Vielleicht konnte er in einem davon jemanden überzeugen, mit der Klosterpost eine Botschaft zu übermitteln?

Natürlich. Sie würden ihm sofort glauben, dass ein zerlumpter, stinkender Mann dem König eine Botschaft senden musste. Palmer schüttelte den Kopf über seine eigene Dummheit, während er sich das nächste Fass schnappte und auf den Wagen hievte. *Denk nach.*

Klosterpost. Hugo Stanton war früher Klosterpostreiter gewesen. Unter Umständen kannte man in den Klöstern seinen Namen. Palmer konnte tun, als komme er von einem Verwandten Stantons, der dem Tode nahe war. Die Botschaft konnte lauten, seine Schwester Theodosia läge im Sterben. Palmer holte tief Luft, auch wenn es nur eine ausgedachte codierte Nachricht war. Schon diese Worte im Zusammenhang mit seiner geliebten Frau zu denken brachte ihn halb um.

Stanton würde sich mit einer so verstörenden Nachricht zweifellos an Heinrich wenden. Der Feigling von einem Kurier war zu ängstlich, um es nicht zu tun. Heinrich wiederum würde wissen, dass er schnell handeln musste.

Palmer schnappte sich das nächste Fass. Vielleicht würde all das aber auch nicht klappen. Auf jeden Fall brauchte er zunächst einmal das Pferd. Der verdammte Kutscher ließ sich ganz schön Zeit mit seinem Bier.

Während er das Gebinde auf den Wagen hievte, glaubte er, Schreie auf der gegenüberliegenden Seite des Marktes zu hören. Schwer zu sagen, hier war es überall laut.

Aber andere schienen es auch vernommen zu haben, blieben stehen und starrten in die entsprechende Richtung.

Palmer schwang sich auf eines der hohen Räder des Wagens, um besser sehen zu können.

Geoffrey. Auf seinem edlen Pferd, hinter ihm berittene Wachen. Sie kamen unaufhaltsam durch die Menschenmenge, begleitet von immer lauter werdendem Stimmengemurmel.

Der Kutscher kam mit einem Bier in der Hand aus dem Gasthaus. »Was ist denn hier los?«

Palmer sprang wieder vom Rad und griff nach einem weiteren Fass. »Ich weiß es nicht, Sir.« Er achtete darauf, immer mit dem Rücken zur Straße zu stehen. Welch ein Pech, dass Geoffrey zu einem so frühen Zeitpunkt beschlossen hatte, Oxford zu durchsuchen. Aber dieser Aufzug und diese Arbeit würden ihn vor ihm verbergen. Er musste nur die Ruhe bewahren.

Dann drang ein Geräusch durch den zunehmenden Lärm, das Palmer gut kannte. Das Geräusch verriet ihm, dass seine Verkleidung umsonst war, und erklärte zudem, warum Geoffrey ihm auf den Fersen nach Oxford gefolgt war.

Das Heulen von Geoffreys Hunden. Hunde verließen sich auf ihren Geruchssinn. Nicht auf ihre Augen.

Der Kutscher trank noch einen Schluck Bier und reckte den Hals, um zu sehen, wer da kam.

Jetzt oder nie. Palmer hievte ein weiteres Fass auf den Wagen, dann schwang er sich auf den Kutschbock. Mit einer Hand ergriff er die Zügel, mit der anderen die Peitsche.

»He!«

Der Ruf des Kutschers kam zu spät. Mit einem schrillen Pfiff riss Palmer an den Zügeln und zog dem braven Tier die Peitsche über die Flanken. Es wieherte erschrocken und galoppierte los, stieß den Kutscher zur Seite, und die Menschen machten schreiend Platz, während Palmer fast vom Bock geschleudert worden wäre.

Er konnte nicht denselben Weg zurück nehmen. Er trieb das Pferd mit der Peitsche zu größerer Eile an und hielt auf das nahe gelegene Nordtor zu.

* * *

»Mama, warum hat uns Lord Ordell hier unten eingesperrt?« Das Missfallen in Toms Stimme war nicht zu überhören.

Theodosia konnte das Gesicht ihres Sohnes in der dunklen Gruft, deren niedrige Steindecke die Luft ebenso abhielt wie das Licht, kaum ausmachen. »Das ist doch nicht so schlimm.« Sie bemühte sich um einen unbeschwerten Tonfall, obgleich ihr das Herz aus der Brust zu springen drohte. »Ich bin sicher, es handelt sich um einen Irrtum.«

Mit Matilde auf dem Schoß saß sie auf dem Boden, so weit wie möglich von der verschlossenen Eisentür entfernt, den Rücken fest gegen die feuchte Wand gedrückt, an der das Wasser herabrann. Als könne sie das schützen.

»Wenigstens sind wir zusammen.« *Danke, süße Muttergottes.* Als man ihr die Kinder entrissen und weggeschleppt hatte, hatte sie gedacht, sie würde sie nie wiedersehen. Brutal hatte man sie hier hineingestoßen, wo sie schmerzhaft auf Händen und Knien auf dem rauen Steinboden gelandet war, doch aller Schmerz war vergessen gewesen, als eine Wache ihre beiden Kinder hinter ihr hereingeschoben hatte.

Matildes Schluchzen hatte inzwischen in ihren Armen nachgelassen. Tom hatte nicht geweint.

»Ist es wegen diesem Ding, das sie unter meinem Bett gefunden haben?«, fragte er.

Sie konnte nicht über den Fund sprechen. Nicht mit ihm. »Wie gesagt, das alles ist ein Irrtum.« Sie streckte eine unsichere Hand aus und streichelte ihm das wirre Haar. »Du warst sehr tapfer. Ich kann es kaum abwarten, deinem Vater zu erzählen, wie tapfer.«

»Aber was war das?«

»Tom, jemand hat eine schlimme Sünde begangen. Reden wir nicht mehr davon. Beten wir stattdessen, dass Lord Ordell herausfindet, wer der Sünder war.«

Tom stand auf und scharrte mit den Füßen. »Da drüben ist viel Stroh. Darf ich eine Burg bauen?«

»Natürlich.« Sein schneller Themenwechsel tröstete sie ein wenig. Ihr ging das Herz auf, als er hinüberging und sich zum Spielen niederkauerte. Matilde hob den Kopf und beobachtete ihn neugierig.

Kinder waren so sprunghaft. Das gesamte Ausmaß der schrecklichen Entdeckung in der Hütte war einfach an ihm vorübergegangen. Wenn sie gefasst blieb, nicht zeigte, wie entsetzt sie selbst war, konnte sie sie vielleicht vor diesen schrecklichen Ereignissen abschirmen.

»Baut sie hoch, Männer.« Tom türmte Stroh auf und gab mit leiser Stimme gebrummte Befehle an seine versammelten Kieselsoldaten. »Höher als einen Baum.«

Welch ein Frevel. Theodosia atmete schwer, und Schweiß bedeckte ihr Gesicht und ihren Körper. Wer auch immer da sein Unwesen trieb, hatte sich nicht damit zufriedengegeben, Tierblut zu vergießen, sondern hatte auch die arme Lady Cecily gemeuchelt und Theodosia die Tat untergeschoben. Aber warum?

»Wir werden die Wahrheit herausfinden.« Joans Ausruf, als man sie weggeschleppt hatte, hallte in ihrer Seele nach. Ein mutiger Ausruf. Aber Ordell würde Joan einfach ebenfalls einsperren, wenn sie ihm auf die Nerven ging.

Tom murmelte weiter: »Nicht den Burggraben vergessen.« Ein Kiesel fiel mit einem lang gezogenen Schrei hinein.

Matilde wurde unruhig. »Ich auch, Tom.«

»Deine Schwester möchte mitspielen.« Theodosia ließ sie los, und sie wackelte hinüber zu Tom und kauerte sich neben ihn.

Er ignorierte sie, aber Matilde begann, Kiesel einzusammeln, ihre Form des Mitspielens.

Wie konnte sie als ihre Mutter nicht verzweifeln? Theodosia ballte die Fäuste, und in einem plötzlichen Wutanfall bohrten sich ihr die Fingernägel in die Handflächen.

Dass jemand denken konnte, diese beiden könnten etwas Schlimmes tun. Sie waren so jung, so unschuldig. Doch Ordell hatte sie mit ihr zusammen an diesem dunklen Ort eingesperrt. *»In ihnen fließt sicher dasselbe verderbte Blut.«* Seine bösartigen Worte, Worte, die er nicht zu sagen gewagt hätte, wenn Benedict da gewesen wäre.

Benedict musste bald zurückkommen. Unbedingt. Er würde sie aus dieser ungerechtfertigten Gefangenschaft befreien. Schweißperlen rannen ihr über beide Schläfen, und sie kramte in ihrer Gürteltasche nach einem Tuch, um sie abzutupfen. Sie musste sich zusammenreißen. Die Kinder durften ihre Angst nicht sehen.

Sie zog ihr kleines Taschentuch hervor. Etwas verfing sich darin. Natürlich. Das Stück Leinenstoff vom Baum im Wald: das Signal, mit dem Hugo Stanton sich bei ihr bemerkbar gemacht hatte. Sie entfaltete es in ihrem Schoß und glättete es.

Hugo. Der Bote zwischen ihr und Heinrich, der Bringer von Neuigkeiten über Benedict. Er konnte jetzt hundert neue Stoffstücke am Baum hinterlassen. Sie würde sie nicht finden. Sie konnte nicht nachsehen gehen.

»Habt acht, Männer.« Tom legte die Kiesel nebeneinander, Matilde half mit.

Aber Joan konnte es. Genau wie Joan dieses Stück Stoff nehmen und mit seiner Hilfe Hugo eine dringende Nachricht zurückbringen lassen konnte. Wenn Theodosia Gelegenheit bekam, es ihr zu sagen. Sie *musste* diese Gelegenheit bekommen, sie *musste* einfach.

Theodosia griff in ihr Haar und zog eine der Haarnadeln heraus. Sie presste sie in das Tuch, begann, den ersten Buchstaben hineinzustechen. Aber die Nadel lockerte das lose Gewebe nur. Es entstand kein klar umrissenes Loch.

»Wir werden den Feind bekämpfen.« Tom legte zu Matildes Faszination seinen Kieselhauptmann vor seine Truppen.

Ihre Kinder waren vollauf beschäftigt.

Theodosia holte tief Luft und biss sich auf die Lippe. Sie stach sich in die Fingerspitze, und hervor quoll ein Blutstropfen, begleitet von einem kurzen, heftigen Schmerz. Sie tropfte das Blut auf das Leinen, und es ergab einen klaren Punkt. Sie wiederholte den Vorgang immer wieder und wechselte zur nächsten Fingerspitze, wenn eine zu zerschunden war.

Die Kieselarmee marschierte in geschlossener Formation über den Fußboden.

So. Es war getan. *Schick Hilfe.* In ihrem Blut geschrieben. Wenn ein Fremder das Stück Stoff fand, verriet es gar nichts. Sie würde das Geheimnis des Königs wahren. Sie pustete darauf, um es zu trocknen, dann schob sie es wieder in ihre Schürze.

Sie musste Joan nur sagen, wo sie es hinterlassen sollte. Wenn sie Joan sah. Sie schob den Gedanken beiseite. Ihre Schwägerin würde alles in ihrer Macht Stehende tun, um ihr zu helfen, das wusste sie. Sie musste daran glauben, dass sie einen Weg hierher finden würde. Sie musste sich ihren Glauben bewahren. Ihre Hoffnung.

»Aha, Männer! Wir haben den Feind gefunden!«

Zaghaft lächelte Theodosia. Wie bei Toms Spiel würden sie gewinnen. Aber bei seinen nächsten, brutalen Worten zerstob ihr Lächeln.

»Schneidet ihnen die Herzen heraus!«

Theodosia legte sich eine Hand auf die Brust, um ihr eigenes Herz zu beruhigen. Er hatte also alles gehört und verstanden. Jede widerwärtige Einzelheit begriffen. Ein Kind. Ihr Kind.

Sie stolperte zu ihnen hinüber und setzte sich zu ihnen. »Wollen wir uns eine edlere Aufgabe für eure Soldaten ausdenken?«

Das Böse gewann. Das durfte sie nicht zulassen. Doch was, wenn sie es nicht verhindern konnte?

* * *

Palmer umklammerte die Zügel mit der Linken, während der Wagen hart und schnell über das Kopfsteinpflaster rumpelte. Das Pferd war vollkommen panisch. Menschen sprangen kreischend aus dem Weg, ließen ihre Waren fallen und hasteten in Deckung. Noch immer peitschte er das Tier mit der Rechten. Er musste dieses Tempo halten.

Ein Pilger auf einem Esel geriet in seinen Weg, den Mund weit aufgerissen.

Palmer drängte sein Tier zur Seite und zerrte an den Zügeln, um den Mann zu umfahren, doch das rechte Rad des Wagens streifte einen Stapel hölzerner Käfige, in denen Hennen auf ihren Verkauf warteten. Mit wildem Gackern flatterten die befreiten, verletzten Vögel auf die Menschen zu, die ihnen auszuweichen versuchten, was das Chaos nur noch verstärkte.

»Du Bastard!« Der große Hühnerhändler griff nach Palmers Bein und versuchte, ihn von dem langsamer werdenden Wagen zu zerren.

Palmer trat nach ihm, während er das Pferd wieder antrieb. »Hüa!«

Aber der Mann griff nach den Zügeln und bekam sie zu fassen. »Dafür bezahlst du, hörst du?«

Palmer hob die Peitsche.

»Hierfür auch!« Ein drahtiger, finster dreinblickender Schuhmacher kam die unebene Straße entlanggerannt und schwenkte seine beschädigten Waren.

Palmer senkte die Peitsche. Gegen zwei konnte er nichts ausrichten.

»Jetzt kommst du dir nicht mehr so clever vor, was?« Der Hühnerverkäufer grinste.

Palmer ließ Zügel und Peitsche los und griff hinter sich. Seine Hände packten eines der leeren Bierfässer, die nicht vom Wagen gefallen waren. »Vielleicht doch.« Er stemmte das Fass über seinen Kopf.

Die Miene des Mannes veränderte sich. »He!«

Palmer warf das Fass, und es schleuderte den Mann rückwärts in den näher kommenden Schuhmacher. Beide gingen zu Boden. Aber sie würden bald wieder aufstehen.

Palmer schnappte sich erneut Zügel und Peitsche. »Hü!«

Das Pferd galoppierte los, und wieder wichen Menschen panisch aus, während der Wagen dahinraste.

Er war fast am Tor. Palmer schaute zurück. Er hatte noch immer einen Vorsprung vor Geoffrey. Die vollen Straßen behinderten den Mann, und das Chaos, das Palmer angerichtet hatte, trug dazu noch bei.

Er schaute wieder nach vorn. Fünfzig Yard. Gleich war er draußen. Er würde ein paar kostbare Sekunden daran verschwenden müssen, das Pferd auszuschirren. Aber er musste es tun. Dann würde er nach …

Wieder streifte das rechte Rad etwas – etwas Härteres als die Hühnerkäfige – und brach. Der Karren kippte seitlich einen Abhang hinunter.

Palmer stürzte ebenfalls, und die Zügel wurden ihm aus der linken Hand gerissen. Er versuchte, sich an die hölzerne Wagenwand zu klammern, und trieb sich mehrere spitze Splitter in die Handfläche. Schlecht. Er kam hart auf dem schmutzigen Kopfsteinpflaster auf, und es presste ihm die Luft aus der Lunge.

Das Pferd stürmte weiter, panischer denn je, und zog die Überreste des Wagens durch Buden und Menschengruppen. Sein schrilles Wiehern übertönte fast das Trommeln seiner Hufe. Schreie, Rufe, Flüche und berstende Geräusche verfolgten es.

Trotz der Schmerzen in seiner Brust rappelte sich Palmer auf, die Peitsche noch in der Hand.

Wenn jemand auf ihn achtete, so bekam er es nicht mit. Er rannte in die nächste Seitenstraße. Das Nordtor war jetzt ungeeignet. Zu viel Chaos. In die Nähe dieses Pferdes würde er auch nicht gehen. Das würde eine ganze Weile niemand tun.

Palmer drängte sich durch die sich sammelnde Menge, wobei ihm fast alle anderen Menschen entgegenkamen, angelockt von dem Lärm und der Aufregung.

Ihm war es egal. Er schob einige Passanten aus dem Weg, prallte gegen andere. Allerlei ausgesuchte Flüche folgten ihm.

»Was hast du vor, Schurke?« Mit erhobener Axt trat ihm ein patrouillierender Wachmann in den Weg.

Palmer blieb abrupt stehen. »Tut mir leid, Sir.« Atemlos hob er die Peitsche. »Mein Dienstherr hat die in der Schenke vergessen. Er hat versprochen, sie mich schmecken zu lassen, wenn ich sie nicht sofort hole.«

»Genau wie ich dich diese Axt schmecken lassen werde, wenn du den guten Leuten von Oxford nicht auf der Stelle ein paar Manieren zeigst. Mach langsam. Hörst du?«

»Natürlich, Sir. Danke, Sir.« Palmer nickte und verneigte sich, dann ging er weiter, so schnell er es wagte. Er war sich darüber im Klaren, dass die Wache ihm nachsah, bis er sich wieder in der Menge verloren hatte.

»Haltet den Mann!«, erklang Geoffreys weit entfernter Ruf.

Palmer duckte sich in eine weitere, kleinere, ruhigere Gasse, ehe ihn jemand ergreifen konnte.

Nur eine alte Frau saß mit leerem Blick auf einem umgedrehten Eimer vor einer Hütte.

Er ging an ihr vorbei zum letzten Haus, wo die Gasse einen Knick machte. Er stand in einer Sackgasse. Das letzte Haus war ein Stück vorgebaut, sodass er es nicht gleich gesehen hatte. *Verflucht.* Er wandte sich um, um zurückzurennen, und erstarrte.

Am Eingang der Gasse stand stocksteif und schwanzwedelnd ein großer, gestromter Hund.

Geoffreys Hund Talbot. Talbot bellte laut und lange. Dann sah er Palmer in die Augen und kam auf ihn zu.

Palmer blickte sich um. Es gab keinen Ausweg. Er musste nach oben ausweichen. Er klemmte sich den Peitschenstiel zwischen die Zähne und sprang nach der brusthohen Mauer des niedrigen Gebäudes neben ihm, an dessen Balken er nur mit Mühe Halt fand.

Talbot stürmte noch immer bellend die Gasse entlang.

Palmer klammerte sich an das überhängende Strohdach. Es gab unter seinen Händen nach.

Talbot kam näher.

Palmer fasste nach, zog sich hoch, aber auch hier hielt das Material nicht. Er griff hastig um, um nicht abzustürzen.

Dann war Talbot da, ein paar Fuß unter ihm, sprang hoch und schnappte nach seinen Beinen und Füßen.

Palmer fand endlich Halt am Dach. Die Mauer knirschte, als der riesige Hund nach einem weiteren hohen Sprung von ihr abprallte. Die Schnauze des Tiers streifte Palmers Wade. Aber der Biss ging fehl.

Er riss sich die Peitsche aus dem Mund und schlug zu. »Zurück, du Teufel!«

Talbot wich mit einem knurrenden Heulen zurück.

Palmer schlug erneut zu, und der Hund verbiss sich in die Peitsche, ignorierte den Schmerz. Palmer ließ sie los, und der Hund wich mit seiner Beute zurück.

Das verschaffte ihm für einen Augenblick Luft. Palmer hangelte sich höher und betete, dass es weiter oben stabiler sein würde. Seine Hand schloss sich um einen Balken, und er zog sich auf den Dachfirst.

Er richtete sich auf, während Talbot unter ihm wie rasend auf und ab sprang und bellte. Wenn er hier oben weiterlief, konnte er sich in eine andere Gasse hinunterlassen und so entkommen. Dann konnte er wieder versuchen, ein Tor zu erreichen.

Er warf die schmutzigen Lumpen seines Umhangs hinunter, Talbot schnappte danach, und Palmer eilte von Dach zu Dach, wissend, dass er mit dem Fuß jeden Augenblick durchbrechen konnte. Er erreichte das Ende der Häuserzeile. Jetzt musste er nur noch hinunterklettern. Der Hund würde außen herum müssen. Noch hatte er Zeit.

»Ich an Eurer Stelle würde es jetzt gut sein lassen, Palmer.«

Geoffreys Stimme. Palmer schaute hinunter in die Gasse.

Der Bischof hatte eine Armbrust in der Hand, deren Pfeil genau auf ihn gerichtet war. Er durfte keine Zeit mit Klettern verschwenden. Er musste einen Sprung riskieren. Palmer spannte die Muskeln.

»Tut es nicht, Palmer: Ich verfehle mein Ziel nie. Wisst Ihr noch?«

Palmer erinnerte sich. O ja, und wie er sich erinnerte. Langsam nahm er die Hände hoch und ergab sich.

Er hatte keine andere Wahl.

Kapitel 20

»Bringt Palmer ins Schlachthaus.« Geoffrey stieg ab, als er diesen Befehl gab.

Die Wachen, die Palmers gefesselte Arme umklammerten, reagierten sofort und zerrten ihn fluchend über den leeren Hof vor den Ställen des Frauenklosters Godstow. Er machte sich schwer und landete ein paar saftige Tritte gegen Kniescheiben und zwischen Beine. Er wusste, seine Gegenwehr brachte nichts. Aber er wollte ihnen nicht die Genugtuung verschaffen, dass er sich kampflos ergab.

Ein Mann ging voraus, um die Tür zu öffnen, und hielt sie auf, während die anderen Palmer hineinzerrten. Er rammte einem den angewinkelten Ellbogen in den Magen und wurde mit einem keuchenden Fluch belohnt.

»Er ist drinnen, Herr!« Der Mann, der gerufen hatte, troff vor Schweiß.

Geoffrey trat ein, Talbot folgte ihm stumm und aufmerksam. Der Bischof hatte ein Stück zusammengerolltes Seil in einer Hand. Er warf es über einen Balken und schlang das andere Ende um Palmers Handfesseln.

»Das Schlachthaus?« Palmer sah ihm direkt ins Gesicht, das nur wenige Zentimeter von seinem eigenen entfernt war. »Versucht Ihr, mir etwas mitzuteilen, Geoffrey?«

»Im Gegenteil. *Ihr* werdet *mir* etwas mitteilen.« Geoffrey verknotete das Seil so fest, dass es in Palmers Handgelenke schnitt. Dann trat er zurück, das freie Ende des Seils in beiden Händen. »Lasst ihn los, Männer.«

Die Wachen traten zurück, und er zog rasch und heftig am Seil.

Palmers Arme wurden über seinen Kopf nach oben gerissen. Er stand noch auf dem Boden, bezweifelte aber, dass das lange so bleiben würde. Er starrte Geoffrey weiter an.

Der Bischof band das freie Ende des Seils um einen Balken. »Lasst uns allein.« Er winkte die Männer hinaus, hielt aber einen mit erhobener Hand zurück. »Finde mir einen Schmied.« Er senkte die Stimme, ehe er dem Mann weitere Anweisungen gab, die Palmer nicht mitbekam.

»So schnell ich kann, Mylord.« Der Mann salutierte und ging.

Geoffrey trat hinter ihm die Tür zu und schnippte mit den Fingern, woraufhin sich sein Hund in eine Ecke verzog. Die abgestandene Luft des Schlachthauses stank nach altem Blut und fauligem Fleisch. Geoffrey trat wieder vor Palmer.

»Werdet Ihr die Hilfe der Nonnen brauchen?«, fragte Palmer.

Ein brutaler Hieb des Bischofs traf ihn am Mund. Er schüttelte den Kopf, um den Blick wieder klar zu bekommen. Blut quoll aus seiner aufgeplatzten Lippe, und er leckte es ab.

»Wie könnt Ihr es wagen?« Geoffrey schlug in gewohnter Manier die Faust in die Hand und funkelte Palmer an. »Wie im Namen von allem, was heilig ist, könnt Ihr es wagen, zu scherzen? Ihr habt die Mätresse des Königs kaltblütig ermordet.«

Nein, das wart Ihr, und jetzt wollt Ihr es mir anhängen. »Das stimmt nicht.«

»Sie war ein Mädchen, Palmer. Ein Mädchen.«

Diesmal traf er die andere Seite seines Gesichts. Palmer schüttelte wieder den Kopf.

Geoffrey ging zurück zu dem Seil, knotete es vom Balken los und riss daran.

Es hob Palmer fast vom Boden. Mit Mühe und Not konnte er noch auf Zehenspitzen stehen. Sofort schmerzten seine Arme, und er hatte Mühe, zu atmen.

Geoffrey befestigte das Seil wieder und trat erneut vor ihn. »Ihr habt sie in Eurem Bett getötet, Ihr dreckiger Teufel.«

»Ich schwöre, ich habe Lady Rosamund nichts getan.« *Im Gegensatz zu Euch.*

Ein weiterer Hieb traf ihn. Diesmal in den Magen. Seine Füße hoben sich vom Boden, und er bemühte sich panisch, sie wieder unter sich zu bekommen, während sich sein Mund mit saurem Speichel füllte.

Geoffrey brachte sein Gesicht dicht vor Palmers. »Nichts getan?« Der Bischof wurde zornesrot. »Ihr habt sie erwürgt.« Wütend senkte er die Stimme. »Ihr habt mit ihr geschlafen. Die Nonne im Infirmatorium hat das festgestellt.«

Der Schock ließ Palmer wieder klar denken. »Ich habe nicht …«

Geoffrey riss jäh an seinem rechten Arm. Brutal.

Ein plötzlicher, brennender Schmerz zuckte durch Palmers rechte Schulter. Er schrie. Bemühte sich, sich den Laut zu verbeißen. Aber das gelang ihm nicht. Er suchte verzweifelt Halt unter den Füßen, um Gewicht auf seine überstreckten Beine zu verlagern. Seine Arme nicht zu bewegen.

Geoffrey stieß ihm einen Finger ins Gesicht. »Eine Lüge. Doch das wisst Ihr ja.«

Palmer rang unter dem unablässigen Schmerz nach Luft. Seine Schulter war ausgekugelt, keine Frage. »Nein. Aber ich kenne die Wahrheit.« *Die Wahrheit über Euch.*

Geoffrey senkte die Hand. »Oh?«

»Eine Wahrheit, die nur für Heinrichs Ohren bestimmt ist.« Er bereitete sich auf einen weiteren Schlag vor.

Aber Geoffrey lachte nur. »Ich verstehe. Ihr, der Ihr die Frau getötet habt, die der König liebt, möchtet gern unter vier Augen mit Seiner Gnaden sprechen.«

Ein schneller Schlag traf Palmer in die Rippen. Doch er spürte ihn kaum. Seine Schulter. Die Qual in seiner Schulter überstrahlte alles.

Der Bischof fuhr fort: »Haltet Ihr mich für einen Narren, Palmer? Haltet Ihr Seine Gnaden für einen Narren?«

Palmer bemühte sich, den Kopf zu heben. »Nein. Ich schwöre, ich bin sein loyaler Diener.« Er hatte so starke Schmerzen, dass er nur flüstern konnte. »Ich kenne die Wahrheit. Aber Euch kann ich sie unter keinen Umständen sagen. Ich muss mit Seiner Gnaden sprechen.«

Es klopfte an der Tür. Talbot hob den Kopf.

»Herein.« Geoffrey wandte den Blick nicht von Palmer, während ein Mann mit Schmiedewerkzeugen unter dem Arm eintrat. Zwei Wachen, die einen schweren, großen Tisch trugen, folgten ihm. »Du weißt, was du zu tun hast?« Auf Geoffreys Frage hin nickte der Schmied.

»Ja, Herr.« Der Mann kauerte sich auf den Boden und trieb einen Eisenring hinein, während die Wachen den Tisch an eine Wand stellten.

Geoffrey verschränkte die Arme und sah zu.

Palmer schluckte seinen Speichel. Er versuchte, seine Atmung zu beruhigen und den Schmerz unter Kontrolle zu bekommen, indem er die Füße anders hinstellte.

Der Schmied ging in eine andere Ecke und trieb dort einen weiteren Ring in den Boden, während die Wachen wieder hinausgingen und dann mit einem Karren zurückkamen.

Palmer konnte nicht sehen, was sich darin befand. Aber er konnte es erraten. »Die Mühe hättet Ihr Euch nicht machen müssen, Geoffrey.« Seine Stimme klang heiser. »Ich bin sicher, in der Burg gibt es all das schon.«

Der Bastard des Königs reagierte nicht.

»Braucht Ihr noch etwas, Mylord?« Der Schmied richtete sich auf, ohne Palmer anzusehen.

»Du kannst gehen, Bursche.«

Blass vor Erleichterung eilte der Schmied hinaus.

Geoffrey ging zu dem Seil am Balken und löste es.

Palmer konnte die Füße flach auf den Boden stellen – eine kleine Erleichterung. Er wagte nicht, seine Schulter zu bewegen. Noch nicht.

Dann nickte Geoffrey den Wachen zu. »Beine an die Balken. Arme durch die Ringe.«

Die Männer taten, wie ihnen geheißen.

Sie packten Palmer, durchschnitten seine Handfesseln und rissen an seinen Armen. Er biss die Zähne zusammen, schrie aber dennoch erneut auf. Ein Tritt in die Kniekehlen, und er ging zu Boden. Dann stürzten sie sich wieder auf ihn, rissen ihm Arme und Beine auseinander und fesselten ihn rücklings auf den Boden.

»Das ist alles.«

Durch einen Schleier von Schmerz hörte Palmer sie hinausgehen. Die Tischbeine kratzten über den Boden.

Geoffrey stand über ihm und kippte den Tisch mit der Tischplatte auf Palmers Brust und Bauch.

Dann übte er Druck auf seine verletzte Schulter aus, bis Palmer kaum noch Luft bekam. Aber es würde noch schlimmer werden.

Geoffrey ging neben ihm in die Hocke. »Ja, Palmer. In der Burg habe ich allerlei hilfreiche Gerätschaften, um Menschen dazu zu bringen, mir zu sagen, was ich wissen will. Aber ich will das so diskret handhaben, wie ich kann.«

Heftig klopfte er mit den Knöcheln gegen den Tisch. »Ich habe herausgefunden, dass das, was zählt, die Auswirkungen eines Objektes auf den Körper sind. Nicht das Objekt selbst.« Seine Knie knackten, als er sich erhob und für einen Augenblick aus Palmers Sichtfeld verschwand.

Dann trat er wieder näher, einen großen Stein in den Händen. Er bückte sich und legte ihn sorgfältig genau in die Mitte der flachen Unterseite der Tischplatte.

Sofort bekam Palmer Beklemmungen in der Brust, und das Atmen fiel ihm noch schwerer.

Geoffrey richtete sich auf und verschränkte die Arme. »Ich habe einen ganzen Karren voll von diesen Steinen, Palmer. Es könnte mehrere Tage dauern, sie alle zu verwenden.« Er kauerte sich wieder nieder. »Aber ich werde sie verwenden, bis Ihr mir genau sagt, wer Ihr seid und warum Ihr an diesem heiligen Ort einen Mord begangen habt.«

Trotz seiner Qual machte Palmers Herz einen Freudensprung. Geoffrey wusste genau, wer hier einen Mord begangen hatte. Er. Aber er wusste nicht, wer Palmer wirklich war. Sonst hätte er ihn auf dem Dach in Oxford getötet. Aber Geoffrey wollte es unbedingt wissen. Wollte wissen, wem Heinrich so sehr vertraute und warum. Geoffrey folterte ihn, um das herauszufinden. Sie durften nichts von Theodosia erfahren. Von Tom. Von Matilde. Also würde Palmer nichts sagen. Nichts. Er würde ihr Geheimnis bis zum Ende bewahren.

Geoffrey schaute finster drein. »Wenn Ihr nicht redet, werdet Ihr zerquetscht. Eure Rippen halten das nicht ewig aus. Das Quetschen ist übel, Palmer. Übel.«

Palmer antwortete nicht. Seine Familie würde mit dem Leben davonkommen. Alles andere zählte nicht.

* * *

Endlich hatte Raoul de Faye die Nachricht empfangen, auf die er gewartet hatte. Die Nachricht, dass seine Fallen zuschnappten, dass all seine sorgfältig geschmiedeten Pläne endlich Früchte trugen. Wie bei Iwein würde sich seine Liebe erfüllen.

Er schritt durch sein Privatgemach zu ihrem Porträt. »Eleonore, der Tag deiner Freilassung rückt immer näher. Wir werden Pfingsten zusammen feiern können. Wir werden das köstlichste Bankett haben, die besten Weine.«

Das Leuchten der Haut ihres Abbilds verriet ihm ihre Freude. Sie würde Heinrich bald vergessen und de Faye als den Mann ihres Lebens schätzen lernen. Heinrich wäre tot für sie.

De Faye ging zum Fenster, um das Abendlicht zu bewundern. Ein leiser Windhauch trug den gedämpften Gesang schläfriger Vögel an sein Ohr. Ihr Lied gemahnte ihn an eine weitere Aufgabe, die er zu erledigen hatte.

Er musste darüber nachdenken, welche Troubadoure er einladen wollte. Er sollte die erfahrensten Geschichtenerzähler und die besten Sänger wählen. Ihr Bericht über die tapferen, einfallsreichen Taten, die er für seine Dame vollbracht hatte, musste dafür sorgen, dass die Gäste sich fragten, ob sie ihren Ohren trauen konnten. Dass sie vor Staunen nach Luft schnappten, weil ein so großer, edler Held in ihrer Mitte lebte. Eine Geschichte, die selbst die Erzählungen über den großen Iwein in den Schatten stellen würde.

Ein solches Lied sollte eine packende, majestätische Melodie haben. Bis die Troubadoure eintrafen, würde de Faye viele Ideen haben. Wie die, die ihm jetzt gerade kam, während er den

Sonnenuntergang beobachtete. Vor sich hin summend trat er zurück in den Raum, in dem es immer dunkler wurde.

Er begab sich zu der Wandnische und öffnete seine Truhe mit den Steinen. Seine Sammlung. Seine unsichtbare, loyale Armee.

Die Troubadoure würden die Schilderungen dessen, was er, de Faye, erreicht hatte, so komplex weben müssen, wie er seine Pläne hatte weben müssen.

Er nahm seinen Lieblingsstein, dessen raue Oberfläche ihn an die Stärke der Person erinnerte, für die er stand.

Nein, nicht weben: bauen. Stein um Stein hatte er vorsichtig Mauern um die herum errichtet, die Heinrich liebte.

Wie ein ausgezeichneter Kathedralenbaumeister schuf de Faye ein unerschütterliches Gebäude. Denn er wusste genau, wohin jeder einzelne Stein gehörte und welchem Zweck er diente.

De Faye gestattete sich ein langes, befriedigtes Seufzen.

Wie ein ausgezeichneter Kathedralenbaumeister war er einfach genial.

* * *

Ein Hämmern an der verschlossenen Gittertür und ein flackerndes Licht weckten Theodosia aus ihrem unruhigen Halbschlaf. Da stand einer von Ordells Männern mit einer Fackel in der Hand neben einer bekannten Gestalt.

»Vater Abt.« Sie erhob sich sofort von dem Strohhaufen. Tom wachte auf und sprang ebenfalls hoch. Matilde schlief weiter.

»Schließt die Tür auf«, befahl Remigius dem Mann.

Oh, gepriesen sei Gott. Man ließ sie frei. Ein Wunder. Joan musste Wort gehalten haben. Oder noch wundersamer: Benedict war zurückgekehrt und wartete draußen auf sie. Sie wollte

Matilde hochheben, doch der Abt drohte warnend mit einem Finger.

»Ihr kommt nicht heraus, Frauenzimmer. Ich komme hinein.«

Seine scharfen Worte zerstörten ihre Erleichterung, und sie ließ ihre Tochter schlafen.

Er kam durch die offene Tür gehumpelt, eine Bibel unter dem Arm.

»Was ist los, Mama?«

»Still, Tom.« Theodosia brachte ihren Sohn zum Schweigen, indem sie ihm eine zitternde Hand auf die Schulter legte.

»Bleibt in der Nähe«, wies der Abt Ordells Bediensteten an. »Es könnte Ärger geben.«

»Ja, Vater.« Der Mann schob die Fackel in einen Halter neben der Tür und trat ein Stück zurück in die Schatten.

Der Abt hob die Hand, um Theodosia zu segnen.

Theodosia faltete sofort die Hände und senkte den Kopf, dankbar für diesen Trost, doch ihre Schultern verkrampften sich, weil der Abt etwas von Ärger gesagt hatte.

»Amen.« Er musterte sie, Schweiß stand ihm auf der Oberlippe. »Ich sehe, Ihr habt wenigstens den Anstand, Gottes Segen zu akzeptieren.«

Seine Unruhe steigerte die ihre noch. »Ja, Vater. Ich bitte in schweren Zeiten immer Gott um Hilfe, und dies sind in der Tat schwere Zeiten.«

»Ihr werdet mehr tun müssen.« Remigius nahm seine Bibel in beide Hände. »Ihr werdet eine volle, umfassende Beichte ablegen müssen.«

Theodosia sah ihm in die Augen. »Beichte? Gewiss. Ich beichte regelmäßig, kann es hier aber gern erneut tun, wenn …«

»Wollt Ihr die Heiligkeit des Sakraments verspotten?«

Sein Einwurf ergab für sie keinen Sinn. »Ich verspotte Euch nicht, Vater Abt. Wirklich nicht.«

»Dann will ich es noch einmal deutlicher sagen: Ihr müsst den Mord an Lady Ordell beichten.«

Er hätte sie genauso gut ohrfeigen können. Sie starrte ihn ungläubig an.

Seine dicken Finger schlossen sich um die Bibel. »Genau wie die dunklen Künste, die Ihr ausgeübt habt.«

Theodosia fehlten die Worte.

»Dann weigert Ihr Euch?« Das Gesicht des Abtes wurde zornesrot, und Schweiß stand ihm auf der Stirn.

»O nein.« Verzweifelt rang sie nach Worten. »Es ist nur, ich ... ich kann Gott diese schrecklichen Sünden nicht beichten, weil ich sie nicht begangen habe.«

Angewidert sog Remigius Luft durch die Zähne ein. »Hab ich's mir doch gedacht. Ich sagte noch zu Lord Ordell, Ihr würdet nicht nachgeben. Würdet Euch weigern, Eure Seele zu erleichtern.«

»Ich kann meine Seele nicht um diese schrecklichen Sünden erleichtern. Denn ich schwöre Euch, ein anderer hat sie begangen.« Ihre Gedanken rasten, während sie den Kopf erneut senkte, um wenigstens der Autorität der Kirche Respekt zu erweisen.

»Ich verstehe, dass das bedeutet, dass ich hierbleiben muss, bis mein Name und der meiner Kinder reingewaschen sind. Doch ich kann beim heiligen Sakrament der Beichte nicht lügen, nur um freizukommen. Das wäre eine weitere Sünde.«

Der Abt schüttelte missbilligend den Kopf. »Bei meinem Besuch hier geht es nicht darum, Eure Freilassung zu ermöglichen, Frau. Ich bin nur hier, um zu verhindern, dass Eure Seele und die Eurer Kinder auf alle Ewigkeit in der Hölle schmoren. Der baldige Prozess wird über Eure Schuld oder Unschuld entscheiden.«

Theodosia hob blitzschnell den Blick. »Ein Prozess?«

»Lord Ordell und ich werden über Euch zu Gericht sitzen und unser Urteil fällen.« Wie um seine Worte zu betonen, schüttelte der Abt seine Bibel in ihre Richtung. »Die Anklagen lauten Ketzerei und Hexerei.«

Aber Ordells Prozess, sein Urteil würden von Rachedurst getrieben sein. Nicht von der Suche nach Gerechtigkeit. Sie brachte ein Flüstern hervor: »Auch über die Kinder?«

»Gewiss.« Remigius zog die Mundwinkel nach unten. Sein Gesicht war eine Maske der Verachtung. »Auch sie müssen sich dem Gericht stellen.«

»Aber sie sind …«

»Höchst verdächtig. Genau wie Ihr.«

Die Wände schienen näher an sie heranzurücken. Theodosia kämpfte gegen ihre Panik an. »Aber sollten wir nicht die Rückkehr meines Mannes abwarten, Vater Abt? Wenn er heimkommt und feststellt, dass seine Frau und seine Kinder in einem Verfahren, das er für ungerecht hält, verurteilt und daraufhin eingesperrt wurden, wird er nicht ruhen.« Sie holte Luft, war sich darüber im Klaren, dass ihr Tonfall dem Mann gegenüber immer aggressiver wurde. »Er wird sich an die höchsten Mächte wenden. Sogar an König Heinrich persönlich, wenn er muss.«

»Palmer würde sich an Seine Gnaden wenden, ja?« Der Abt riss die Augen in seinem fleischigen Gesicht weit auf. »Das bezweifle ich doch sehr. Aus so einem absurden Grund werden wir den Prozess nicht verschieben. Er wird stattfinden, sobald Lord Ordell und ich das Begräbnis seiner Frau mit dem nötigen Zeremoniell und einer Trauerzeit geplant und durchgeführt haben.«

»Das wird für ihn eine Zeit großen Schmerzes sein, und ich bete aus ganzem Herzen für ihn. Doch die Begräbnisriten werden schon in ein paar kurzen Tagen beendet sein. Sicher sind noch viele Fragen offen, ehe wir die Wahrheit erkennen.« Ihre Worte kamen schnell. Zu schnell. Aber das war ihr egal. »Die Schwester meines Mannes hat gesagt, sie würde sich bemühen, diese Antworten zu finden. Ihr müsst ihr mehr …«

»Genug.« Sein Befehlston brachte sie zum Schweigen. »Joan Palmer hat nicht mehr Zeit.«

Stunden. Nur Stunden. Das würde nicht reichen.

»Es wird ein Urteil geben, und wenn Ihr schuldig gesprochen werdet, müsst Ihr nicht ins Gefängnis.« Er nickte ernst. »Denn die Strafe für Hexerei ist Verbrennung. So muss es sein.«

Der Raum enthielt plötzlich keine Atemluft mehr, wurde finsterer um sie herum. »Nein. Nein! Das dürft Ihr nicht.« *Tod. Verbrennung.* »Nicht meine Kinder. Nicht sie. Sie haben mit alldem nichts zu tun!« Mann Gottes oder nicht, sie ging auf ihn zu, die Hände flehend erhoben.

Der Abt erbleichte, als sie sich ihm näherte, hob seine Bibel, hielt sie wie einen Schild vor sich und taumelte rückwärts. »Genug, habe ich gesagt.«

»Verzeiht, Vater Abt, ich will Euch nichts Böses.« Theodosia fiel auf die Knie und klammerte sich an seine Robe. »Aber sie haben nichts getan. Nichts!«

»Hände weg, Frau.« Der Abt zog an seinem Gewand. »Ich muss gehen. Mein Werk hier ist getan.«

»Noch nicht, Vater. Bitte.« Sie krallte sich weiter fest. »Ihr müsst ihnen Gnade erweisen!«

Sein verschwitztes Gesicht verzog sich vor Angst. »Ich sagte: ›Hände weg‹, verderbte Kreatur!« Er krallte sich in ihre Haube und riss sie ihr vom Kopf.

»Ihnen. Nur ihnen. Ihr müsst. Mir geht es gar nicht um mich.«

»Lass ihn los, Frau!«, rief die Wache.

»Hinfort!« Remigius fuhr ihr mit der Hand ins Haar und zerrte daran, während er um sein Gleichgewicht kämpfte.

Theodosia war es einerlei. Sie ließ ihn nicht los. »Bitte! In Gottes Namen!«

»Lass meine Mama los!« Tom warf sich auf den Abt.

»Wache! Sie sind besessen! Helft mir!«

Die Tür flog auf, und etwas zerrte sie von Remigius weg, wobei dieser ihr eine Handvoll Haare ausriss.

Remigius stützte sich an der Tür ab und wankte hinaus, während die Wache Theodosia einen Hieb versetzte, der sie taumeln ließ, und nach Tom trat.

Die Gittertür schlug zu, und die Wache verschloss sie wieder.

»Davon wird Lord Ordell erfahren.« Im Fackellicht sah sie das wütende, atemlose Gesicht des Abts durch die Gitterstäbe. »Ihr konntet Eure Falschheit nicht länger als fünf Minuten verborgen halten.«

Er hinkte mit der Wache davon, ihre Stimmen wurden mit dem schwindenden Licht immer leiser.

»Mama?« Tom legte seine kleine Hand auf ihre.

»Es geht mir gut, Tom.« Theodosia zitterte vor Entsetzen, zog ihn aber an sich und trug ihn zu Matilde hinüber. »Es geht mir gut.«

»Warum zitterst du dann?«

Theodosia hatte keine Antwort für ihren Sohn. Sie drückte ihn und Matilde fest an sich.

»Alles wird gut.« Benedicts Worte, ehe er aufgebrochen war. Sie hatte von ganzem Herzen gehofft, darauf vertraut, dass er recht hatte.

Doch jetzt war nichts gut, und zwar auf so schreckliche Weise, wie sie es sich nie hätte träumen lassen.

Theodosia hielt ihre Kinder umfangen, bedeckte ihre Köpfchen mit Küssen und versuchte, sich wieder zu sammeln. »Es geht mir gut.« Sie betete. Benedict musste heimkehren. Er musste einfach.

Wenn nicht, war Joan ihre einzige Hoffnung. Die aber hatte nur ein paar Tage, um die Wahrheit herauszufinden. Eine unglaublich kleine Anzahl von Stunden.

Und wenn es ihr nicht gelang, erwartete Theodosia Ordells schreckliche Gerechtigkeit.

Kapitel 21

Palmer spürte keine einzelnen Wunden mehr. Stattdessen war die ganze Welt Schmerz, und er lag mitten darin. Jeder Atemzug war eine Anstrengung, die in fürchterlicher Qual begann und endete. Luft bekam er dennoch kaum. Er hatte den Überblick darüber verloren, wie viele Steine Geoffrey auf seine Brust gelegt hatte.

Der neueste lag auf seinem Kopf und übte solchen Druck aus, dass das Blut ihm lautstark in den Ohren rauschte und ihm die Augen aus den Höhlen traten.

Er zwang sich, zu blinzeln. Nein. Kein Stein auf seinem Kopf. Sein Geist spielte seinem Körper, der langsam zermalmt wurde, Streiche. Er wusste nicht, ob er seit einem Tag oder einem Jahr hier lag. Aber sein hämmernder Kopfschmerz war real. Das Gewicht der Steine zwang sein Blut, seinen eigenen Körper zu quälen.

Geoffrey kam und ging, erhöhte das Gewicht, stellte immer wieder dieselben Fragen.

»Wer seid Ihr? Wer hat Euch geschickt? Wie habt Ihr das Vertrauen des Königs gewonnen? Für wen arbeitet Ihr?«

Die gebrüllten Fragen hallten in seinem Kopf nach. Geoffrey musste zurück sein.

Palmer blinzelte erneut. Nein. Er war allein hier. Auf ein klapperndes Geräusch hin schlug sein rasendes Herz schneller, heftiger. Ratten … Sie würden ihn annagen, wenn er noch lange hier lag. Sein Kopfschmerz verschlimmerte sich.

Er biss die Zähne zusammen, aber er konnte den Mund nicht schließen. Er wusste, warum. Das Klappern kam nicht von Ratten, sondern von seinen eigenen Zähnen, die aufeinanderschlugen. Doch seine Gliedmaßen empfanden keine Kälte mehr, waren tot wie nach Frostbrand. Er spürte auch seine Bekleidung nicht, obgleich sie nass und durchweicht an seinem Körper klebte. Nass von seinen eigenen, stinkenden Exkrementen, die er nicht hatte einhalten können, weswegen er außer Schmerz auch noch Scham empfand.

Geoffrey hatte gelächelt. *»Ich glaube, Ihr habt Angst, Palmer.«*

Er hatte weiter geschwiegen und an Theodosia gedacht. Ihre grauen Augen. Die blasse Haut. Ihre sanfte Stimme, die ihm liebevoll antwortete. Tom. Ein schreiender Racker, den er vom ersten Anblick an ins Herz geschlossen hatte. Matilde. So still. So klein. Ein neuer Sonnenschein in seinem Leben. Er hatte sie nicht verraten. Sie waren noch immer sicher.

Neuer Schmerz schoss durch seine abgestorbenen Beine. Krämpfe. Plötzliche, schwere Krämpfe.

Palmer versuchte, die Zähne zusammenzubeißen, doch das Zittern hörte nicht auf. Er rang um Beherrschung. Um Atem. Graue Flecken und Lichtblitze behinderten seine Sicht. Das Pochen in seinem Schädel wurde schlimmer. Er verlor sein Augenlicht.

Theodosia trat zu ihm.

»Oh, Benedict. Dein armer Kopf. Das muss ja furchtbar wehtun.« Sie legte eine Hand an seine pochende Schläfe, ihre Berüh-

rung war kühl und sanft. Ihre Haut leuchtete im Dunkeln, genau wie ihr helles Kleid.

Eine dunkle Gestalt tauchte hinter ihr auf.

Palmer öffnete den Mund, um sie zu warnen.

»Ich verstehe kein Wort, Liebster.« Sie lächelte. »Egal. Still jetzt.«

Palmer versuchte zu schreien. Immer noch nichts.

Dann trat die Figur ins Licht.

Erzbischof Thomas Becket, mit zerschmettertem, offenem Schädel, genau wie Palmer ihn in jener Nacht in der Kathedrale gesehen hatte. »Du bist an der Reihe, Benedict Palmer.«

Palmer versuchte, Worte zu bilden, ihm zu sagen, wie leid ihm tat, was geschehen war, doch ein Stahlband legte sich um sein Herz und verhinderte es.

In der Ferne erklangen Rufe.

Das Bild Beckets und Theodosias verblasste. Sie verließen ihn.

Palmer bemühte sich, sie zurückzuhalten. Er stieß einen Schrei aus, der mit der anderen Stimme verschmolz, einer dröhnenden, hallenden Stimme, die in seinem Schädel wummerte und ihn zu sprengen drohte.

»Bei allen Heiligen! Hast du ihn getötet, Geoffrey?«

Palmer öffnete mühsam die Augen.

Der König stand über ihm und funkelte seinen Bastard an.

»Nein, Euer Gnaden.« Geoffrey hatte bereits einige Steine von Palmers Brust genommen und bückte sich gerade, um einen weiteren zu entfernen. »Ich habe ihn noch befragt. Aber er hat nichts gesagt.«

Palmer schluckte, war nicht sicher, ob das, was er sah, real oder auch wieder nur ein Hirngespinst war. Dann wurde ihm noch leichter, als Geoffrey den schweren Tisch von seiner Brust nahm. Mühsam bildete er ein Wort. »Lebe.«

Ein neues Brüllen Heinrichs belohnte ihn dafür. »Ihr werdet Euch bald wünschen, Ihr wärt tot!« Er deutete mit dem Finger auf Palmer. »Er soll reden, Geoffrey. Auf der Stelle.«

Palmer wurde hochgezerrt und taumelte zurück in seine Welt des Schmerzes. Der Raum verschwamm ihm vor den Augen, als fülle er sich mit Nebel. Geoffrey kettete ihm wieder die Arme über dem Kopf fest. Heinrichs Gebrüll kam wie aus weiter Ferne.

Ein Schwall Wasser traf ihn eiskalt ins Gesicht. Er keuchte, spie und schaffte es, den Kopf zu heben, sodass er sah, wie Geoffrey einen Eimer wegstellte.

Heinrich ohrfeigte ihn. »Ihr also wart der Feind! Habt Euch vor aller Augen versteckt – und ich habe Euch vertraut!«

»Das könnt Ihr noch immer, Euer Gnaden. Ich schwöre es.« Er lallte schlimmer als ein Betrunkener.

»Obgleich Ihr einen Mord begangen habt?« Heinrich versetzte seiner anderen Wange eine Ohrfeige.

»Ich schwöre, das habe ich nicht, Euer Gnaden.« Palmer richtete seinen unscharfen Blick auf Geoffrey. Der breitschultrige Bischof stand mit einem finsteren Blick da, der Palmer sehr an Heinrich erinnerte. Das verschaffte ihm die erforderliche Entschlossenheit. »Ich habe die Antworten, die zu finden Ihr mich gesandt habt.«

»Was ist das für ein Geschwätz?« Geoffrey runzelte die Stirn noch mehr und trat einen Schritt auf ihn zu.

Zornesrot hob Heinrich eine Hand, und Geoffrey hielt inne. »Dann sprecht, Palmer. Es wäre wirklich besser, wenn Ihr Antworten für mich hättet.«

Palmer verzog das Gesicht, als er Luft holte. Seine Rippen brannten wie Höllenfeuer. »Der erste Angriff auf Lady Rosamund erfolgte, als ich noch zu Hause war, viele Meilen entfernt.«

»Wessen Wort haben wir dafür?«, höhnte Geoffrey sofort.

»Andere können das bestätigen, Euer Gnaden«, sagte Palmer.

»Ach ja?« Heinrichs Gesicht war eine steinerne Maske.

»Wir müssen bedenken, dass Palmer vielleicht nicht allein gearbeitet hat«, sagte Geoffrey. »Auch das habe ich aus ihm herauszubekommen versucht.«

Der Bischof war bereit, ihn weiter zu foltern. Das war klar. Palmer ordnete seine Gedanken, ehe er wieder sprach. »Der Mörder stammt aus Eurem Palast, Euer Gnaden. Er wusste, wie er in Rosamunds Gemach gelangen konnte. Wusste, wie man den Leoparden befreit. Wusste, dass Rosamund im Turm schlief und wo man dort Feuer legen muss.« Er schluckte schwer und stählte sich für seine nächsten Worte. »Hat sie dort untergebracht.«

Heinrich erstarrte.

Doch Geoffrey blieb der Mund offen stehen. »Was?« Sein Schrei erfüllte den Raum. »Was sind das für dreckige Lügen?« Er stürzte sich auf Palmer, aber Heinrich fiel ihm in den Arm.

»Lass ihn, Junge.« Heinrichs Gesicht war jetzt tief gerötet. »Fahrt fort, Palmer.« Er blickte Geoffrey streng an. »Ohne Unterbrechung.«

»Geoffrey war mein Eintreffen gar nicht recht.« Palmer wandte sich dem Bischof zu, wollte die Wirkung jedes einzelnen seiner Worte sehen. »Ich hatte Unfälle, die mich hätten töten sollen. Eine Armbrust mit Ladehemmung. Eine Aufforderung, aus dem Turm zu springen, wobei ich mir alle Knochen im Leib gebrochen hätte.«

Geoffrey zeigte mit dem Finger auf ihn. »Lügen. Alles Lügen!«

»Ohne Unterbrechung!« Nun brüllte Heinrich.

»Ihr habt versucht, mich wegzuschicken, Geoffrey. Mich loszuwerden. Nur der Befehl Seiner Gnaden hat das verhindert.«

»Aber …«

Heinrich hob ruckartig die Hand und schnitt Geoffrey das Wort ab. »Sprecht weiter, Palmer.«

»Ich habe mir das alles genau überlegt, Euer Gnaden.« Der König schien sich zu beruhigen. »Ich wollte Euch informieren, sobald ich konnte.« Wieder sah er dem Bischof ins Gesicht. »Doch mein Wein und mein Brot waren mit einem Schlafmittel versetzt. Als ich erwachte, lag Lady Rosamund tot neben mir.«

Heinrich nickte langsam. »Ich verstehe.«

Geoffrey blickte weiterhin verschlossen und wütend drein.

Palmer fuhr fort: »Geoffrey wollte Rosamunds Tod. Die ganze Welt dachte, Ihr wolltet Eure Ehe mit Königin Eleonore annullieren lassen, um sie zu heiraten – das habt Ihr selbst gesagt –, und ich denke, er hat den Ehrgeiz, Euch als König zu beerben.« Palmer konnte nur hoffen, dass seine Worte Sinn ergaben. Ihm schwindelte wieder. Er war fast am Ende. »Deshalb hat er auch Schwester Amélie getötet. Ich weiß nicht, wie er von ihr erfahren hat.«

Schweigend legte Heinrich den Kopf schief.

»Deshalb habe ich Angst um Theodosia und die Kinder. Angst, dass er auch über sie Bescheid weiß. Ich bin geflohen, weil ich versuchen wollte, zu ihnen nach Hause zu gelangen.« Seine Stimme versagte ihm den Dienst. Egal. Er hatte es geschafft.

Er sah Heinrichs Schlag in sein Gesicht nicht kommen. Der Hieb schockierte ihn. »Geoffrey ist mein treuer Diener!« Noch ein Schlag. »Nicht wie Ihr, Verräter!«

Palmer konnte nicht verhindern, dass er vor Schmerzen aufkeuchte, als neuerliche Qual in seiner Schulter aufloderte.

»Wer ist Theodosia?« Geoffreys Frage klang ehrlich.

Heinrich deutete auf Palmer. »Die Frau dieses Hundesohns.« Er atmete schwer durch geblähte Nasenlöcher. »Meine Tochter,

Geoffrey. Meine Tochter mit Schwester Amélie. Eine alte, wahrhaftige Ehe.«

Geoffrey stand wie angewurzelt da und fand keine Worte.

Palmer begann zu zweifeln. Hatte er sich geirrt?

Heinrich fuhr fort: »Meine eigenen Söhne und meine Königin haben sich gegen mich erhoben. Warum solltet Ihr anders sein, Palmer? Ihr habt einmal an der Seite der Verräter gekämpft.«

»Verräter?«, fragte Geoffrey, sein Gesicht noch immer eine Maske der Verwirrung.

»Er hat an der Seite der Mörder Beckets gestanden.« Heinrich spie die Worte aus.

Geoffrey erbleichte.

Das Flüstern wurde zum Gebrüll. Palmer brachte mühsam eine verzweifelte Frage hervor. »Aber warum sollte ich meine Schwiegermutter Amélie ermorden, der ich doch in der Vergangenheit das Leben gerettet habe?«

Heinrich schlug erneut zu. »Das ist keine Verteidigung, Schurke! Sie wurde nicht ermordet. Sie ist ihrer Krankheit erlegen. Darüber hat mich die Äbtissin persönlich informiert. Doch Ihr versucht, mir einzureden, Geoffrey hätte sie getötet! Um Eure eigene jämmerliche Haut zu retten!«

Palmer drehte sich der Magen um. Er hatte gehört, sie sei tot. Hatte angenommen, sie sei ermordet worden. Er hatte sich geirrt. So schrecklich, schrecklich geirrt.

Heinrich zeigte mit zitterndem Finger auf Palmer. »Ich hätte es wissen müssen. Einmal Verräter, immer Verräter. Ihr habt mir einst gestanden, wie gerne Ihr wohlhabend wärt. Aber Ihr seid nur ein verarmter Bauer. Hugo Stantons Aufgabe ist es, mich informiert zu halten. Ihr schafft es kaum, Brot auf den Tisch zu bringen. Den Tisch meiner Tochter! Den Tisch meiner Enkel!« Sein Gebrüll wurde immer lauter. »Es muss so leicht gewesen sein, Euch zu kaufen. Wie schon zuvor. Ihr habt Rosamund getötet, um Eure eigene Zukunft zu sichern.«

Geoffrey betrachtete ihn mit bedauerndem Kopfschütteln.

Und Rosamunds Mörder kam davon. Wer auch immer er war. »Euer Gnaden. Ich habe mich geirrt. Verzeiht. Ich brauche noch eine Chance …«

Heinrich schlug ihn erneut. »Für was für einen Idioten haltet Ihr mich eigentlich? Ich werde an Euch ein Exempel für die statuieren, die Euch hergeschickt haben. Ich werde bekannt geben lassen, dass ich nicht ruhen werde, bis ich sie zur Strecke gebracht habe, und dass sie dann Euer Schicksal teilen werden. Morgen werdet Ihr hingerichtet. Ihr werdet hängen, als der Verräter, der Ihr seid. Ich werde mir jede Sekunde ansehen, die Ihr am Ende des Seils tanzt.« Heinrich fuhr zu Geoffrey herum. »Du wirst nicht an seinen Beinen ziehen, um ihm das Genick zu brechen. Hörst du?«

»Ich kann Euch versichern, Euer Gnaden: Wenn ich jemanden hänge, dann kenne ich keine Gnade. Ich bin geschickt mit der Schlinge und werde seine Qual lange andauern lassen.« Geoffrey sah Palmer mit festem Blick an. »Ihr habt keine Vorstellung davon, wie lange.«

* * *

»Herr?«

Lord Nicholas Ordell schaute irritiert von seinem Platz am Kamin auf und sah einen Diener im Eingang der Halle stehen. Er wollte bei der Vorbereitung von Cecilys Beerdigung zusammen mit Remigius eigentlich nicht gestört werden.

Der Mann verneigte sich. »Joan Palmer ist hier, um Euch zu sehen, wie Ihr befohlen habt.«

»Schick sie herein.« Remigius blickte Ordell in die Augen.

»Die Frau hat uns nichts Wertvolles zu sagen.« Ordell schlug lautstark seine Bibel zu. »Ich bereite gerade die Beisetzung meiner frommen Frau vor.«

Der Abt hob beschwichtigend die Hand. »Zumindest werden die Menschen dann sehen, dass wir der Angelegenheit das erforderliche Gewicht beigemessen und sie mit der gebotenen Aufmerksamkeit behandelt haben.«

Die Schritte der Frau in den groben Holzschuhen hallten durch die Stille des Saals, während sie näher kam.

Sie blieb vor ihm stehen und verneigte sich rasch. »Lord Ordell.« Arroganz glitzerte in ihren dunklen Augen und entlarvte ihre Respektsbezeugung als Lüge. »Vater Abt.«

Ordells Schultern verkrampften sich. Oh, diese Frau bedeutete Ärger. Wie alle Frauen. Nur wenige waren demütig genug.

Remigius schien die Unverfrorenheit dieser Palmer nicht bemerkt zu haben. Für einen Mann der Kirche übersah er Sünder häufig.

Ordell erhob sich. »Joan Palmer. Wir haben Euch heute hergerufen, um Euch im Zusammenhang mit der schrecklichen Entdeckung in der Hütte Eures Bruders zu befragen.« Er schaute ihr in die Augen. »Genauer gesagt, mit dem Fund des Herzens meiner toten Frau unter dem Kinderbett.« Seine Worte klangen, als kämen sie direkt aus der Hölle.

»Ein schrecklicher Fund.« Sie besaß zumindest den Anstand, sich zu bekreuzigen, und ihre Miene wurde etwas weicher. »Ich wünschte, ich könnte Licht auf die Frage werfen, wie es dorthin gelangt ist. Aber ich fürchte, ich kann es nicht, so wahr mir Gott helfe.«

»Seht Ihr?« Ordell sah den Abt an und spreizte die Hände. »Wir verschwenden unsere Zeit mit dieser Kreatur.«

Der Abt lächelte nur einfältig und wandte sich an sie. »Joan, ich habe Eure Schwägerin besucht. Um ihr die Beichte abzunehmen, versteht Ihr?«

Joan nickte, die weißen Hände gefaltet. »Natürlich.«

»Die sie nicht ablegen wollte. Sie hat beteuert, völlig unschuldig zu sein. Was offen gestanden eine erstaunliche Behauptung ist.« Der Abt wuchtete sich hoch, ging zu ihr hinüber und legte ihr eine Hand auf die Schulter. »Doch sie vertraut sehr darauf, dass Ihr, meine Liebe, diese Behauptung untermauern könnt.«

Mit entschlossenem Gesichtsausdruck nickte die Frau erneut. »Ich habe ihr versprochen, die Wahrheit herauszufinden, Vater. Ich werde alles in meiner Macht Stehende tun, um mein Versprechen zu halten.«

Ordell schnalzte ungeduldig mit der Zunge. »Euer wirres Geschwätz sagt mir, dass Ihr nichts herausgefunden habt.«

»Ich bin sicher, Ihr habt viele Talente.« Remigius drückte ihr die Schulter, dann seufzte er und ließ die Hand fallen. »Aber wie Seine Lordschaft glaube ich, wir kennen die Wahrheit.« Er hinkte zum Kamin zurück.

»Vielleicht gibt es doch noch mehr, Vater.«

Ihre sture Weigerung, Anweisungen zu befolgen, erzürnte Ordell. »Wie könnt Ihr es wagen, die Worte Höherstehender infrage zu stellen? Sie hat nicht nur bei ihrer Festnahme meine Männer angegriffen, Theodosia Palmer, die Frau, die Ihr zu verteidigen sucht, hat auch Abt Remigius attackiert, als er sie gestern in heiliger Mission besucht hat. Hat ihre sündige Hand an Gottes Stellvertreter gelegt, als er sie daran erinnerte, dass auf Hexerei die Verbrennung steht.« Er schüttelte sich. »Als gäbe Satan persönlich ihr Kraft.«

Joan riss die Augen weit auf. »Theodosia hat schon wieder zugeschlagen?«

Der Abt nickte und hielt die fleischigen Hände in Richtung Feuer. »Sie hat sich auf mich geworfen. An mir gezerrt. Ist bei der Vorstellung von den Flammen auf mich losgegangen. Ich musste die Wache zu Hilfe rufen, so heftig hat sie mich angegriffen.« Er schüttelte den Kopf in Ordells Richtung. »Denkt an meine Worte – beim Prozess werden wir dieselben Probleme haben.«

In nacktem Entsetzen schlug Joan eine Hand vor den Mund. »Sie hat ihren Beichtvater angegriffen?«

»O ja«, bestätigte der Abt. »Sie heulte dabei, wir sollten auf die Rückkehr ihres Mannes warten.« Er schniefte verächtlich. »Von seiner trunkenen Pilgerfahrt? Ganz bestimmt nicht. Da könnten wir lange warten.«

Joans Miene veränderte sich.

»Was?«, verlangte Ordell zu wissen.

Jetzt rang sie auch noch die Hände.

»Sprecht, Frau«, presste Ordell im Befehlston hervor.

»Ich muss auch eine Sünde beichten«, erklärte sie.

Der Abt riss den Kopf hoch. »Dann begleitet mich an einen Ort, wo nur Gott uns zuhört.«

»Nein.« Ordell fixierte sie mit einem Blick. »Ihr werdet hier beichten. Jetzt. Oder ich sperre Euch zu den anderen in die Gruft.«

»Ja, Herr.« Joan faltete die Hände, nahm sie wieder auseinander. »Am Tag der ersten Durchsuchung des Dorfes, nachdem die Vögel gefunden worden waren, habe ich eine Unwahrheit gesagt.«

Ordell spannte sich an. »Eine Lüge, meint Ihr.«

»Ja. Es tut mir leid.« Nun war kein Stolz mehr in ihren dunklen Augen. Nur noch Furcht. *Gut.*

Der Abt hob eine Hand, um ihr die Absolution zu erteilen, doch Ordell hielt ihn auf. »Dann beichtet Eure Lüge.«

»Ich habe gesagt, mein Bruder sei voll Bier gewesen, als er die Hütte verließ, um zu einer Pilgerfahrt zu den Gräbern seiner Familie aufzubrechen.« Sie biss sich auf die Lippe. »Das stimmt nicht. Er ging an diesem Abend zusammen mit Theodosia weg und kehrte nicht zurück. Noch einmal, Herr, es tut mir leid.«

Ordell atmete schnell durch die Nase. »Dann ist mein Verdacht zutreffend. Wir wissen nicht, was aus Palmer geworden ist? Haben dafür nur das Wort einer Hexe?« Er deutete auf den Abt. »Seht Ihr, Remigius? Gott allein weiß, was aus Benedict Palmer geworden ist.« Er fuhr zu Joan herum. »Ihr seid auch eine Lügnerin. Ich muss entscheiden, was mit Euch zu tun ist.«

»Lord Ordell, Vater.« Jetzt standen ihr Tränen in den dunklen Augen. »Ich bitte um Verzeihung. Ich wurde selbst von Theodosia belogen. Ich wollte ihr nur helfen.« Eine Träne rann ihr über die Wange. »Jetzt sehe ich, ich habe gesündigt. Ich bin eine schwache Frau.« Weitere Tränen. »Schlimmer noch, eine Närrin, die nicht verstanden hat, dass auch ihr Bruder in Gefahr sein könnte.«

»Ich habe keine Zeit für Eure sündige Dummheit.« Ordell schniefte angewidert. »Ihr maßt Euch an, die Wahrheit herausfinden zu wollen, wo die hässliche Wahrheit Euch doch in der Hütte der Palmers übers Feuer hinweg angestarrt hat. Remigius, ich verlasse mich darauf, dass Ihr eine angemessene Buße für sie festsetzt.« Ordell bedeutete ihr zu gehen. »Aus meinen Augen jetzt, ehe ich noch etwas für Euch viel Schlimmeres beschließe.«

»Bitte, Herr, lasst mich helfen. Ich schäme mich so.« Sie bekreuzigte sich erneut. »Was Ihr über meinen armen Bruder gesagt habt, tut mir in der Seele weh.« Sie rang die Hände. »Vater, Ihr wisst, mir ist fast nichts mehr in der Welt geblieben. Bitte lasst es mich versuchen.«

Remigius schürzte die Lippen. »Wir werden Euch anhören.«

Sie holte lang und zitternd Luft. »Lord Ordell, ich glaube, ich kann die Wahrheit aus Theodosia herausbekommen. Damit alle sehen, wie angebracht Euer Prozess ist. So kann ich wiedergutmachen, was sie meinem Bruder angetan hat.«

Es tröstete ihn ein wenig, zu sehen, wie diese Palmer jetzt so ganz ohne Stolz vor ihm stand. »Aber macht es kurz«, sagte

Ordell. »Wenn mir nicht gefällt, was Ihr zu sagen habt, werde ich Euch auspeitschen lassen.« Und das wiederum würde ihm tatsächlich gut gefallen.

* * *

In all seinen zweiundzwanzig Jahren hatte Hugo Stanton noch nie solche Angst gehabt. Nicht einmal damals, als ein Räuber bei einem Hinterhalt auf der Straße im Vorbeireiten eine Axt nach ihm geworfen und nur knapp seinen Kopf verfehlt hatte. Nicht einmal damals, als er durch einen gewaltigen Wintersturm geritten war, einen dringenden Brief Heinrichs in der Satteltasche, und rings um ihn hohe Bäume zu Boden gestürzt waren. Nicht einmal, als er geglaubt hatte, in derselben Höhle zu sein wie ein hungriger Leopard.

Ausgerechnet in einem Frauenkloster empfand er so viel Angst. Vielleicht bestrafte Gott ihn ja auf diese Weise. Er sah wieder aus dem Fenster, von dem aus er einen freien Blick auf den noch immer im Dunkeln liegenden Hof vor den Ställen hatte. Gerade so konnte er auch den neu errichteten Galgen sehen, der auf Anweisung Heinrichs in aller Eile bis spät in die vergangene Nacht hinein errichtet worden war.

Die Geschichte von Rosamunds Tod und Palmers Rolle als ihr Liebhaber und Mörder war in schockiertem Flüsterton von Dienern, Wachen und sogar von einigen der Nonnen im gesamten Konvent immer wieder wiederholt worden. In ein paar Stunden würde Palmer hängen.

Stantons Eingeweide verkrampften sich. Er hoffte, nicht schon wieder auf den Abtritt rennen zu müssen. Auch er hatte mit Rosamund geschlafen. In derselben Nacht, in der sie zu Palmer ins Bett gestiegen war. Dann hatte Palmer sie erwürgt.

Er presste sich die Knöchel an den Mund, um seine Trauer in den Griff zu bekommen. Das hatte sie nicht verdient. Nicht das. Nicht seine süße, schöne Rosamund. Für dieses Verbrechen sollte Palmer hängen.

Stanton schüttelte den Kopf, um das furchtbare Bild loszuwerden. Er würde nichts sagen. Es hatte keinen Sinn, auch noch Heinrichs Zorn zu erregen. Außerdem hatte ja nicht er Rosamund getötet. Sondern Palmer. Der aufrechte Sir Benedict Palmer mit der frommen Frau und dem uneingeschränkten Vertrauen des Königs. Das war einmal gewesen. Aber wer hätte das gedacht?

Stanton schaute wieder zum Fenster. Langsam zeigte sich das erste, graue Frühlicht. Bald würde alles vorbei sein.

Solange Palmer nicht erwähnte und nicht erwähnt hatte, dass auch er, Stanton, mit Rosamund geschlafen hatte. Stanton fuhr sich mit den Händen durchs Haar. Egal. Er würde alles leugnen.

Leugnen, trotz bohrender Fragen Geoffreys? Oder gar Heinrichs?

Er war schweißgebadet, als wäre er krank. Er brauchte Wein, um sich Mut anzutrinken, falls einer von den beiden ihn zu einer Befragung vorlud.

Er ging zur Tür. Rosamunds Dienerin Lucine war ihm immer freundlich gesinnt gewesen. Ihnen beiden. Sie war immer früh aufgestanden, um ihrer Herrin das Badewasser zu bereiten. Er stutzte kurz. Aber jetzt? Jetzt hatte sie keinen mehr, der warmes, parfümiertes Wasser brauchte.

Er unterdrückte seinen Kummer und begab sich zu Rosamunds Gemach. Eine Woge der Traurigkeit stieg in ihm hoch.

Die alte Lucine arbeitete dort wie üblich, faltete im Licht einer einzigen Kerze Kleidungsstücke zusammen.

»Lucine?«

Sie zuckte zusammen und senkte den Blick. »Oh, Ihr habt mich erschreckt, Sir.« Sie hielt eines von Rosamunds Gewändern hoch. »Ich bin wie üblich hergekommen. Ich wusste nicht, was ich sonst hätte tun sollen.« Sie drohte in Tränen auszubrechen.

»Ich weiß genau, was du meinst. Ich glaube, Lady Rosamund wäre dir sehr dankbar.« Stanton rang sich ein Lächeln ab. »Ich habe letzte Nacht nicht viel geschlafen. Könntest du mir einen Schluck Wein holen?«

»Natürlich, Sir. Kommt sofort.«

»Danke, Lucine.« Stanton kehrte in sein Zimmer zurück, und wie er es so oft in Rosamunds Armen getan hatte, sah er zu, wie der Himmel die Farbe wechselte. Unvorstellbar, dass er das nie wieder würde tun können.

Nach einem kurzen Klopfen trat Lucine mit einem Krug Wein und einem Kelch ein, ihr Gesicht tränenfeucht. Sie platzierte beides auf einen Beistelltisch. »Hier, Sir.«

Ihr Blick wanderte zum Fenster, wo im Morgenlicht der Galgen aufragte. Erneutes Schluchzen brach aus ihr hervor. »Schreckliche Sache, das, Sir. Ganz schrecklich.«

Ungeschickt legte ihr Stanton die Hand auf den Arm. Sie war so alt wie seine Großmutter, doch sie weinte wie ein kleines Mädchen. »Versuch, dich nicht so zu grämen, Lucine. Wenigstens widerfährt Rosamund Gerechtigkeit.«

»Aber meine arme Herrin. Ein so schreckliches Ende. Nie wird sie aus dem Fegefeuer entkommen, starb sie doch als Ehebrecherin. Meine arme Herrin.« Sie unterdrückte ihr Schluchzen mit einem Taschentuch und ging, wobei ihre Holzpantinen über den Boden klapperten.

Stanton goss sich einen großen Kelch Wein ein und nahm einen tiefen Schluck. Lucines Worte führten ihm noch weitere schreckliche Bilder vor Augen. Rosamund, auf deren Haut der Teufel bis in alle Ewigkeit rot glühende Kohlen häufte. Heftig zitternd füllte er seinen Kelch erneut und leerte ihn noch einmal.

Moment. Als Ehebrecherin? Rosamund war nicht verheiratet gewesen. Er hatte Lucine aber nie gesagt, dass Palmer kein

Junggeselle mehr war. Wer dann? Er stellte seinen Kelch ab und wollte ihr nachgehen, um sie zu fragen.

Noch einmal: Moment. Der verschwiegene Benedict Palmer hatte hier nie über seine Frau gesprochen. Der König hatte außerdem strenge Verschwiegenheit über Palmers und Theodosias Hochzeit angeordnet. Bedeutete das, dass Palmer unter Geoffreys Folter zusammengebrochen war?

Stanton ignorierte den Kelch, schnappte sich den Krug und trank erneut, während ihm abermals der Schweiß ausbrach. Wenn Palmer begonnen hatte, Geoffrey seine Geheimnisse zu offenbaren, was mochte er dann noch gesagt haben? Palmer wusste alles über ihn und Rosamund.

Wenn Heinrich etwas davon zu Ohren kam, war wahrscheinlich auch er ein toter Mann. Oder zumindest einer ohne Eier. Er musste mit Palmer reden, herausfinden, ob er selbst vielleicht Geoffreys nächstes Folteropfer war. Wenn ja, konnte er auf einem schnellen Pferd davonreiten und nie wieder zurückkommen.

Stanton leerte den Krug. Er würde warten, bis Geoffrey und Heinrich sicher in der Messe waren, und sich dann ins Schlachthaus begeben, wo sie Palmer gefangen hielten. Er wusste, ihm blieb nicht viel Zeit, und er brachte sich in große Gefahr, indem er sich Geoffreys Gefangenem näherte.

Aber wenn sich die Geschichte von ihm und Rosamund herumsprach, war die Gefahr noch viel größer.

Stanton musste es wissen. Solange er noch Zeit hatte, zu fliehen.

* * *

Palmer zerrte mit dem gesunden Arm an den Ketten, die ihn hielten. Noch immer nichts. Der Deckenbalken war dafür vorgesehen, Tiere zu halten, die viel schwerer und stärker waren als er. Außerdem hatte er kaum noch Kraft. Doch er musste es versuchen, egal, wie weh ihm alles tat. Und ja, es tat unfassbar weh. Die langen Stunden des Angekettetseins in dieser Position erfüllten seinen Körper mit einer Mischung aus Atemnot und unablässig wachsenden Schmerzen.

Bald würde es vorbei sein. Aber das tröstete ihn nicht. Zuerst würde er die Qualen durchleiden müssen, die Geoffrey für ihn vorgesehen hatte. Egal. Viel schlimmer war die Qual, zu wissen, dass er Theodosia und die Kinder nie wiedersehen würde, als Verräter gebrandmarkt ins Grab fahren würde.

Er hegte die verzweifelte Hoffnung, dass sie nicht glauben würden, was man über ihn sagte. Doch Tom und Matilde waren noch so klein. Sie hatten noch keine eigene Wahrheit, die ihnen Kraft gab. Nur das Wort ihrer Mutter, während der Rest der Welt sagte, ihr Vater habe keine Ehre. Lediglich einen Preis.

Von draußen erklangen leise Stimmen. Kamen sie ihn so früh holen? Er versuchte, den Kopf zu heben, um ihnen zu zeigen, dass er keine Angst vor ihnen hatte. Seine Nackenmuskeln reagierten kaum.

Die Tür öffnete sich.

Da stand Hugo Stanton, einen Krug in der Hand. Was im Namen Christi wollte der hier?

»Danke«, sagte Stanton zu den nicht sichtbaren Wachen. »Ich werde unter vier Augen mit Palmer sprechen.«

Stanton trat ein und schloss die Tür hinter sich. Im Halbdunkel spähte er in Richtung Palmer. »Ich bin es, Stanton.«

Palmer zwang sich, die trockenen Lippen zu öffnen. »Ich weiß, wer Ihr seid.« Ein raues Krächzen. Er sammelte Speichel, um zu sprechen. »Schickt Geoffrey Euch? Dann ist Eure Mühe vergeblich.«

»Nein. Ich schwöre es.« Stanton kam näher. Er wurde kreidebleich, als sein Blick auf Palmers nackte Brust fiel und dann über sein Gesicht zu seiner ausgekugelten Schulter wanderte. »Mein Gott. Was haben die Euch angetan?«

Palmer schaute nach unten. Der Großteil seiner Haut war schwarz von den gewaltigen Hämatomen, die das Quetschen hinterlassen hatte. Die Steifheit seines Gesichts verriet ihm, dass es auch nicht in einem viel besseren Zustand war. »Ihr habt mir nicht geantwortet, Stanton.«

Mit einem ängstlichen Blick zur Tür senkte Stanton die Stimme. »Ich habe den Wachen erzählt, ich sei auf Geoffreys Befehl hier. Um zu versuchen, Euch zum Geständnis zu überreden, während er in der Messe ist.«

»Warum seid Ihr wirklich hier?«

»Um Euch ein wenig Trost zu spenden.« Mit zitternder Hand hob er den Krug.

Palmer versuchte zu lachen. »Meiner Treu, Ihr seid ein miserabler Lügner, Stanton. Schafft Euch fort.«

»Bitte. Ich habe wirklich Wasser.« Er hielt Palmer den Krug an die Lippen.

»Dann danke ich Euch.« Palmer öffnete den Mund, und Stanton kippte den Krug. Die kalte Flüssigkeit stillte seinen brennenden Durst. Er leerte den Krug, denn ihm war klar, dass es möglicherweise sein letzter Trunk war.

Stanton nahm ihn wieder weg. Ihm war am Gesicht abzulesen, dass er noch mehr zu sagen hatte.

»Ich bin unschuldig, Stanton.« Palmers Stimme war schon fester. »Ich bräuchte dringend Fluchthilfe.«

Der junge Kurier errötete. »Ich wünschte, ich könnte Euch helfen, aber Ihr seid angekettet, und ich habe keinen Schlüssel, und die Wachen …«

»Das mit der Fluchthilfe war ein Witz, Mann.«

»Oh.«

»Ich bin dankbar für das Wasser, Stanton. Sehr dankbar. Jetzt sagt mir, was Ihr hier wollt, und dann geht.«

»Ich wollte wissen, ob Ihr Geoffrey oder … oder dem König von mir und meiner … meiner Geliebten erzählt habt.« Stanton errötete noch tiefer und senkte die Stimme zu einem angsterfüllten Flüstern. »Ich war in der Nacht, in der sie ermordet wurde, bei ihr.«

»Ich habe es ihnen nicht verraten und werde das auch nicht.«

Stanton atmete erleichtert aus. »Dann ist es nun an mir, Euch zu danken.« Wieder wanderte sein Blick über Palmers Verletzungen, und er schluckte. »Ich hätte nicht schweigen können, wenn Geoffrey mir all das angetan hätte. Als ich hörte, dass er Euch die Wahrheit über Eure Ehe abgepresst hat, dachte ich, er wisse jetzt alles.«

»Von mir hat Geoffrey nichts gehört, Stanton. Der König hat ihm von Theodosia erzählt.« Palmer zwang sich zu einem halbherzigen Lächeln. »Ich habe unser Geheimnis bewahrt.«

Stanton runzelte die Stirn. »Warum hat Lucine mir dann weinend erzählt, Rosamund sei als Ehebrecherin gestorben?«

»Lucine? Rosamunds Zofe?«

Stanton nickte.

»Aber woher hätte eine Dienerin wissen …« Palmer war wieder in seinem Zimmer in Godstow, wo er im Kopf eine Liste machte, wer möglicherweise versuchte, Rosamund zu töten. *Eine Dienerin.* Auf die Liste gesetzt. Dann verworfen, weil seine Gedanken zu Stanton weitergewandert waren. Dann zu Geoffrey.

»Geht es Euch gut?« Stanton runzelte besorgt die Stirn.

Palmers Herz raste. Aber nicht vor Schmerz.

Rosamunds Dienerin. *»Die alte Lucine«* hatte sie sie genannt. Er hatte sie in Woodstock nur aus der Ferne gesehen, eingepackt gegen die Kälte, einen Schal vor dem Mund. Nach dem Brand im Turm war Lucines Gesicht ruß- und ascheverschmiert und halb verborgen von ihrem unbedeckten grauen

Haar gewesen, als sie Rosamund in der glimmenden Dunkelheit umarmt hatte.

Heinrichs Wutschrei in der vergangenen Nacht: *»Habt Euch vor aller Augen versteckt!«*

Genau wie Palmer und Theodosia an jenem Tag in Knaresborough.

»Sir Benedict?«

Die Glocken von Godstow klangen, verkündeten das Ende der Messe. Dennoch hörte man die Schritte der Menschen, die ihren alltäglichen Angelegenheiten nachgingen.

Palmer schloss die Augen. *Knaresborough.* Der Klang der Glocken, der Kirchenglocken an einem klaren, kalten Morgen. Schritte auf Stein, als die Mörder sich ihm und Theodosia näherten. Holzpantinen auf Stein, getragen von der Frau, die sie verraten hatte.

O Palmer, du Narr.

»Sir Benedict!«

Palmer öffnete die Augen und sah den panisch wirkenden Kurier an. »Stanton, beschreibt mir Lucine. Auf der Stelle.«

Kapitel 22

»Du bist so blass, Lucine.« Die Schwester aus Godstow übertönte mit ihren Worten das Summen der gedämpften Stimmen im gut gefüllten Refektorium, während sie ihr eine Schale mit dampfendem Eintopf reichte. »Probier wenigstens ein bisschen. Er schmeckt gut und ist warm.«

Gwen Prudhomme nahm die Schale und rang sich eine weitere Träne ab. »Gott segne dich, Schwester.«

Mit hängenden Schultern ging sie zu einem ruhigen Tisch am Fenster. Dieses Vortäuschen von Trauer war anstrengend.

Zuerst all das Jammern und Klagen, als man ihr die Nachricht vom Tod der kleinen Hure überbracht hatte. *Das war schon schlimm genug gewesen.*

Gwen aß einen Löffel Eintopf und versuchte, nicht zusammenzuzucken. Ein Schweineknöchel hätte ein weitaus besseres Essen abgegeben, aber sie musste sich dankbar für diese fade Gemüsebrühe der Schwestern zeigen.

Oh, was hatte sie geweint, als man versucht hatte, sie aufzumuntern. Sie hatte es endlich geschafft. Nicht, dass sie es nicht schon zuvor versucht hatte. In jener stürmischen Nacht. Sich am nassen Efeu festklammernd war sie vom Nebenzimmer aus durchs Fenster eingestiegen. Keine leichte Sache in ihrem Alter.

Pech, dass das kleine Fräulein im falschen Augenblick aufgewacht war.

»Wie geht es dir heute Morgen, Lucine?«

Eine weitere Schwester war an ihrem Tisch stehen geblieben. Sie schien nur aus einem traurigen Gesichtsausdruck und einem welken Mund zu bestehen.

»Besser, Schwester. Danke.«

»Gott segne dich.«

Fort war sie wieder.

Gwen aß noch einen Löffel und kaute auf einem Stück Kohl herum. Aber dann das größte Pech: Der verdammte Sir Benedict Palmer war wieder aufgetaucht. Vom König persönlich gerufen. Das hätte eine Katastrophe werden können. Aber sie hatte sich zusammengerissen, war ihm aus dem Weg gegangen. Doch es wäre auch egal gewesen. Niemand schenkte einer alten Vettel einen zweiten Blick. Vor allem kein junger Mann.

»Das wird dir guttun.« Eine weitere Schwester mit Schürze über dem Habit stellte einen Becher mit rahmiger Milch vor sie hin.

Schon besser. »Danke, Schwester. Ich nehme ein paar Schlucke.«

»Unbedingt.«

Den Kopf zum Trinken in den Nacken gelegt sah sie aus dem Fenster. Sah Männer am Galgen arbeiten, der auf Palmer wartete. Wie die Schlinge des Bischofs von Lincoln auf seinen Hals.

Innerlich jubilierte Gwen. Ja, es war eine Katastrophe geworden. Aber nicht für sie. Sie wandte sich wieder ihrem Eintopf zu.

Der Leopard war ein guter Versuch gewesen. An jenem Tag hatte sie schnell denken müssen. Aber sie hatte das wilde Tier schon mehrfach gesehen und wusste, wie die Tore funktionierten. *Hatte mit dem alten Plappermaul gesprochen, das jeden Tag darüber jammerte, dass es seinen Sohn gefressen hatte. Es hätte*

Rosamund und Palmer fressen sollen. Oder zumindest die Teile, die die beiden am Leben hielten.

Sie nahm noch einen Schluck Milch. Genau wie der Angriff in Rosamunds Schlafzimmer hätte auch der Brand im Turm nicht schiefgehen dürfen. Die Wachen zu betäuben war leicht gewesen. Sie mochten ihre regelmäßigen privaten Lieferungen gestohlenen Weins. Sie hatten ihr vertraut. Sie musste ein Grinsen unterdrücken, als sie ihren Becher abstellte. *Narren.*

Nachdem die beiden bewusstlos auf dem Boden gelegen hatten, war das Feuer, das sie entfacht hatte, gut in Gang gekommen. Sie war in eine dunkle Ecke des Hofs geeilt, um zuzusehen. Ihr verging der Wunsch, zu grinsen. *Dann kommt Palmer auf den Hof gestolpert, läutet die Glocke, weckt den ganzen Palast und rennt da hinein wie ein Einfaltspinsel.*

Oh, was hatte sie gebetet, dass dieser jämmerliche Seil-Ersatz reißen und Rosamund sich das Genick brechen würde. Aber nein. *Dann bricht sich auch noch Palmer nicht den Hals.* Gwen verbiss sich ein Schnauben, während sie einen weiteren Löffel mit Eintopf füllte.

Die Männer am Galgen zogen langsam einen Getreidesack hoch, um das Seil zu prüfen.

Nicht mehr lange. Gwen aß noch einen Löffel.

Aber am Ende war alles gut gelaufen. Rosamunds Schmachten und Sehnen nach Palmer hatte Gwen auf ihre Idee, ihren überaus cleveren Plan gebracht.

Palmer hatte sich genau wie zuvor die Schweine von Wachen auf den mit Schlafmittel versetzten Wein gestürzt, den sie ihm hingestellt hatte. Sie war losgezogen, um Rosamund in sein Bett zu holen.

Als sie die Tür geöffnet hatte, hatte Rosamund noch mit Hugo Stanton herumgehurt. Üblicherweise war er wie alle jungen Männer schnell fertig und verschwand dann. Egal. Stanton hätte es auch nicht gemerkt, wenn Gwen beim Hereinkommen einen

Reigen getanzt hätte – er war zu beschäftigt gewesen. Sie hatte einfach draußen gewartet, bis sie fertig waren. Dann war er aus Rosamunds Gemach in sein eigenes gegangen, ein blödes Grinsen im dummen Gesicht. Gwen hatte leise geklopft und war eingetreten.

»Mylady?«

»Meine Güte. Was ist denn jetzt wieder, Lucine?« Rosamund lag im Bett, mit rosigem Gesicht und verschwitzt von ihrem Techtelmechtel mit Stanton. »Ich bin müde. Ich will schlafen.«

O ja, sie würde schlafen. Gwen grinste breit und sagte leise: »Verzeiht, Mylady. Aber Ihr werdet nie erraten, wer mich aufgesucht hat.«

»Nein.« Rosamund gähnte. »Lass mich jetzt mit deinen langweiligen Geschichten in Ruhe. Erzähl es mir morgen.«

Gwen grinste weiter. »Ich glaube, die werdet Ihr hören wollen, Mylady.« Sie klatschte verzückt in die Hände. »Sir Benedict Palmer hat mich gefragt, ob Ihr in seine Kammer kommen würdet.«

Die alberne kleine Trine.

Rosamund setzte sich kerzengerade auf. »Endlich! Ich wusste, er würde mir nicht ewig widerstehen können. Schnell – meinen Pelzmantel.« Sie kicherte. »Denk nur, wenn er mich darunter nackt vorfindet.«

Gwen holte ihn rasch und half Rosamund mit zitternden Fingern, ihn zu schließen.

»Aber Lucine.« Rosamund hob die perfekt geschwungenen Brauen. »Ich glaube fast, du bist genauso aufgeregt wie ich. Deine Hände zittern.«

»Ich bin nur ein wenig besorgt, Mylady. Was, wenn man Euch erwischt?«

»Ich bin sicher, du wirst dir eine Ausrede für mich einfallen lassen.« Sie runzelte die Stirn. »Oh. Da fällt mir ein …« Sie errötete. »Ich sollte mich vielleicht besser waschen. Hugo und ich haben … gespielt.«

Gwen schüttelte den Kopf. »Ich würde mir keine Sorgen machen, Mylady. Ich glaube, das ist Sir Benedict egal. Er hat sehr eindringlich verlangt, Ihr sollt sofort kommen.«

Lust schimmerte in den Augen der Hure. »Eindringlich? Oh, Lucine.« Sie packte Gwens Hände.

»Kommt.«

Gwen pulte sich eine Zwiebelschale aus den Zähnen. Manche hätten vermutlich gesagt, Rosamund sei ihr wie ein Lamm auf die Schlachtbank gefolgt. Sie hatten augenscheinlich noch nie versucht, ein bockiges Lämmchen dazu zu bringen, zu tun, was es sollte. Aber Rosamund? Nun, sie war mit ihr durch die Gänge geschlichen, eher wie ein Hund, der bei Fuß ging, vollkommen gehorsam.

Gwen öffnete die Tür und ließ sie hinein. Sie sah zu, wie Rosamund an Palmers Bett eilte, dabei ihr Gewand öffnete und es zu Boden gleiten ließ, als sie neben ihm niederkniete.

Dann ein herzhafter Fluch, gefolgt von einem Blick zu Gwen mit tadelnd gerunzelter Stirn.

»Er schläft tief, Lucine. Wie kann er nur?«

Gwen stieß einen missfälligen Laut aus. »Versucht es mit einem Kuss, Mylady. Der wird ihn wecken. Wenn er sieht, dass Ihr seiner harrt, wird er nicht mehr aufzuhalten sein.« Ihre Hand wanderte zu dem schmalen Lederriemen in ihrer Gürteltasche.

Rosamund unterdrückte ein Kichern. »Du bist ganz schön verdorben, Lucine.«

»Mhm.«

Die dumme Schlampe hatte Gwen aufs Wort gehorcht.

Rosamund hatte sie gar nicht kommen gehört. Die Mätresse des Königs hatte dem bewusstlosen Palmer ihre schmutzigen

Begierden zugeflüstert, als sie die Lippen auf seine hinabsenkte. Ihre letzten Worte.

Gwen trank die Milch in einem Zug aus. Rosamund war nicht sehr stark gewesen. Sie hatte ein wenig gezappelt, als sie ihr den Riemen um den Hals gelegt und ihre Schreie erstickt hatte.

Aber Gwen hatte nicht losgelassen, hatte ganz fest zugezogen. Dank des schlafenden Hundesohns da im Bett hatte sie so viel verloren. Sie hatte für das undankbare Mädchen, das nur mit dem zwischen ihren Beinen dachte, Dinge geholt, gewischt, geschrubbt und geputzt. Sie drehte die Handflächen nach oben. Man sah die Schwielen noch ein bisschen, aber da war nichts zu machen. Es würde niemandem auffallen, und das war gut so.

Eine junge Laienschwester trat an den Tisch und wollte Schale und Becher abräumen. »Tut mir leid. Ich dachte, Ihr wärt fertig.« Das Mädchen nickte in Richtung ihrer Schale.

Gwen lächelte. »Noch nicht ganz, meine Kleine.« *Aber fast. Fast.*

Das Mädchen erwiderte ihr Lächeln. Dann starrte es an Gwen vorbei aus dem Fenster. »Was ist denn nun schon wieder los?«

Gwen drehte sich um, und ihr stockte der Atem.

Hugo Stanton redete leise, aber eindringlich auf die Männer ein, die am Galgen arbeiteten.

Der Vorarbeiter stieß einen schrillen Pfiff auf den Fingern aus.

Der Rest legte die Werkzeuge weg.

Gwen ballte die Fäuste. Der Getreidesack schwang nutzlos in der Morgenbrise, während der Vorarbeiter mit Stanton auf das Hauptgebäude zueilte.

Mit einem lauten Klappern ihrer Holzpantinen rappelte sich Gwen auf.

»Alles in Ordnung, Lucine?«

»Ich bin doch fertig.« Sie ging zur Tür, ohne auf den Lärm zu achten, den sie dabei machte. Etwas war gerade sehr schiefgegangen. Es war Zeit, zu verschwinden.

* * *

»Öffnet die Tür! Sofort!«

Palmer kannte die näher kommende Stimme. Geoffrey.

Er richtete sich auf, so gut er konnte. Stantons Botschaft an Heinrich, dass Lucine Gwendolyn Prudhomme war, die Frau, die ihn und Theodosia verraten hatte, war vielleicht auf taube Ohren gestoßen.

Oder schlimmer noch, Palmer hatte sich schon wieder geirrt. Aber er würde den Namen dieser bösen Frau schreien, würde herausschreien, was sie getan hatte, immer und immer wieder, und wenn es das Letzte war, was er tat.

Die Tür flog auf.

Da stand Geoffrey, keuchend, ein aufgewickeltes Seil in der Hand.

Palmer öffnete den Mund, um zu schreien. Da schob sich Heinrich an Geoffrey vorbei. »Hilf mir, Palmer da runterzuholen. Schnell.« Er trat an Palmers Seite.

Heinrich wusste es. Er wusste es. Aber Palmer sagte es trotzdem. »Gwen Prudhomme, Euer Gnaden. Gwen, die Frau aus Knaresborough. Die, die zu …«

»Ich weiß, mein Junge. Ich weiß. Schnell, Geoffrey.« Heinrich legte einen Arm um Palmers Taille, um ihn zu stützen, während Geoffrey die Hand hob, um Palmers Arme loszuketten. »Ich habe Befehl gegeben, sie festzunehmen.«

Geoffrey löste erst die Fesseln an Palmers gesundem Arm.

»Legt mir den um die Schulter«, sagte Heinrich.

»Es geht schon, Euer Gnaden.« Palmer zuckte wegen seiner verkrampften Muskeln zusammen, als er den Arm senkte.

»Tut, was man Euch sagt.« Geoffrey löste die Fesseln an Palmers verletztem Arm. »Eure Beine werden Euch nicht tragen. Nicht nach all der Zeit.«

Palmer gehorchte. Aber er würde dem Bastard des Königs zeigen, dass er sich irrte.

Dann war sein anderer Arm frei.

Geoffrey hatte recht.

Palmers Knie knickten ein wie die eines neugeborenen Fohlens.

»Langsam. Langsam.« Heinrich stützte ihn, während Geoffrey ihm die verletzte Schulter hielt.

Als sie ihn auf dem Boden ablegten, begann er furchtbar zu zittern.

»Keine Sorge. Das vergeht.« Geoffrey lächelte ihn humorlos an. »Ich weiß, was ich tue.« Aber er nahm seinen eigenen Mantel ab und hüllte ihn um Palmers dreckigen, zitternden Leib.

»Wir schaffen Euch so bald wie möglich ins Infirmatorium.« Heinrich legte die Hand auf Palmers unverletzte und drückte sie. »Es tut mir leid, mein Junge. Ich hätte nie an Euch zweifeln dürfen.«

»Aber ich habe versagt«, brachte Palmer zähneklappernd heraus.

»Ich auch, Palmer«, erwiderte Geoffrey grimmig und ohne zu lächeln. »Ich habe auch in die falsche Richtung geschaut. In eine so falsche, dass ich bereit war, Euch zum Tode zu verurteilen.«

»Keiner von euch beiden hat versagt.« Heinrich schüttelte den Kopf. »Euer König lebt noch.« Er sah sie nacheinander beide an. »Das ist alles, was zählt.« Er kniff die Augen zusammen. »Diese Frau ist aus dem einfachen Volk. Ich würde wetten, dass sie für jemand anderen arbeitet. Sie kann uns sagen, wer dieser verräterische Hund ist.«

Draußen hörte man jemanden rennen.

Ein atemloser Hugo Stanton platzte herein. »Die Dienerin Lucine. Sie war im Refektorium, hat es aber in großer Eile wieder verlassen. Seither hat sie niemand mehr gesehen. Sie ist verschwunden!«

»Bei allen Heiligen!« Heinrich sprang auf. »Sie weiß, dass wir ihr auf der Spur sind. Wir müssen sie finden!«

Geoffrey erhob sich ebenfalls. »Ich werde die Suche anführen. Sie wird mir nicht entkommen.«

»Ich werde Euch begleiten.« Palmer versuchte, sich aufzusetzen.

Heinrich trat ihm in den Weg. »Ihr seid nicht in der Verfassung, irgendetwas zu tun, Palmer.« Er nickte seinem Sohn zu. »Geh, Geoffrey.«

Geoffrey schritt zur Tür und zog sein Schwert.

Palmers Körper reagierte noch immer nicht. Er schimpfte sich selbst ein Mädchen.

»Geoffrey?«, sagte Heinrich.

Der Bischof hielt inne.

»Bring sie mir lebend. Ob sie Lucine, Gwen oder sonst wie heißt, sie wird uns all ihre Geheimnisse offenbaren.«

Geoffrey nickte. »Das wird sie. Versprochen.«

»Ehe ich sie hinrichten lasse.« Heinrichs Stimme zitterte vor Wut. »Geh jetzt. Jede Minute entzieht sie weiter meinem Zugriff.«

»Ja, Euer Gnaden.«

Geoffrey eilte davon.

* * *

Mit klopfendem Herzen huschte Gwen den verlassenen Gang entlang.

Rufe und Schreie hallten durch das Gebäude, begleitet von Türenschlagen und raschen Schritten.

»Lucine! Zeig dich!«

»Hat jemand die Dienerin Lucine gesehen?«

»Findet Lady Rosamunds Dienerin!«

Sie suchten sie.

Narren. Ihre Verfolger machten solchen Lärm, dass sie immer genau wusste, wo sie waren. Sie wusste auch, wo sie selbst war. Raoul de Faye hatte sie darin unterwiesen, sich den Grundriss jedes Gebäudes einzuprägen, in dem sie lebte. Welche Korridore wohin führten. Die Ein- und Ausgänge. Die übersehenen Wege. Die geheimen. Wie in Woodstock. Wie hier in Godstow.

Sie schlüpfte durch die schmale Seitentür in die leere Kapelle. Diese hatte eine ganze Reihe von Ein- und Ausgängen. Es stand zwar gerade keine Gebetszeit an, doch sie sah sich trotzdem um, um sicherzugehen, dass sie allein war.

Gut. Eilig verbarg sie sich hinter einer Säule, um wieder zu lauschen.

Hufeisen auf Stein. Noch besser. Das bedeutete, die Männer des Königs versammelten sich, um aus dem Kloster zu reiten. Sie gingen davon aus, dass sie geflohen war. Wie sie das immer taten.

Wieder de Faye: *»Tu das Erwartete, und du kannst davon ausgehen, dass man dir auf die Schliche kommt. Tu also immer das Unerwartete.«*

Gwen wischte sich den Schweiß von der Oberlippe. Nun, sie hatte nichts Erwartetes getan. Es war ihr gelungen, Heinrichs Mätresse direkt vor seiner scharlachroten Nase zu ermorden.

Nach und nach wurde der Hufschlag regelmäßiger. Sie brachen auf. Gwen konnte nicht mehr lange hierbleiben. Zweifellos würde es auch innerhalb des Klosters zu weiteren Durchsuchungen kommen.

Aber es gab geheime Orte, die die Nonnen früher genutzt hatten, wenn das Kloster angegriffen wurde. Nur sie kannten sie – und Gwen. Sie hätte dieses Wissen nicht besitzen sollen.

Doch eine uralte Schwester mit einem hervorragenden Langzeitgedächtnis, die derzeit ein ahnungsloses, sabberndes Etwas war, hatte es ihr verraten.

Ein Versteck, aus dem sie später ungesehen entkommen konnte. Sie lächelte leise. Das Unerwartete tun. Der Hufschlag wurde leiser. Bald konnte sie handeln.

Sie freute sich darauf, de Faye von ihrem Erfolg zu berichten, ihm die guten Nachrichten zu bringen. Rosamund war wie befohlen tot. Sie würde die große Belohnung einstreichen, die er ihr in Aussicht gestellt hatte. Ähnlich groß wie die, die sie in Knaresborough damals beinahe kassiert hätte. Bis Palmer ihr einen Strich durch die Rechnung gemacht hatte. Wie er es diesmal beinahe wieder getan hätte, der Hundesohn. Aber sie hatte es dennoch geschafft. Diesmal hätte sie ihn beinahe mit erledigt.

Oh, sie war so dicht davor gewesen. Was für ein schönes Ende für ihn. Zugegeben, er sah gut aus. Aber am Galgen tat das niemand mehr. Am Ende würden seine dunklen Augen hervortreten wie die eines Frosches, und sein hübsches Gesicht würde zur Größe und Farbe einer prall gefüllten Schweineblase anschwellen. Doch er lebte, verflucht.

Jetzt wurde es still im Kloster.

Sie entfernte sich leisen Schrittes, begab sich zu dem hölzernen Beichtstuhl mit der falschen Rückwand, hinter der sich eine Wandnische befand, in der sie sich verstecken konnte.

Als sie an dem von Kerzen erleuchteten Seitenaltar unmittelbar vor dem Beichtstuhl vorbeikam, blieb sie stehen. Sie hatte den sagenumwobenen Gegenstand darauf während der Messe schon häufig gesehen. Der juwelenbesetzte Goldrahmen, in dem das Blut Thomas Beckets ruhte. Ein Vermögen wert. Ihre Begegnung mit Palmer hatte sie ihres Lebenswerks beraubt. Er hatte sie dazu verurteilt, für die Familie Manser zu schuften. Die verachtete, mittellose Dienerin eines Juden.

Gwen trat näher, angelockt vom Glanz der großen Steine und des Edelmetalls.

Nun, ihr altes Vermögen mochte sie verloren haben. Aber das hier sah doch auch ganz gut aus. Sie griff sich den Rahmen, entnahm ihm die Phiole mit dem Blut und steckte den juwelenbesetzten Gegenstand in ihre Gürteltasche. Den kleinen Glasbehälter hielt sie ins Kerzenlicht und betrachtete den tiefroten Schimmer seines Inhalts. Sie erbebte. Blut gehörte in Adern, da hatte es seinen Sinn. Dieses schreckliche Ding konnten die Nonnen behalten. Sie legte die Phiole auf den Altar und eilte in Richtung ihres Verstecks.

Das Gewicht des Rahmens in ihrer Gürteltasche zu spüren ließ sie vor Freude erschauern. Das würde ihr ganz persönliches Wunder sein, gute Christin, die sie war. Ihre Belohnung vom Märtyrer persönlich. Dem Märtyrer, den sie de Faye oft wegen Heinrichs Sieg über die Rebellion hatte verfluchen hören.

Sie blieb stehen.

Was für eine Trophäe konnte sie de Faye da bringen: das Blut aus dem Schädel Thomas Beckets persönlich. Dafür würde er sie sicher noch reicher belohnen.

Gwen wandte sich wieder dem Altar zu und steckte sich auch die Phiole in die Gürteltasche.

Dann eilte sie zum Beichtstuhl hinüber.

* * *

Palmer lag auf seiner Bettstatt im Infirmatorium von Godstow, mithilfe einer Reihe harter, strohgefüllter Kissen halb aufgerichtet, Salbenverbände auf der verletzten Schulter, der Brust und dem Bauch. Er trug saubere Hosen auf sauberer Haut. Er hätte dankbar sein sollen. Das sagte er sich ständig selbst, während er den Tag über immer wieder einschlief, dann wieder erwachte, um von einer Nonne mit Suppe und kleinen Schlucken Bier gefüttert zu werden.

Die hochgewachsene Äbtissin Dymphna trat mit einem Holzbecken in den langen, schmalen Raum. Sie sah sich nach ihm um. Nach einer kurzen Unterredung mit einer der Schwestern kam sie zu ihm.

»Sir Benedict.« Sie nickte ihm anerkennend zu. »Ihr seht besser aus.«

»Ich hätte das schon selbst getan.«

Dymphna stellte die Waschschüssel ans Fußende des Bettes. »Ihr wart weder imstande, Euch umzuziehen, noch, Euch zu waschen. Nicht mit der Schulter.«

»Üblicherweise lasse ich mich nicht von Frauen waschen und füttern.«

»Ihr meint Nonnen?« Sie grinste breit. »Machtverlust ist für einen Mann etwas Schreckliches, Sir Benedict. Aber ich konnte die geschwollenen Hämatome nicht von dem Schmutz unterscheiden, der Eure Haut bedeckte.« Wieder nickte sie entschieden. »Es musste sein. Aber als ich Euch gesäubert hatte ...« Sie gab einen Laut der Missbilligung von sich. »Gott bewahre. Der Bischof hat Euch fast getötet.«

Palmer sah hinab auf die Salbenverbände auf seiner zerschundenen Brust und seinem Bauch. »Viel hat nicht gefehlt.«

»Der Beinwell sollte inzwischen wirken.« Sie krempelte die Ärmel hoch. »Ich schaue nach, wenn ich die Salbenverbände wechsle.« Sie nahm das feuchte Leinen von seiner Haut und legte es neben das Becken, während sie sich seine Verletzungen ansah.

»Die Schwellung ist zurückgegangen.« Sie nickte erneut entschlossen. »Gut. Jetzt muss ich mich um Eure Schulter kümmern.«

»Ihr meint, sie wieder einrenken?«

Abermals nickte sie.

»Das hatte ich befürchtet.«

Dymphna beugte sich vor und richtete ihn auf. Sie gab ihm ein Stück Leder, das Dutzende von Zahnabdrücken trug. Er nahm es in den Mund.

Sie stützte sich mit einem Knie auf dem Bettrand ab und schob es unter seinen Arm. »Keine Sorge, Sir Benedict. Ich bin kräftig genug dafür. Ich habe einmal sogar das Bein einer Kuh wieder eingerenkt.« Sie packte seinen Arm. Hob ihn an.

Palmer unterdrückte einen Aufschrei, biss auf das Leder und fügte seinen Zahnabdruck hinzu. Dann bewegte sie seinen Arm zu einer Seite, ihre Finger tasteten, drückten. Er biss fester zu und blieb stumm.

Sie schob ihn in die andere Richtung. Palmer fluchte erstickt und warf vor Schmerz den Kopf in den Nacken.

Sie zog, drückte. »Ich hab's gleich.«

Dann fuhr der Arm mit einem Knacken wieder ins Schultergelenk.

»So.« Dymphna trat zurück.

Er spie das Leder aus. »Schlampe!«

Sie hob die buschigen Brauen. »Ist das mein Dank?«

»Nein!« Er sprang auf. »Da draußen!«

Es war inzwischen fast vollständig dunkel. Doch eine schlanke Gestalt in einer Robe löste sich von den Mauern und bewegte sich in Richtung des nahe gelegenen Waldes.

»Sie hat gewartet, verflucht. Sich versteckt.« Er schnappte sich seine Stiefel. »Sie hat sie alle vorgehen lassen.«

»Ihr nach.« Dymphna drückte ihm einen Satz Kleidung in die Hand. »Ich informiere den König. Sie darf nicht entkommen.«

* * *

Lord Nicholas Ordell verriegelte die Tür seines Privatgemachs vor unerwünschten Zuschauern. Er war zwar erschöpft vom

Schlafmangel und von weiteren Stunden im Gespräch mit dem Abt, aber er musste noch eine Sache erledigen.

Die vielen Geldsäcke, die Williamson dagelassen hatte, lagen neben einer großen verschlossenen Truhe auf dem Boden.

Ordell ging hinüber und kniete sich davor. Er zog die Kette unter seiner Kleidung hervor, die er um den Hals trug, nahm den Schlüssel von der Kette und schloss die Truhe auf. Dann holte er sein Zählbrett heraus und legte es daneben an die Erde.

Wie so oft in den letzten Jahren packte ihn die Reue. Was für eine jämmerliche Summe im Vergleich zu früher. Williamsons letzte Steuereintreibung würde sie nur geringfügig erhöhen. Selbst angesichts der horrenden Summen, die er den Leuten von Cloughbrook abpresste.

Dennoch musste er das Geld zählen und prüfen. Er vertraute Williamson, allerdings nicht uneingeschränkt. Man konnte niemandem uneingeschränkt trauen. Vielleicht würde ihn das Zählen etwas trösten. Er biss die Zähne zusammen. Aber es würde jetzt, da er es allein tun musste, viel länger dauern. Cecily hatte ihm früher dabei geholfen, auch wenn er immer die Additionen vorgenommen hatte. Sie hatte nicht gut rechnen können.

Er öffnete den ersten Sack und platzierte die Münzen in kurzen, ordentlichen Reihen auf das Zählbrett. Jede Münze klackte laut und deutlich, wenn er sie hinlegte.

Immer wieder wanderte sein Blick zurück zu den geringen Summen drunten in der Truhe.

Cecilys Schuld. Sie hatte ihn gedrängt, Königin Eleonores Rebellion zu unterstützen.

»Nicholas«, hatte sie gesagt. »König Heinrich hat den Tod des großen Erzbischofs Thomas Becket angeordnet. Wir schulden es seiner Heiligsprechung, uns gegen seine Feinde zu erheben.«

Heiligkeit hin oder her, die Aussicht auf Reichtümer hatte sich als unwiderstehlich erwiesen. Also hatte er große Summen gespendet, im Vertrauen darauf, dass es sich auszahlen würde.

Warum hatte er auf sie gehört? Die Rebellion war gescheitert. In einer überaus grausamen Wendung des Schicksals hatte Becket am Ende dann doch auf Heinrichs Seite gekämpft. Ordell würde seine gewaltigen Investitionen niemals wiedersehen, egal, wie sehr er seine faulen Pächter und Unfreien bluten ließ. Es würde Jahre dauern, bis sich seine Schatztruhen wieder füllten, wenn es denn je so weit kam.

Cecily hatte für ihren schlechten Rat bezahlt. Er hatte seinen Ärger jedes Mal deutlich zum Ausdruck gebracht, wenn sie ihr zusammengeschmolzenes Vermögen zählten. Aber er hätte auch niemals den Rat einer Frau befolgen sollen. Er hätte bedenken sollen, wie fehlerbehaftet dieser sein würde. Doch jetzt war Cecily tot. In einer weiteren überaus grausamen Wendung des Schicksals: Das Böse hatte sie an einem Schrein zu Ehren Beckets ereilt.

Die Endsumme ärgerte ihn nur noch mehr. Er warf die Münzen in die Truhe und schlug den Deckel zu.

Als er sie wieder verschlossen hatte, trat er an sein Lesepult und rieb sich den Schlaf aus den Augen.

In diesem jämmerlichen Durcheinander blieb ihm nur ein Trost: Er hatte die Hexe gefunden. Seine eingehende Lektüre brachte immer deutlicher zutage, wie diese Kreaturen vorgingen. Er würde noch eine Stunde lesen. Egal, wie groß seine Erschöpfung war, wie sehr er sich danach sehnte, sich zur Ruhe zu legen.

Er setzte sich vor das nächste umfangreiche Dokument, das seiner harrte, und begann zu lesen.

Viele, viele Abschnitte über Träume und Visionen. Die halfen ihm nicht.

Dann endlich ein Abschnitt, der Wörter enthielt, die ihn von der Seite praktisch ansprangen. *»Böse Geister. Noctiluca, Hexe, Herrscherin der Nacht.«*

Er schlug direkt die Seite auf, gespannt, was er wohl finden würde.

Schrecklicher Zorn erfüllte ihn, als er sie Zeile um Zeile las. Ja, der Text erwähnte unheilige Versammlungen mitten in der Nacht. Ja, er erwähnte Hexen, die sich an den zerstückelten Leibern von Kindern labten.

Aber der Verfasser schrieb, alle dahin gehenden Behauptungen seien falsch. Seine Schlusszeile endete: *»Nur arme alte Frauen und die dümmsten Männer glauben derlei.«*

Ordell ballte die Fäuste. Dumm? Er?

Er würde diesen Unsinn verbrennen, diesen Unsinn aus der Feder von …

Die späte Stunde war der Grund, warum er nachsehen musste. Ordell erstarrte. John von Salisbury. Der Mann war Thomas Beckets Sekretär gewesen.

Ordell ergriff sein Messer und hackte damit auf die Spottworte ein. Immer wieder, bis das Ding in unlesbaren Fetzen vor ihm lag.

Er ließ sich nicht verspotten. Das Böse war real. Es hatte ihn seiner Manneskraft beraubt. Es war in Gestalt einer Hexe in sein Heim gekommen.

Mit einer heftigen Armbewegung schleuderte Ordell die zerfetzten Überreste des Lügenbandes in hohem Bogen auf den Boden.

Theodosia Palmer würde ihre Strafe erhalten.

Was auch immer Beckets Helfershelfer sagte.

Kapitel 23

Palmer rannte. Rannte erneut weg von Godstow. Doch diesmal war er der Jäger. Nicht der Gejagte. Diesmal war er langsamer. Viel langsamer. Jeder Atemzug verursachte ihm stechende Schmerzen in den verletzten Brust- und Bauchmuskeln. Seine ebenfalls schmerzenden Beine waren schwach. Seine Schulter war zwar wieder in der richtigen Position, und sein Arm hing nicht länger nutzlos herab, aber er konnte ihn dennoch kaum bewegen.

Er sah nirgendwo eine Spur von Gwen. Er hatte sie nur kurz durch das Fenster des Infirmatoriums erblickt. Er war in die Richtung unterwegs, in die er sie hatte eilen sehen. Weg vom Fluss. In den Schutz des nahen, dichten Waldes.

Er zwang sich zu einem qualvollen Schritt nach dem anderen und verfluchte im Stillen seinen langsamen, ungeschickten Körper.

Auch wenn er ganz bei Kräften gewesen wäre, hätte sie einen guten Vorsprung gehabt. Außerdem bot die hereinbrechende Dunkelheit ihr Deckung, er sah mit jeder Minute weniger. In seinem Zustand würde er womöglich nie zu ihr aufschließen können.

Doch er musste es versuchen. Er hatte keine Zeit gehabt, jemandem Bescheid zu sagen. Die Äbtissin würde Heinrich verständigt haben. Das half nicht viel. Die besten Männer waren mit Geoffrey aufgebrochen. Vermutlich mit den besten Pferden. Vielleicht sogar mit allen.

Palmer presste die Hand des unverletzten Arms gegen seine pochenden Rippen, jeder Atemzug war ein schmerzvolles Pfeifen.

Bis Geoffrey und die anderen wieder da waren, wäre es zu spät. Besonders wenn Gwen außerhalb des Klosters Hilfe hatte. Was eigentlich außer Frage stand. Bis dahin wäre sie lange weg.

Das durfte nicht geschehen. Sie musste bezahlen und ihre Komplizen nennen.

Er betrat den Wald, wo er bei den schlechten Lichtverhältnissen und ohne klaren Weg langsamer denn je vorankam.

Aber er glaubte, etwas gesehen zu haben. Palmer kniff die Augen zusammen. Sah es erneut. Einen Schatten im Schatten. Bewegung. Dann ein Schimmern heller Haut, als sie den Kopf wandte. Spähend. Aufmerksam. Dann wieder nach vorn. Sie bewegte sich in gleichmäßigem Tempo. Vorsichtig. Leise. Offenbar hatte sie ihn nicht bemerkt.

Palmers Wunden machten ihm jetzt weniger aus, denn sein Zorn trug ihn voran. In wenigen Minuten würde er sie eingeholt haben. Der Wald wurde immer dichter, doch er wandte nicht den Blick von ihr. Wenn er sie aus den Augen verloren hätte, wäre es sehr schwer, ja wahrscheinlich zu schwer gewesen, sie wiederzufinden.

Sein Stiefel blieb an einer Wurzel hängen. Er torkelte heftig auf seine verletzte Seite und versuchte, sich mit dem schlimmen Arm abzufangen. Zu spät. Ungebremst krachte er in einen großen Busch.

Gwen fuhr herum. Sie hatte ihn gehört. Dann sah sie ihn.

Blitzschnell lief sie durch den Wald davon, jetzt ohne darauf zu achten, wie viel Lärm sie machte.

Palmer stemmte sich hoch. Auch er rannte wieder los. »Stehen bleiben!« Der Schrei ließ seine Brust noch stärker brennen. Es war ihm egal. Diese Frau hatte ihn für die Aussicht auf Geld verraten. Hatte Menschen getötet. Hatte versucht, ihn ermorden zu lassen. Er musste sie erwischen. Der Schmerz war egal.

Er holte auf. Immer mehr. Ihm wurde die Brust eng, als wolle sein Brustkorb gleich platzen.

Sie sah über die Schulter. Versuchte, noch an Tempo zuzulegen.

Doch Palmer holte weiter auf. Noch ein paar Schritte. Seine unverletzte Hand schloss sich um ihren Umhang.

Sie streifte ihn mit einem Aufkreischen ab und entkam ihm wieder.

Er warf ihn weg. Rannte weiter. Er war fast am Ende. Sein arg mitgenommener Körper konnte nicht mehr. Ein letztes Mal gab er alles.

Dann hatte er sie an einem knochigen Arm.

Gwen kreischte laut. »Lasst mich!« Sie trat mit den scharfkantigen Holzpantinen nach ihm und traf seine schmerzende Schulter mit der Faust.

Palmer packte sie fester. »Ihr seid erledigt, Gwendolyn Prudhomme.« Er keuchte die Worte, und bitterer Speichel füllte seinen Mund. »Erledigt. Hört Ihr?«

»*Ihr* solltet erledigt sein!« Zornig bleckte sie die langen Zähne und widersetzte sich seinem Griff, hätte sich beinahe losgerissen.

Gott, seine Gliedmaßen waren völlig kraftlos. Er konnte sie kaum festhalten. »Ihr kommt mit mir zurück. Der König will Euch sprechen.« Er zerrte sie mit sich, und sie kreischte.

»Haltet den Mund.« Wäre er bei Kräften gewesen, hätte er sie zum Schweigen gebracht. Aber mit nur einer Hand würde ihm das nicht gelingen.

Sie stolperte neben ihm her. »Sir Benedict. So muss es nicht enden.« Jetzt war ihr Ton schmeichlerisch. »Wenn Ihr mich gehen lasst, kann ich dafür sorgen, dass Ihr eine Belohnung erhaltet. Eine große Belohnung.«

»Ich sagte, Ihr sollt den Mund halten.« Die Verfolgungsjagd hatte ihm für eine Weile neue Kraft verliehen. Jetzt floss sie aus ihm heraus wie Wasser.

»Große Reichtümer.«

Er schüttelte sie, so gut er konnte, eine schwache Vorstellung.

Sie bemerkte es. »Ihr seid nicht auf der Höhe.« Sie wich ein Stück von ihm zurück, ihr Körper war Ballast, den er kaum bewegen konnte. »Nicht gerade, was ich mir unter einem strahlenden Ritter vorstelle.«

Er wurde noch langsamer. Er musste wieder zu Kräften kommen. »Dafür seid Ihr eine ganz gewöhnliche Mörderin. Die gibt's im Dutzend billiger.«

»Da irrt Ihr.« Plötzlich war keine Furcht mehr in ihrer Stimme. »Ich bin jetzt jemand.«

Palmers Knie gaben nach.

Gwen verdrehte ihm brutal das Handgelenk und befreite sich.

Rasch wich sie vor ihm zurück. »Ich arbeite für den Onkel der Königin.« Sie nickte und deutete auf sich selbst. »Ich. Jawohl. Die arme alte Frau, die euch alle genarrt hat.« Sie spie vor ihm auf den Boden. »Jetzt werde ich mir meine Belohnung holen. Auf Wiedersehen.«

Sie eilte davon, während Palmer sich unter schrecklichen Schmerzen und mit dröhnendem Schädel aufrichtete.

Er musste versuchen, ihr zu folgen. Aber er konnte es nicht.

Dann wandte sich Gwen um und kam direkt auf ihn zugerannt.

»Palmer! Guter Gott, Palmer!«

Hatte sie jetzt vollkommen den Verstand verloren?

»Der Leopard.« Gwen klammerte sich an ihn. »Da. Zwischen den Bäumen.«

Palmers Blick folgte ihrem zitternden Finger, als der Ruf des Leoparden, der klang wie eine sich schnell bewegende Säge, durch die Dunkelheit hallte. Er sah in tödliche, bernsteinfarben glimmende Augen. Wieder ertönte der Ruf.

»Tut etwas. Tut etwas! Irgendetwas!« Sie umklammerte seinen Arm noch fester. »Benutzt Euer Messer. Wie damals, als er Euch und Rosamund angegriffen hat.«

Der Leopard regte sich. Glitt langsam über seinen Ast, beobachtete sie beide.

Palmer schluckte. »Ich habe kein Messer.« Er sprach ganz leise.

»Kein Messer?«, zischte Gwen zurück.

Er trat instinktiv zwischen Gwen und die Raubkatze. »Ich bin auch nicht stark genug, um gegen ihn zu kämpfen.« Es war die Wahrheit. Verflucht, es war die Wahrheit.

»Was?« Ihre Wut war nicht zu überhören.

»Wir können nur ganz reglos bleiben und hoffen, dass er schon gefressen hat.«

»Mehr hat der große Sir Benedict Palmer nicht zu bieten?«

»Nein.«

Das Tier fletschte die Zähne und zeigte mit einem langen, tiefen Knurren die Fänge.

»Gar nichts?«

»Nein.«

»Aber ich habe das hier.« Gwen machte eine schnelle, kräftige Wurfbewegung mit der Hand.

Palmer versuchte auszuweichen. Vergeblich.

Der Gegenstand aus ihrer Hand zerschellte an seiner Brust.

Dunkelrote Flüssigkeit traf seinen Oberkörper und sein Gesicht.

Der Leopard fauchte lauter. Zuckte mit dem Schwanz.

Palmer berührte mit der Handfläche seine Brust. »Blut?«

Gwen wich einen Schritt zurück. »Das Blut des Märtyrers. Beckets Blut. Aus Godstow.« Sie nahm die Hand vor den Mund, um nicht in Gelächter auszubrechen. »Ihr seid voll davon. Jetzt wird die Kreatur Euch wollen. Nicht mich. Mein Wunder.«

Palmer warf dem Tier einen Blick zu.

Es hatte sich noch immer nicht bewegt.

Gwen sah es auch. »Mach schon«, drängte sie mit zusammengebissenen Zähnen.

Palmer leckte sich langsam einen Tropfen aus dem Mundwinkel. Kein metallischer Geschmack. »Kein Blut.« Seine Finger schlossen sich um eine Glasscherbe, die sich in seinem Umhang verfangen hatte. »Eine Fälschung für Pilger.« Mit einem harten, weit ausholenden Hieb schnitt er Gwen die Wange auf.

Sie kreischte vor Schreck und Schmerz, und ihre Hand fuhr an die blutende Wunde.

Palmer stolperte zurück. »Aber das?« Er warf die Scherbe weg. »Das ist echt.«

Sie kreischte erneut, versuchte zu fliehen.

Der Leopard schoss an Palmer vorbei und sprang.

Fauchend grub das Tier seine Zähne in Gwens Kehle, ihre schrillen Schreie gingen in ein Gurgeln über.

Palmer sammelte Kraft, während das Tier Gwen Prudhomme bei lebendigem Leib zerfleischte.

Er war sicher, er würde der Nächste sein, und floh Richtung Godstow.

* * *

Palmer saß bei Kerzenlicht am Tisch im Sprechzimmer der Äbtissin von Godstow und beendete seinen Bericht über Gwens Aktivitäten von ihren Mordanschlägen auf Rosamund bis zu ihrem Tod zwischen den Fängen des Leoparden. Heinrich und Geoffrey lauschten aufmerksam, während sie ihr Abendmahl zu sich nahmen. Äbtissin Dymphna nickte nur wieder einmal entschieden.

»Also hat Raoul de Faye diese Frau geschickt. Sie an meinem Hof eingeschleust, um meine arme Rosamund beizeiten aus dem Weg zu räumen. Welche Dreistigkeit.« Heinrich spießte mit dem Messer ein weiteres Stück Fisch mit Soße auf. »Möge sie für immer in der Hölle schmoren.« Kauend schüttelte er den Kopf. »Ach, und Beckets Blut war gar kein Blut.« Er spülte den Bissen mit einem großen Schluck Wein hinunter. »Ich werde mal mit Canterbury reden müssen.«

Die Äbtissin spreizte die Finger. »Aber es ist dennoch ein Wunder, Euer Gnaden. Sir Benedict hat überlebt und die Sünderin ihre gerechte Strafe bekommen.« Sie schob die Hände in den jeweils anderen Ärmel. »Manchmal ist Schweigen Gold.«

»Auch wieder wahr, Äbtissin Dymphna.« Heinrich füllte seinen Mund erneut.

Palmer lockerte seine verspannte, schmerzende Schulter.

Auch das entging der Äbtissin nicht. »Trinkt mehr Wein, Sir Benedict. Das wird helfen.«

Palmer nahm dankbar den Kelch. »Ich bin nur froh, dass Ihr Theodosia und den Kindern nicht erlaubt habt, mit herzukommen, Euer Gnaden. Ihr sagtet, es sei zu gefährlich. Wie recht Ihr hattet!« Er nahm noch einen Bissen von dem gut durchgegarten Hecht in der Essigwürzsoße.

Heinrich nickte, sein Gesicht war jetzt fast so düster wie das des unablässig essenden, schweigsamen Geoffrey. »Mich quält der Gedanke, dass sie Gwen in die Finger hätten fallen können.« Er leerte seinen Kelch in einem Zug, und die Äbtissin schenkte ihm sofort nach. »Es ist so viel passiert. So viel.« Plötzlich hatte er Tränen in den Augen.

»Gott nahm mir die Frau, die ich geliebt habe, und der Teufel eine andere, die ich gernhatte. Alles an einem Tag. An einem Tag. Ich habe nicht einmal Zeit, um sie zu trauern. Gottes Erbarmen einem König mit gebrochenem Herzen.«

»Es gibt noch viel zu tun, Euer Gnaden.« Geoffrey riss einen Brocken von dem guten Brot ab und warf ihn seinem wartenden Hund zu. »Ich habe wieder Männer auf die Suche nach dem Leoparden geschickt.«

Heinrich schnaubte, während er sich die Tränen abwischte. »Er hat diese Frau gefressen. Ich möchte, dass er heiliggesprochen wird. Nicht getötet.«

Bei den Worten des Königs hob die Äbtissin die Brauen.

Aber Palmer hätte schwören können, den Anflug eines Lächelns gesehen zu haben. Der Blick, den sie ihm zuwarf, bestätigte es.

»Wir werden ihn zur Strecke bringen«, sagte Geoffrey. »Dessen bin ich sicher.«

Heinrich schnaubte erneut. »Nichts im Leben ist sicher. So viel weiß ich.«

»Euer Gnaden haben nie ein wahreres Wort gesagt«, nickte Palmer.

Methodisch wie immer fuhr Geoffrey fort: »Ich habe Hugo Stanton verhört.« Er verdrehte die Augen. »Gott stehe mir bei. Ich musste ihm nur die Tür des Schlachthauses zeigen, und er fing wie ein Mädchen an zu weinen und zu reden. Er ist so außer sich, dass kaum etwas von dem, was er sagt, Sinn ergibt. Für den Anfang wird es ihm helfen, eine Nacht lang über sein Schicksal nachzudenken.«

»Stanton.« Heinrichs Gesicht verfinsterte sich vor Zorn. »Ich will ihn persönlich sehen. Das verräterische Schwein.«

Damit hatte Palmer gerechnet. Der arme Stanton. Von Heinrich verhört zu werden, wenn der gerade einen seiner gefürchteten Wutanfälle hatte, war, als stelle man sich einem tosenden Wintersturm. Nur dass dieser Sturm vermutlich beschließen würde, Stanton einen Kopf kürzer zu machen. »Ich glaube, er ist nicht klug genug, um wirklich ein Verräter zu sein, Euer Gnaden.«

Heinrichs Gesicht nahm eine wirklich beunruhigende Färbung an.

»Dem muss ich zustimmen, Sire«, erklärte Geoffrey zu Palmers Überraschung.

»Wie?« Heinrich sah seinen Sohn mit wildem Blick an.

»Wie Palmer sagte, Stanton ist dumm«, sagte Geoffrey. »Außerdem leicht verführbar. Eitel. Faul.«

Palmer nickte zustimmend.

Geoffrey fuhr fort: »Er fand, er und Rosamund wären das ideale Paar.«

»Das ideale Paar?« Heinrich knallte seinen Kelch so hart auf die Tischplatte, dass der Großteil des restlichen Inhalts herausschwappte. »Wenn ich ihn erwische, lasse ich ihn kastrieren.« Dann sah er Palmer an. »Ihr habt das gewusst, nicht wahr?«

»Ja, Euer Gnaden.« Palmer machte sich schon einmal auf die Reaktion gefasst. »Obgleich ich versucht habe, ihn davon abzuhalten.«

»Stanton hat in der Nacht von Rosamunds Tod das Bett mit ihr geteilt«, mischte sich Geoffrey ein. »Auch das hat er gestanden.«

»Dann ist er ein toter Mann.« Heinrich trank den frischen Kelch Wein aus, den ihm die Äbtissin eingegossen hatte. »Wenn es so weit ist, wird er den Tod willkommen heißen. Sorg dafür, Geoffrey.«

Geoffrey verneigte sich angespannt.

Heinrich zeigte anklagend mit dem Finger auf Palmer. »Ihr hättet mir sagen müssen, was Stanton trieb.«

»Es tut mir leid, Euer Gnaden.« Jetzt musste Palmer seine Worte mit Bedacht wählen. »Die Bitte mag unerwartet kommen, aber ich möchte Euch um Gnade für Stanton ersuchen.«

»Was?«, fragte Heinrich. »Habt Ihr jetzt endgültig den Verstand verloren?«

»Vielleicht. Oder vielleicht sehe ich etwas von mir in ihm.« Palmer zuckte die Achseln. »Ja, er ist jung und dumm. Das war ich früher auch. Aber er hat Rosamund geliebt, auch wenn er nicht begriffen hat, dass es ein schweres Fehlverhalten war. Am Ende aber hat er Euch meine Nachricht Gwen betreffend überbracht. Hätte er geschwiegen, hätte er damit seinen Hals gerettet. Ich finde, das muss man anerkennen. Es mag zeigen, aus welchem Holz er wirklich geschnitzt ist.«

Heinrich schaute noch finsterer drein.

»Ich bin Sir Benedicts Meinung«, sagte Äbtissin Dymphna.

Heinrich schnaubte abfällig. »Was meinst du, Geoffrey?«

Geoffrey musterte Palmer. »Stanton ist es zu verdanken, dass ich nicht das Blut eines Unschuldigen an den Händen habe. Wir sollten Gnade walten lassen.« Sein Blick wanderte zu Heinrich. »Ich glaube, wir können von Stanton noch mehr erfahren, mag er auch noch so ein leichtgläubiger Dummkopf sein. Im Augenblick hat er solche Angst, dass er zu keinem geraden Satz imstande ist. Wenn er etwas ruhiger ist, wird er uns eine größere Hilfe sein. Aber wenn Gwen ihn getäuscht hat, hatte sie dann vielleicht einen Mitwisser in Eurem Gefolge? Wir müssen alle befragen.«

Heinrich nickte. »Sie hat uns alle reingelegt, möge Gott sie verrotten lassen.« Er seufzte. »Nun gut. Es geht mir gegen den Strich, aber ich werde Hugo Stanton leben lassen. Auch wenn er manch ein Jahr in einem meiner Verliese zubringen wird.«

Palmer verneigte sich, soweit es seine verheilenden Verletzungen zuließen. »Danke, Euer Gnaden.«

»Werdet Ihr mir bei den Befragungen helfen, Palmer?«, fragte Geoffrey. »Ich könnte Eure Nase für Verfehlungen brauchen.«

Palmer sah den König an. »Wenn Euer Gnaden mir einen weiteren Gefallen gewähren würden … Ich möchte einfach nach Hause. Theodosia wird sich zu Tode sorgen.«

»Wenn Ihr in diesem Zustand zu reisen versucht, werdet Ihr eher selbst zu Tode kommen, Palmer«, erklärte Heinrich. »Geoffreys effiziente Arbeit an Euch birgt ihre Risiken. Ihr müsst Euch zuerst erholen.«

»Ich stimme Seiner Gnaden zu«, sagte die Äbtissin. »Ihr seid noch nicht stark genug.«

»Noch ein paar Tage, Palmer«, beschied ihm Heinrich. »Trinkt viel vom Wein der Äbtissin. Helft Geoffrey, Lügner aufzuspüren. Dann seid Ihr im Handumdrehen zurück.«

Palmer ließ sich überreden. »Nun gut. Noch ein paar Tage. Aber mehr nicht.«

Die Äbtissin schenkte ihm nach, er trank, und betäubende Wärme breitete sich in ihm aus.

Wenigstens war Joan in Cloughbrook, um Theodosia zu helfen, bis er wiederkam.

* * *

Theodosia wiegte Matilde in den Armen, um sie zu beruhigen.

Das feuchte, dämmrige Verlies ohne frische Luft machte ihre Tochter quengelig. Schlimmer noch, sie hustete immer häufiger, und ihr lustloses Dösen wirkte nie wie richtiger Schlaf.

Tom hustete auch, schien bisher aber unter ihrer Zeit hier ansonsten dankenswerterweise nicht gelitten zu haben.

Nicht, dass sie gewusst hätte, wie lange sie schon eingesperrt waren. Es hatte sich als unmöglich erwiesen, hier unten die Stunden zu zählen. Es lag am fehlenden Licht. An ihren rasenden, wirren Gedanken, den schrecklichen Sorgen, die sie sich um das Schicksal der Kinder machte. Um Benedicts Schicksal. Ihr Schicksal. Ihrer aller Schicksal. Sie wusste nie, ob eine Stunde oder eine Minute vergangen war.

Tom hustete wieder, richtete sich auf und stellte sich breitbeinig hin, während er seine Lunge erleichterte. »Wann lassen die uns raus, Mama?«

»Ich weiß nicht, Tom. Wir müssen beten, dass es bald geschieht.« Theodosia bettete Matildes Kopf an ihre Schulter, während sie sanft wiegend von einem Fuß auf den anderen trat.

»Aber wenn Pa…«

»Still.« Theodosia erstarrte und horchte. Spielten ihr ihre Ohren einen Streich?

»Aber …«

»Still, habe ich gesagt.«

Tom schwieg und sah sie ob ihres scharfen Tonfalls überrascht an.

Da war es wieder. Eine Frauenstimme. Theodosia war sich sicher. Völlig sicher. Sie eilte zu den Gitterstäben hinüber. »Joan?«

Ihre Gebete wurden beantwortet.

Joan erschien in Begleitung der Wache. Sie hob eine Hand in Richtung des Mannes. »Bitte. Wartet hier. Ich möchte ungestört mit meiner Familie sprechen. Wie es mir Lord Ordell gestattet hat.«

Der Mann gewährte ihr die Bitte.

Joan ging rasch auf Theodosia zu. »O Schwester.« Sie trat an die Gitterstäbe, schob einen Arm hindurch und ergriff Theodosias freie Hand. »Schwester.« Ungeweinte Tränen schimmerten in ihren Augen.

Ein Schluchzen der Erleichterung stieg in Theodosias Kehle empor, doch sie verbiss es sich. »Ich kann dir gar nicht sagen, wie gut es tut, dich zu sehen. Ich habe gebetet, dass jemand kommt. Tom, schau mal, wer da ist!«

Tom hustete und starrte seine Tante an. »Vater soll kommen.«

Joan lächelte. »Ich bin sicher, das wird er auch, Tom.« Sie ließ Theodosia los, um Matilde übers Haar zu streichen.

»Um Gottes willen.« Ihre Stimme war leise. Intensiv. »Die Kleinen hier einzusperren ist so falsch.«

Theodosia sah hinüber zu der desinteressierten Wache, die von Frauen und Kindern offensichtlich keinerlei Gefahr erwartete. Auf diese Entfernung würde der Mann sie ohnehin nicht belauschen können. »Hast du etwas von Benedict gehört?«

Joan schüttelte den Kopf. »Leider nicht.«

Noch immer keine Nachricht von ihm. Theodosias Mut sank. »Hast du wenigstens etwas gefunden, was uns helfen kann?«

Joan schüttelte erneut den Kopf und sah auch zu der Wache hinüber, ehe sie fortfuhr. »Theodosia, Ordell und der Abt haben mich zum Verhör vorgeladen. Was sie zu sagen hatten, war schrecklich.« Ihre bleiche Haut wurde noch blasser. »Wirklich schrecklich.« Sie ließ Theodosia los und umfasste die Gitterstäbe fest mit beiden Händen. Der Schmerz über das, was sie wusste, war unübersehbar in ihrem Gesicht abzulesen.

Dann ging der Albtraum weiter. »Ich weiß, was Lord Ordell beschlossen hat. Der Abt hat es mir erzählt.« Theodosias Kummer drohte, sie zu überwältigen, doch sie hielt ihn unter Kontrolle. »Ich habe gebetet. Sonst weiß ich nämlich nicht, was ich tun soll, Joan.«

Joan senkte die Stimme zu einem Flüstern. »Als der Abt mir von seinem Besuch erzählte, hatte ich eine Idee.« Sie holte tief Luft. »Etwas Besseres ist mir nicht eingefallen. Ich habe es Ordell vorgeschlagen. Er hat zugestimmt.«

In Theodosias Herz glomm Hoffnung auf. »Worum geht es?«

Joan schüttelte den Kopf. »O Gott. Das ist so schwer.«

»Joan. Bitte.«

»Ordell will, dass du nicht auf deiner Unschuld beharrst. Er will, dass du gestehst.«

Theodosia starrte sie an. »Damit meine Kinder und ich aufgrund einer Lüge verbrannt werden? Ohne Widerspruch?« Sie wurde lauter. »Ohne Unschuldsbeteuerung?«

Die Wache schaute in ihre Richtung.

»Still, Schwester.« Wieder drückte Joan Theodosias rechte Hand. »Der Abt stellt dich als gewalttätige Teufelsanbeterin dar. Wir dürfen der Wache keinen Grund geben, mich wegzuschicken.«

Theodosia senkte die Stimme wieder zu einem panischen Flüstern. »Nun gut. Aber ich muss auf meiner Unschuld und der meiner Kinder beharren. Weil wir unschuldig sind!«

»Ich weiß«, sagte Joan. »Ich arbeite unermüdlich daran, es zu beweisen. Aber ich glaube, bis dahin wird meine Idee hilfreich sein.«

»Wie lautet sie?«

Joan holte erneut tief Luft. »Ich kann deine Kinder retten.«

Theodosia stockte vor Freude der Atem. »Das ist ja wunderbar! Wie hast du …«

»Es ist nicht wunderbar, Theodosia. Ganz und gar nicht.« Joan wurde noch bleicher. »Es ist nur das Beste, was ich tun konnte.«

»Joan, du machst mir Angst.«

»Ordell hat zugestimmt, die Kinder zu verschonen.« Joan biss sich auf die Lippe. »Sie in meine Obhut zu geben. Wenn du gestehst.«

Theodosia drückte Matilde so fest an sich, dass ihre Tochter sich in ihren Armen wand und leise wimmerte.

Joan weinte lautlos, als wollten ihre Tränen nie wieder versiegen. »Es tut mir so leid.«

»Mama?« Tom zupfte an Theodosias Röcken. »Was ist denn los?«

Theodosia sah zu ihm hinab. Sein buschiges rotes Haar. Sein sommersprossiges Gesicht. Seine kräftigen Beine. Matilde stieß ihr Köpfchen gegen das Kinn ihrer Mutter, sie war jetzt ruhiger.

Theodosia kannte ihre Antwort. Auch wenn es nicht schmerzlicher hätte sein können, hätte Ordell vor ihr gestanden und ihr das Herz aus der Brust gerissen, kannte sie die Antwort. »Dann nimm sie.«

Joan schlug die Hände vors Gesicht. »O mein Gott. Bist du sicher?« Weitere Tränen rannen ihr aus den dunklen Augen.

»Dann werden sie wenigstens leben und nicht verbrannt werden.« Theodosia atmete ruhiger. »Du suchst weiter nach Antworten, und Benedict wird wiederkehren.« Sie schaffte es, Joan ein schwaches Lächeln zu schenken. »Meine Kinder werden in Sicherheit sein. Ihr beide kämpft für mich. Wie könnte ich da keine Hoffnung haben?«

»Schau mich an, mir laufen die Augen über.« Joan wischte ihre Tränen ab. »Wo doch eigentlich du weinen solltest, aber du triffst diese Entscheidung tapfer wie eine Löwin.«

»Nimm sie.« Theodosia fürchtete, sie würde ihre Meinung ändern, wenn sie nicht rasch handelte.

»Wache?«

Der Mann kam herüber.

»Bitte lasst die Kinder frei, wie es Lord Ordell befohlen hat«, sagte Joan.

Er schloss die Tür auf und öffnete sie.

»Tom, geh mit deiner Tante.« Theodosia beugte sich über ihren Sohn, küsste ihn auf den Kopf und legte ihm eine Hand auf die Schulter.

»Ich will nicht. Ich will bei dir bleiben, Mama.«

»Nein. Du musst gehen.« Es brach Theodosia das Herz, doch sie schob ihn entschlossen in Joans ausgestreckte Hände. Ihre Instinkte schrien danach, ihn und Matilde in die Arme zu schließen und nie wieder loszulassen. Aber sie durfte ihre Hoffnung nicht fallen lassen. Dies durfte nicht das letzte Mal sein, dass sie sie im Arm hielt. Also würde es auch nicht das letzte Mal sein.

Er duckte sich weg. »Nein!«

»Los, Junge.« Die Wache zerrte ihn an einem Arm nach draußen.

»Komm zu mir, meine Süße.« Joan streckte die Arme nach Matilde aus.

Theodosia küsste ihrer Tochter das Haar und die weichen Wangen und übergab sie dann Joan.

Die Wache verschloss die Tür wieder.

Tom trat wütend danach.

»He«, sagte der Mann. »Benimm dich. Sonst bist du ruckzuck wieder da drin.«

Tom ignorierte ihn und trat noch einmal dagegen.

»Tom«, sagte Theodosia, die mit aller Kraft die Tränen zurückhielt. »Tu, was man dir sagt. Geh jetzt mit der Wache. Es würde mir sehr helfen.«

Er runzelte die Stirn, kam aber ihrer Bitte nach. Sie wandte sich an die Wache. »Kann ich mich bitte unter vier Augen von meiner Schwester verabschieden?«

Der Mann zuckte die Achseln. »Beeilt Euch. Ich warte mit dem Jungen da drüben.« Gefolgt von Tom entfernte er sich. Sein zögernder Gehorsam sorgte dafür, dass ihr die Tränen kamen.

Theodosia klammerte sich an die Gitterstäbe, während Joan ihre dösende kleine Tochter auf einer Hüfte sitzen hatte.

»Oh, Theodosia.« Joans Gesicht zeigte ihre Verzweiflung. »Ich werde mich um sie kümmern. Ich schwöre es – und ich bin noch nicht am Ende.«

Theodosia suchte in ihrer Gürteltasche nach einem Taschentuch. Ihre Finger schlossen sich um den Leinenlappen, den sie mit ihrem eigenen Blut beschrieben hatte.

Gepriesen sei Gott. Sie hatte es vergessen. Eine kleine Hoffnung. Aber immerhin eine Hoffnung. Zwischen den Gitterstäben hindurch griff sie nach Joans Hand. »Kennst du den großen Baum auf der Waldlichtung? Die hohe Esche?«

Joan nickte.

Theodosia drückte Joan das kleine Bündel in die Hand. »Bitte häng das an einen der Äste.«

»Aber was ist das?«

»Tu es einfach. Bitte.«

»Das werde ich. Ich tue alles für dich.« Joan nahm es und erwiderte den Druck ihrer Hand. »Theodosia, ich werde alles in meiner Macht Stehende tun, damit dir Gerechtigkeit widerfährt.« Ihre Hand schloss sich fester um Theodosias. »Aber da ist noch eine Sache.«

Kapitel 24

»Noch ein Glas, Sir Benedict?« Die Äbtissin hob den Weinkrug.

»Bitte.« Palmer gähnte laut und lange. »Aber das war's dann für mich.«

»Schlaf ist die beste Medizin, Palmer.« Heinrich ließ sich ebenfalls nachschenken. »Morgen werdet Ihr ein neuer Mensch sein.«

»Vielleicht eher übermorgen.« Geoffrey warf dem Hund die Reste ihrer Mahlzeit zu.

Es klopfte leise an der Tür.

Die Äbtissin hob die Stimme. »Herein.«

Die Tür öffnete sich, und draußen stand eine Nonne aus Godstow mit einem zusammengerollten Brief. Sie trat zur Äbtissin und verneigte sich respektvoll. »Für den verehrten Bischof Geoffrey. Per Klosterpost.«

Der Bischof streckte die Hand aus. Sein Blick fiel auf das Siegel. »Vom Abt von Wattick?«

Palmer schaute überrascht auf, als er den vertrauten Namen hörte.

»Ja, Herr.« Die Nonne gab ihn Geoffrey.

»Wird auf Antwort gewartet?«

»Nein, Herr.«

»Danke, Schwester«, sagte die Äbtissin. »Ihr könnt gehen.«

Als die Schwester weg war, hielt Geoffrey Palmer den Brief hin. »Ich habe an den Abt von Wattick geschrieben und um Ablassbriefe für die Seelen Eurer Mutter und Eurer Schwestern gebeten, wisst Ihr noch?«

»Auf mein Geheiß«, sagte Heinrich.

Palmer nickte. »Natürlich. Dafür bin ich sehr dankbar.«

Geoffrey unterdrückte nun seinerseits ein Gähnen. »Ich werde ihn morgen lesen. Es wartet niemand auf eine Antwort.«

Die Äbtissin gab höflich, aber unzweideutig Laute des Missfallens von sich. »Kuriere können Fehler machen. Es wäre nicht das erste Mal.« Geoffrey zuckte die Achseln und gähnte erneut. Sie sah ihn missbilligend an. Er entrollte den Brief und las.

»Kluge Worte, Mutter Dymphna«, sagte Heinrich. »Hugo Stanton, dieses Schwein, diente mir als Kurier, und er hat Fehler gemacht. Oder etwa nicht?« Heinrichs Zorn war wieder zurück.

Palmer trank aus. Er würde jetzt zu Bett gehen. Er wollte sich erheben, doch als er Geoffrey erbleichen sah, hielt er inne.

Die Hand des Bischofs krampfte sich um den Brief. »Gott schütze uns.«

»Was ist, Mann?« Heinrich runzelte die Stirn.

Palmer war mit einem Schlag hellwach.

»Hört zu.« Geoffrey blickte in die Runde. »Hört einfach, was der Abt schreibt: ›*Exzellenz. Danke für Eure großzügigen Zahlungen für die Ablassbriefe zugunsten der Familie Palmer. Wir werden für sie beten.*‹« Geoffrey hielt kopfschüttelnd inne.

»Ja und?«, verlangte Heinrich zu wissen und kam mit seiner Frage Palmer um Haaresbreite zuvor.

Als Geoffrey fortfuhr, zitterte seine sonst so kräftige Stimme. »›*Es ist tröstlich, dass sich jemand nach so langer Zeit für sie interessiert. Anna Palmer und ihre Töchter Alice, Margaret, Anne und Joan starben anno 1157 an einer Seuche.*‹«

Palmers Welt brach zusammen. Er war sprachlos.

Heinrich verstummte.

»Lieber Gott.« Die Äbtissin schlug sich die Hand vor den Mund.

Geoffrey hob eine Hand. »Das ist noch nicht alles. *›Ich sollte auch erwähnen, dass Ihr nicht der Einzige seid, der sich in jüngster Zeit nach ihnen erkundigt hat. Vor nicht einmal zwölf Monaten hat ein hochgewachsener Adliger, schon recht alt, mit silbrigem Bart, den Friedhof unseres Dorfes besucht. Er erkundigte sich nach der Familie und ging zu ihrem Grab. Er betete dort und nahm dann ein Steinchen vom Grab mit, sagte, das sei seine Form des Gedenkens.‹*«

Palmer sah Heinrich an.

»De Faye«, flüsterte der König.

Palmer kam unsicher auf die Beine und warf dabei seinen Stuhl um. »Wer ist dann diese Frau? Die, die behauptet, mit mir verwandt zu sein?« Er verbarg das Gesicht in den Händen. »Wer? Wer ist da bei meinen Kindern? Bei Theodosia?«

»Geoffrey. Geh. Geh dorthin. Finde es heraus.« Heinrichs Worte überschlugen sich.

»Sofort, Euer Gnaden.« Geoffrey erhob sich ebenfalls. »Palmer, erklärt mir den Weg. Auf der Stelle.«

»Ich komme mit.«

Geoffrey runzelte die Stirn. »Seid Ihr wahnsinnig? So ein Ritt könnte Euch umbringen.«

»Das Risiko gehe ich ein«, erwiderte Palmer.

»Hört auf ihn, Palmer«, sagte Heinrich.

»Ich kann nicht, Euer Gnaden«, beharrte Palmer. »Ich muss hin. Wir brauchen auch Hugo Stanton, Euer Gnaden.«

»Wozu?«, fragte Geoffrey.

Palmer war bereits auf dem Weg zur Tür. »Er kennt den Weg besser als jeder andere. Er kann uns am schnellsten hinbringen.«

»Dann nehmt ihn mit«, rief Heinrich. »Aber geht!«

Palmer riss die Tür auf, und Geoffrey eilte ihm nach.

Ja, Stanton konnte sie am schnellsten hinbringen. Palmers Herz raste. Aber was würden sie dort vorfinden?

* * *

»Noch eine Sache?«, wiederholte Theodosia. »Was denn?«

»Es geht um Gerechtigkeit für dich.« Joan umfasste Theodosias Hand fester, hart, so hart, wie ihr Tonfall plötzlich war. »Gerechtigkeit bedeutet für dich, zu brennen, denn du wirst in der Hölle brennen für das, was du getan hast.«

Theodosia wand sich in ihrem harten Griff. »Joan? Ich verstehe nicht, was …«

»Was verstehst du nicht, Schwester Theodosia?«

Eine schreckliche Erkenntnis überkam Theodosia, nahm ihr den Atem. Die Worte. Joan wusste, wer sie war. Wer sie wirklich war.

»Es ist doch eigentlich ganz einfach.« Joans dunkler Blick – ihre Tränen waren verschwunden – bohrte sich regelrecht in sie. »Für den Mord an den Männern der Königin. Dafür, dass du verhindert hast, dass der rechtmäßige Herrscher die Macht ergreift. Dafür, dass es dich und deine beiden Bälger auch nur gibt.«

Theodosia öffnete den Mund, um nach der Wache zu rufen.

»Nicht.« Joan bog Theodosias Finger zurück, und sie unterdrückte einen Aufschrei. »Ich habe deine Kinder.« Joans Stimme war leise, bösartig, und sie brachte ihr Gesicht dicht vor das Theodosias.

»Ihr Leben hängt jetzt von dir ab wie nie zuvor. Ein falsches Wort, und ich erledige sie. Hast du verstanden?«

Die stille Matilde schlief unmittelbar neben den beiden Frauen. Tom stand ein Dutzend Schritte entfernt. Doch Theodosia konnte nichts tun. Nichts. Vor Entsetzen drehte sich ihr der Magen um. Vor Abscheu.

»Ich habe gefragt, ob du mich verstanden hast.«

»Ja. Aber ich bitte dich um Gnade, Joan. Dein eigen Fleisch und Blut …«

Theodosia hatte das Gefühl, als würden ihre Finger gleich brechen. Sie unterdrückte erneut einen Aufschrei.

»Benedict Palmer ist nicht mit mir verwandt«, sagte Joan. »Genauso wenig wie diese beiden. Es ist also alles sehr einfach. Du stirbst. Sie leben. Kapiert?«

»Ich schwöre, ich mache alles«, flüsterte Theodosia. »Alles. Nur tu ihnen bitte nicht weh.« Ihre Finger würden dem Druck gleich nicht mehr standhalten. Es war ihr egal.

»Oh, sie sind viel zu wertvoll, als dass ich ihnen wehtun würde.« Joan ließ sie plötzlich los. »Im Augenblick zumindest. Dein Sohn wird der Hebel sein, den wir ansetzen, um unsere Königin aus dem Gefängnis zu befreien. Die süße kleine Matilde wird mein Spielzeug sein. Ich werde sie gut unterweisen, Theodosia. Sie wird als meine Tochter aufwachsen.«

Theodosia umklammerte die Gitterstäbe. »Benedict kommt bald zurück. Er wird dem ein Ende setzen. Allem.«

Joan lächelte. »Um Benedict kümmert sich auch jemand, meine Liebe. Aber keine Sorge: Bald werdet ihr im Leben nach dem Tod wieder vereint sein. Denk daran, das ganze Dorf hält dich bereits für eine Lügnerin und für wahnsinnig dazu. Wenn du versuchst, etwas zu sagen, wird dir niemand glauben. Aber ich werde davon erfahren. Die Folgen würden dir nicht gefallen.« Sie küsste Matilde auf die Locken und entfernte sich, rief im Gehen nach Tom.

Theodosia rutschte an den Gitterstäben hinunter. Ihr Magen rebellierte vor Entsetzen, vor Unglauben.

Ihre Kinder. Sie hatte ihre Kinder weggegeben. An jemanden, dem sie vertraut hatte. Dem sie geglaubt hatte. Doch diese Frau, die sich Joan Palmer nannte, lebte eine Lüge. Eine monströse, böse Lüge.

Ihre Kinder.

Kapitel 25

Joan fachte das armselige Feuerchen in der armseligen Hütte der Palmers an. Bald würde sie wieder sein, wohin sie gehörte, und als Lady Adela an den Reichtümern der triumphierenden Königin teilhaben. Bald. Sie konnte es kaum noch erwarten.

Der mürrische kleine Strolch von einem Jungen warf ihr einen aufsässigen Blick zu. »Wann kommt mein Papa?«

Joan ignorierte ihn und legte etwas Feuerholz auf die jämmerliche Flamme. Er strapazierte ihre Geduld gewaltig. Genau wie seine Nervensäge von einem Vater und sein Wichtigtuer von einem Großvater.

»Ta?« Matilde gab ihr ein Stöckchen.

»Selber ta.« Joan warf es ins Feuer und nahm das Mädchen auf den Schoß. Sie summte eine Melodie in ihren kleinen, weichen Nacken und kitzelte sie damit.

Matilde kicherte.

Joan erwiderte das Kichern und sang weiter.

Alles lief hervorragend. Sie war direkt zu Ordell und dem Abt gegangen. Hatte bestätigt, dass es ihr gelungen war, Theodosia zu einem Geständnis zu überreden, um ihre Seele und ihre Kinder zu retten. Ordell hatte sie tatsächlich fast respektvoll angesehen. Aber nicht ganz. Er war der Meinung, sie sei von viel zu niedrigem Stand, um seinen Respekt verdient zu haben. Aber sie hatte ihm gegeben, was er wollte: Rache am Bösen.

Der Abt hatte sie mit geilem Blick angegafft, während er ihre Frömmigkeit pries. In einer anderen Welt hätte sie ihn kastriert und ihm das Ergebnis in die Hand gedrückt. Aber nicht hier. Bald würde sie gehen.

Immer wieder wiederholte Joan ihr leises Liedchen. Alles lief so, so gut. Raoul de Faye würde stolz auf sie, seine Lieblingsschülerin, sein. Wie viel sie von ihm gelernt hatte.

Und wie viel sie schon gewusst hatte.

»Ich heiße Joan Palmer. Meine Mutter war Anna Palmer. Ich habe drei Schwestern – oder vielmehr, ich hatte drei Schwestern, bis sie letzten Winter der Seuche zum Opfer fielen: Anne, Margaret und Alice. Wir sind alle jünger als mein Bruder Benedict, der drei …«

»Vier.« Die harsche Korrektur kommt von Raoul de Faye, dem Onkel der Königin. Er sieht mich mit seinen brennenden Augen mit den schweren Lidern an. Sein Blick ist wie der eines hungrigen Falken.

Ich registriere meinen Fehler mit einem Nicken und öffne dann den Mund, um fortzufahren.

De Faye zieht mir seinen Stock über die Fingerknöchel, und ich zucke zusammen und unterdrücke einen Aufschrei. Ich sauge heftig an meiner Haut und sehe ihm in die Augen.

»Adela. Du bist nicht dumm«, erklärt er ruhig und gemessen. »Du bist unaufmerksam. Das ist nicht dasselbe.«

Ich lasse die Hand fallen. »Ich werde mich an alles erinnern, wenn ich erst dort bin.«

Ein weiterer Schlag mit dem Stock, diesmal ins Gesicht. Ich zucke zurück, aber der Stock trifft mich auf dem Rückweg. Meine Haut brennt, und Tränen schießen mir in die Augen.

»Nein. Du wirst schon vorher perfekt vorbereitet sein. Palmer ist ungebildet, hat aber einen scharfen Geist und ist einfallsreich.

Seine Frau ist gelehrt und, wie wir gesehen haben, viel zu intelligent. Um sie zu täuschen, musst du durch und durch überzeugend sein.«

Trotz des Schmerzes erwidere ich seinen Blick. »Ich sagte doch, ich werde überzeugend sein.«

Diesmal ist es seine Hand, die meine andere Wange ohrfeigt.

»Da haben wir's wieder. Stolz, Arroganz. Du musst lernen, sie im Zaum zu halten.« De Faye sieht mich kopfschüttelnd an. »Ich habe dich wegen deines Aussehens ausgesucht. Du hast dunkles Haar und dunkle Augen, genau wie Palmer. Du hast fast das richtige Alter. Nämlich?«

»Neunzehn«, erwidere ich prompt. »Im Herbst werde ich zwanzig.«

»Besser.« Er kommt auf mich zu. »Verschleif deine Vokale. Sprich rauer. Du darfst nicht nach mehr klingen, als du darstellst.« Er hebt wieder die Hand, und ich zucke zurück. Aber er tätschelt mir die Wange. »Natürlich bist du auch schön, Adela, genau wie Palmer attraktiv ist. Das kannst du nicht ändern, und das möchte ich auch gar nicht.«

Ich lächle ihn an, lächle ihm ins Gesicht, das bestimmt über sechzig Winter alt ist. Ich weiß, was als Nächstes kommt. Ich werde ihm zu Diensten sein müssen, auf die Weise, von der ich kein Kind bekommen kann. Es ist mir egal. Ich kann ihn nicht sehen, wenn er es tut, und er hat den Leibesumfang und das Stehvermögen eines jüngeren Mannes. Ich drehe mich um, und er greift mit geübter, ruhiger Hand nach meinen Röcken. Nur sein schnellerer Atem verrät ihn. Er nimmt mich wie eine dreckige Hure, und ich liebe es.

Joan hängte einen Topf mit Wasser über das Feuer und gab ein paar Handvoll Hafer dazu. Ein weiteres Armeleuteabendessen. Nicht mehr lange. Bald würde sie wieder schlemmen können, wie es jemandem von ihrem Stand geziemte. Nicht wie in den zurückliegenden Monaten, in denen sie hatte fasten müssen, um auszusehen, als sei sie halb verhungert.

Sie rührte um, die Getreideflocken waren noch trocken und trieben im Wasser. Ihr Umhang glitt ihr von den Schultern. Die vernarbte Haut. Ihr Mund verzog sich zu einem kleinen Lächeln. In der Nacht ihrer Ankunft war ihr Oberteil verrutscht, und Palmer und Theodosia hatten sie gesehen. Wenn sie gewusst hätten, dass sie vom Onkel der Königin gezeichnet war, wären sie nicht halb so mitleidsvoll gewesen.

Sie war ziemlich stolz auf ihre rasch ersonnene Ausrede – dass die Narben von einem Überfall auf Reisen stammten. Die Geschichte hatte ihr auch bei den Nonnen weitergeholfen, von denen sie sich hatte finden lassen. Nonnen. Sie schauderte. Das war der Plan ihrer adligen Familie für sie gewesen. Eine überzählige Tochter. Fürs Kloster vorgesehen. Lauter fromme Frauen, betende Frauen, geweihte Frauen, heilende Frauen, nichts als Frauen, Frauen, Frauen. Sie war entsetzt gewesen. Sie mochte Männer. Auf ihre eigene, ganz besondere Weise.

Matilde patschte Joan ins Gesicht. »Lied?«

»Natürlich. Ein Lied für mein Singvögelchen.« Joan summte erneut.

Sie hatte einmal einen Singvogel besessen, ein kleines Tier, nichts als Gezwitscher und bunte Federn. Bis sie eines Tages in den Käfig gefasst und ihm die Finger um den Hals gelegt hatte. Nur um zu sehen, was passieren würde, hatte sie dann zugedrückt, sanft, mit sicherer Hand und unaufhörlich. Bald hatte er aufgehört, panisch mit den Flügeln zu schlagen, und war erstarrt. Sie hatte ihn sanft auf den Boden des Käfigs gelegt und war hinausgegangen.

Oh, was hatte es für einen Aufstand gegeben, als man das Vögelchen gefunden hatte. Was hatte sie vor einem Publikum aus Bediensteten geweint, geklagt und geschrien. Sie alle hatten ihr geglaubt, hatten versucht, sie in die Arme zu schließen und zu trösten. Was hatte sie für schöne Tränen vergossen, als sie gebeten hatte, den Vogel bestatten zu dürfen. Sie hatte sogar einen kleinen Sarg gebaut, ausgelegt mit Frühlingsblumen.

Da hatte sie die kleine Leiche, die im Tode leichter gewesen war als zu Lebzeiten und so steif, als sei sie ausgestopft, hochgehoben. Sie war kalt gewesen, hatte sich anders angefühlt. Die Beinchen waren nicht mehr hübsch gewesen, sondern hatten vom Körper abgestanden wie verdorrte Zweige. Sie hatte ihn in seinen Sarg gelegt und unter einem Baum begraben, in einem kleinen Wäldchen ein Stück vom Haus entfernt.

Jetzt kochte das Wasser richtig, und die Suppe hatte begonnen, einzudicken.

Joan gab Matilde eine Handvoll Gräser. »Die werfen wir auch in den Topf.«

Matilde ließ sie hineinfallen.

»Werfen!« Joan zog ihre Hand vom Wasser weg. »Vorsichtig. Das ist heiß. Sehr heiß.« Sie gab ihr eine weitere Handvoll.

Genau wie das Getreide im Wasser hatte sich ihr Singvogel verändert.

Es hatte sie fasziniert. Sie hatte sich eine abgelegene Begräbnisstätte ausgesucht, weil sie ihn wieder hatte ausgraben wollen, um zu erfahren, wie er dann aussah. Das hatte sie auch getan. Sie hatte die Erde weggescharrt und den kleinen Körper zum Vorschein gebracht.

Zuerst hatte er sich nicht verändert. Dann war er weicher geworden. Die Augen hatten geträn; dann war Flüssigkeit unter seinen Schwanzfedern und dem Kopf hervorgesickert. Er hatte gestunken. Die Federn hatten sich gelöst und waren von Körperflüssigkeiten noch klebriger geworden.

Als sie ihn herausgehoben hatte, war er unter ihren Händen glitschig gewesen. Er war von winzigen weißen, sich windenden Würmern befallen gewesen, die das stinkende, faulige Fleisch gefressen hatten. Sie hatte die Würmer gemocht. Sie lebten im

Dunkeln, fraßen Fäulnis und gediehen dennoch. Nach ein paar Monaten waren von ihrem Vogel nur noch die Knochen übrig gewesen. Auch die hatten ihr gefallen. Sie hatte sie aufgesammelt und bis spät in die Nacht dagesessen, hatte jeden einzelnen in so viele Teile wie möglich zerbrochen. Sie hatte sich krank und zugleich von innerer Wärme erfüllt gefühlt, als sie sich vorstellte, diese brechenden Knochen seien noch mit Fleisch und Federn bedeckt.

Sie gab Matilde ein paar Kräuter.

»Mama lässt Matilde nicht in die Nähe von heißen Sachen.«

Joan sah zu Tom hinüber. »Ich bin nicht eure Mama. Gott sei Dank.« Sie half Matilde wieder.

Wenn sie ehrlich war, bereitete sie anderen Kreaturen gerne Schmerzen. Sie mochte es, wenn unter ihren Händen Muskeln, Fleisch, Haut und Fell zuckten. Sie mochte die Geräusche, die verletzte Wesen von sich gaben, eine Mischung aus Schmerz, Angst und Überraschung. Sie hatte an vielen Tieren geübt. Niemand vermisste Tiere, nicht die, die herumliefen.

Der Tag, den sie mit ihrem neugeborenen Bruder verbracht hatte, hatte ihr eine unwiderstehliche Gelegenheit gebracht. Er hatte allein geschlafen, dick eingepackt in seiner Wiege. Ihr Herz hatte geklopft, die Aufregung ob des Risikos, erwischt zu werden, hatte sie sich innerlich ganz schwer fühlen lassen. Eine Nadel direkt ins Ohr. Die austretende Flüssigkeit hatte ausgesehen wie die, die aus dem verrottenden Vogel geflossen war. Seine Schreie hatten durch die ganze Burg gehallt. Aber niemand war ihr je auf die Schliche gekommen.

Joan rührte im Topf und sah zu, wie Blasen aufstiegen.

»Oh, schau«, sagte Matilde.

»Ich seh es, ich seh es.« Joan schob den Topf zur Seite, damit er noch eine Weile simmern konnte. Die Suppe sollte ja durchkochen, ohne anzubrennen. Sie ergriff einen Kamm, um sich um Matildes Locken zu kümmern. Leise schnalzte sie mit der Zunge. Sie waren in einem schlimmen Zustand, nachdem das Kind so lange im Herrenhaus eingesperrt gewesen war.

Es war ihr auch niemand auf die Schliche gekommen, wenn sie Leute dazu gebracht hatte, sich zu winden. Keine Nadeln. Nur Angst. Erwachsene Männer, die doppelt so groß waren wie sie, um ihr Leben fürchten zu lassen. Das machte noch mehr Spaß. Es war das schönste Spiel überhaupt. Sie flirtete, setzte ihr dunkles Haar, ihre dunklen Augen ein, wirkte so schüchtern, so harmlos. So begehrenswert. Wenn sie sie dann erst einmal am Haken ihrer Lust hatte, war der Rest einfach.

Joan kämmte Matildes goldene Locken behutsam durch, Strähne für Strähne. Oh, wie süß und gehorsam dieses kleine Mädchen war. Geduldig saß es da, ohne ein Wort der Klage.

Auch von den Adligen auf der Durchreise, die sie verführt hatte, Nächte voller Schweiß, Keuchen und nackter Haut ohne einen Gedanken an ihr Weib oder sonst jemanden, wenn sie ihre gespielte Leidenschaft herausgeschrien hatte, waren nie Klagen gekommen. Dann hatte sie die Gesichter der Männer beobachtet, wenn sie ihnen am nächsten Tag gesagt hatte, sie sei noch Jungfrau gewesen und würde ihrem Vater von der erlittenen Vergewaltigung erzählen, würde ihren Frauen genau berichten, wozu sie sie im Bett gezwungen hatten, wo doch in Wirklichkeit sie all die Sittenlosigkeiten vorgeschlagen hatte. Hatte sich an dem Anblick geweidet, wie die Männer sie um Gnade angefleht und angebettelt hatten. Um ihr Schweigen.

Eine durchaus amüsante Freizeitbeschäftigung.

Sie musste sticken, musizieren, alles zur Vorbereitung eines tugendhaften Lebens in dem gefürchteten Frauenkloster, das ihrer harrte. Doch sie dachte dabei ständig über Methoden nach, neue Opfer zu finden, jemanden, den sie brechen konnte wie die Knochen ihres Singvogels.

Bis in einer schicksalhaften Nacht eine seltsame Versammlung in ihres Vaters Haus stattgefunden hatte.

Aus meinem üblichen Versteck auf der Galerie oberhalb der Halle meines Vaters heraus beobachte ich die Gruppe von Besuchern, die sich mit ihm zusammensetzen. Seltsam, dass er den Dienern einen Tag freigegeben hat.

Ich habe in all meinen siebzehn Jahren noch keinen dieser Männer gesehen. Vier Ritter und dieser Adlige mit den breiten Schultern und dem kurz gestutzten braun-silbern melierten Bart. Mein Vater behandelt ihn sehr respektvoll, diesen Mann, den er Raoul de Faye nennt. Er muss sehr wichtig sein. Die vier Ritter sind ein seltsamer Haufen. Ihr augenscheinlicher Anführer heißt Sir Reginald Fitzurse. Er hat ein kaltes, hübsches Gesicht mit Haut, die fein ist wie Porzellan, und den blauesten Augen, die ich je gesehen habe. Selbst de Faye begegnete ihm mit Respekt. Die anderen drei sind widerwärtig: ein kleiner Ritter mit ungewaschenem, fettigem Haar und schlechten Zähnen, ein lauter, rothaariger Angeber, ein großer, ungeschickter Ochse mit einem schrecklich vernarbten Gesicht.

De Morville, de Tracy, le Bret. Die Namen sagen mir nichts.

Als ich ihrem endlosen Gespräch lausche, schlafe ich vor Langeweile fast ein. Rebellion. Der König. Die Königin. Mein Vater spricht wenig, stimmt den anderen nur zu. Nutzlos. Dann Worte, die mich schlagartig hellwach machen. Der Erzbischof von Canterbury. Er weiß etwas. Wie könnte man es ihm entlocken? Man könnte ihm die Zunge herausschneiden, die Hoden abtrennen. Wärme durchfließt mich stärker denn je.

Aber ich will auch vor Frustration schreien. Worüber sie sprechen, was sie planen, das ist genau das, was ich tun will, was ich so gern tun möchte. Aber meine Familie will mich in ein Frauenkloster stecken. Ja, ich hätte dort Möglichkeiten. Ich würde mich in eine Position hocharbeiten, in der ich meine Macht nach Belieben einsetzen kann. Aber ich würde nie die wunderbaren, endlosen Möglichkeiten haben, von denen diese Männer sprechen. Frustriert balle ich die Fäuste.

Als sie einander eine gute Nacht wünschen, weiß ich, was ich tun werde. Ich werde mich ihnen beweisen. Ich überlege, welchen ich benutzen soll. Nicht den Ochsen oder den Brüller. Ich erschauere. Nicht den Fettigen. Da dreht sich selbst mir der Magen um, und der ist hart im Nehmen.

Raoul de Faye oder Reginald Fitzurse? Ich sehe ihnen nach. Fitzurse trägt sein Kinn auf eine Weise hoch, die mir eine Sekunde lang vertraut vorkommt. Wir sind Geistesverwandte. Ich werde es genießen, ihn zu schlagen.

Seine Kammer ist nur schwach erleuchtet, als ich sie betrete. Ich trage ein dünnes Unterkleid und nichts darunter. Er atmet ruhig und regelmäßig. Er schläft. Ich schlüpfe neben ihm ins Bett.

»Herr?«, flüstere ich. Meine Hand will seine nackte Brust berühren, doch er ist noch komplett angezogen. Dann umklammert er schnell wie eine zubeißende Schlange meine Handgelenke.

»Was tust du hier, Mädchen?«

Ich stammle meine übliche Geschichte, dass ich ihn begehre, ihn will. Dann erstarre ich, als er mir kalten Stahl an die Kehle presst.

»Du bist eine armselige Spionin.« Er stützt sich auf einen Ellbogen und schaut auf mich herab. »Jetzt erzähl mir, wer dich geschickt hat, ehe ich dir den Hals aufschlitze. Ich werde dir die Gnade erweisen, es schnell zu tun. Ansonsten durchtrenne ich deine Stimmbänder und schneide dich dann in kleine Stücke, während du hier neben mir liegst und kein Geräusch von dir geben kannst.« Seine Stimme ist sanft wie die eines Liebhabers.

Der Raum dreht sich um mich. In was für eine Situation habe ich mich da nur gebracht?

Er drückt die Klinge etwas fester gegen meine Haut. Runzelt die Stirn. Ein wenig. »Vielleicht tue ich das auch ohnehin.«

Ich keuche. »Halt. Moment. Ich bin keine Spionin. Niemand hat mich geschickt. Ich habe Euch gesehen und begehrt …«

Die Klinge beginnt, in meine Haut zu schneiden. Ich weiß, gleich wird das erste Blut fließen. »Ich wollte Euch verführen und dann erpressen.«

Er verhält die Klinge. »Um wie viel?« Er klingt gelangweilt.

Ich schaue in diese durchdringenden blauen Augen und weiß, ich kann nicht lügen. Es wäre sinnlos. »Nicht wegen Geld. Nur um die Macht zu haben, Euch zu zerstören.« Ich schlucke. »Zu zerbrechen.«

»Oh?« Jetzt klingt er interessiert.

»Wenn Ihr mich leben lasst, werde ich Euch alles erzählen. Alles.«

Er tut es, und ich erzähle, fange mit meinem Singvogel an.

Als ich fertig bin, starrt er mich lange an und nickt dann. »Wir müssen mit de Faye sprechen.«

»So. Fertig. Jetzt lass uns essen.« Joan setzte Matilde auf den Boden und küsste sie.

Witzig, wie am Ende alles an ihr gehangen hatte. Der Versuch der Ritter, Becket aus dem Weg zu räumen, war eine Katastrophe gewesen. De Fayes Rebellion war gescheitert. Die Königin schmachtete in Heinrichs Gefängnis. Nur sie, Lady Adela, hatte Erfolg gehabt. Genau, wie sie bei Matilde Erfolg haben würde. Während sie das Essen fertig zubereitete, lächelte sie das Kind an. »Du gehörst ganz mir, nicht wahr? Genau wie mein kleines Vögelchen.«

Matilde erwiderte das Lächeln. »Vögelchen.«

Oh, sie würde eine wunderbare Schülerin sein. Sobald sie hier mit Joan Palmer fertig war, konnte sie mit Matildes Ausbildung beginnen.

»Sollen wir für Mamas Freiheit beten?«

Joan sah Tom an, der nicht lächelte, und ärgerte sich, weil er ihre schönen Gedanken störte.

»Was geht dich das an?« Sie füllte Suppe in eine Schale und drückte sie ihm in die Hand.

»Iss, und dann ab ins Bett.«

Tom ließ sie nicht aus den Augen. »Mama sagt immer, man soll den heiligen Thomas Becket um Hilfe bitten, wenn man Ärger hat.«

»Halt den Mund, und iss. Hörst du?«

Wieder sah er sie mürrisch an. Aber der Junge tat, wie ihm geheißen. Eine gute Entscheidung. Hätte er nicht gehorcht, hätte sie ihn ohrfeigen müssen.

Joan beobachtete ihn, wie er schweigend die Suppe löffelte, ohne ein Dankeswort an sie. Der arrogante kleine Angeber erinnerte sie viel zu sehr an das, was sie über Heinrich gehört hatte, und sein ständiges Gequengel über Becket klang ganz nach seiner irritierend frommen Mutter.

Er lebte nur noch, weil Eleonore nach wie vor des Königs Gefangene war. Sobald Heinrich sie freiließ, würden sie sich seiner entledigen.

Joan hoffte sehr, de Faye würde diese Ehre und dieses Vergnügen ihr überlassen.

* * *

Die drei Pferde kamen erschöpft und schlammbespritzt im Hof eines Gasthauses zum Stehen, an das sich Palmer von seinem letzten Ritt von Cloughbrook nach Woodstock noch vage erinnerte. Ohne Stantons Ortskenntnis hätte der Ritt sicher um ein Vielfaches länger gedauert.

Geoffrey und Stanton saßen zuerst ab, sie waren genauso schmutzig wie ihre Tiere.

Auch Palmer stieg ab, bedeckt vom Dreck der Reise. Sein Körper weigerte sich immer noch, das Tempo seiner Gefährten zu halten.

»Ich hole frische Pferde.« Stanton eilte zur Tür.

»Sagt ihnen, wir brauchen auch Verpflegung«, hielt ihn Geoffrey zurück.

»Die wir im Sattel essen können.« Palmer wischte sich mit dem Ärmel den Schweiß von der Stirn.

Stanton zögerte.

»Geht«, befahl Palmer knapp.

Der Jüngere gehorchte.

»Palmer, Ihr müsst eine Rast einlegen.« Geoffrey sah wie gewohnt finster drein. »Sonst schafft Ihr es nicht.«

»Egal.« Palmer ging zu einer steinernen Pferdetränke hinüber, während ein paar Stallburschen aus dem Gasthaus kamen und sich der schwitzenden, erschöpften Pferde annahmen.

Geoffrey trat zu ihm, während er sich Gesicht und Nacken mit ein paar Handvoll kalten Wassers abrieb.

»Palmer, Stanton und ich können weiterreiten.«

»Ich etwa nicht?« Er fuhr sich heftig über das Gesicht, als könne er so mit dem kalten Wasser den Schlaf in Schach halten.

»Nein. Nicht in Eurem Zustand.«

Die Tür öffnete sich erneut, und Stanton kam heraus. »Die frischen Pferde sind gleich bereit.«

Wie als Bestätigung seines Ausrufs war der Hufschlag der Tiere zu hören, auch wenn sie noch außer Sicht waren.

Geoffrey fuhr fort: »Ich werde tun, was ich tun muss. Versprochen. Ihr könnt uns ja später wieder einholen.«

»Ich will die Frau in die Hände bekommen, die sich in meine Familie eingeschlichen hat, um ihr weiß Gott welchen Schaden zuzufügen, indem sie tat, als wäre sie mit mir verwandt.« Palmer ließ die Flüssigkeit in seinen Kragen rinnen und wandte sich Geoffrey zu. »Meine Familie. Meine Hände.«

»Das verstehe ich ja. Aber wenn Ihr tot seid, nutzt Ihr Eurer Frau und Euren Kindern auch nichts mehr, Palmer.«

»Wenn sie tot sind, könnte ich es ebenso gut auch sein.« Er schob sich am Sohn des Königs vorbei und hinkte zu seinem neuen Pferd. Dank Stantons Stellung beim König war auch dieses ein edles, schnelles Tier. Er nahm die Zügel und schickte sich an aufzusteigen. Es gelang ihm nicht.

Geoffrey stützte ihn. »Ihr seid ein Starrkopf, wisst Ihr das?« Aber er ging in die Hocke und verschränkte die Hände. »Kommt. Ich helfe Euch hoch.«

Mit Geoffreys Hilfe schaffte er es in den Sattel.

Stanton saß bereits auf seinem Pferd. »Die nächste Etappe ist etwa sechs Stunden lang.«

Geoffrey ging zu seinem Tier.

Palmer schaute zum Himmel. Der Tag neigte sich dem Ende entgegen, und am Horizont dräuten schwere Regenwolken. »Wie lange noch, bis wir da sind, Stanton?«

»Noch einen ganzen Tag. Mindestens.«

Palmer drehte sich der Magen um. Das war noch eine Ewigkeit. »Dann müssen wir schneller reiten.«

Mit einem heftigen Tritt in die Flanken seines Pferdes sprengte er davon.

Kapitel 26

Theodosia kniete auf dem feuchten Boden ihres Gefängnisses unter Lord Ordells Herrenhaus und begann wieder mit ihren geflüsterten, fiebrigen Bittgebeten. Wie sie so allein in der Finsternis des Kerkers betete, hätte sie genauso gut wieder Klausnerin in ihrer Zelle in der Kathedrale von Canterbury sein können.

»Sei gegrüßt, Stern des Meeres, erhabene Mutter Gottes.«

Aber im Vergleich zu damals hatte sie so viel mehr zu verlieren, dessen Verlust schlimmer wäre als der ihres eigenen Lebens. Ihre Kinder. Nun, da Tom und Matilde fort waren, blieb ihr nur das Gebet. Das Gebet an Maria, eine Mutter. Immer wieder. Eine andere Mutter konnte ihre Qual, ihr Entsetzen sicher verstehen.

Sie hatte ihre Kinder befreit. Ihnen eine Überlebenschance gegeben.

Theodosias Leben für ihres. Sie fürchtete die drohenden Flammen, fürchtete sie aus tiefster Seele. Aber sie wollte gern täglich bis zum Jüngsten Gericht brennen, wenn nur ihre Kinder sicher waren.

Das war ihr Trost gewesen, als sie sie der Frau überlassen hatte, die sich Joan Palmer nannte.

Doch dieser Trost war eine grässliche Lüge, die auf vielen weiteren fußte. Sie wusste nicht, auf wie vielen.

»Dein Sohn wird der Hebel sein, den wir ansetzen, um unsere Königin aus dem Gefängnis befreien.«

Joans Worte. *»Unsere Königin.«*

Die Mächte des Bösen, gegen die sie und Benedict so entschieden gekämpft hatten. Die sie einmal besiegt hatten. Die durch die beinahe siegreiche Rebellion erneut gedroht hatten, sie alle zu überwinden. An jenem heißen Julitag, an dem der König auf den Straßen Canterburys seinen Bußgang für den Mord an Thomas Becket angetreten hatte.

Aber ihre Gebete waren beantwortet worden. Dieselben Worte, die sie jetzt betete. »Erlöse uns von dem Bösen, süße Jungfrau.«

Tatsächlich hatte sie Erlösung erfahren. Die gute Nachricht, dass der heilige Thomas Becket selbst vom Himmel herab die Welt nach Heinrichs Wünschen gedreht hatte. Zwei Monate später die Nachricht von Eleonores Niederlage. Sie hatte Theodosia in den Wehen erreicht, und Gott hatte ihr die wunderbare Freude geschenkt, dass Tom in Matilde ein kleines Schwesterchen bekommen hatte. Doch nun war das Böse wieder da, stärker denn je, und bahnte sich wieder einen Weg in die Welt, indem es ihre Kinder verschlang.

»Die süße kleine Matilde wird mein Spielzeug sein. Ich werde sie gut unterweisen, Theodosia. Sie wird als meine Tochter aufwachsen.«

Tom. Er sollte eingetauscht werden. Wenn sie ihn denn leben ließen – und Matilde … ihr kleines Mädchen. Sie sprach gerade die ersten Worte. Ihr kleines Herz kannte noch keinen Argwohn. Sie war so sanft. So freundlich. Nun sollte sie verderbt, sollte in schrecklicher Sittenlosigkeit unterwiesen werden, ohne eine Wahl zu haben, ohne zu wissen, was sie tat.

Es war zu viel. Zu viel.

Theodosia drückte die Arme gegen ihren Leib, als der Schmerz ihrer Qual sie schlimmer durchzuckte als jede Wehe. Sie presste die nächste Zeile ihres Mariengebetes hervor. »Zeige dich als Mutter!«

Der leise Klang von Männerstimmen war zu vernehmen, und durch die Gitterstäbe war flackerndes Licht zu sehen.

Sie kamen sie holen.

Sie hatte ihre Kinder mit ins Verderben gerissen, hatte als Mutter versagt. Nun würde man sie verurteilen.

Sie kamen sie holen.

* * *

Vier hochgewachsene Wachen eskortierten Theodosia die steinerne Wendeltreppe empor, die in die Halle von Lord Ordells Herrenhaus führte. Obgleich alle vier viel größer waren als sie, bemerkte sie, wie fest sie ihre Äxte umklammerten und wie einer sie ständig von der Seite ansah. Sie hatten Angst vor ihr. So weit war der Wahnsinn um sie herum schon gediehen.

Oben angekommen stand sie in einem kurzen Gang, der vom Sonnenlicht erhellt war, das durch die offenen Türen der Halle fiel.

Rote und weiße Lichtblitze behinderten Theodosias Sicht. Sie kniff die mittlerweile an die Dunkelheit gewöhnten Augen zu Schlitzen zusammen und versuchte, etwas zu erkennen.

Das aufgeregte Stimmengewirr vieler, vieler Menschen erklang aus der Halle. Als man sie in den Raum mit der hohen Decke führte, wurde es noch lauter. Sie hörte Keuchen und Spekulationen aus der Menge.

Von den zusammengepferchten Menschen schlug ihr eine Woge abgestandener Luft entgegen. Seile sperrten den Gang quer über den Steinboden ab und hielten die Zuschauer zurück.

Sie blinzelte heftig und konnte anklagende Gesichter und hasserfüllt auf sie gerichtete Finger ausmachen.

»Schaut sie euch an, das Dreckstück!«

»Tretet zurück. Sonst verflucht sie euch vielleicht.«

»Gott stehe uns bei. Sie ist unter uns.«

Ein Kruzifix wurde geschwenkt.

Sie starrte stur geradeaus, als sie, noch immer von den Wachen flankiert, durch die Halle schritt. Sie wusste, dass ihr Aussehen, zerzaust und schmutzig von den Tagen im Kerker, die Sündhaftigkeit, die man ihr unterstellte, noch unterstrich.

Manche Stimmen kannte sie von der Schlange am Brunnen. Andere von Gebeten in der Kirche, von der Feldarbeit. Wieder andere klangen wie völlige Fremde. Die Leute waren von weit her angereist, um Zeugen dieses Prozesses zu werden.

»Halt«, befahl eine der Wachen.

Sie gehorchte. Die Wachen traten beiseite, sodass sie allein auf einem quadratischen Bereich des Bodens stand. Lord Ordells Tafel erhob sich unmittelbar vor ihr auf einem Podest. Ein reich besticktes, weißes Leinentischtuch bedeckte sie, ein großes Kruzifix stand darauf. Zwei hohe Stühle, in deren Lehnen geflügelte Wesen geschnitzt waren, befanden sich hinter dem Tisch.

Ihr Blick wanderte zur Kapelle zu ihrer Rechten, von der sie wusste, dass sie einen Schrein des heiligen Thomas Becket enthielt. Sie sehnte sich nach seiner Kraft, seinem Mut, wie sie nun so dastand, um bloßgestellt und gerichtet zu werden. Die Kapelle war leer. Jemand hatte den Schrein entfernt. Ihr Mut sank. Sie war wirklich allein.

Eine der Wachen klopfte mit dem langen Stiel ihrer Axt auf den Steinboden, was einen Chor leiser Aufschreie und Ausrufe nach sich zog.

»Bitte Ruhe für Lord Nicholas Ordell und Abt Remigius.«

Es wurde still.

Man hörte, wie sich hinter dem Podest eine Tür öffnete.

Theodosia sah unwillkürlich hin.

Enide und Alf Thatcher standen in ihrer Blickrichtung. Enide hatte die dicken Arme verschränkt, als sei sie bereits von Theodosias Schuld überzeugt. Selbst Alf wirkte nachdenklich.

Hinter ihnen kamen Lord Ordell und der Abt durch die Tür, gefolgt von Matthew Williamson, dem schwarzbärtigen Vogt. Sie schritten zum Podest, Lord Ordell mit einem Armvoll Manuskripte und der Abt mit einer großen Bibel. Beide waren im vollen Ornat. Ordell trug mehrere Schichten scharlachroter Seidenkittel unter einer bestickten Robe mit verzierten Goldverschlüssen. Abt Remigius' Robe war mit Iriswurzel tiefschwarz gefärbt und mit ochsenblutroten Lederriemen gegürtet.

Theodosia schluckte schwer. Krasser hätte der Kontrast zu ihren Lumpen nicht sein können. Sie faltete die Hände und drückte den Rücken durch, um wenigstens ihre Würde zu wahren.

Die Männer, die über sie richten würden, nahmen Platz, Williamson blieb neben dem Podest stehen.

Nun, da er ihr näher war, sah Theodosia, dass Ordell das graue Haar ungewaschen an seinem kleinen Kopf klebte und sein Teint gräulich wirkte. Der Abt hingegen sah geradezu rosig aus. Er legte die Bibel mitten auf den Tisch vor sich und faltete die Hände darauf. Dann ließ er den Blick durch den Raum schweifen, schaute Theodosia jedoch nicht in die Augen.

Ordell legte seine gesammelten Manuskripte sehr sorgfältig, aber mit vielen Veränderungen und Umsortierungen vor sich, wobei er vor sich hin murmelte.

Rastlosigkeit macht sich im Raum breit.

Ordell hob irritiert den Blick. »Ruhe!« Seine Stimme hatte einen neuen, scharfen Tonfall. »Ich werde jeden entfernen lassen, der sich nicht still verhält.«

Der Abt nickte weise, als die Menschen gehorchten.

Schließlich war Ordell mit dem Ordnen seiner Papiere fertig. »Seine Exzellenz Remigius und ich haben dieses Gericht einberufen, um die Anklagen der Hexerei und Ketzerei gegen diese Frau, Theodosia Palmer, zu verhandeln. Die Autorität dazu hat mir Seine Gnaden, König Heinrich, und dem Abt der allmächtige Gott verliehen. Es ist unsere Pflicht, über all die Seelen zu wachen, für die wir verantwortlich sind, und alles dafür Erforderliche zu unternehmen. Der Gerechtigkeit wird Genüge getan werden.« Er sah ihr in die Augen. »Ist das klar?«

»Ja, Herr.« Theodosias Stimme, trocken vor Durst und Schlafmangel aufgrund ihrer unablässigen Gebete, klang schwach. Besiegt.

»Ich werdet Gelegenheit erhalten, zu sprechen«, setzte der Abt hinzu. »Doch nur auf Aufforderung.«

Ordell zog seine Pergamente heran. »Zunächst geht es um den Fund einer Reihe toter Tiere in den Wäldern um Cloughbrook.«

»Durch mich.« Der Abt nickte heftig, was seine Kinne in Wallung brachte. »An dem Tag, an dem ich Joan Palmer durch den Wald geleitete. Mein Pferd scheute, und da entdeckte ich sie.«

»Der könnte doch nicht mal einen beschissenen Esel reiten«, flüsterte jemand hörbar.

Enide? Theodosia war nicht sicher.

Ordell sah in nackter Wut auf, als sich unterdrückte Heiterkeit breitmachte, und auf der Stirn des Abtes bildeten sich Falten. »Ruhe, sagte ich!«

Nach Ordells Schrei verstummte der Lärm. Er starrte die Versammelten an. »Wir brauchen auch Joan Palmer als Zeugin. Wo ist sie?«

»Hier, Mylord.« Joan trat unter heftigem Gemurmel und Geflüster und von allen angestarrt hinter ein paar großen, breiten Bauern hervor.

Theodosia blieb beinahe das Herz stehen. Joan trug die zufrieden wirkende Matilde auf der Hüfte, und Tom stand mit unsicher gerunzelter Stirn neben ihr.

Er holte Luft, um etwas zu sagen, aber Theodosia legte rasch den Finger an die Lippen, und er schwieg.

Sie spürte Ordells Augen auf sich ruhen, als er sich an Joan wandte. »Dann tretet vor, damit ich Euch hören kann, Weib.«

Joan gehorchte.

Theodosia sehnte sich danach, ihre Kinder in den Arm zu nehmen. Sie zu berühren. Sie fing einen flüchtigen Blick Joans auf, sah, wie sie ganz leicht die Hand um Matildes Hals legte.

Zorn flammte in Theodosia auf, doch sie wagte es nicht, auch nur ein Wort zu sagen. Sie durfte es nicht.

Ordell fuhr fort: »Williamson, Ihr habt Euch angesehen, was der Abt entdeckt hatte. Bitte berichtet von Euren Beobachtungen.«

»Gern, Herr.« Die laute Stimme des Vogts erfüllte den Raum. »Ich ging an die mir vom Abt bezeichnete Stelle. Sah sehr, sehr viele Tiere. Vögel. Alle unter mysteriösen Umständen dahingerafft. Alle waren schon mindestens ein paar Tage tot. Keine Anzeichen von Krankheiten oder Verletzungen.«

Ordell nickte, sein Mund war schmal wie eine Klinge. »Dann müssen wir das als Werk böser Geister betrachten. Die natürlich Hilfe brauchen, um so etwas zu vollbringen.«

»Verzeiht, Herr.« Alf Thatcher hob die Hand. »Ich hab auch so was gesehen.«

Ein langes Murmeln folgte seinen Worten.

Theodosia wollte weinen, aber sie wahrte die Fassung. Weitere Anschuldigungen. Doch sie würde sie nicht widerlegen können. Dafür hatte Joan gesorgt.

»Oh?« Ordell sah Williamson an, der die Achseln zuckte. »Fahrt fort, Thatcher.«

Auf einen Ellbogenstoß Enides hin nahm Alf die Kappe ab. »Ich war unterwegs. Vorgestern. Wollte nach den Setzlingen sehen. Mein Arm ist fast wieder gesund …«

»Kommt zum Punkt, Mann«, wies ihn Ordell an. »Wenn es denn einen gibt.«

»Verzeihung, Mylord.« Alf sah zu seiner Frau, die nickte. »Nun, die Vögel und die anderen Tiere, die waren alle tot und lagen irgendwie neben einer Höhle, aus der Wasser kam. Ich hab mir das näher angesehen. Da drin war noch alles voller Eis. Ein großer Block, der aber schnell schmolz.« Er hielt inne und erhielt von Enide einen weiteren Ellbogenstoß. »Ich würde sagen, die Tiere haben sich da drin versteckt, als der Schnee und das Eis kamen. Der schlimmste Winter seit Menschengedenken. In den letzten Monaten war es so schlimm, dass die einfach erfroren sind, wo sie waren.«

Keuchen und wilde Spekulationen erklangen, als der Abt Ordell mit hochgezogenen Brauen ansah.

»Ruhe, sagte ich!« Alle verstummten.

Schamerfüllt, weil sie selbst ihren Nachbarn so viel Schlechtes zugetraut hatte, konnte Theodosia dem armen Alf nicht in die Augen sehen. Oder Enide. Sie hatten den Mut gehabt, zu ihrer Verteidigung auszusagen, aber es half nichts. Sie konnte sich nicht einmal für ihre Bemühungen bedanken.

Mit rosa Flecken auf den grauen Wangen wandte sich Ordell an Alf. »Wisst Ihr um all das Böse, das geschehen ist? Hm? Solltet Ihr, Alfred Thatcher, hier zu Gericht sitzen, auch wenn Ihr keine Ahnung vom Ausmaß der Sünde habt?«

Alf senkte den Kopf. »Nein, Herr. Ich wollte nicht …«

»Genug geredet, Mann.« Ordell konzentrierte sich wieder auf Theodosia. »Also, wie lautet Eure Verteidigung hinsichtlich der Tiere in den Wäldern, die unser frommer Abt gefunden und die mein treuer Vogt Matthew Williamson untersucht hat und die wir als Hexenwerk einordnen?«

Es herrschte völlige Stille.

Sie hätte ihm so gern widersprochen, hätte Alfs Funde genutzt. Aber das durfte sie nicht. Sie schluckte schwer. »Ich habe nichts zu meiner Verteidigung zu sagen.« Ihre Worte waren klar und deutlich. Bestimmt. Als meinte sie es ernst. Obgleich sie schreien, die Wahrheit hinausbrüllen wollte.

Empörtes Gemurmel und Aufkeuchen folgte ihren Worten.

Ordell nickte und fuhr fort.

* * *

Palmer hielt den Kopf gesenkt, weil ihm der peitschende Regen ins Gesicht schlug, hatte sein Taschentuch vor die untere Gesichtshälfte gebunden und die Mütze in die Stirn gezogen. Es half alles nichts. Der Regen geißelte sein Gesicht und seine Augen und durchnässte seine Kleidung, als sie durch endlosen, dichten Wald galoppierten.

Stanton, der vorausritt, drehte sich zu ihm und Geoffrey um und zog sein eigenes Tuch herunter. »Wollt Ihr rasten?« Er hob die Stimme, um sich trotz des tosenden Windes und des Regens, der auf die kahlen Bäume trommelte, verständlich zu machen.

»Nein.« Palmer antwortete zuerst. »Wir haben nur noch ein paar Stunden vor uns.«

Stanton schaute zweifelnd. »Die Pferde werden müde. Aber wenn Ihr meint.«

»Ja«, rief Geoffrey. »Das Wetter hält uns schon genug auf.«

Stanton nickte und ritt weiter.

Die Windböen zwischen den Bäumen wurden heftiger. Man hörte nicht mehr das Auf- und Abschwellen der einzelnen Windstöße des Sturms, sondern ein anderes, unablässiges, tieferes Geräusch, das immer lauter wurde.

Palmer sah zwischen den dicht stehenden Bäumen hindurch einen breiten, grauen Streifen. Natürlich. Ein Fluss. Mit Hochwasser.

Stanton verhielt sein Pferd, und Palmer und Geoffrey taten es ihm nach.

Sie ritten aus dem Schutz des Waldes an ein breites, steil abfallendes Ufer. Unter ihnen rauschte der Fluss rasch dahin.

Stanton musterte das schäumende Wasser.

»Nun?«, verlangte Palmer zu wissen. »Worauf wartet Ihr?«

Der Kurier sah ihn besorgt an.

»Tut mir leid, meine Herren«, sagte Stanton. »Hier kommen wir nicht hinüber. Wir müssen kehrtmachen.«

»Wir kommen nicht hinüber?« Palmer riss sein Taschentuch herunter. »Wovon redet Ihr?«

»Es gibt eine Furt.« Stantons Miene war unbeweglich. »Doch das Wasser ist zu tief.«

Palmer stieß eine Reihe von Flüchen aus, aber Geoffrey übertraf ihn darin noch, als der Wind einen neuen, heftigen Regenguss über das Wasser peitschte.

Stanton fuhr fort: »Etwa zehn Meilen flussabwärts gibt es eine Steinbrücke, die musste ich schon einmal benutzen. Sie sollte noch existieren.«

»Zehn Meilen?« Palmer fluchte erneut. »Bis wir dort und dann am anderen Ufer wieder auf dieser Höhe sind, haben wir fast einen halben Tag verloren!«

»Palmer hat recht. Wartet hier.« Geoffrey stieg ab.

Warten? Palmer zügelte sein nervöses Pferd. Als hätte er eine andere Wahl. Wieder aufzusteigen wäre zu schwer. Er konnte nur wie ein nutzloser Feigling vom Sattel aus zusehen, wie der Königssohn mit gezogenem Schwert die schräge Böschung hinabstieg.

Geoffrey watete ins Wasser. Es umspülte schon nach wenigen Schritten seine Knie. Dann machte er einen weiteren und stand bis zu den Oberschenkeln darin. Ein dritter riss ihm die Beine weg, und er fiel mit einem Aufschrei ins Wasser.

»Mylord!« Stanton sprang vom Pferd und rutschte die schlammige Böschung hinab.

»Bei den Pforten der Hölle!« Geoffrey überschlug sich zweimal in der Strömung. Er stieß sein Schwert in den Schlamm und wuchtete sich hoch.

»Hier!« Stanton hielt das eine Ende seines Umhangs fest und warf ihm das andere zu.

Palmers Pferd tänzelte, während er seine eigene Hilflosigkeit verfluchte.

Geoffrey watete unsicher an Land, wobei ihm das tosende Wasser gegen die Waden schlug. Er benutzte sein Schwert als Anker und zog sich an Stantons Umhang vorwärts.

Beide Männer kletterten wieder die Böschung hoch, und der durchnässte Geoffrey schüttelte den Kopf. »Das schaffen wir niemals. Wir werden den längeren Weg nehmen müssen.«

»Nein«, sagte Palmer. »Das kostet zu viel Zeit.«

»Wir müssen dort unversehrt ankommen, Mann.« Geoffrey schickte sich an, wieder aufzusitzen.

»Ich muss nur ankommen.« Palmer machte ein schnalzendes Geräusch mit der Zunge.

»Palmer. Wagt es nicht.« Geoffrey schwang sich in den Sattel.

Palmer ignorierte ihn und drängte sein Pferd in den schäumenden Fluss, weit in den Sattel zurückgelehnt, während er das Tier die rutschige, schlammige Böschung hinablenkte. Am Rand des Wassers blieb sein Pferd abrupt stehen, schnaubte und prustete.

»Palmer!« Geoffreys Schrei hallte zu ihm herab. »Halt!«

»Hü!« Palmer presste die Schenkel heftig zusammen.

Zögernd trat das Tier in die starke Strömung.

»Ich werde nicht zusehen, wie Ihr Euch umbringt!«

Erdklumpen rollten an Palmer vorbei. Er blickte sich um.

Geoffrey trieb sein Pferd die Böschung herunter, die Hand ausgestreckt, bereit, Palmer in die Zügel zu greifen.

»Hü!« Palmer trat so fest zu, wie er konnte. Sein Pferd stürzte sich ins Wasser.

Das kräftige Tier hielt das Gleichgewicht, trabte durch das schäumende, immer tiefer werdende Wasser, das ihm bis über die Schultern und Palmer bis an die Leiste reichte. Palmer vertraute darauf, dass der Untergrund der überspülten Furt eben genug war, um dem Tier einen ausreichend sicheren Stand zu bieten.

»Weiter.«

»Palmer!« Durch das Tosen des Flusses, des Regens und des Windes hörte er Geoffreys Schrei kaum. Dann spürte er plötzlich eine Bewegung unter sich, und das Pferd schwamm. Verflucht, die Furt musste weggebrochen sein.

Er ließ die Zügel fahren und krallte sich in die Mähne des Tiers. Ansonsten hätte er ihm zu leicht versehentlich den Kopf unter Wasser ziehen können, und es wäre ertrunken. Das hatte er zu oft gesehen. Er ließ sich über den Hals des Pferdes nach links ins schäumende Wasser gleiten. Die Kälte ließ ihn ebenso heftig keuchen wie sein Reittier.

»Muttergottes, Palmer.« Noch leiser.

Das Tier konnte nicht gegen die tosende Strömung anschwimmen, wurde mitgerissen, schnaubte und rollte die Augen dicht neben dem Gesicht des sich festklammernden Palmer.

Es war ihm egal. Hauptsache, es schwamm weiter. Wenn das Pferd unterging, würde auch er ertrinken. Es kam im schäumenden Fluss voran. Aber langsam. Zu langsam.

Palmer klammerte sich mit Händen, die allmählich taub wurden, an die Mähne seines Reittiers und bemühte sich, mit den Beinen ebenfalls Schwimmbewegungen zu machen. Wasser, in dem zahlreiche Wasserpflanzen trieben, schlug ihm ins Gesicht und drang ihm in den Mund. Er hatte kaum Kraft in seinem verletzten Arm. Jetzt krallte er sich nur noch mit einer Hand fest.

Das Pferd atmete keuchend, schnaubte immer lauter, prustete. Es war erschöpft. Genau wie er.

Plötzlich warf es heftig den Kopf hoch, hätte Palmer beinahe abgeschüttelt. Er zwang sich, nicht loszulassen.

Das andere Ufer kam näher. Sie konnten es schaffen.

Eine weitere plötzliche Zuckung des Pferdes. Noch eine. Vielleicht machte sein Herz schlapp.

Aber es hielt den Kopf erhoben.

Noch eine Erschütterung.

Die Vorderhufe des Pferdes hatten Grund gefunden.

Ihm blieben nur Sekunden. Palmer zerrte sich an der Mähne zurück auf den Pferderücken, solange der sich noch im Wasser befand. An Land hätte er das niemals geschafft.

Er klammerte sich mit den Knien fest, als alle vier Hufe wieder Grund unter sich hatten.

Das Tier stürmte los, strebte in panischer Angst vor dem Wasser, so schnell es konnte, der steilen Böschung entgegen.

Es strauchelte und wäre beinahe gestürzt.

»Hü!« Palmer schlug ihm mit der flachen Hand auf den Hintern.

Der neue Schreck durch seinen Ruf und den Schlag halfen dem Pferd, seinen Laufrhythmus zu finden. Mit einem Satz war es aus dem Wasser und kämpfte sich die Böschung hoch. Palmer krallte sich fest. Als es oben stehen blieb, ergriff er mit der gesunden Hand die Zügel und bekam das Tier wieder unter Kontrolle.

Er zitterte heftig. Aber er hatte es geschafft.

Erschöpft warf er einen Blick zurück über den Fluss.

Stanton stand der Mund offen. Geoffrey schüttelte den Kopf.

»Ihr seid wahnsinnig! Das wisst Ihr schon, oder?«

Palmer hatte nicht genug Atem, um etwas zurückzurufen. Er hob die Hand zum Gruß, drückte seinem Pferd die Fersen in die Flanken und verschwand zwischen den Bäumen.

Kapitel 27

»Ich habe nichts zu meiner Verteidigung zu sagen.« Die einzige Antwort, die Theodosia blieb, nachdem Lord Ordell Anklage um Anklage vorgetragen hatte.

Die tote Kröte. Die verstümmelten toten Vögel. Seine tote Frau, deren Herz man unter dem Kinderbett gefunden hatte.

»Ich habe nichts zu meiner Verteidigung zu sagen.«

Ihr erschöpfter Geist und ihr ausgelaugter Körper, geplagt von Durst und Schlafmangel, drohten nachzugeben, der Wahrheit freien Lauf zu lassen. Das durfte sie nicht erlauben.

»Doch Ihr seid eine verheiratete Frau, nicht wahr?«, kam Ordells nächste Frage.

»Ja, Herr.« Sie schluckte. Ihre Lippen waren ausgetrocknet.

»Wo bitte ist dann Euer Mann? Wo ist Benedict Palmer, der zu Euren Gunsten sprechen könnte?«

»Ich weiß es nicht, Herr.«

»Ihr habt erklärt, er habe die Familiengräber besuchen wollen?«

Theodosia suchte verzweifelt nach Worten, die Joan nicht erzürnen würden. »Ich weiß gegenwärtig nicht, wo er ist, Euer Lordschaft.« Sie schluckte erneut. »Vielleicht auf dem Rückweg.«

»Das halte ich für sehr unwahrscheinlich«, sagte Ordell. »Seine eigene Schwester hat mir mitgeteilt, er sei unter mysteriösen Umständen verschwunden. Er hätte mit Euch die Hütte verlassen und sei nie zurückgekommen. Sei in dieselben Wälder gegangen, in denen wir so viel Tod gefunden haben.« Er ließ seine Worte auf die Anwesenden wirken. »Ich fürchte, dort könnte es noch mehr Böses zu entdecken geben.«

Natürlich hatte Joan ihm weitere böse Ideen eingepflanzt. Die Vorstellung, sie könne ihrem geliebten Mann etwas tun, zerriss Theodosia das Herz, doch sie flüsterte nur: »Ich habe nichts zu meiner Verteidigung zu sagen, Herr.«

Viele Menschen bekreuzigten sich und starrten sie ängstlich an.

»Moment mal. Herr.« Enides sichere Stimme.

Theodosia sah zu ihr hinüber.

Enide hatte die Hände in die ausladenden Hüften gestemmt.

»Enide, nicht«, beschwor sie Alf.

Sie schüttelte ihren Mann ab. »Theodosia Palmer hat ihren Mann immer sehr geliebt. Es war manchmal schwierig mit anzusehen. Sie würde ihm niemals etwas tun. Schaut sie Euch doch an. Sie ist ein Hänfling, und er könnte mit einem Ochsen ringen.« Sie starrte Theodosia fragend an.

Theodosia konnte nur schweigen, während Enide fortfuhr: »Das ist nicht gerecht, hier stimmt etwas nicht …«

»Schweigt jetzt, Enide Thatcher!«, unterbrach Ordell sie. »Das ist weder ein Viehmarkt noch die Probe für ein Mysterienspiel. Hier ist nicht der Ort für leeres Geschwätz und Geplauder, für Narren, sich über den Zaun zu lehnen und Geschichten auszutauschen, um damit andere Narren zu unterhalten. Nein!« Er ließ seinen Blick über die schweigende Versammlung schweifen. »Dies ist ein Prozess mit all dem feierlichen Gewicht einer solchen Veranstaltung und der Autorität, die mir selbst und dem Abt übertragen ward. Habe ich mich klar ausgedrückt?«

Niemand wagte zu antworten.

»Gut.« Ordells Nasenlöcher weiteten sich, als er tief Luft holte. »Nun, Vater Remigius, habt Ihr Fragen an Theodosia Palmer?«

Remigius nickte. »Die habe ich in der Tat.« Er griff unter seine Robe und brachte einen kleinen, gefalteten Gegenstand zum Vorschein.

Sie erkannte ihn sofort. Er hatte das Leinenstück aus ihrer Zelle in der Hand. Das hatte ihnen Joan also auch gebracht. Es hing nicht als letzte, verzweifelte Botschaft, die ihr und den Kindern hätte helfen können, am Baum.

Mit großem Getue entrollte der Abt es, um ihre mit ihrem eigenen Blut geschriebene Botschaft zu zeigen. Laut las er sie denen vor, die nicht lesen oder sie von ihrem Standort aus nicht sehen konnten. »Hier steht: ›Schick Hilfe‹. Habt Ihr das geschrieben, Theodosia Palmer?«

»Ja, Exzellenz.«

»Wozu?«

»Ich wollte meinen Gatten zurückrufen.«

»Euren Gatten?«

»Ja.« Theodosia grub sich die Fingernägel in die Handflächen. Eine unvollständige Wahrheit. Keine Lüge. Eine Nachricht an Hugo Stanton war eine Methode, Benedict zu informieren.

Der Abt presste die Lippen so fest zusammen, dass sie komplett unsichtbar wurden. Er entrollte das Leinenstück komplett.

Eine Woge der Empörung erhob sich, bestehend aus Schreien, Kreischen, Gebeten und Rufen nach ihrem Ende.

Denn auf dem Leinen stand in Blut ein weiteres Wort.

»›Satan‹«, sagte der Abt feierlich. »›Schick Hilfe, Satan‹ – Euren Gatten nennt Ihr ihn.«

Theodosia sah Joan direkt in die Augen und wusste, wer das getan hatte, wer sie belastet hatte, sodass es keine Begnadigung geben konnte. Doch sie konnte nichts sagen. Nichts.

»Ruhe.« Lord Ordells Befehl brachte den Raum ein weiteres Mal zum Schweigen. »Menschen von Cloughbrook, der Abt und ich haben es übernommen, dieses Böse aus eurer Mitte zu tilgen. Wir haben viele Berichte über Hexerei überprüft, um sicherzugehen, dass wir den besten Weg kennen, sie auszumerzen.« Er wischte sich mit der Handfläche den Schweiß von der Stirn. »Wir könnten diese verdammte Frau einsperren. Hängen. Aber das wird nicht reichen. Die guten Leute von Berkeley hatten eine Hexe in ihrer Mitte. Sie dachten, es würde reichen, dass sie gestorben war, denn dann wäre ja wohl ihr Unwesen mit ihr gestorben. Aber nein.«

Ordell sah sich im Raum um, in dem Totenstille herrschte.

Er fuhr fort: »Sie nähten ihren elenden Leichnam fest in eine Hirschhaut ein. Legten ihn in einen Steinsarg und beschwerten ihn mit Blei und Eisen.« Mit zitternden Händen hielt er ein Manuskript in die Höhe. »Brachten den Sarg in eine Kirche, auf dass er in ihren heiligen Mauern geschützt wäre, und dennoch …«

Wieder hielt er inne.

Etliche Anwesende schluchzten erschreckt auf.

»Dennoch brachen Teufel in die Kirche ein.« Ordell schüttelte das Manuskript. »Sie trugen sie fort auf dem dornigen Rücken eines fliegenden schwarzen Pferdes.«

Das Schluchzen wurde zu Kreischen, Schreien und Stoßgebeten.

Der Abt umklammerte seine Bibel.

»Es kann nur ein Urteil geben, um die Kontrolle der Hexe über diesen Ort zu brechen.« Ordell überschrie den sich erhebenden Höllenlärm. »Ein Urteil, das sicherstellt, dass es für die Teufel nichts mehr zu holen gibt. Denn selbst Satan kann keine Asche davontragen. Theodosia Palmer, ich verurteile Euch zum Flammentod.«

»Holen wir sie uns auf der Stelle!«, rief ein Mann wütend.

Ein weiterer stimmte mit ein, noch einer.

Dann schubsten, schoben, schrien die Menschen.

Wieder umringten die Wachen Theodosia. Schützten sie. Um sie bei lebendigem Leib verbrennen zu können.

* * *

»Tretet dicht an den Pfahl.« Williamsons heißer Atem streifte Theodosias linkes Ohr. Sie versuchte zu gehorchen, fand aber keinen Stand auf dem Stapel von Reisigbündeln unter ihren Füßen.

Alle, die am Prozess teilgenommen hatten, hatten sich auf dieser Wiese hinter den Scheunen auf Lord Ordells Anwesen versammelt, deuteten auf sie und schrien.

Mit einem Fluch zerrte der Vogt sie unsanft gegen den rauen Holzpfahl.

Ungeduldig saß Lord Ordell auf seinem Pferd, der Abt stand neben ihm.

Eine weitere Wache riss Theodosias Arme hinter den Pfahl und zog ihre Handgelenke eng zusammen. Der Mann umwickelte sie dreimal mit einem Seil.

Die Wache verknotete das Seil, während Theodosia verzweifelt die Gesichter der Zuschauer nach ihren Kindern absuchte und betete, sie wären nicht da. Tom und Matilde stand bereits ein unaussprechliches Schicksal von der Hand der Frau bevor, die sich Joan Palmer nannte. Wenn sie den furchtbaren Tod ihrer Mutter mit ansehen mussten, wäre das eine weitere schreckliche Wunde für ihre Herzen und Seelen.

Der grimmige Vogt legte ihr ein raues Stück Seil um die Kehle. »Führ es durch das Loch im Pfahl«, wies er die Wache an. »Es ist hinter ihrem Nacken.«

Der Mann gehorchte der Anweisung, und das Seil spannte sich zu einem rauen Kragen. Jetzt konnte sie den Kopf nicht mehr drehen. Ihr Atem klang in ihren eigenen Ohren laut, krächzend und schnell.

Dann erblickte sie das unverkennbare goldene Leuchten von Matildes Locken. *Nein.* Ihr Herz verkrampfte sich. Ihre Kinder waren anwesend.

Joan hielt ihre Tochter genau wie beim Prozess auf dem Arm. Tom stand neben ihr und gaffte mit offenem Mund seine Mutter an.

»Gib mir den Eimer«, wandte sich Williamson an die Wache, und sie spürte, wie sich unter den Händen der beiden Männer ihre Röcke bewegten.

Halb erstickend senkte sie mühsam das Kinn und sah, wie der Vogt und sein Helfer das Tuch dick mit Talg beschmierten.

Die Aktionen der Männer führten zu einem erregten Stimmengewirr aus der Menge. Die Zuschauer wussten, warum die Männer dies taten.

Sie auch. Schwarze Flecken tanzten vor ihren Augen, während sie nach Luft rang. Sie hatte von der Verbrennung so vieler Märtyrer als Zeugen Christi gelesen. Jetzt war sie an der Reihe. Nicht als Märtyrerin, sondern als verurteilte Hexe und Ketzerin. Egal. Sie tat dies für ihre Kinder. Doch Angst drohte, sie zu übermannen, ihr Herz raste und blieb dann beinahe stehen.

Die Wache schmierte ihr eine Handvoll stinkendes Fett ins Gesicht.

Sie warf den Kopf zur Seite, das Seil schnitt ihr in die Haut.

»Nein.« Williamson hielt den Mann auf. »Nur bis zur Hüfte. Dann brennt es kontrollierter, und sie hat mehr Zeit, über ihre Sünden nachzudenken. Anweisung von Lord Ordell.« Er winkte zwei anderen Wachen.

»Sie ist fest gebunden.«

Die Männer bestiegen den Scheiterhaufen und schichteten Reisigbündel um ihre Unterschenkel.

Ihr Atem wurde noch schneller, ihr Puls dröhnte in ihrem Schädel. Die Geräusche ringsum rückten in weite Ferne. Ihr eigener Körper und seine letzten Lebensmomente waren alles, was sie noch wahrnahm. Unwillkürlich zerrten ihre Handgelenke, ihre Beine an den schmerzenden Fesseln, die sie hielten, aber sie spürte nichts, sah die gaffenden Zuschauer wie in einem Traum.

Williamson sagte ein paar Worte zu den Männern. Sie verstand sie nicht.

Dann stiegen sie vom Scheiterhaufen. Der Lärm der grausamen Versammlung schwoll in gespannter Erwartung. Fäuste wurden geschwungen, Münder öffneten sich, um die Strafe Gottes auf sie herabzurufen.

Sie stand knietief in Holzscheiten. Ihr süßer Geruch erzählte von Heimat, von einem flackernden Kamin. Benedict. Tom. Matilde. Ihre Welt der Liebe, die sie verließ. Ein langer Schrei staute sich in ihr auf, doch sie unterdrückte ihn.

Kein Traum. Sie stand hier, und der Abendhimmel färbte sich hinter dräuenden schwarzen Wolken hellgelb. Ein kalter Wind streifte ihre verschwitzte Haut.

Dies war der letzte Ort, den sie je sehen würde. Aber das war egal. Wichtig waren nur ihre Kinder. Wieder suchte sie nach ihnen. Da waren sie. Ihr Anblick traf sie tief in der Seele. Ihre Liebe zu ihnen, ihr Kummer darüber, sie zurücklassen zu müssen, drohte, ihr das Herz zu brechen. Aber sie lebten noch. Das war alles, was zählte. Sonst nichts. Ihnen würden ihre letzten Gebete gelten, sie würde Gott bitten, sie von dem Bösen zu erlösen, das ihnen drohte. Doch sie hatte jetzt solche Angst. Solche Angst vor der Qual, von der sie nur noch wenige Augenblicke entfernt war.

»Es ist Zeit.« Ordell winkte einem Knecht.

Mit den bisher lautesten Rufen zog sich die Menschenmenge zurück, um zwei Wachen durchzulassen, die je zwei hell flackernde Fackeln trugen. Mit großem Ernst marschierten sie an den Rand des riesigen Scheiterhaufens und hoben die Fackeln.

»Tut es.« Ordells Stimme zitterte vor Vorfreude, als er diesen Befehl gab, dann stieß er einen langen Schrei aus. »Jetzt!«

Die Männer schoben ihre Fackeln tief in den Scheiterhaufen. Das Holz auf dem Boden unmittelbar vor Theodosia antwortete mit einem Knistern, einem Lodern und ging in Flammen auf. Das Feuer breitete sich aus.

Sie hielt den Blick auf Tom und Matilde gerichtet. Rauchschwaden kräuselten sich zwischen den Scheiten empor und wanden sich um ihren Körper. Ihre Augen tränten heftig, und sie blinzelte angestrengt, um wieder klar sehen zu können, vor allem weil sie fürchtete, die Zuschauer könnten glauben, sie weine.

»O gesegnete Muttergottes, hilf mir.« Sie zwang sich, trotz der Rufe, der Beschimpfungen und der Pfiffe der hasserfüllt verzerrten Gesichter zu beten.

»Hat Satan Euch im Stich gelassen?«

»Jetzt ist es zu spät für Reue!«

»Hör auf, den Namen der Heiligen Jungfrau Maria in den Mund zu nehmen, du Hure!«

Sie wiederholte ihre Bitte immer und immer wieder, während der Lärm der Menge und das Zischen und Knistern der Zweige lauter wurden.

»O gesegnete Muttergottes, hilf ...« Sie bekam einen plötzlichen Hustenkrampf, als der Qualm dicker wurde. Ein Zweig direkt neben ihr brach, als er Feuer fing, und der Funkenflug vergrößerte die Reichweite der Flammen.

Gleich würden sie sie erreicht haben.

Ein Windstoß wehte ihr eine sengende Hitzewelle entgegen. Sie versuchte zurückzuweichen, doch die Fesseln hielten sie fest. Ihre Haut rötete sich, brannte. Sie konnte nicht mehr beten; ihr fehlten die Worte. Sie klagte in wortlosem Entsetzen, als sie sich wieder auf ihre Kinder konzentrierte.

Matilde weinte, als sie dieses Geräusch hörte, und streckte vergeblich die Arme nach Theodosia aus.

»Mama! Mama!« Tom versuchte, zu ihr vorzudringen, aber ein gesenkter Axtstiel hielt ihn auf.

Sie hatte sie verloren. Sie gehörten ihr nicht mehr. Schlimmer noch, sie hatte sie im Stich gelassen. Vollkommen. Endlich flossen die Tränen und versengten ihr die Kehle, als sie schrie: »Schafft sie weg!« Ihr Schrei erhob sich über den Lärm. »Schafft sie weg! Sie sollen das nicht sehen!«

Eine Woge des Lärms, des Hasses schlug ihr entgegen.

Der Abt trat vor, die Bibel in einer Hand und ein Kreuz an einem langen Stiel hoch erhoben in der anderen.

»Ihr habt nur noch wenig Zeit, zu bereuen!« Seinem Ausruf folgten noch viele weitere.

Eine neue, hohe Flamme loderte auf, angefacht vom Wind, noch näher an ihren Röcken. Ihrer Haut.

Theodosia öffnete den Mund, um erneut zu rufen, doch sie erstickte fast an einer neuen Wolke von Rauch und Hitze. Ihr wurde die Kehle eng, war verstopft mit Rauch, erstickendem Schaum und Kummer.

»Schafft sie weg.« Stumm formten ihre Lippen die Worte.

Bitte.

* * *

Palmer war zu Hause. Auf den letzten paar Meilen war er vor Erschöpfung mehrfach fast vom Pferd gefallen. Aber er war zurück. Er erkannte die Felder, die flachen Täler, die Senken im Land. Doch etwas stimmte nicht. Es war zwar erst Abenddämmerung, aber er sah keine Menschenseele auf der Straße.

Er trieb sein Tier zu einem schnelleren Galopp an, als er sich ihrer Hütte am Rand des Dorfes näherte.

Vor der Tür verhielt er sein Pferd. »Theodosia!« Etwas stimmte überhaupt nicht. Die Hütte war verschlossen. Dunkel. Kein Rauch stieg aus dem Schornstein auf. »Theodosia? Tom?« Er stieß seinen aus zwei Tönen bestehenden Pfiff aus. »Matilde!« Immer noch kein Lebenszeichen.

Dasselbe galt für Enide und Alf Thatcher.

Er lenkte sein Pferd über die Brücke nach Cloughbrook. Der erste Regen fiel aus dicken, schwarzen Wolken, die noch tiefere Dunkelheit brachten.

Die Straße lag leer vor ihm, abgesehen von den beiden üblichen dürren Hunden, die an einem Pfosten vor der Hütte des Schreiners angekettet waren.

Er zügelte sein Pferd zum Trab. »Hallo?« Sein Ruf ließ die Hunde laut und lange bellen.

Noch immer kam niemand nachsehen, was den Lärm ausgelöst hatte.

Überall war es dasselbe. Aus keinem Kamin stieg Rauch auf, als sei eine Seuche ausgebrochen. Aber er roch Rauch im auffrischenden Wind. Dann hörte er wie aus weiter Ferne wütende Rufe und Gebrüll. Sie mussten von Ordells Herrenhaus kommen. Doch er wusste nicht, warum, und hatte Angst, es herauszufinden.

»Hü!« Er trat das Tier heftig, um ihm einen letzten Sprint zu entlocken.

Wieder fielen ihm die Schrecken seiner langen Reise ein. Die Frau, die seiner Schwester den Namen gestohlen hatte, hatte einen scharfen Verstand. War geschickt von gut planenden Feinden, die sie in seine Familie eingeschleust hatten – und er hatte sie ihrer Gnade ausgeliefert zurückgelassen.

Der Rauch wurde dichter, und der Lärm war trotz des heftigen Regens deutlicher zu hören, als er auf Ordells Herrenhaus zuritt. Die Hufe seines Pferdes trommelten auf dem Kopfsteinpflaster. Auf der Weide hinter den hohen Scheunen ging etwas vor sich. Er trabte um das größte Getreidelager herum – und verhielt sein Pferd, ehe es die Leute in der letzten Reihe des großen, grölenden Mobs zertrampelte.

Du lieber Gott.

Inmitten der Freifläche qualmte ein hoher Scheiterhaufen heftig – und fing langsam Feuer. Darauf eine zusammengesackte Gestalt. Eine Verbrennung. Ein Mensch sollte verbrannt werden. Was war nur in Ordell gefahren?

Nicht weit entfernt drehte sich ein Mann um, als er Palmers Pferd hörte. Dem Mann blieb der Mund offen stehen. »Gott stehe uns bei! Es ist Palmer!«, rief er laut, und weitere Menschen nahmen den Schrei auf, als sie Palmer entdeckten.

Palmer hielt mühsam sein Pferd ruhig, als die Rufe lauter wurden. Dann schrie auch er. »Theodosia!« Er sah sich in der wogenden, kreischenden Menge nach ihr um, während ein Windstoß und ein heftiger Regenguss den Rauch noch schlimmer machten. Dann durchschnitt ein schwacher, heiserer Ruf den Lärm. »Benedict!«

Ihm blieb beinahe das Herz stehen. Da oben im Feuer stand Theodosia. Er ballte die Fäuste, und Müdigkeit und Erschöpfung fielen von ihm ab. Er würde Ordell mit bloßen Händen töten.

»Los!« Ein brutaler Tritt traf sein Pferd. Es musste sein.

Das Tier hetzte los, und die Menschen sprangen aus dem Weg, bemühten sich schreiend, einander aus dem Weg zu stoßen, ihm Platz zu machen.

Der Wind erhob sich erneut und verwehte den Rauch.

Theodosia schrie noch immer. Doch noch hatten die Flammen sie nicht erreicht.

»Haltet ihn auf!« Neben dem Scheiterhaufen saß ein brüllender Ordell auf einem panischen Pferd, während der Abt mit puterrotem Gesicht versuchte, sich vor dessen Hufen in Sicherheit zu bringen.

Die herandrängende Menge bremste Palmers Pferd.

Wütend bahnte er sich seinen Weg. Fast hatte er den freien Bereich unmittelbar vor dem Scheiterhaufen erreicht.

Im Chaos schrie Theodosia noch gellender.

»Ich hab dich!« Die Flammen hatten noch immer nicht auf sie übergegriffen. Aber ihnen blieben nur noch Minuten. Dann verstand er ihre Worte.

»Die Kinder!«

Er sah sich im Gewühl um. Neben Ordell sah er Joan mit den beiden stehen. »Haltet diese Frau auf!«

Dann packte eine große Hand seinen Knöchel und riss ihn vom Pferd.

Palmer prallte mit der gesunden Schulter auf den Boden und trat nach seinem Angreifer. Sein Stiefel traf die Kniescheibe von Ordells Vogt.

Williamson ging mit einem Aufschrei und einem Fluch zu Boden. Zwei Wachen traten in die Bresche, die Äxte kampfbereit erhoben.

Palmer sprang auf und zog zu weiterem Schreien und Gebrüll sein Schwert.

»Wen haben wir denn da?« Der Vogt rappelte sich auf, während die Männer mit erhobenen Äxten abwartend dastanden.

»Ergreift ihn!«, rief Ordell.

Sie wichen zurück, als Palmer sein Schwert in einem wenig überzeugenden Bogen schwang. Sein verletzter Arm war wirklich ein Fluch. Er hob die Stimme. »Ich will euch nichts Böses!« Er hielt die Klinge kampfbereit. »Aber ihr müsst meine Frau freilassen! Sofort!« Er hatte kaum noch Kraft im Arm. Die Klinge zitterte. Er wurde rasch schwächer. Er wusste es und sah, dass auch Williamson es wusste.

»Verflucht.« Er wich zurück und sah aus dem Augenwinkel eine weitere Gestalt.

Remigius.

Mit wenigen Schritten war er bei ihm und setzte dem Abt das Schwert an den fetten Hals.

Panisch wichen die Menschen vor ihm zurück.

»Helft mir, Ordell!«, rief Remigius und warf Kreuz und Bibel in den Schlamm. »Palmer ist wahnsinnig geworden!«

»Lasst meine Frau frei. Sofort.« Palmer presste die Klinge tiefer ins Fett des Klerikers. »Sonst zeige ich Euch, wie wahnsinnig ich wirklich bin.«

Remigius' Antwort war ein entsetztes Gurgeln.

»Wenn Ihr den ehrwürdigen Abt tötet, werdet Ihr als Nächster brennen, Palmer!«, sagte Ordell. »Direkt nach Eurer Frau, der Hexe.«

»Hexe? Was für ein Hohlkopf sagt denn so etwas?« Palmer übte wieder Druck auf den Hals des Abts aus.

»Ordell!« Das Gesicht des Abts war vor Hitze und Angst rot und purpurn gefleckt. »Gebt ihm schon, was er will. Sonst fährt Eure Seele auch in die Hölle! In die Hölle! Hört Ihr?«

Schockierte Rufe waren die Antwort auf das Gebrüll des Abtes.

Ordell presste die Lippen fest zusammen. »Holt sie herunter. Vorläufig.«

Mit einem Fluch bestieg Williamson zusammen mit seinen Männern den Scheiterhaufen. Sie verteilten unter weiteren Rufen und Pfiffen mit ihren Axtblättern die brennenden Zweige.

»Benedict!«, krächzte Theodosia heiser. »Die Kinder!«

Palmer schaute zurück.

Sein Blick begegnete dem Joans, die sich von Ordell weg langsam in die Menschenmenge bewegte, Matilde in den Armen und den sich wehrenden Tom an der Hand.

»Haltet sie auf!« Palmer wagte nicht, Remigius loszulassen. Nicht, bevor Theodosia in Sicherheit war.

Niemand reagierte.

Verzweifelt warf er einen Blick nach hinten. Im dichten Rauch und inmitten der Flammen, die noch immer aus dem Reisig züngelten, schnitt Williamson Theodosia los.

»Lasst mich los, Palmer!« Remigius wand sich in seinem Griff.

»Schweigt still.« Palmer suchte wieder die Zuschauerreihen ab.

Joan zwängte sich durch die wogende, brüllende Menschenmenge, die sich um sie herum bewegte, verschwand aus seinem Blickfeld, um gleich danach wieder aufzutauchen.

Fluchend drehte er sich erneut um. Theodosia war noch immer nicht frei.

»Geh, Benedict!« Ihr Schrei drang an sein Ohr, und ihre Blicke fanden sich.

Sie hatte recht.

Palmer stieß den Abt unter einer neuen Woge von Gebrüll in den Schlamm. Doch er sah Joan nicht. Nicht mehr.

Mit erhobenem Schwert begab er sich in den Teil der Menge, wo er sie zuletzt erspäht hatte.

Die Leute schrien und stolperten fast übereinander in ihrem Versuch, ihm Platz zu machen. Aber es führte kein Weg durch die Menge hindurch.

Inmitten der dicht gedrängten Leiber sah er Matildes Haar aufschimmern. »Rettet meine Kinder!«

»Nehmt den Mann fest!« Ordells wütender Befehl von hinten übertönte alles.

Dann erhob sich weiter vorn neuerliches Geschrei. In die Menge kam Bewegung.

Enide Thatcher hatte die weinende Matilde im Arm. Alf kauerte gekrümmt am Boden, gestützt von einem anderen Mann.

»Benedict, sie hat immer noch Tom!«, rief Enide. »Da!«

Da endlich sah er Joan. Sie war auf dem Rückweg zum Feuer, kam aber nicht gut voran. Sie drängelte und schubste, hielt aber stets die Hand seines Sohnes umklammert. Warum war sie zurückgekommen?

Palmer begriff.

Joan wollte zu Ordell und seinem Pferd.

Ordell deutete mit anklagendem Finger auf ihn. »Auch Ihr gehört den Flammen, Palmer!«

Er füllte seine Lungen bis zum Bersten und rannte ebenfalls auf Ordell zu. »Mylord! Rettet Euch!«

»Ich brauche keine Rettung vor den Missetaten von Hex…« Ordells Ruf endete jäh in einem schrillen Schmerzensschrei.

Joan war an seiner Seite, hielt den sich heftig wehrenden Tom fest, und ihre andere Hand bewegte sich blitzschnell, als sie Ordell ein Messer ins Bein stieß, während die Umstehenden panisch aufschrien.

»Williamson!« Die Augen des schlammbeschmierten Abts traten aus den Höhlen.

»Jawohl, Exzellenz!« Williamson ließ Theodosia los.

Joan rammte dem brüllenden Ordell immer wieder das Messer ins Bein.

Jetzt löste sich Palmer endlich aus der Menge, während Williamson von dem wackligen Holzstoß herabkletterte. Der Vogt fiel.

Theodosia war schneller, leichter.

Ein gewaltiger Windstoß ließ einen Teil des glimmenden Holzes in hohen Flammen auflodern.

Theodosia taumelte mit einem Schrei vom Scheiterhaufen herab, doch der Vogt und die anderen Wachen schafften es nicht mehr.

Ordells Pferd scheute ob der Hitze, und der Adlige wurde aus dem Sattel geschleudert und landete mit dem Rücken auf dem Boden.

Mit brennenden Schmerzen in der Brust versuchte Palmer, ihn und Joan zu erreichen. Zu spät.

Joan stieß dem Adligen schnell und brutal das Messer ins Auge. Er war tot, ehe Palmer den nächsten Schritt machen konnte.

Menschen flohen in Panik, sicher, dass sie das nächste Opfer werden würden.

Joan packte die herabhängenden Zügel des Pferdes, schaute über die Schulter und sah Palmer in die Augen.

»Du Teufelin!«

Mit raschen Bewegungen stieg sie auf, ohne ihren Griff um den zappelnden Tom zu lockern.

»Lass ihn los!« Auch Theodosia kam auf sie zugerannt.

Palmer machte die letzten paar Schritte, doch seine Hand bekam nur die glatte Flanke des Pferdes zu fassen, während Joan das Tier heftig trat. Es galoppierte los, und er stolperte mit einem Aufschrei zurück.

Dann eine Berührung, die er in der Seele kannte.

»Benedict.«

Seine Theodosia.

»Rette ihn! Du musst ihn retten! Sie ist nicht deine Sch…«

»Schnell, Palmer!« Einer der älteren Dorfbewohner hielt ihm die Zügel seines Pferdes hin.

»Ich weiß.« Mit zusammengebissenen Zähnen hob Palmer die Arme, um sich in den Sattel zu ziehen.

Theodosia packte ihn. »Du bist verletzt.« Sie riss ihn zurück. »Ich nicht.«

»Hol Hilfe, ich werde …«

»Keine Zeit.« Sie stieg auf und sah zu ihm hinunter. »Unser Sohn.«

Er nickte zu ihr empor.

Sie trat dem Tier in die Flanken und setzte Joan hinterher.

Kapitel 28

Während Theodosia ihr Pferd antrieb, färbte sich das weite Moor im stetig dunkler werdenden Zwielicht, das sich über die Landschaft senkte, zunächst purpurn, dann schwarz. Es war egal, dass sie seit Jahren nicht mehr auf einem Pferd gesessen hatte. Ihr Körper erinnerte sich daran, wie es ging. Der Hals des Tiers dampfte von dem langen Ritt, und sein Atem war ein müdes Schnauben. Joan und ihren Sohn konnte sie nirgends sehen.

Sie durfte den Glauben nicht verlieren. Gott hatte Matilde gerettet und ihr Benedict zurückgebracht. Sie vor den Flammen bewahrt. Doch man hatte ihr Tom genommen, ein Schwert des Leids, das nur darauf wartete, ihr Herz ein für alle Mal zu durchbohren. Wieder sammelten sich Tränen in ihrer Kehle, aber sie schluckte sie hinunter.

Keine Tränen, Theodosia. Glaube.

Sie hob den Kopf, um den Horizont abzusuchen, und der Wind wehte ihr kalte Regenschauer ins Gesicht. Das Moor stieg steil an, und der schlammige Weg hatte sich in einen selten benutzten Pfad aus Steinen und Grasbüscheln verwandelt.

Theodosia blinzelte ins schwindende Licht. Da. Bewegung. In Richtung der hohen Felsen, die den Cloughbrook Tarn umgaben. Eiskalte Tröpfchen trafen sie ins Gesicht, als sie ihr Pferd zu einer höheren Geschwindigkeit anspornte.

Hoffnung regte sich in ihr. *Tom, ich komme dich holen. Halte durch.* Sie umklammerte die Zügel und versuchte, ihren rasenden Puls zu beruhigen.

Der Grund stieg steil an. Sie musste um des Pferdes und um ihrer selbst willen das Tempo drosseln. Wenn das Tier stürzte, konnte das ihren Tod bedeuten.

Von weiter oben ertönten das Klacken von Steinen und ein unverkennbares Wiehern. Gegen die wogende Finsternis des Himmels zeichnete sich eine Reihe schwärzerer, regloser Silhouetten ab. Die Felsen oberhalb des Cloughbrook Tarn. Sie wagte zu hoffen. Von diesem wilden Ort aus ging es nirgendwohin weiter, und es gab nur einen Weg herunter: den Pfad, auf dem sie sich befand.

Das Pferd reagierte auf ein paar weitere heftige Tritte und kam auf dem rutschigen Boden gut voran.

Einige Steine rollten vorbei. Dann übertönten das Knallen einer Peitsche und das schmerzhafte Wiehern eines Pferdes den Sturm.

»Steh auf, verdammt!«

Theodosias Magen zog sich zusammen. Joans Stimme. Aber kein Ton von Tom.

Auch ihr Pferd rutschte aus und protestierte ängstlich gegen den steilen, unsicheren Anstieg.

Zu Pferd zu sein war kein Vorteil mehr. Theodosia glitt vom Rücken des Tiers. Sie würde zu Fuß schneller vorankommen.

Während sie sich von Felsen zu Felsen emporarbeitete, hatte sie einen immer besseren Blick auf die Hügelkuppe. Regenschwaden peitschten in ihr Gesicht, und der Wind heulte, als besäße er eine eigene Stimme.

Von rechts ertönte ein tiefes Schnauben, gefolgt von einem gequälten Wiehern. Sie kletterte das kleine Stück zur Seite, um sich das näher anzusehen. Ordells Pferd lag mit gebrochenem Bein sterbend im Sturm. Tiefe Platzwunden an der Hinterhand verrieten, wo Joan es gnadenlos gepeitscht hatte.

Sie konnte nichts tun, um das arme Geschöpf zu retten. Ihren Sohn sah sie auch nicht. Also strich sie sich nasse Haarsträhnen aus dem Gesicht und kletterte geduckt weiter.

Oben angekommen hatte sie Mühe, auf den Füßen zu bleiben. Ihre Beinmuskeln zuckten und krampften sich von der gebückten Haltung. Hier oben heulte der Wind wie ein Derwisch, er kreischte und jaulte, während er offenbar versuchte, ihr die Kleider vom Leib zu reißen.

»Tom!« Der Sturm warf das Wort zu ihr zurück, während sie zwischen einigen der höheren Felsen suchte, die den kleinen Bergsee umgaben. Sie schaute über einen niedrigeren hinweg, und ihr drehte sich fast der Magen um. Mindestens sechs Mannslängen tiefer lag steil unter ihr die schwarze Oberfläche des Sees namens Cloughbrook Tarn. Theodosia wandte sich auf ihrem gefährlichen Aussichtspunkt um. Plötzlich durchzuckte ein brennender Schmerz ihre Hand.

Joan stand hoch auf einem flachen Felsen, Ordells Peitsche in der Hand. »Pass auf, wo du hingehst, Schwester.« Den strampelnden Tom hatte sie fest an sich gepresst.

»Mama!«

Theodosia ging das Herz auf, der höllische Schmerz, der von ihrer aufgeplatzten Handfläche ausging, war ihr vollkommen egal. »Lass meinen Sohn los. Hörst du?«

»Oder was?« Joan ging rückwärts einen Schritt auf die Kante zu.

»Nein! Bitte nicht!« Theodosia streckte die Hände aus.

Joan hob die Peitsche. »Einen Schritt weiter, und ich stoße ihn hinunter.«

»Bitte nicht. Ich würde alles tun, du weißt, ich …«

Joan kreischte.

Tom riss sich von ihr los, krabbelte auf Händen und Knien seitwärts weg.

»Er hat mich gebissen! Der kleine Wilde hat mich bis auf den Knochen gebissen!« Sie schlug mit der Peitsche zu, aber er wich in einen dunklen Felsspalt aus. Sie machte einen Schritt, um ihm zu folgen.

»Nicht!« Theodosia rannte auf sie zu, prallte mit ihrem gesamten Gewicht gegen sie und riss sie an der Kleidung nach unten.

Doch sie konnte sie kaum halten, Joan war so viel stärker.

Joan trat immer wieder so fest nach ihr, dass sie keine Luft mehr bekam. Ihr Griff lockerte sich, und schließlich ließ sie los, als Joan ihr die Peitsche um den Hals schlang und zuzog.

Theodosias Hände fuhren an ihre Kehle, während sie nach Luft rang, was viel schmerzhafter war als die aufgeplatzte Handfläche.

Joan stand auf und riss sie mit hoch.

Dann ein Schrei. »Lass sie los!«

Benedict.

* * *

»Ich sagte, du sollst sie loslassen.«

»Oder was, Benedict Palmer?«

Palmer verfluchte innerlich die Tatsache, dass die Frau, die sich Joan nannte, auf den nassen, rutschigen Felsen zu weit weg stand. Die Schlinge um Theodosias Hals zog sich zu. Er wusste, Joan konnte ihr ebenso leicht das Genick brechen wie sie erwürgen. Er würde nicht schnell genug sein, um sie daran zu hindern. Drei Männer waren erforderlich gewesen, um ihn aufs Pferd zu hieven, damit er ihr hier herauf folgen konnte. Tom sah er nirgends. »Dann lasse ich dich am Leben.«

»Starke Worte.« Sie schüttelte die hustende, röchelnde Theodosia heftig. »Für Heinrichs Schoßhund.«

»Ich werde nicht mit dir kämpfen. Wer auch immer du bist.« Palmer hob eine Hand. »Du kannst dorthin zurückkehren, wo du hergekommen bist. Wenn du meine Frau freilässt.«

»Ich bin nur wegen deiner Frau gekommen, du Einfaltspinsel.« Verachtung schimmerte in ihren dunklen Augen. »De Faye hat mir befohlen, euch beide zu vergiften. Es hätte ausgesehen wie die Seuche. Dann hätte ich eure Blagen mitgenommen. Niemand will Waisen. Eine Tante, eine Frau, die sich bereitwillig um sie gekümmert hätte, wäre jedem recht gewesen.«

Der Wind schleuderte mit neuerlichem Geheul Regentropfen wie Nadelspitzen auf sie.

Joan schüttelte sich das lange, nasse Haar aus dem Gesicht. »Mit dem Jungen wollten wir Eleonore freipressen. Aber du musstest ja verschwinden und alles verderben. Genau zur Unzeit. Egal.« Sie zog die Schlinge um Theodosias Hals fester. »Der Junge ist da drüben angebunden. Er verblutet. Wen also wirst du retten?«

Seine Frau sah ihm in die Augen. Ihr Blick verriet ihm, dass Joan log.

Er spannte die Muskeln an. Vier lange Schritte würden reichen. Gebe Gott, dass er die schaffen würde.

»Aber ich bin doch hier, Vater!« Tom tauchte aus seinem Versteck auf.

Joans Miene veränderte sich.

Theodosia trat heftig nach hinten aus, erwischte Joan am Schienbein, und sie ließ los.

Palmer kam näher. »Du hast verloren.« Er streckte die Hand aus.

»Du auch.« Joan warf sich von den Felsen und riss Theodosia mit sich.

»Benedict!« Der Schrei seiner stürzenden Frau vermischte sich mit dem Wind.

»Nein!« Palmer stürmte vorwärts und sah das Wasser aufspritzen, als beide Frauen auf die dunkle Seeoberfläche aufschlugen. »Theodosia!«

»Mama?«

»Rasch, mein Sohn.« Palmer packte Tom und eilte bergab, so schnell er es auf dem rutschigen, steilen Hang wagte. Der Bergsee – er musste den Bergsee erreichen. Aber er würde zu spät kommen. Sie konnte nicht schwimmen. Sie konnte verdammt noch mal nicht schwimmen.

Der Sturm heulte unaufhörlich weiter.

* * *

Das Wasser traf Theodosia hart wie ein Brett auf Gesicht und Brust. Dann explodierte es rings um sie in einer eiskalten Masse, die ihr den Atem nahm.

Joan hielt sie immer noch gepackt, zog sie nach unten, immer weiter. Dann stieß sie sie grob von sich und ließ sie allein weiter ins Dunkel sinken. Kälte. Eine Zentnerlast auf Theodosias Brust, von der sie wusste, dass sie ihr nicht entrinnen konnte. Sie bereitete sich auf den Tod vor, auf das Platzen ihrer Lungen, auf das Einströmen von Wasser, das sie töten würde. Ihre größte Angst. Aber besser, viel besser als die Flammen. Außerdem waren sie in Sicherheit – sie waren alle in Sicherheit. Benedict. Matilde. Tom.

Wenn Gott gut war, und das war er, würden sie eines Tages alle wieder zusammen sein. Der Schmerz in der Brust. O Gott, der Schmerz. Eines Tages. Nicht heute. Benedicts warme Umarmung. Die Berührung der weichen Haut ihrer Kinder, ihre leisen Stimmen. Toms Stimme, Toms Stimme. An dem Tag, als er in den Teich gefallen war – und geschwommen.

»Man schlägt mit den Armen wie ein Vogel mit den Flügeln und macht mit den Beinen Bewegungen, als ginge man über die Wiese. Genau das hat Vater mir beigebracht.«

Sie strampelte mit einem taub werdenden Bein, dann mit dem anderen. Biss die Zähne zusammen, um nicht auszuatmen. Sie sank nicht mehr weiter nach unten. Theodosia zwang sich, die gefühllosen Arme auszustrecken. Bewegte sie nach oben. Nach unten. Ihr wurde die Brust eng, als wolle sie platzen.

Doch sie stieg höher. Sie schwamm in dem schwarzen Wasser nach oben, dorthin, wo schwach Licht durch die Dunkelheit brach. Ihr Herz raste so, dass es ebenfalls wehtat. Sie würde Luft holen müssen. Aber das konnte sie nicht. Sie strampelte heftiger, schneller, zog die Arme durch das kalte, tote Gewicht des Wassers.

Dann brach ihr Kopf durch die Oberfläche in den Lärm und das Getöse des Sturms. Sie atmete stoßweise aus, keuchte und japste, als sie immer und immer wieder Luft holte. Sie bewegte die Beine, die Arme, planschte und kämpfte darum, sich über Wasser zu halten, während die Kälte ihr heftiger zusetzte als je zuvor. Sie musste ans Ufer. Schnell. Sie wusste, was die bittere Kälte des Wassers anrichten konnte, dass sie sie fast so schnell töten würde wie das Ertrinken.

Sie schaute nach links und rechts auf der Suche nach den nächsten Felsen am Ufer des Bergsees.

Dann sah sie die entschlossene Bewegung auf der Oberfläche.

Joan, die so kräftig und geschmeidig schwamm wie an dem Tag, an dem sie Tom aus dem Wasser gezogen hatte.

Theodosia strampelte heftig und zog die Arme ungeschickt durchs Wasser, um ihr zu folgen. Der Sturm trieb mit tosenden Windstößen den Regen über die Oberfläche des Bergsees.

Joan würde sie niemals hören, nicht bei diesem Lärm, nicht wo sie selbst Armzüge und Beinschläge machte. Genau wie sie durch den Teich geschwommen war, um Tom zu retten. Sie hatte ihn nur gerettet, um ihn in einem tödlichen Machtkampf als Verhandlungsmasse einzusetzen, genau wie sie geplant hatte, Matilde für sich zu behalten.

Die Wut trieb Theodosia voran. Sie konnte diese Frau nicht entkommen lassen.

Joan erreichte das Ufer und zog sich auf einen flachen Felsen. Sie erhob sich und blickte über die Oberfläche des Sees.

Theodosia verlangsamte ihre ungeschickten Bewegungen und tauchte das Gesicht in das eiskalte Wasser, so gut sie konnte, wobei sie betete, dass die Dunkelheit und das Wetter sie verbergen würden.

Der Sturm jagte eine neuerliche Woge von Wind und Regen über sie, peitschte die Oberfläche noch stärker auf und ließ Regen darauf herabprasseln.

Das war Tarnung genug.

Joan drehte sich um und entfernte sich.

Theodosia schwamm wieder schneller, jetzt ohne darauf zu achten, ob sie Lärm machte. Sie musste Joan einholen, ehe diese in der Nacht verschwand. Es fiel ihr immer schwerer, durch die eiskalte Flut voranzukommen. Ihre müden Glieder waren fast völlig gefühllos. Noch schwerer wurde es. Sie atmete laut, flach, keuchend.

Aber das Ufer kam näher. Immer näher.

Schließlich konnte sie mit einer Hand einen Felsen umklammern. Dann mit der anderen. Sie spürte ihn zwar aufgrund ihrer gefühllosen Handflächen kaum, doch sie musste sich nicht mehr über Wasser halten. Sie hatte es geschafft. Schwer atmend zog sie sich hoch, richtete sich auf zitternden Beinen auf, die kaum noch Kraft hatten. Dasselbe galt für ihre Arme.

Joan war ihr kräftemäßig überlegen. Das hatte sie bei ihrem Kampf oberhalb des Bergsees unter Beweis gestellt.

Theodosia brauchte eine Waffe, wenn sie eine Chance haben wollte. Sie sah sich auf dem Boden um. Ein paar alte Zweige lagen herum, aber sie stammten von den verkrüppelten Bäumen, die hier oben wuchsen. Zu klein, zu dünn. Einer der scharfen Felsbrocken, die im Laufe des Winters abgebrochen waren, wäre besser geeignet.

Theodosia hob einen auf und wog ihn in der Hand. Sie hatte keine Ahnung, ob er für ihre Zwecke, für den Plan, der sich in ihr formte, ausreichen würde. Sie wusste auch nicht, ob sie geschickt und stark genug sein würde. Tom und Matilde waren bei Benedict in Sicherheit. Sie konnte den Stein einfach fallen lassen und zu ihnen gehen. Zu ihnen allen gehen …

Aber sollte sie der Frau, die sich Joan Palmer nannte, gestatten, sich frei in dieser Welt zu bewegen, der Frau, deren Lieblingsbeute Kinder waren? Theodosias Entschluss war so fest wie der Stein in ihrer Hand. Sie musste es versuchen.

Zitternd vor Kälte ging sie in die Richtung, die Joan eingeschlagen hatte. Es bot sich nur ein Weg zwischen den aufgetürmten Felsen hindurch an.

Benedict und das gesamte Dorf würden inzwischen auf der Suche nach Joan sein. Vielleicht nahm man sie gefangen, ehe Theodosia sie überhaupt fand. Vielleicht aber auch nicht. Theodosia zwang sich, schneller zu gehen. Sie musste sie einholen.

Dann entdeckte sie sie.

Mit ihrem schwarzen Haar und ihren dunklen Gewändern suchte sich Joan einen Weg zwischen den nassen Felsen hindurch.

Theodosia fand neue Energie. Sie folgte Joan mit flinken, aber vorsichtigen Schritten. Dann bog der Weg jäh rechts ab, und sie sah sie nicht mehr.

Theodosia folgte ihr weiter und holte scharf Luft. Vor Joan erhob sich eine steile Felswand. Sie saß in der Falle. Mit vor Kälte zitternder Hand fasste Theodosia den Stein fester.

Joan drehte sich um, um zurückzugehen, und erblickte Theodosia.

»Stehen bleiben«, sagte Theodosia. »Im Namen König Heinrichs.«

Joan unterdrückte ein Lachen. »Meine Güte. Das Mäuschen kann schwimmen.« Sie kam auf Theodosia zu.

»Ich sagte: ›Stehen bleiben‹.«

Joan näherte sich weiter. »Gib mir den Stein.« Sie hob eine Hand.

»Bleib stehen!« Theodosia wich einen Schritt zurück, stolperte.

Joan stürzte sich auf sie, entriss ihr den Stein und krallte sich in Theodosias Haar.

»Siehst du, Mäuschen?«, zischte sie Theodosia ins Ohr. »Du bist für so etwas einfach nicht geschaffen.« In tödlicher Absicht holte sie mit dem Stein aus.

Theodosia riss den Kopf zur Seite. Der mörderische Schlag traf sie nur an der Schläfe, aber ihr dröhnte der Schädel, und die Welt verschwamm vor ihren Augen. Sie wand sich in Joans Griff, als die Frau zu einem weiteren Schlag ausholte. Theodosias Hand schloss sich um ihr eigentliches Ziel. Das Messer, von dem sie gewusst hatte, dass Joan es am Gürtel trug.

Sie riss es heraus und stach nach Joans Hals. Zu flach. Sie versuchte es erneut.

Schreiend wich Joan zurück. Ließ den Stein fallen. Sie packte Theodosias Handgelenk, und es gelang ihr, es nach unten zu drücken. Doch sie hatte in einem ungünstigen Winkel zugepackt. »Clever.« Ihre dunklen Augen waren ganz dicht vor Theodosias Gesicht. »Aber du kannst das nicht. Du wirst nicht zustechen. Das hast du selbst gesagt.«

»Schon richtig.« Theodosia presste Joan die Klinge an die Brust. »Aber du hast mich nach meinen Kindern gefragt, und ich habe nicht geantwortet.«

Joan ahnte, was sie vorhatte. Sie riss die Augen auf.

Theodosia stieß zu.

Joan öffnete den Mund, brach dann jedoch stumm zusammen.

Theodosia kauerte sich nieder und riss das Messer heraus, sah zu, wie sich ein klebriger Blutfleck auf Joans Brust ausbreitete. Der Schlag gegen den Kopf kam in ihrer Magengrube an, Wogen der Übelkeit durchzuckten sie, und sie begann zu zittern. Mit klappernden Zähnen presste sie hervor: »Du hast mich gefragt, ob ich es benutzen würde, wenn meine Kinder in Gefahr wären.« Sie hob die Klinge. »Jetzt hast du deine Antwort.«

Blutiger Speichel rann Joan aus dem Mund. »Du fährst zur Hölle, Schwester Theodosia Bertrand.«

Theodosia hielt ihren verschwommenen Blick auf Joan gerichtet. »Nicht Schwester Theodosia Bertrand. Ich bin Theodosia Palmer. Mutter von Thomas und Matilde Palmer. Wir sehen uns dort.«

Joans Glieder zuckten. Sie öffnete den Mund, um Worte zu formen. Es gelang ihr nicht. Das Licht in ihren Augen erlosch.

Theodosia hatte keine Kraft mehr.

Sie sank zu Boden.

Kapitel 29

Mühsam öffnete Theodosia die schweren Lider. Das Licht war so strahlend, so hell, dass ihr dröhnender Kopf noch schlimmer schmerzte. Mit einem leisen Stöhnen schloss sie sie wieder.

»Sie ist wach.« Benedicts tiefe Stimme. »Ich habe gesehen, wie sie sich bewegt hat.«

»Macht Ihr Euch auch keine falschen Hoffnungen?« Eine andere Stimme. Eine Männerstimme, die sie nicht kannte. »Es sind jetzt fast zwei Tage.«

»Benedict?« Sie öffnete die Augen erneut, brachte aber nur ein Flüstern zustande.

»Ich bin hier.« Benedicts warme, große Hände hielten ihre. Sorge stand in seinen dunklen Augen. »Ich bin hier, Geliebte.«

Sie versuchte vergeblich, sich aufzusetzen. »Was ist mit den Kindern? Wo sind sie?«

Benedict beruhigte sie mit erhobener Hand. »Ganz ruhig. Sie sind in Sicherheit. In vollkommener Sicherheit.«

Oh, gepriesen sei der Herr. Sie versuchte zu schlucken. »Das Licht. Tut weh.«

»Geoffrey, schließt die Läden.« Benedict ließ sie nicht aus den Augen.

Schwere Schritte auf einem Holzfußboden erklangen, gefolgt von dem Quietschen und Knarzen, mit dem sich die Klappläden bewegten. Gnädiger Schatten erfüllte den Raum.

»Besser?«, fragte Benedict.

»Mhm.« Ihre rasenden Gedanken beruhigten sich etwas, während sie vollends zu sich kam. Sie lag auf einem Bett mit vielen Kissen, zugedeckt mit einer kostbaren Decke. In einem großen Kamin brannte ein warmes Feuer. Ein Kamin, den sie kannte. Sie runzelte die Stirn. »Warum bin ich bei Lord Ordell? Was ist geschehen? Was …«

»Langsam.« Benedicts ruhige Hand ließ sie verstummen.

»Ihr solltet die Worte Eures Gatten beherzigen.« Der Mann, dem die unbekannte Stimme gehörte, trat in ihr Sichtfeld. Ein kräftig gebauter Ritter mit rotem Haar und tief gerunzelter Stirn. »Ihr habt einen harten Schlag auf den Kopf bekommen. Außerdem wart Ihr halb erfroren, als wir Euch fanden.«

»Theodosia, das ist Geoffrey, der Bischof von Lincoln.« Benedict nickte in seine Richtung. »Heinrichs Bastard.«

»Euer Halbbruder«, sagte der Fremde.

Theodosia versuchte zu begreifen, was er da sagte. Heinrichs Söhne waren Verräter, oder? Sie warf Benedict einen fragenden Blick zu, weil sie keine Worte fand.

Benedict schüttelte den Kopf, als hätte er genau verstanden, was sie wollte. »Heinrichs getreuer Sohn. Der einzige.« Er ließ ihre Hand los, um ihr noch ein paar Kissen unter den Rücken zu schieben und sie weiter aufzurichten.

»Heinrich hat mich geschickt«, erklärte Geoffrey. »Zusammen mit Eurem Gemahl und Hugo Stanton.« Er deutete ein Lächeln an. »Aber natürlich ist Euer Gemahl vor uns hier eingetroffen. Auch mit nur einem gesunden Arm.«

»Es gab eine Spionin im königlichen Palast.« Benedict füllte aus einem Krug, der neben ihr auf einem Tisch stand, einen Kelch mit Wasser. »Hier. Trink das. Es wird dir helfen.«

Er hielt ihn ihr an die Lippen.

Ihr war nicht klar gewesen, wie durstig sie war. Sie nahm ein paar kleine Schlucke, dann mehrere große. Dankbar leckte sie sich die Lippen. Langsam konnte sie klarer denken. »Ist Seine Gnaden verletzt? Ist er …«

»Noch einmal: Mach langsam«, mahnte Benedict.

»Seiner Gnaden geht es gut, und er ist in Sicherheit«, erklärte Geoffrey. »Aber die Dinge hätten auch ganz anders laufen können.«

»*Ganz* anders.« Benedicts Miene wurde so düster wie die des Bischofs. »Raoul de Faye, der Onkel der Königin, hatte die Spionin eingeschleust.«

»Genau wie hier die Frau, die sich als deine Schwester bezeichnet hat.« Theodosia blinzelte langsam, als die Erinnerungen zurückkehrten. Ordell. Seine Ermordung. Der Scheiterhaufen. Das Grauen. »Um uns zu vergiften, Benedict, und um dann unsere Kinder zu entführen.« Sie hatte einen brennenden Kloß von Tränen im Hals.

»Aber Heinrich hat mich abberufen«, sagte Benedict.

»Dieser Fanatiker Ordell hatte bereits begonnen, die Leute mit seinen Fieberfantasien von Hexerei aufzuhetzen«, fuhr Geoffrey fort. »Joan hat das ausgenutzt. Sie hat ihre Pläne zu Eurer Ermordung geändert, Theodosia. Es sollte kein Verdacht auf sie fallen.«

»Warum hat Seine Gnaden dich abberufen, mein Gatte?«, fragte Theodosia.

»Jemand hatte versucht, Rosamund Clifford zu ermorden. Seine Mätresse.«

»Dann hast du auch sie gerettet?«, fragte Theodosia weiter.

Benedicts funkelnder Blick wurde ebenso dunkel wie der Geoffreys. »Nein.« Er presste die Lippen fest zusammen.

»Oh. Das ist schrecklich.« Theodosia sah, wie sehr sein Scheitern ihren Mann getroffen hatte. »Wer war der feige Mörder?«

Benedict schüttelte den Kopf. »Kein Mörder. Eine Mörderin.« Er sah Theodosia an. »Wir kannten sie. Gwendolyn Prudhomme.«

Theodosia keuchte auf. »Aus Knaresborough? Aber wie …?«

»Sie hatte den Befehl, mich und Rosamund aus dem Weg zu schaffen. Ich werde dir alles erzählen, wenn es dir wieder besser geht«, erklärte Benedict. »Aber sie lebt nicht mehr. Das kann ich dir versprechen.«

Geoffrey verschränkte die Arme vor der Brust und straffte die Schultern. »Die Rebellion der Königin hat sich bis in jeden Winkel des Königreichs erstreckt. De Faye ist ebenso effizient wie skrupellos. Seine Gnaden sorgt dafür, dass all seine Spione ausgeschaltet werden. Er ist gründlich. Sehr gründlich. Es gibt noch viel aufzudecken. Aber Ihr braucht jetzt Ruhe.«

»Ich muss die Kinder sehen.« Theodosia blickte Benedict an. »Vorher finde ich keine Ruhe.«

»Nur ein paar Minuten«, beschied ihr Benedict.

»Also gut.« Geoffrey ging zur Tür.

Theodosias Blick wanderte zum Wärme spendenden Kamin. Dann in eine Ecke. »Oh.« Sie lächelte. »Der Schrein des heiligen Thomas Becket. Er ist wieder da.«

»Das war Abt Remigius.« Benedict schnaubte abfällig. »Er tut unablässig Buße, seit er begriffen hat, dass er den Feinden des Königs auf den Leim gegangen ist. Ich glaube, er hat vor lauter Fasten schon einen Großteil seines Bauchs verloren.«

An der Tür erklangen Geräusche.

Geoffrey kam wieder herein.

Dann ertönte eine leise Stimme, die sie gut kannte.

»Mama!«

»Schön vorsichtig, wie ich es dir gesagt habe, Tom Palmer.« Enide Thatcher trat ein, Matilde auf dem Arm. Alf hatte Tom an der Hand.

Theodosia brach beim Gedanken daran, was so leicht hätte passieren können, fast das Herz. Doch sie waren alle verschont worden.

Enide strahlte. »Ach, es ist schön, Euch wieder unter uns zu sehen, Theodosia.«

Tom riss sich von Alfs Hand los und rannte zu seiner Mutter.

»Vorsicht, Sohn.« Benedict hielt ihn rasch zurück.

Enide legte Matilde neben sie.

Ihre Tochter schmiegte sich an sie, so still und ruhig, wie Tom laut war.

Sie konnte sie nur berühren, festhalten, mit schwachen Händen über ihr Haar, ihre Gesichter streichen. Ihren Anblick und die Laute, die sie von sich gaben, in sich aufnehmen. Sie würde nicht weinen. Ganz bestimmt nicht. Doch. Sie hob den Blick, um Enide anzusehen, und auch in den Augen der älteren Frau standen Tränen. »Danke. Von ganzem Herzen.«

»Ach, hört auf.« Enide winkte ab. »Ich wusste, da stimmt etwas nicht. Benedict verschwindet plötzlich. Wo Ihr doch sonst nur Augen füreinander habt. Dieser Ordell klagt Euch böser Taten an, wo ich doch wusste, dass Ihr eine anständige Frau seid.«

»Ein bisschen hochnäsig manchmal, aber sonst nett«, sagte Alf.

»Wer hat denn dich gefragt?« Enide funkelte ihn an. »Während dieses sogenannten Prozesses, als Ihr Euch um Eurer Kinder willen nicht verteidigt habt, da wusste ich, da stimmt etwas nicht.« Sie schüttelte den Kopf. »Ich habe nie eine bessere Mutter gesehen. Dann kommt Euer Mann angeritten und sieht aus, als stünde er an der Schwelle des Todes.« Sie schüttelte erneut den Kopf. »Wir mussten etwas tun, um dieser Frau die Kleinen abzujagen.«

»Die hat mich voll in die Eier getreten, jawohl«, sagte Alf. »So hat sie den Jungen gekriegt.«

Wieder funkelte Enide ihn an.

»Tut mir leid.« Alf verstummte.

»Und dann erscheint der Gesandte des Königs.« Enide knickste rasch vor Geoffrey, eindeutig in der Hoffnung auf neuen Klatsch.

Benedict hob die Hand. »All das kann warten. Wenn es Euch recht ist, hätte ich jetzt gerne etwas Zeit unter vier Augen mit meiner Frau.«

»Absolut«, sagte Geoffrey. »Ich muss in Ordells Privatgemach. Stanton sieht sich dort um.«

»Ich werde den beiden mal etwas zu essen und zu trinken besorgen«, sagte Enide. »Benedict hat recht. Ihr braucht Ruhe.«

Sie alle verließen geräuschvoll den Raum.

Gnädige Stille senkte sich über sie, durchbrochen nur vom Knistern des Kaminfeuers.

Benedict schaute sie wieder aus seinen dunklen Augen an, besorgt, wie sie ihn nie zuvor gesehen hatte.

»Was ist, Liebster?«, fragte sie.

»Theodosia, es tut mir so leid. So furchtbar, furchtbar leid. Ich hätte nicht gehen sollen. Ich hätte euch alle verlieren können.« Sanft und wärmend legte er wieder die Hände auf ihre. »Du und die Kinder, ihr bedeutet mir alles. Aber ich war nicht da, um euch zu beschützen.«

»Aber der König hatte dich doch gerufen.« Theodosia berührte ihn an der Wange und streichelte ihn. »Es war deine Pflicht.«

»Meine Pflicht gilt dir.« Seine Stimme klang erbittert. »Und den Kindern.«

»Manchmal erfordert Pflichterfüllung Opfer.«

Benedict lächelte ironisch. »Jetzt wirst du mich gleich an deine Opfer als Nonne erinnern.«

»Nein. An Lord Becket. Er hat sein Leben für mich geopfert. Wie auch du es tun wolltest. Wie ich es für unsere Kinder tun wollte.« Sie streichelte ihm weiter die Wange. »Pflicht. Opfer. Sie ähneln einander sehr. Sie ähneln auch der Liebe. Alle drei gestatten keine Selbstsucht.«

»Theodosia, ich weiß, du versuchst mich zu trösten. Aber ich habe …«

»Nun sei aber still.« Sie legte ihm die Fingerspitzen auf die Lippen. »Du hast deine Pflicht erfüllt. Du hast ehrenvoll und selbstlos gehandelt.« Sie senkte die Hand. »Wärst du geblieben, hätte uns die Frau, die wir Joan nennen, getötet. Unsere Kinder wären jetzt tot oder vom Bösen korrumpiert.«

Benedict nahm ihre Hand und küsste sie sanft. »Vielleicht hast du recht.«

»Das habe ich.«

Er lächelte. »Meiner Treu, gegen dich kann ich nicht einmal gewinnen, wenn du nur halb bei dir bist.« Er küsste erneut ihre Hand. »Aber eines muss ich dir noch sagen.« Tiefe Traurigkeit erfüllte seinen Blick. »Es tut mir so leid. Es geht um deine Mutter.«

Kapitel 30

Einen Monat später

Palmer wandelte einen halben Schritt hinter Theodosia durch die stillen Kreuzgänge des Frauenklosters Godstow.

Der Frühling, der dieses Jahr so spät gekommen war, hatte endlich wirklich Einzug gehalten. Die Morgensonne hatte Kraft und verbreitete eine Wärme, die er kaum noch für möglich gehalten hatte. Im Klostergarten war überall frisches Grün zu sehen, als hätten die Pflanzen es, nun, da der eisige Winter endlich vorbei war, eilig, die verlorene Zeit aufzuholen.

Theodosia betete leise den Rosenkranz. Zwei Nonnen kümmerten sich um die Kinder, damit Theodosia etwas Zeit für sich hatte.

Denn dies war der Tag des Seelenamtes für Schwester Amélie Bertrand. Für Theodosias Mutter. Der Gebete, die anzeigten, dass ihr Tod nun einen Monat her war.

Weiter vorn betete auch Heinrich. Laut. Die Tugend eines Königs musste alle Welt hören. Zweifellos.

Palmer wusste, es hatte Theodosia das Herz gebrochen, nicht an der Bestattung ihrer Mutter teilnehmen zu können. Aber nach der Verletzung, die Joan ihr zugefügt hatte, war sie zu schwach gewesen. Ihm war es nicht viel besser gegangen. Außerdem waren sie sich einig gewesen, dass sie die Kinder nicht aus den Augen lassen konnten und wollten. Nicht, solange unklar war, wie weit de Fayes Einfluss reichte.

Die Tür zum Kreuzgang öffnete sich, und ein ernst aussehender Geoffrey trat ein.

Heinrich blieb stehen. »Gibt es etwas Neues, Geoffrey?«

Sein Sohn nickte.

»Dann setzen wir uns.« Heinrich deutete auf ein paar Steinbänke in der Sonne. »Theodosia, Benedict. Gesellt euch zu uns.«

Palmer führte Theodosia in den lichtdurchfluteten Garten und nahm neben ihr auf einer sonnengewärmten Bank Platz, Geoffrey und der König nahmen die andere.

»Sind wir unter uns?«, fragte Heinrich.

»Ja«, erwiderte Geoffrey. »Dafür hat Äbtissin Dymphna gesorgt.«

»Gut«, sagte Heinrich. »Du hast Hugo Stanton eingesetzt?«

»Ja«, bestätigte Geoffrey. »Er reitet gut, schnell und ohne Umwege.«

Palmer konnte sich nicht zurückhalten. »Hat er inzwischen gelernt, Geheimnisse zu bewahren?«

»Er ist wie ein geprügelter Hund«, erklärte Geoffrey. »Er wird nie wieder einen Fehltritt wagen.«

Heinrich nickte. »Dann sag uns, was du herausgefunden hast.«

Geoffrey hob eine Reihe von Briefen hoch. »In Knaresborough scheinen sich während der Rebellion seltsame Dinge zugetragen zu haben. Der dortige Geldverleiher und seine Familie wurden des Kindsmordes angeklagt. Man hat sie verbrannt.«

Palmer spürte, wie er erbleichte. Er sah Theodosia an, deren entsetzte Miene seine eigene widerspiegelte.

Selbst Heinrich war blass geworden. »Ich kenne Eure Geschichte, Palmer. Geoffrey, ich habe Angst vor dem, was du als Nächstes sagen wirst.«

Geoffrey schüttelte den Kopf. »Die Hauptzeugin für ihre angeblichen Missetaten war Gwen Prudhomme.« Angewidert senkte er die Stimme. »Sie war Dienerin dort. Verschwand direkt nach ihrem Tod auf Nimmerwiedersehen.«

Palmer ballte die Fäuste, während Heinrichs Gesichtsfarbe sich vertiefte. Beängstigend schnell. Im selben Tempo, wie der Zorn des Königs wuchs.

»Diese verdammte Frau! Verflucht soll sie sein! Verflucht.« Er sprang auf und ging auf und ab. »Ich habe nichts gegen Juden. Nichts! Sie verleihen Geld und halten es im Fluss. Ich bekomme meinen Teil.« Er stieß ein langes, leises, angewidertes Knurren aus und ließ sich wieder auf die Bank fallen. »So also ist man euch auf die Spur gekommen.« Er schüttelte den Kopf und barg sein Gesicht in der Hand. »Bei allen Heiligen.«

Theodosias Hände waren so verkrampft, dass Palmer Angst hatte, ihre Knöchel könnten brechen.

»Die armen, armen Leute. Dass wir der Grund für ein solches Ende waren …« Sie verstummte.

Geoffrey schnaubte. »Nicht Ihr, Schwester. Oder Palmer. Oder Seine Gnaden. Vergesst nicht, wem diese Sünden anzulasten sind.« Er klopfte mit den Briefen in seine Handfläche. »Wir haben noch eine weitere schreckliche Entdeckung gemacht, im Hafen von Southampton. Der unaufgeklärte, brutale Mord an einem alten Mönch, der dort die Pilgerherberge geleitet hat.«

»Bruder Paulus«, flüsterte Theodosia. »Er kannte große Teile unserer Geschichte. Es war Bruder Paulus, nicht wahr?«

Geoffrey nickte ernst. »Diesen Namen nannte man mir.«

»Was ist geschehen?«, fragte Theodosia.

»Die Stadtwache fand ihn in der Herberge. Gehäutet und mit herausgeschnittener Zunge.«

»Großer Gott.« Theodosia barg ihr Gesicht in den Händen, während sich Palmer beinahe der Magen umdrehte.

Selbst Heinrich war erschüttert. »Dann haben sie ihn gefoltert, um herauszufinden, was er über euch und die Geschehnisse in Southampton wusste.« Er legte den Kopf in den Nacken und atmete tief aus. »Um das Mosaik zusammenzusetzen.«

»Sie waren auf der Jagd nach uns«, sagte Palmer, »und wir wussten es nicht einmal.« Er blickte Heinrich in die Augen. »Es hat nicht gereicht, uns zu verbergen. Unauffällig zu leben.«

»Darüber habe ich auch schon nachgedacht«, sagte Heinrich. »Geoffrey?«

»Was ich noch entdeckt habe«, sagte Geoffrey, »betrifft Lord Ordell.«

»Ein weiterer Parteigänger der Rebellion?«, fragte Palmer.

Theodosia nahm seine Hand. Trotz der warmen Sonne war ihr eiskalt.

»Nicht, wie Ihr vielleicht denkt«, sagte Geoffrey. »Er hat die Rebellion unterstützt. Aber erst auf ihrem Höhepunkt. Er hatte den Rebellen viel Geld geliehen, damit sie eine Armee ausheben konnten. Geld, das er eindeutig zurückerwartet hat. Natürlich fand nie eine Rückzahlung statt. Ich habe eingehend seine Bücher geprüft und sein Vermögen geschätzt.« Er blickte noch finsterer drein. »Er hat versucht, sich durch Steuerwucher bei seinen Untergebenen schadlos zu halten. Die Krone sieht fast nichts von den Steuern, die er erhoben hat.«

Palmer fuhr hoch. Sein Blick verriet ihm, dass auch Theodosia verstanden hatte.

»Wollt Ihr damit sagen, dass wir alle umsonst gehungert haben, um unsere Steuerschuld zu zahlen?« Ihre Augen blitzten vor Zorn. »Dass Menschen wegen dieser gescheiterten Rebellion zu Bettlern wurden?«

»Das ist das Ergebnis unserer Ermittlungen«, sagte Heinrich. »Eine Schande. Ein Affront gegen den Adel. Eine weitere Lüge in meinem Namen.« Er sah von Palmer zu Theodosia.

»Deshalb will ich, dass ihr sein Land übernehmt. Wir machen Eure Ritterschaft öffentlich, Palmer.«

»Euer Gnaden, ich …«

»Ich will nichts von Euren Bedenken hören, Junge. In meinem Königreich ist zu viel schiefgelaufen. Die, die loyal hätten sein sollen, waren es nicht. Ich muss es umorganisieren. Neu aufbauen.« Er schaute finster drein. »Dafür sorgen, dass meine Frau hinter Schloss und Riegel bleibt.« Er sog die Luft ein. »Ich brauche Menschen, denen ich trauen kann. So wahr mir Gott helfe, die brauche ich dringend, Sir Benedict.«

»Euer Gnaden.« Palmer verneigte sich.

Wieder öffnete sich die Tür zum Kreuzgang, und Äbtissin Dymphna erschien. »Es ist Zeit für Eure Gebete, Euer Gnaden.« Sie faltete die Hände und wartete.

Heinrich erhob sich und bedeutete den anderen, es ihm gleichzutun. »Lasst uns für Schwester Amélie beten. Eine sanfte, edle Seele.«

»Eines bereitet mir noch Sorgen«, sagte Theodosia.

»Was?«, erkundigte sich Heinrich.

»Das Stundenbuch, das Mama mir gab.« Sie sah von einem zum anderen. »Ich gab es Joan, damit sie es versteckt. Ich weiß nicht, was sie damit gemacht hat. Ich habe in den letzten Wochen viel Zeit damit verbracht, es zu suchen. Aber ich finde es einfach nicht.«

»Wir können noch einmal gemeinsam danach forschen«, sagte Palmer. »Wir werden es schon noch aufspüren.«

»Was, wenn nicht?«, fragte Theodosia.

Heinrich tätschelte ihr den Arm. »Es kann nicht mehr Schaden anrichten, als schon angerichtet ist.«

Palmer fing Geoffreys Blick auf und erkannte, dass der Bischof dieselben Bedenken hatte wie er.

»Ich werde Euch helfen, Palmer«, sagte er nur.

Heinrich hob die Stimme. »Wir werden Euch nun zum Gebet begleiten, Mutter Dymphna.«

Die Äbtissin nickte und wies ihnen mit der Hand den Weg.

* * *

Raoul de Faye wollte keine schlechten Nachrichten mehr hören.

Ein Fehlschlag nach dem anderen. Er schleuderte den letzten Brief von sich, warf die offene Truhe mit den anderen um, und sie ergossen sich auf den Boden.

Seine Armee von Geistern und Schatten bestand nur aus Rauch, der sich in Luft auflöste und ihn allein und geschlagen zurückließ.

Sein Blick fiel auf Eleonores Abbild, und ein Band aus Schmerz legte sich um seine Brust. Sollte doch sein Herz stehen bleiben, es war ihm egal. Ohne seine Dame bedeutete ihm das Leben nichts.

Er schluchzte verzweifelt auf. Sein Herz. Noch gab es Hoffnung.

Er stolperte zu Eleonores riesigem Abbild hinüber, seine Tränen flossen jetzt ungehindert. »Meine Liebste. Noch ist nicht alles verloren. Der große Iwein lebte auch ohne sein Herz. Er ließ es bei seiner Dame, und sein Leib existierte durch das Wunder der Liebe weiter. Wie der meine auch. Sein Leib lebte in der Hoffnung auf die Wiedervereinigung mit seinem Herzen weiter, während die Hoffnung ihm ein Herz ganz anderer Art verlieh.«

»Iwein war ein getreuer Liebender. Kein Dieb, der seiner Liebe das Herz zu ehrlosen Zwecken geraubt hat.«

De Faye sank auf die Knie, genau wie Iwein sich gedemütigt hatte. Tränen rannen ihm über das Gesicht. »Ich gehöre dir. Dir. Ohne deine Liebe werde ich sterben.«

»Ihr habt keine Männer und seid unmännlich. Ihr habt nichts erreicht. Ich bin noch immer gefangen. Entfesselt alle Stürme, die Ihr entfesseln wollt. Beschwört den Regen und den Wind. Niemand wird je Euren Namen kennen. Keinem Troubadour wird er über die Lippen kommen, und Ihr werdet die meinen nimmer kosten.«

De Faye heulte vor Kummer und Scham. Über ihm, um ihn, ringsherum starrten Hunderte heller Bourbonenlilien auf ihn herab wie harte, anklagende Augen. Augen, die sahen, was er getan hatte, und ihn dafür verurteilten.

Er war kein Iwein. Kein Galan. Kein Held.

Er hatte seine Dame enttäuscht.

* * *

Als die Trauernden die Kapelle von Godstow betraten, hielt Palmer überrascht den Atem an.

Vorher war sie schlicht und schmucklos gewesen. Nun stand vor dem Altar ein edler Sarg. Er war mit Seide behangen und übersät mit Rosenornamenten, Dutzende cremefarbener Kerzen brannten ringsum. Nicht die Ruhestätte einer Nonne, sondern die Rosamund Cliffords. Die Steinblumen waren eine unvergängliche Erinnerung an ihren Namen.

Er erwartete eine Reaktion von Theodosia. Aber sie blieb aus. Sie betete inbrünstig, vergoss lautlos viele Tränen um die Mutter, die sie vor so vielen Jahren verloren hatte.

Verloren wie Palmers Mutter. Wie seine Schwestern. Wie Joan. Die echte Joan, ein Kind, das niemandem etwas zuleide getan hatte. Er öffnete Gott sein Herz und bat ihn, barmherzig zu denen zu sein, die er verloren hatte.

Seine Augen wanderten immer wieder zu dem Sarg.

Verloren wie die arme Rosamund, Gott sei ihrer Seele gnädig. Auch noch ein Kind, verstrickt in Dinge, die es nicht einmal ansatzweise verstand.

Nach der Messe erhob sich Heinrich, und alle taten es ihm nach.

Theodosia verneigte sich, als er durch den Mittelgang an ihnen vorbeischritt. »Ich würde gern noch ein bisschen bleiben«, murmelte sie ihm leise zu.

Heinrich nickte.

Palmer wandte sich zu ihr um, während sich Stille über die Kapelle senkte.

»Du scheinst wütend zu sein, mein Lieber«, stellte sie fest.

»Das bin ich auch«, bestätigte er.

»Auf wen?«

»Auf Heinrich. Denn dieser Sarg ist eine Lüge. Auf mich, weil ich der Grund bin, dass hier überhaupt ein Sarg steht.« Er schluckte schwer. »Ich hätte sie retten müssen. Ich hätte Rosamund Clifford retten müssen.«

»Du hast getan, was du konntest«, sagte Theodosia. »Mehr kann keiner von uns erwarten.« Sie schenkte ihm ein kleines Lächeln. »Der Sarg steht auf meinen Vorschlag hin hier.«

»Auf deinen?« Palmer sah sie mit offenem Mund an. »Wie das? Sie war die Mätresse des Königs, eine Ehebrecherin …«

»Oh, du klingst schon wie Geoffrey.« Sie legte ihm eine Hand auf den Arm und lächelte erneut. »Ich habe es vorgeschlagen, weil irgendetwas an ihre Anwesenheit auf dieser Erde erinnern sollte. Wir beide haben solches Glück. Wir haben unsere Kinder. In ihnen werden wir weiterleben. Dieses arme Mädchen hat man mit meinem alternden Vater verkuppelt. Aufgrund ihrer Jugend und Schönheit wurde sie von Männern in Gefahr gebracht, die sie nur benutzt haben.«

Sie schüttelte den Kopf, in ihren Augen stand nun tiefe Trauer. »Die schöne Rosamund sollte nicht in Vergessenheit geraten. Sie hätte mehr verdient. Wie jede Frau.« Ihr Mund war nun eine entschlossene Linie. Tapfer.

Palmer beugte sich vor und zog sie an sich. »Du hast mir gefehlt«, murmelte er, den Mund an ihrer weichen Wange. »Mehr, als ein Schurke wie ich zu sagen vermag.«

»Du mir auch. Aber Gott hat dich zu mir zurückgebracht.« Theodosia legte den Kopf in den Nacken und sah zu ihm auf. »Wir haben wieder gegen das Böse gekämpft«, flüsterte sie ihm zu, »und gewonnen.«

Während er sie an sich drückte, schickte Palmer ein stummes Gebet gen Himmel.

Bitte, Gott, mach, dass es wirklich so ist.

Historische Anmerkung

»Das Blut des fünften Ritters« ist ein Roman, doch viele seiner Charaktere und Ereignisse beruhen auf wahren Begebenheiten.

König Heinrich II. tat am 12. Juli 1174 auf den Straßen Canterburys öffentlich Buße für die Ermordung Erzbischof Thomas Beckets 1170, an der man ihm die Schuld gab. Die zeitgenössischen Berichte von Heinrichs Gang durch die Straßen und seiner Geißelung am Schrein sind bildhaft. Über die Wirkung auf die Zeitzeugen kann man nur spekulieren. Für die Menschen des Mittelalters konnte nur Gott einen König richten, aber Heinrich ließ zu, dass man ihm das nur allzu menschliche Fleisch von den Schultern peitschte.

Die andere sakrosankte Gestalt, die im Geiste der Zuschauer überaus präsent war, war natürlich der heilige Thomas Becket, den man 1173 mit erstaunlichem Tempo heiliggesprochen hatte. Man brachte Becket ungeheure Verehrung entgegen. Die außergewöhnliche Menge von hunderttausend Menschen besuchte die Kathedrale von Canterbury allein 1171 zum Gebet. Unmittelbar nach seinem Tod berichteten die Menschen von Wundern. Diese Berichte häuften sich, und in zehn Jahren summierten sie sich auf siebenhundertdrei Vorkommnisse.

Als Heinrich Buße tat, saß er alles andere als fest auf dem Thron. Eine Rebellion seiner Gemahlin Eleonore von Aquitanien, ihren Söhnen und König Ludwig VII. von Frankreich stand kurz davor, Früchte zu tragen. Doch Heinrichs unehelicher Sohn Geoffrey, ein erfahrener Kämpfer und zugleich Bischof von Lincoln, hatte zusammen mit anderen entscheidende Siege erzielt. Diese Nachricht erreichte Heinrich am Tag nach seiner in Canterbury im Gebet an Beckets Schrein verbrachten Nacht. Der heilige Thomas Becket, so hieß es, stehe an Heinrichs Seite, und die psychologische Wirkung dieses Perspektivwechsels war immens. Als der Glaube an Beckets Wunder und Heinrichs Streitkräfte die Oberhand gewannen, scheiterte die Rebellion. Im September 1174 stellte Heinrich Eleonore unter Bewachung, zeigte aber Milde gegenüber dem Rest seiner Familie, der auf freiem Fuß blieb.

Eine weitere entscheidende Figur der Rebellion war Eleonores Onkel Raoul de Faye, der Seneschall von Poitou. Es gab unbewiesene Gerüchte über eine Beziehung zwischen ihm und Eleonore. Ihre erste Ehe mit Ludwig wurde aufgrund von Blutsverwandtschaft annulliert, was möglicherweise die Gerüchte über Raoul erklärt.

Heinrich hatte viele Mätressen, von denen Rosamund Clifford heute die bekannteste ist. Außer dass sie 1176 im Kloster Godstow bei Oxford starb, weiß man nur sehr wenig über sie. Die Ruinen von Godstow stehen heute noch. Doch Rosamund hat im Laufe der Jahre die Fantasie vieler angeregt und ist Gegenstand etlicher Legenden und Kunstwerke. Eine Geschichte besagt, Eleonore habe im Labyrinth im Park des Palasts zu Woodstock ein Stück von einem Seidentuch Rosamunds gefunden, das an einem Zweig hängen geblieben war, sie anhand des Fadens verfolgt und ermordet. Das Thema der Ermordung Rosamunds durch Eleonore hat viele schauerliche Variationen, doch zur Zeit des Todes der jüngeren Frau saß Eleonore im Kerker. Heinrich finanzierte in Godstow einen aufwendigen Schrein zu Ehren Rosamunds. Er wurde 1191, zwei

Jahre nach Heinrichs Tod, auf Befehl eines Bischofs, der in der Stadt zu Gast war und dem er missfiel, abgerissen.

Zu jener Zeit gingen Religion, Wissenschaft, Hexerei und Magie viel fließender ineinander über als heute. Exorzismus beispielsweise war eine anerkannte Methode zur Dämonenaustreibung. Doch mit ein paar kleineren Veränderungen konnte man dieselben Praktiken für die Todsünde der Dämonenbeschwörung anwenden. Man besprach Heilkräuter, was ebenfalls als magisch galt. Aber in der Vorstellung mittelalterlicher Menschen waren der Teufel und seine Anbeter in der Welt präsent, und die Angst, er könne sich manifestieren, war allgegenwärtig. Um 1140 schrieb Wilhelm von Malmesbury darüber den Bericht »Die Hexe von Berkeley«. Tragischerweise war Hexenverbrennung eine gängige Praxis.

Die meisten Menschen wissen, dass aus der Menagerie im Tower of London schließlich der Londoner Zoo wurde. Doch die erste Menagerie befand sich in Woodstock, dem Jagdschloss Heinrichs I. 1235 ließ Heinrich III. die Tiere von dort in den Tower bringen. Ausländische Herrscher bereicherten die Sammlung durch Geschenke weiter. Es gibt Aufzeichnungen darüber, dass die Menagerie in Woodstock Kamele, Löwen, Luchse, einen Leoparden und ein Stachelschwein umfasste. Die Wahl des tödlichsten Tiers war leicht.

Danksagung

Viele wunderbare Menschen haben dieses Buch möglich gemacht. Mein Agent, der unvergleichliche Josh Getzler, hat mich überhaupt erst überredet, es zu schreiben. Dann sorgte er dafür, dass ich es so schrieb, wie es sein sollte. Das war gar nicht so einfach. Meine Testleser (und zugleich besten Freunde) Judy Bailey, Graham Mather und Paul Fogarty standen mir mit Rat und Tat zur Seite, nicht nur, als es darum ging, Namen für Äbte zu finden. Emilie Marneur von Thomas & Mercer hat dieses Aschenputtel allen Widrigkeiten zum Trotz wieder zum Ball geführt, wobei sich Katie Green und Jill M. Pellarin als Fachfrauen für hässliche Entlein und schöne Schwäne erwiesen. Natürlich danke ich auch meinem geliebten Jon und meiner wunderbaren Angela, ohne die ich nichts bin.

Printed in Poland
by Amazon Fulfillment
Poland Sp. z o.o., Wrocław

56474536R00245